Charles Martin

EIN LANGER WEG NACH HAUSE

Charles Martin

Ein langer Weg nach Hause

francke

Über den Autor:

Charles Martin studierte Englisch und Journalistik und hat einen Doktortitel in Kommunikationswissenschaften. 1999 gab er seinen Beruf auf, um sich ganz dem Schreiben zu widmen. Der von der Presse gefeierte, preisgekrönte Autor lebt mit seiner Frau Christy und drei Söhnen in Jacksonville, Florida.

Bibliografische Information der Deutschen Nationalbibliothek
Die Deutsche Nationalbibliothek verzeichnet diese Publikation in der Deutschen Nationalbibliografie; detaillierte bibliografische Daten sind im Internet über http://dnb.ddb.de abrufbar.

ISBN 978-3-86827-710-4

Originally published in English under the title
Long Way Gone
by arrangement with Thomas Nelson,
a division of HarperCollins Christian Publishing, Inc., USA

35037 Marburg an der Lahn
Deutsch von Julian Müller
Umschlagbild: © Smileus timothycutter AndrewSoundarajan 4x6
Umschlaggestaltung: Verlag der Francke-Buchhandlung GmbH
Satz: Verlag der Francke-Buchhandlung GmbH
Printed in Czech Republic

www.francke-buch.de

All denen gewidmet, die wissen,
wie sehr es wehtut, wenn man einen
geliebten Menschen ziehen lassen muss.

Und all denen, deren verheißungsvolle
Straße sich als Sackgasse herausstellte …
und die es gewagt haben umzukehren.

Teil 1

Kapitel 1

Ich hatte ihn schon öfter gesehen. Er war mindestens fünfundsiebzig. Vielleicht achtzig. Knorrige Finger mit geschwollenen Gelenken. Eine Stimme wie ein Reibeisen. Weiße Haare mit gelblichen Spitzen. Die schwarze Haut voller Falten. Verlebtes Äußeres. Er trug eine abgewetzte, blau-grau gestreifte Wollhose, die einst Teil eines Anzugs gewesen sein musste, und ein fleckiges, bis oben zugeknöpftes weißes Hemd. Seinen Aufzug vervollständigten zweifarbige Budapester. Das Weiß war längst rissig und matt, aber das, was vom schwarzen Leder noch übrig war, hatte er auf Hochglanz poliert.

Seine Gitarre war genauso ramponiert wie er. Es war eine alte Gibson J-45. Sowohl über als auch unter dem Schallloch hatte das Schlagen Löcher hinterlassen und die Beleistung lugte hervor. Panzertape hinten und an den Seiten schien den Steg zusammenzuhalten. Die Wirbel hatten unterschiedliche Farben und sogar von Ferne sahen die Saiten rostig aus. Aber wenn der alte Mann loslegte, kam Leben in ihn und die Gitarre. Den Rhythmus der Schlaghand klopfte er mit dem Fuß mit und fügte so einen Beat hinzu. Es schien, als hätte er früher auch Schlagzeug gespielt. Das Lächeln auf seinem Gesicht zeugte von Erinnerungen an das, was er einst gewesen war. Oder was er glaubte, noch zu sein.

Ich bin kein wählerischer Typ, außer bei Gitarren. Die sechs Saiten sind meine Leidenschaft. Ein polyfones Klangerlebnis, bei dem jede Saite ihre eigene Stimme hat. Ich bin immer wieder fasziniert davon, dass man unterschiedlich geformte Holzteile zu einer Sanduhrform zusammenleimen kann, Leisten, Steg und phosphorbronzene Saiten hinzufügt und nur ein wenig Druck an der richtigen Stelle ausüben muss, um eine Stimme zu erwecken. Das Ganze ist nicht nur exponentiell größer als die Summe seiner Teile, sondern trägt auch noch die unverkennbare Handschrift dessen, der das Instrument spielt. Tief, kehlig, knallig, mit rotzigem Bass, gedämpfter mittlerer Lage und brillanten Höhen ... Ich könnte jede Spielart begründen.

Die Gitarre des Alten hatte ihre Stimme verloren. Sie war fertig. Genau wie er. Vermutlich hatte er mehr Songs vergessen, als die meisten Menschen je lernen würden. Aber seine Finger nicht. Die normalen Passanten sahen in ihm wahrscheinlich einen herumgammelnden Säufer, doch ich spürte die Reste eines musikalischen Genies. Irgendwann in der Vergangenheit hatte dieser Kerl einen richtigen Namen gehabt.

In den vergangenen Wochen hatte er sich immer samstags ein Plätzchen auf einer Bank an der Hauptstraße von Leadville gesucht und gespielt, bis der Boden des Gitarrenkoffers mit Dollarnoten bedeckt war. Dann hatte er ihn zugeklappt und war bis Donnerstag in irgendeiner Flasche verschwunden. Am Freitag kam er wieder hervorgekrochen und war durstig. Ausgedörrt.

Genau wie jetzt.

Ich fuhr rechts ran und suchte mir einen Parkplatz. Auf dem Bürgersteig war einiges los. Heute würde er einen guten Schnitt machen. Ich parkte ein, steckte mir das Notizbuch hinten in den Gürtel, nahm einen Schluck von meinem Säureblocker, warf zusätzlich noch zwei Kautabletten ein und schnappte mir meine Gitarre. Ich hörte ihn schon von Weitem. Er saß auf der Bank gegenüber einer beliebten Bikerkneipe.

Leadville ist ein Treffpunkt für alle Wochenend-Partyhelden. Angegraute Männer sitzen auf teuren, verchromten Maschinen mit wenig Kilometern auf dem Tacho und ohne Schalldämpfer und stellen ihre aufgebrezelten, silikonbestückten, gestrafften Püppchen zur Schau. Leadville ist eine alte Bergarbeiterstadt und mit über dreitausend Metern überm Meeresspiegel eine der am höchsten gelegenen Städte der Vereinigten Staaten. Einst war sie ein ergiebiger Silberlieferant; heute ist der Ort nur noch ein Schatten seines früheren Selbst. Die Einwohnerzahl richtet sich ganz nach der Jahreszeit. Im Sommer ist die Stadt ein beliebtes Ziel für Leute auf zwei Rädern, sowohl motorisiert als auch nicht. Hier findet der Leadville 100 statt, ein strapaziöses Ganztagsrennen für Mountainbikes. Hier gibt es *High Mountain Pies* – die vielleicht beste Pizzeria in den ganzen Rocky Mountains – und hier gibt es *Melanzana*, eine kleine Firma, die die besten Fleecejacken und -pullover der ganzen Welt herstellt, direkt in ihrem Geschäft an der Main Street. Ein „Mellie" gehört zur Standardausrüstung eines jeden Einwohners von Colorado. Sieht man jemand damit herumlaufen, ist die Wahrscheinlichkeit hoch, dass man einen Einheimischen vor sich hat. Oder einen Möchtegern.

Der alte Mann saß gegenüber der Kneipe, sodass seine Musik bis in die Bar zu hören war. Clever. Sein Platz war erste Wahl, aber er hatte ein doppeltes Problem. Das erste war der Geruch. Er hatte sicher seit Wochen nicht mehr geduscht, geschweige denn ein Deodorant angefasst. Vielleicht sogar seit Monaten. Das zweite Problem waren die schiefen Töne aus seinem Mund und der Gitarre. Vielleicht waren ein paar Mitleidsdollar drin, aber mehr auch nicht.

Was ich jetzt vorhatte, war etwas riskant. Im Grunde war das sein Revier und ich der fremde Hund, der darin herumschnüffelte. Der Trick war, auf seinem Niveau – oder besser darunter – einzusteigen, damit er das Gefühl hatte, auf einem Teppich von Noten zu schweben. Ich wollte, dass er mich mochte, bevor er mich überhaupt wahrnahm. Mein Vorteil war, dass er nur an seine nächste Flasche dachte und sein peripheres Sehen ziemlich eingeschränkt sein dürfte. Mein Nachteil, dass er nur an seine nächste Flasche dachte und wahrscheinlich auf mich losgehen würde, wenn er das Gefühl hatte, ich wollte sie ihm streitig machen.

Ich kannte den Song und die Tonart, und weil er die Saiten anschlug (oder regelrecht auf sie eindrosch), zupfte ich dazu. Für das Ohr war ich nur eine Ergänzung, keine Ablenkung. Nach etwa einer Minute bemerkte er mich, zögerte kurz, wandte sich ab und sang noch lauter. Mittlerweile war sein Gesang in einer ganz anderen Tonart als seine Gitarre und eigentlich hatte er keinen Grund, so zu lächeln. Er steckte offensichtlich tief in den Erinnerungen daran, wie dieser Song einst geklungen haben musste.

Ich spekulierte darauf, dass er schon oft mit anderen Musikern zusammengespielt hatte und es merkte, wenn er durch die Schützenhilfe noch besser klang. Die meiste Zeit kreiste er um E-Dur, also blieb ich an der Seite sitzen und ließ mein Plektrum ein Lick als Antwort zaubern. Er zog die Mundwinkel nach unten, hob eine Augenbraue und setzte zu einer ihm offenbar sehr vertrauten Akkordfolge an. Ich zückte meinen Kapodaster und umrahmte die bluesartigen Kadenzen mit einem rhythmischen Schlagmuster, die seinem Spiel erst das richtige Timing verliehen.

Ziemlich verärgert wechselte er abrupt wieder die Tonart und krakeelte die ersten Töne einer Ballade, die er sicher schon zehntausend Mal gesungen hatte. Ich klemmte den Kapo um und klimperte schmückendes Beiwerk, fügte Farbe und Melodien hinzu, ohne mich in den Vordergrund zu drängen. Es war ein waghalsiger Tanz. Dass er auf einmal noch lauter spielte, zeigte mir, dass er noch nicht sicher war, ob er mich als Tanzpartner wollte. Vor allem nicht, wenn er sein Geld mit mir teilen musste.

Gerade wollte er mich mit einem finsteren Blick verscheuchen, als ein Kerl in schwarzem Leder einen Zwanzigdollarschein in seinen Koffer segeln ließ. Der alte Mann bemerkte es, sah mich an und hörte sogleich auf zu spielen, um das Geld an sich zu nehmen. Als ich ein kleines Stückchen wegrückte, weg von ihm und seinem Gitarrenkoffer, muss das Signal durch seinen Schleier gedrungen sein, denn er fuhr mit seinem Song fort.

Am Ende starrte der Alte auf fünfundvierzig Dollar. Ich konnte die Panik in seinen Augen sehen; er hatte den Jackpot geknackt und überlegte, ob er lieber schnell zusammenpacken und das Weite suchen sollte.

Weil ich merkte, dass ich ihn fast verloren hatte, stand ich auf und legte zwei Zwanziger in den Koffer. „Was dagegen, wenn ich ein bisschen mitspiele?"

Mit dem rechten Fuß zog er den Koffer näher zu sich heran und legte eine Hand ans Ohr. „Hä?"

Ich beugte mich vor und ignorierte den Gestank. „Ich mache auch bestimmt keinen Ärger."

Er starrte erst mich an, dann die wachsende Schar der Schaulustigen und dann wieder mich. Schließlich blieb sein Blick an meiner Gitarre hängen. Ich konnte sein Gelalle kaum verstehen. „J-forty-fi'?"

Ich nickte.

Mit der Schlaghand deutete er einmal auf den Bürgersteig, dort wo ich gesessen hatte, weit weg von seinem Rampenlicht. Ich tat, wie mir geheißen.

Als Kind hatte ich eine Schachtel mit vierundsechzig Wachsmalstiften besessen – die Sorte mit eingebautem Anspitzer in der Packung. Ich war so verliebt in die vielen Farbschattierungen gewesen, dass mir die Idee gekommen war, die Stifte zu schmelzen und herauszufinden, welche Farbe wohl dabei herauskam. Großer Fehler.

Der alte Mann erinnerte mich irgendwie an mein Experiment. Was einst schön und einzigartig gewesen war, hatte seine Strahlkraft verloren. Die Farben waren zu einem einzigen hässlichen Dunkelbraun verschmolzen. Aber Menschen sind keine Wachsmalstifte. Wachs schmilzt und kann nie wieder sauber getrennt werden, doch die Farbe der Menschen ist Teil ihrer DNA. Wir sind eher wie die Buntglasfenster in einer Kirche. Irgendwo auf seinem Weg war etwas Dunkles über den Alten gekommen und hatte verhindert, dass die Sonne durch ihn hindurchscheinen konnte.

Es ist ein schwer zu erklärendes Phänomen, aber Musik besteht aus derselben Sorte Wellen wie alles, was wir sehen können. Es stimmt wirklich: Musik und Licht gehören zum selben elektromagnetischen Spektrum. Wir können eben nur einen Teil davon hören, was nahelegt, dass Engel Licht vielleicht hören und sehen können. Das wiederum ergänzt Phänomene wie einen Tagesanbruch oder Sonnenuntergang um ganz neue Dimensionen.

Meine Aufgabe war es, Licht durch das alte Glas zu schicken. Und als ich es tat, leuchtete das Kirchenfenster in einem strahlenden Blau, tiefen Rot und königlichen Violett.

Der alte Mann lebte auf.

Zwanzig Minuten später sah er erst mich an und dann neben

sich auf die Bank. Ich folgte seiner Einladung. Das Verrückte an der Musik ist, dass man zusammen oft Dinge auf die Beine stellen kann, die einer allein nie geschafft hätte. Und der Effekt ist exponentiell. Musik ist auch das einzige Mittel auf unserem Planeten, das seine Zuhörer innerhalb eines halben Takts von A nach B transportieren kann. Sie kann innerhalb von Sekunden die Stimmung von Lachen zu Weinen verändern, zu Übermut, zu Fantasie oder einfach zu Hoffnung. Musik ist eine wahre Zeitmaschine.

Die Gesichter der wachsenden Menschenmenge um uns herum sprachen Bände. Vor wenigen Minuten hatten sie ihn noch als unbekannten Saufbruder abgetan. Jetzt fragten sie sich: „Wer ist dieser Typ?" Ihre Neugier ging nicht spurlos an ihm vorüber. Der alte Mann stand am Straßenrand und schmetterte Melodien, die ihm vermutlich seit dreißig Jahren nicht mehr eingefallen waren. In seiner Vorstellung stand er auf einer Bühne und es dauerte nicht lange, bis sich in sein Lachen Tränen mischten, die bewiesen, dass Glas seine Farbe nicht verlieren kann. Es kann durchs Leben dunkel werden, von Fehlern zerkratzt und vom Alkohol trübe, aber genauso wenig wie man die Musik aus einem Menschen herausschneiden kann, kann man die Fasern seiner DNA aufspalten.

Bald tanzten und drehten sich zwei Mädchen in ihren Kleidern vor uns, und als der Alte „Over the Rainbow" anstimmte, sangen die Leute mit. Er sog die lächelnden Gesichter auf und starrte verblüfft in seinen Gitarrenkoffer, in den ein Schein nach dem anderen segelte. Irgendwann legte er eine A-cappella-Version von „What a Wonderful World" hin, die selbst Louis Armstrong zufriedengestellt hätte.

Nach einer Stunde waren ihm die Tricks ausgegangen. Und der Atem. Er war am Ende und keuchte. Da man immer aufhören sollte, bevor das Publikum satt ist, stand ich auf und signalisierte damit, dass meine Zeit hier zu Ende war.

Mit seinen blutunterlaufenen Augen hatte er Schwierigkeiten, die Dinge klar zu erkennen. In seinem Koffer mussten mehrere Hundert Dollar liegen. „Sicher, dass du nichs davon wills'?"

Die Menge applaudierte und pfiff. Ich hockte mich vor den Alten hin. „Sie haben mich mehr als gut entlohnt." Dann legte ich meine Gitarre auf die Scheine in seinen Koffer.

Für manch einen besteht eine Gitarre nur aus Holz und Saiten. Für andere ist sie eine Schulter zum Anlehnen, eine Geliebte, eine Gefahr, ein Ruhepol, eine Stimme in der Wildnis, eine Rüstung, eine Maske zum Verstecken, ein Fels, ein fliegender Teppich, ein Hammer. Und manchmal, wenn das Licht auf die Finsternis trifft, ist sie die Fackel, die man in die Erde steckt, sodass sich die Finsternis zurückzieht.

Ich schlängelte mich durch die Menge der Schaulustigen, als mich ein kleiner Junge mit Cowboyhut und einer Gürtelschnalle, die fast so groß war wie der Hut, am Hemd zupfte. „Mister?"

Ich wandte mich um. „Na, kleiner Mann?"

Er hielt mir einen Zettel entgegen. „Kriege ich ein Autogramm?" Er sah zu dem Mann neben sich hoch. „Mein Daddy sagt, ich soll mir ein Autogramm von Ihnen holen, weil Sie irgendwann bestimmt berühmt sind, obwohl Sie aussehen, als ob Sie einfach irgendwo in den Bergen wohnen."

„Ach wirklich?" Ich unterschrieb auf seinem Zettel, reichte ihn zurück und hockte mich vor ihn hin. „Spielst du auch?"

„Ja." Er stand gleich etwas gerader. „Banjo."

„Übst du auch schön?"

Er nickte und zeigte auf die Narben an meiner rechten Hand. „Tut das weh?"

„Nicht mehr."

„Was ist passiert?"

Ich öffnete und schloss die Hand mehrmals. „Als ich noch klein und ziemlich übermütig war, ist mal etwas auf mich draufgefallen."

„Eine Hantel oder ein Stein oder so was?"

„Nein, eher die Decke."

Er zeigte auf meinen Hals. „Flüstern Sie eigentlich immer so?"

„Leider ja."

„Warum?"

„Ich war mal in einem Feuer gefangen."

„Und das Feuer hat Ihre Stimme verbrannt?"

„Nicht wirklich das Feuer, aber die Hitze und der giftige Rauch." Ich lächelte. „Deswegen klinge ich so, als wäre ich die ganze Zeit böse."

„Daddy sagt, ich kriege den Hintern voll, wenn ich mit Streichhölzern spiele."

Ich musste lachen. „Dann mach es lieber nicht."

Als ich gerade aufstehen wollte, zupfte er noch einmal an mir. „Mister?"

„Ja?"

Er berührte meinen Bart, als wollten seine Finger prüfen, ob ich echt war und nicht nur der unheimliche Mann mit den Narben. „Sie klingen gar nicht böse."

Seine Worte drangen direkt in mein Herz. Ich mochte den Kleinen. „Danke, Kumpel."

Als ich mich von der nächsten Querstraße aus noch einmal umdrehte, spielte der alte Mann schon auf meiner Gitarre. Seine Augen waren so groß wie der Mund, der ihm offen stand, und dieser Gesichtsausdruck war mehr wert als alles Geld in seinem Koffer.

Kapitel 2

Ich fuhr gen Süden und dachte immer wieder über die Worte des kleinen Cowboys nach. Der Innenspiegel war falsch eingestellt und warf mein Spiegelbild auf mich zurück, ein unschöner Anblick, den ich schon seit Langem zu verdrängen suchte. Schulterlange, straßenköterblonde Haare. Grau durchsetzter Bart. *Verlottert* war ein guter Ausdruck dafür. Oder *Einsiedler*. Bis zum Penner war es nicht mehr weit. Im Lauf der Jahre hatte ich versucht, die Narben auf meiner Brust, auf dem Rücken, dem Hals und dem rechten Ohr zu verstecken. Wenn ich mein wahres Ich verbarg, reagierten die Leute freundlicher auf mich, hatte ich herausgefunden. Abgesehen davon sah ich wirklich etwas Furcht einflößend aus. Mein Blick fiel auf meine rechte Hand, mit der ich das Lenkrad umfasste. Ich betrachtete die Finger und machte mehrmals eine Faust. Abgesehen von einem Handschuh konnte ich nicht viel dagegen tun. Manche Dinge konnte man eben nicht verstecken.

Der Jeep hatte Durst, also machte ich bei der Tankstelle am Stadtrand einen Zwischenstopp. Überall umgaben mich Geräusche. Das Benzin, das in den Tank gluckerte. Die Trucks mit ihren singenden Winterreifen auf der Autobahn. Ein Paar, das beim Verlassen der Tankstelle lautstark diskutierte. Ein Sattelschlepper, der über einen Kanaldeckel fuhr, erst das Vorderrad, dann die Hinterräder. Eine

Planierraupe und ein Bagger, die auf dem Grundstück hinter mir arbeiteten. Kinder, die irgendwo Basketball spielten.

Bei dem Lärm war es schwer, einer Geräuschquelle zu folgen. Wie Mücken beim Grillfest. Aber immer, wenn es kurz ruhiger wurde, hörte ich eine Melodie. Irgendjemand sang.

Ich spähte die Straße entlang und entdeckte eine Frau, die an der Autobahn stand. Daumen ausgestreckt. Ihre Gesichtszüge konnte ich nicht erkennen, dazu war sie zu weit weg, aber man konnte sehen, dass sie nicht mehr die Jüngste war. Wasserstoffblondes Haar, das unter einer violetten Mütze hervorquoll. Himmelblaue Daunenjacke. Ausgeblichene Jeans und verschrammte Cowboystiefel. Ein Rucksack zu ihren Füßen. Und ein Gitarrenkoffer. Sie sah ziemlich dünn aus. Als könnte sie einen Cheeseburger vertragen.

Ihre Stimme war nicht besonders kräftig. Irgendwie klang sie müde. Aber sie hatte etwas, was den meisten Leuten fehlte. Sie traf jeden Ton. Ganz zu schweigen davon, dass sie ihre Stimmbänder auf beeindruckende Weise unter Kontrolle hatte.

Irgendwie kam sie mir bekannt vor. Aber im nächsten Augenblick wieder nicht. Der Wind drehte kurz und brachte einen Duft mit, den ich von früher kannte.

Ich beobachtete, wie ein rostiger grüner Ford Pick-up mit einem Schneepflug anhielt. Das war im September in Colorado keine Seltenheit. Drei Leute saßen in der Fahrerkabine, zwei hinten auf der Ladefläche. Ich sah die Frau nicken und ihren Rucksack und die Gitarre auf die Ladefläche heben, bevor sie über die Ladeklappe auf den Wagen kletterte. Sie machte einen kräftigen und eleganten Eindruck. Selbstbewusst. Der Pick-up rauschte ins Tal und hinterließ eine schwarze Abgaswolke.

Ich war noch am Überlegen, was mir an ihr bekannt vorgekommen war, und hatte noch ihre letzten Töne im Ohr, da wurde ich jäh in die Realität zurückgeholt, weil mir Benzin aus dem vollen Tank auf die Schuhe schwappte. In letzter Zeit war ich häufig in Gedanken.

Außerdem hatte ich schon immer ein Faible für Frauen, die singen können.

Ich machte mich wieder auf den Weg und genoss eins der schönsten Panoramen, das einem die Windschutzscheibe in Colorado einrahmen kann: die Straße nach Südwesten in Richtung Buena Vista. Die Sonne ging gerade hinter den schneebedeckten Gipfeln von La Plata, Mount Elbert und Mount Massive unter. Das endlose Gebirge erstreckte sich von einem Seitenspiegel zum andern. Zwischen ihnen lag der malerische und historische Independence Pass, der direkt zum Jetset-Leben in Aspen und Snowmass führte.

Colorado ist wie ein Mädchen, das ich einst kannte. Wunderschön, egal, in welchem Licht. Wenn die Sonne anders steht, offenbart sich etwas Neues. Verborgenes kommt zum Vorschein. Ende September und Anfang Oktober ändert sich das Licht in Colorado. Schneestaub überzieht die Gipfel. Die Farbe der Bäume hat ihren Höhepunkt erreicht und beginnt zu verblassen. Colorado im Herbst ist wie ein flüchtiger Blick in den Thronsaal. Colorado im Winter ist der Inbegriff von Majestät. Ein eigenes Manifest.

Als Gott diesen Ort schuf, muss er noch ein bisschen verweilt haben.

Ich erreichte Buena Vista eine Dreiviertelstunde später und sah die Frau in der himmelblauen Daunenjacke auf dem Bordstein sitzen. Den Kopf in die Hände gestützt. Sie lehnte an einer Parkuhr. Die Jacke war aufgerissen und hatte an einer Seite schmutzige Schleifspuren. Kleine Daunenfedern quollen aus einem Loch an der Schulter, wedelten im Wind und hingen ihr in den Haaren. Ihre Jeans waren am Knie kaputt. Der Gitarrenkoffer war weg und um sie herum lagen die Überreste einer Gitarre. Der grüne Pick-up war nirgendwo zu sehen.

Ich stand an der Ampel und starrte zu ihr hinüber. Es wurde grün, aber um diese Uhrzeit war kaum noch Verkehr. Ich blieb stehen, bis es wieder rot wurde und beobachtete, wie sie versuchte, ihren Rucksack aufzusetzen. Ihre rechte Hand blutete und sah ziemlich schlimm aus, vermutlich war sie sogar gebrochen. Als sie sich die Haare aus dem Gesicht wischte, rutschte ihr dabei die Mütze ein Stück vom Kopf und hing nun schief. Blut sickerte darunter hervor. Sie schwankte, griff nach der Parkuhr und versuchte, sich zu fangen.

Schnell zog ich die Handbremse an, sprang aus dem Jeep und erreichte sie gerade noch, als sie die Augen verdrehte und ihr der Kopf wegsackte. Sie ließ die Parkuhr los und kippte mir in die Arme.

Ich stand auf dem Gehweg und hielt eine fremde, blutende Frau im Arm. Mit einer Hand angelte ich mir ihren Rucksack und schleppte sie zum Jeep, während ihr berauschender Duft mich umfing. Da war er also wieder. Derselbe Duft, den ich beim Tanken gerochen hatte. Ich bugsierte sie auf den Sitz und zog ihr die Mütze vom Kopf, weil sie den Mund verdeckte und sie nicht richtig atmen konnte. Erst da sah ich ihr Gesicht.

Ich zuckte zurück. *Unmöglich.*

Vorsichtig beugte ich mich vor, legte den Kopf schief und sah noch einmal genauer hin. Die Haarfarbe war anders und genau wie ich war sie ganz schön gealtert. Aber der Duft stimmte. Coco Chanel erkannte ich sofort. Vor allem an ihr. „Das ist jetzt ein Scherz, oder?", sagte ich laut.

Ich fuhr drei Straßen weiter zum Krankenhaus und parkte auf einem Kurzzeitparkplatz, während sie mir den Gurt vollblutete. Ihre Verletzungen hielt ich nicht für lebensgefährlich, aber die Beule auf ihrer Stirn zeugte von einem ziemlich heftigen Schlag. Ich hob sie aus dem Beifahrersitz und trug sie durch die Eingangstür.

Die Frau am Empfang war eine nette, mollige Frau, die Fuzzy Navels und Tequila mochte. Wenn man in kleinen Bars spielt, kriegt man viel über die Trinkgewohnheiten der Leute mit.

„Hilfst du mir mal, Doris?", fragte ich sie.

Sie sah die bewusstlose Frau, deren Blut auf die Fliesen tropfte, und drückte auf einen Knopf. Zwei große Türen zu meiner Rechten schwangen auf. Ich trug die Frau in die Notaufnahme. Während Doris mir folgte, überschüttete sie mich mit Fragen.

„Cooper, was ist passiert?"

„Weiß ich nicht."

„Wieso trägst du dann eine blutende Frau herum?"

„Ich habe sie an der Ampel gesehen."

Doris strich ihr die Haare aus dem Gesicht und schnappte erschrocken nach Luft. „Hast du sie geschlagen?"

„Nein, natürlich nicht."

„Was hast du denn an der Ampel gemacht?"

„Doris, kann ich sie bitte irgendwo hinlegen?“

Sie zeigte auf einen Behandlungstisch, auf den ich die Frau legen konnte.

„Cooper.“ Doris sah mich über ihren Brillenrand hinweg an. „Verheimlichst du mir etwas? Willst du lieber einen Anwalt anrufen?“

„Du guckst zu viel CSI. Rufst du bitte einen Arzt?“

Doris mochte mich nicht besonders, weil ich ihre Annäherungsversuche immer wieder abgewehrt hatte, die nach dem dritten oder vierten Fuzzy Navel häufiger und heftiger wurden. Sie blickte finster drein und tippte mit einem Bleistift gegen ihr Klemmbrett. Ihr Blick – eine Mischung aus Begehren und Missbilligung – wanderte an mir herunter. Dann kratzte sie sich mit dem Bleistift am Kopf.

„Weißt du vielleicht, wie sie heißt? Ich kann schlecht ‚Unbekannt‘ eintragen.“

„Ja, weiß ich tatsächlich.“

Erwartungsvoll sah Doris mich an.

„Darf ich vorstellen, Miss Daley Cross.“

Doris beugte sich vor und runzelte die Stirn. „Wie bitte? Du meinst doch nicht etwa die *When I got where I was going*-Daley Cross?“ Ihre Augenbrauen gingen nach oben.

Ich nickte. „Genau die.“

Vorsichtig legte ich noch ein Kissen unter Daleys Kopf und verabschiedete mich von Doris. Ich kam sogar bis zu meinem Jeep ...

Zwanzig Minuten später entdeckte mich der Arzt im Warteraum mit einem scheußlich schmeckenden Automatenkaffee.

„Cooper.“

Ich gab ihm die Hand. „Bill.“

„Doris sagt, Sie kennen die Patientin?“

„Ist schon lange her.“

„Wie dem auch sei, sie hat ordentlich was abbekommen. Leichte Gehirnerschütterung. Sie wird morgen ziemliche Kopfschmerzen haben. Außerdem eine heftige Quetschung der Hand. Kann sein, dass sie gebrochen ist, aber wenn, dann ist das nur ein Haarriss und den kann man erst in ein paar Wochen auf dem Röntgenbild sehen. Jedenfalls ist sie für ein paar Tage außer Gefecht gesetzt.“ Er zögerte. „Was haben Sie eigentlich mit der Sache zu tun?“

„Ich stand nur gerade an der Ampel, als sie zusammenbrach. Und da habe ich ihr geholfen."

„Sie haben nicht gesehen, was passiert ist?"

„Nein. In Leadville habe ich gesehen, wie sie eine Mitfahrgelegenheit bekam, aber da habe ich sie nicht erkannt. Und den Pick-up auch nicht."

Er sah aus dem Fenster. „Welche Farbe hatte er denn?"

„Grün, ziemlich verblichen. Gelber Schneepflug. Muss ein Ford gewesen sein. Rost vom Salz an den Radkästen."

Der Arzt deutete auf einen Wagen auf einem der hinteren Parkplätze. „So einer?"

Ich sah aus dem Fenster. „Genau der."

„Gerade habe ich einen langhaarigen Kerl mit fünfzehn Stichen am Kopf genäht. Er meinte, er sei hingefallen."

„Sie hatte eine Gitarre dabei", warf ich ein.

Er sah kurz den langen Flur entlang. „Ich kümmere mich um ihn."

„Bleibt sie über Nacht hier?"

„Nach Hause schicken kann ich sie nicht. Sie schläft jetzt. Wir halten sie unter Beobachtung und morgen früh darf sie wahrscheinlich gehen."

Ich wandte mich in Richtung der Doppeltür und sah kurz auf mein Handy. „Sagen Sie mir Bescheid, wenn sich etwas daran ändert."

Er sah über die Schulter. „Und Sie kennen Daley Cross wirklich?"

Ich schüttelte den Kopf. „Das ist zwanzig Jahre her. War in einem früheren Leben."

„Verrückt. Wie hieß noch mal ihr großer Hit?" Er kramte in seinem Gedächtnis. *„Long Time Coming*?"

Ich machte mir nicht die Mühe, ihn zu korrigieren. „So was in der Art."

„Wahnsinn. Ein One-Hit-Wonder hier in Buena Vista. Ich habe mich schon immer gefragt, wie es bei solchen Leuten weitergeht."

„Eigentlich war sie sogar ein Four-Hit-Wonder."

„So wie es aussieht, lässt die nächste Glückssträhne noch auf sich warten." Er zögerte. „Dem Dreck nach zu urteilen hat sie die letzten

Nächte irgendwo draußen übernachtet. Außerdem ist sie ziemlich dehydriert, also kriegt sie Infusionen. Wahrscheinlich die ganze Nacht über."

„Alles klar. Sie haben ja meine Nummer." Ich kehrte auf den Parkplatz zurück, sprang in den Jeep, ließ den Motor an und versuchte, nicht in den Rückspiegel zu schauen.

Es fiel mir nicht leicht.

Kapitel 3

Die *Roastery* ist der morgendliche Treffpunkt in Buena Vista. Bis zum späten Vormittag ist sie der Mittelpunkt der Stadt. Von hier aus schlendern die Leute über die Straße ins *Trailhead* – einen Ausrüstungsladen mit Bistro „vom Feld frisch auf den Tisch" –, wo sie vom Kaffee zu regionalen Hopfengetränken wechseln. Im *Trailhead* verbringen auch die meisten „Jobanwärter", also die Arbeitslosen, ihre Nachmittage an den Fenstertischen, starren auf ihre Handys und versuchen, möglichst beschäftigt auszusehen. Die meisten spielen Solitär.

Was das Essen angeht, bietet sich *Eddyline* an, eine preisgekrönte Kleinbrauerei mit einer vernünftigen Pizza. Im *Asian Palace* bekommt man erstaunlich gutes Sushi, was angesichts der Entfernung zum Meer ein gewisses Rätsel ist. An einem strategisch klug abgestellten Wagen bekommt man einen mittelmäßigen Fisch-Taco und gleich daneben, in der *Deerhammer Distillery*, hat die Leidenschaft eines Mannes für Schwarzgebranntes ihren Ausdruck gefunden. Der beliebteste Tropfen hört auf den Namen Black Bison. Hört sich an, als wäre vor ein paar Jahren ein Poet nach Buena Vista gekommen und hätte ein klein wenig am Buffalo Negra herumgeschraubt, und jetzt ist Black Bison das Aushängeschild von Buena Vista. Selbst in anderen größeren Städten in der Umgebung steht der Drink mittlerweile auf den Getränkekarten und es kommen sogar Leute aus Florida, um sich einen zu genehmigen.

Ganz wie der größte Teil des bergigen Colorado hat auch Buena Vista als Trinkerstadt mit einem Bergbauproblem angefangen, und daran hat sich bis heute wenig geändert.

Ich war der Erste in der Schlange, als die Roastery um sieben aufmachte. Ich bestellte zwei Honey Badgers mit dreifachem Espresso und fuhr langsam zum Krankenhaus. Sollte ich tatsächlich reingehen? Die ganze Fahrt über versuchte ich mir das auszureden. Als ich eingeparkt und den Motor abgestellt hatte, war ich immer noch nicht fertig. Irgendwann verbot ich mir den Mund und betrat das Gebäude durch die Eingangstür. Ich fuhr mit dem Fahrstuhl in den vierten Stock und eine Krankenschwester wies mich zu Zimmer 410.

Das Licht war ausgeschaltet, aber sanfte Sonnenstrahlen drangen durchs Fenster. Daley saß im Bett und starrte hinaus. Ihre rechte Hand war geschient und lag auf ihrem Schoß. Ein paar Finger waren ziemlich geschwollen. Die Beule auf ihrer Stirn war weg, aber die Stelle war nach wie vor violett. Als sie sich umdrehte und mich sah, fiel ihr die Kinnlade herunter. Sie schlug die Hand vor den Mund und bekam feuchte Augen.

„Coop...", flüsterte sie. „Ich glaub's nicht ..." Unsicher zog sie die Knie an die Brust, so als würde sie sich selbst umarmen. Ich ging an ihr Bett, stellte die beiden Kaffeebecher auf den Nachttisch und setzte mich zu ihr auf die Bettkante, die Hände im Schoß gefaltet.

Lange Zeit saß sie nur da und schüttelte den Kopf. Tränen sammelten sich in ihren Augen, die immer so groß wie ein Golfball und so rund wie ein Oreo-Keks gewesen waren. Und weil große Augen große Tränen machen, kullerte ihr irgendwann die erste über die Wange.

Ich nahm ihre Hand. Sie betrachtete die Narben auf der meinen und fuhr die längste mit einem Finger nach. Eine zweite Träne folgte der ersten. „Nashville?"

„Ja", sagte ich leise.

„Ist sie gut verheilt?"

Ich zuckte mit den Schultern und versuchte mich an einem Lächeln. „Sie tut ihren Job. Sagt mir Bescheid, wenn ein Sturm aufzieht."

Daley zögerte. „Machst du … machst du noch …?"

Ich nickte. „Manchmal. Wenn ich kann."

Sie hob ihre Hand und wollte meinen Hals berühren, zog sie dann aber zurück. „Deine Stimme ist so anders. Du klingst wie der Pate."

Ich räusperte mich. „Ist ganz hilfreich, wenn die Drückerkolonne anruft und mir irgendwas andrehen will."

Sie lachte leise und ich hatte das Gefühl, dass die Last auf ihren Schultern ins Wanken kam. Entweder sie würde von ihr abfallen und sie konnte wieder frei atmen oder sie stürzte gleich auf sie und begrub sie unter sich. Verwirrt sah sie sich im Krankenzimmer um. „Weißt du, wie ich hierhergekommen bin?"

„Ich stand mit meinem Wagen an einer Ampel und habe gesehen, wie du dich an eine Parkuhr geklammert hast. Hab dich gerade noch aufgefangen, bevor du umgefallen bist. Aber ich wusste nicht, dass du das bist, bis du im Jeep saßt und wir auf dem Weg ins Krankenhaus waren."

Es fiel ihr offensichtlich schwer, die Puzzleteile zusammenzusetzen. „Wohnst du in der Gegend?"

Ich nippte an meinem Kaffee. „Jep."

Sie blinzelte. „Hast du meine Gitarre?"

„Die gibt es nur noch in Einzelteilen. Auf der Straße. Aber ich habe deinen Rucksack gerettet."

Ihr Blick war traurig. Um sie aufzumuntern, bot ich ihr einen Kaffee an. „Hier, von der Roastery. Sie haben sich ein Gebräu ausgedacht, das Honey Badger heißt, und wenn man es mit einem dreifachen Espresso bestellt, dann fängt der Tag vernünftig an."

Sie nahm ihn, kostete und nickte, aber obwohl der Kaffee den Nebel der Medikamente zu vertreiben schien, sah sie noch immer niedergeschlagen aus. Schweigend tranken wir das Gebräu. Ich gab ihr ein Taschentuch und zeigte auf ihre Oberlippe. „Du hast da noch etwas Schaum …"

Sie wischte sich den Mund ab. „Den wollte ich für später aufheben."

Ich beschloss, die peinliche Stille zu durchbrechen. „Wo wolltest du eigentlich hin?"

„Nach Biloxi. Ein Casino hat mir seine Bühne angeboten ... und ein Zimmer. Ich kann auch kellnern ...“ Beschämt zuckte sie mit den Achseln. Mehr musste sie nicht sagen.

„Hast du irgendwo noch eine zweite Gitarre?“

Sie schüttelte den Kopf.

„Und wie willst du dort hinkommen?“

Sie lächelte und hielt einen Daumen raus.

„Weißt du, wo du erst einmal unterkommen kannst?“

„Ich habe nicht vor hierzubleiben.“ Sie zeigte auf ihren Rucksack. „Ich habe eine Karte mit Hostels. Vielleicht kann ich ein paarmal in einer Kneipe spielen ... oder sogar etwas beiseitelegen, um zur nächsten Stadt zu kommen. Ich muss es ja nur bis Mississippi schaffen.“

Dr. Bill kam herein. „Wie fühlen Sie sich?“ Er zog ein Stethoskop aus seinem Kittel und hörte ihr Herz ab.

Mit halb geschlossenen Augen sah sie ihn an. „Besser, wenn nur die Welt sich nicht mehr so drehen würde.“

„Sie haben ganz schön was abbekommen.“ Mit einer Taschenlampe leuchtete er ihr in die Augen und fühlte dann ihren Puls. Anschließend inspizierte er ihre Hand. „Und wie geht es der Hand?“

„Tut verdammt weh.“

„Nehmen Sie ein Schmerzmittel. Und schön kühlen. Das dauert ein paar Tage. Aber sie wird wieder. Haben Sie noch irgendwelche Fragen?“

„Werde ich entlassen?“

Dr. Bill hängte sich das Stethoskop um und begutachtete den leeren Tropf über ihr. „Geben Sie mir ein paar Minuten, um den Papierkram fertig zu machen, und dann dürfen Sie gehen. Aber Sie müssen sich ausruhen. Keine Reisen in den nächsten Tagen! Keine Aufregung. Kein helles Licht. Keine Computerarbeit. Und keine Textnachrichten. Was Sie brauchen, ist Ruhe.“

„Hast du Hunger?“, fragte ich Daley, nachdem er gegangen war.

Sie ließ ihre Schultern noch etwas mehr hängen und die Last fiel von ihr ab. „Ich könnte etwas zu essen vertragen, ja.“

Nachdem die Schwester den Venenzugang entfernt und Daley beim Anziehen geholfen hatte, liefen wir durch den langen Flur in Richtung Ausgang. Die Sonne brannte mir Löcher in die Netzhaut. Ich gab Daley meine Sonnenbrille. „Hier, das hilft.“

Sie setzte sie auf, und als die Türen aufgingen, liefen wir genau dem Kerl mit der Platzwunde am Kopf in die Arme. Er blähte sich auf und knurrte. „Da ist ja die Schla..."

Wenn ich geglaubt hatte, dass Daley nicht auf sich selbst aufpassen konnte, hatte ich mich getäuscht. Er hatte kaum *Schla* gesagt, als Daleys Stiefel ihn direkt in die Leiste traf. Er wog vielleicht hundertdreißig Kilo, aber ihr Tritt hob ihn von den Füßen und zwang ihn auf die Knie, wo er zu würgen begann. Während er noch sein Frühstück auf dem Bürgersteig verteilte, schüttete sie ihm den Honey Badger über den Kopf. „Das ist für meinen Hummingbird, du widerlicher Scheißkerl!"

Sie taumelte etwas und ich nahm schnell ihren Arm und hakte sie unter. Gemeinsam liefen wir zum Parkplatz. Ich grinste. „Ich dachte, du sollst dich nicht aufregen."

„Ich habe mich nicht aufgeregt."

Vorsichtig half ich ihr in den Jeep. „Dann möchte ich das lieber nicht erleben."

Kapitel 4

Wir saßen in der Roastery. Daley nippte an ihrem zweiten Honey Badger und aß ein Stück Quiche. Sie hielt den Becher vor sich. „Du hast recht, er ist wirklich gut."

„Den letzten hast du weggeschüttet."

„Tut mir leid." Ihr Blick wanderte zur Preistafel. „Wenn ich gewusst hätte, wie teuer die sind ..."

„Macht doch nichts." Ihre Augenringe sagten mir, dass sie seit Jahren nicht ordentlich geschlafen hatte. „Was ist passiert?"

„Na ja, er kniete auf der Erde und da dachte ich ..."

„Nein, gestern Abend. Im grünen Ford."

Sie wurde still. „Nur ein paar Idioten, die sich idiotisch verhalten haben."

„Wo kamst du überhaupt her?"

„Ich hatte gestern Abend einen Auftritt in einer Bar in Leadville. Eigentlich fing es schon am Nachmittag an. Ich habe für Biker gesungen. Coversongs." Ihre Miene wurde säuerlich. „Aber dann haben mir zwei Typen auf der Straße die Schau gestohlen. Sie haben die ganze Bar leer geräumt. Einer von ihnen war ziemlich gut. Am Ende waren der Barkeeper und ich allein. Also habe ich zusammengepackt und bin hergetrampt."

Ich verlor kein Wort über meinen Beitrag zu ihrer Story. „Und was ist mit deiner Gitarre passiert?"

„Die Idioten wollten mehr als nur reden." Sie lehnte sich zurück und zuckte mit den Achseln. Ihre Augenlider waren schwer. „Also beschlossen sie, mir die Gitarre abzunehmen." Sie wechselte das Thema. „Lebst du schon die ganze Zeit hier?"

„Die ersten fünf Jahre bin ich herumgezogen. Aber dann bin ich hier wieder sesshaft geworden. Ist eben meine Heimat."

Sie schob die Quiche auf dem Teller hin und her. „Cooper ..."

Ich hob abwehrend die Hand. „Hör auf. Lass nur. Es ist schon ewig her. Seitdem ist viel passiert. Hast du schon Pläne, was du jetzt machen willst?"

Wieder hatte sie Milchschaum auf der Lippe. Nachdenklich schaute sie in ihren Kaffeebecher. „Ich könnte hierher ziehen und mir Arbeit suchen. Bezahlen sollen sie mich hiermit." Sie lachte und zeigte auf das Pflaster, wo der Zugang gewesen war. „Einfach reinpumpen." Ihr Lachen war leicht und voll, wie ihre Stimme. Sie sah aus dem Fenster. „Wie heißt die Stadt noch mal? Dolce Vita? La Vita Loca?"

Ich musste lachen. „Buena Vista."

„Knapp daneben."

„Weißt du denn, wo du unterkommen kannst?"

Daley schüttelte den Kopf.

„Ich habe eine Wohnung hier, wenn du willst."

„Also hast du noch eine andere Bleibe?"

„Ich bin zur Hälfte in meiner Berghütte dort oben über den Wolken", dabei zeigte ich nach Westen in Richtung der Salzfelsen und des Passes, der an St. Elmo vorbeiführte, „und den Rest der Zeit hier in meinem Apartment. Wo ich mich schlafen lege, entscheidet oft das Wetter."

„Was du nicht sagst." Sie stützte ihren Kopf in eine Hand. „Schlaf klingt gut. Wenn es dir nichts ausmacht."

Wir fuhren die Main Street in Richtung Westen und kamen am *Lariat, Bar & Grill,* vorbei. Das Lokal ist ein alter Handelsposten und schöpft seinen Ruf aus der Überlieferung, dass hier einst echte Cowboys ein und aus gegangen sein sollen. Laut der Legende soll sich hier mindestens eine Schießerei bis auf die Straße ausgeweitet haben. Jedes Jahr wird sie von den Einheimischen nachgestellt. Manche sagen, dass man noch die Blutflecken auf dem Holzboden erkennen kann, andere halten es für Ölflecken aus der Zeit, als die Freiwillige Feuerwehr das Haus als Garage verwendete. Was auch immer der Wahrheit entspricht, heute sind die Flecken Teil der Romantik um die beliebteste Bar der Stadt. Drinnen riecht es nach schalem Bier, nassem Tabak und fettigen Pommes. Die Kellnerinnen, die einst Schönheitsköniginnen beim Rodeo und Ballköniginnen beim Homecoming waren und sich in den Collegejacken ihrer Freunde wärmten, servieren kaltes Bier vom Fass und leihen einem ihr Ohr, vorausgesetzt, das Trinkgeld stimmt. Gourmets werden jedoch einwenden, dass das Wort *Grill* in Verbindung mit dem *Lariat* eine sehr freie Definition ist. Es gibt eine Grillpfanne, es gibt Essen, aber das ist es auch schon. Das Einzige, was hier richtig gut läuft, ist die Livemusik.

Daley las das Schild und meinte: „Heißt der Laden nicht auch *The Rope*?"

„Ach, du kennst ihn?"

Sie starrte aus dem Fenster und schien in Erinnerungen zu kramen. Gedankenverloren kaute sie an einem Fingernagel. „Der Manager lässt einen hier für Trinkgeld spielen."

Wenige Sekunden später schreckte sie plötzlich auf und suchte an ihrem Handgelenk nach einer Uhr. „Mist! Welcher Tag ist heute?"

„Samstag."

Sie schlug sich mit der Hand vors Gesicht und stöhnte. Ich fuhr rechts ran, trat auf die Kupplung und wartete.

„Ich soll hier heute Abend spielen. Beziehungsweise *sollte*. Aber ..." Sie hielt ihre Hand hoch. „Ich könnte die hundert Mäuse wirklich gut gebrauchen."

„Frank hat dich für hundert Mäuse gekriegt?"

„Du kennst ihn?"

Ich überlegte. „Flüchtig." Wir standen noch immer am Straßenrand in der Nähe der Bahngleise. Ich sah in den Innenspiegel. „Was macht eigentlich deine Stimme?"

Sie zuckte mit den Achseln. „Längst nicht mehr das, was sie mal war."

„Nein, ich meine wegen gestern."

„Singen kann ich noch."

Ich wendete, fuhr drei Straßen weiter nach Osten in Richtung Fluss und Sleeping Indian Mountain und parkte schließlich neben dem *Ptarmigan*. „Kannst du hier kurz auf mich warten? Dauert nicht lang."

Sie nickte. „Cooper?", rief sie mir nach, als ich ausgestiegen war.

„Ja?"

„Wenn du nicht ... Ich meine ... Ich weiß nicht, ob ich die Kraft habe, hier zu sitzen und ..." Fast unmerklich schüttelte sie den Kopf.

Manchmal ist nicht das entscheidend, was jemand sagt, sondern was derjenige *nicht* sagt. Daran lässt sich ablesen, wie es ihm wirklich geht. Irgendjemand oder -etwas hatte ihr wehgetan. Sehr wehgetan. Ich legte die Autoschlüssel auf den Fahrersitz. „Wenn ich nicht wiederkomme, behältst du einfach den Jeep."

Sie legte die Füße aufs Armaturenbrett und lehnte den Kopf zurück. Die Fältchen zwischen den Augen verschwanden.

Ich habe meine Wohnung im Dachgeschoss des *Ptarmigan*. Dort wohne ich, wenn Schnee und Eis mich aus den Bergen vertreiben.

Ich eilte nach oben und schnappte mir meine alte Martin D-35, die zu einer meiner liebsten Begleiterinnen geworden war. Ihr Name war Ella und sie wurde irgendwann in den Siebzigern als Kind deutscher und brasilianischer Eltern geboren. Ich lernte sie vor fünfzehn Jahren bei einem Pfandleiher in Taos kennen. Zwischen uns funkte es sofort – akustisch gesehen. Sie hat eine raue Stimme, ist empfindlich, kann richtig losbellen, wenn man sie hart anfasst, aber sie entführt einen auch in andere Sphären, wenn man die Zügel locker lässt und sie ihre Stimme entfalten kann. Den Namen hatte ich aus einem Buch. Sie erinnerte mich an Miss Ella und ihre starke, ungetrübte, sonore Stimme. Wenn Miss Ella etwas sagte, dann hörten alle zu, weil es direkt ins Herz ging und einem entweder einen Stich versetzte oder Heilung brachte.

Als ich wieder draußen ankam, saß Daley an einem Picknicktisch unter einem Schirm, der sich im Wind drehte. Ich klappte den Gitarrenkoffer auf, setzte mir Ella aufs Knie und fing an, sie zu stimmen.

Daley sah mich verwundert an. „Du weißt aber schon, dass es

heutzutage elektrische Dinger gibt, die ziemlich gut funktionieren?“

Ich lächelte, ohne sie anzusehen. „Was du nicht sagst.“ Als ich fertig war, spielte ich ein paar Akkorde und dämpfte dann die Saiten ab. Dann sah ich sie an. „Sing etwas.“

Sie zog eine Augenbraue hoch. „Singen?“, sagte sie langsam. „Was denn?“

„Egal. Was du willst.“

Ohne sich einzusingen oder irgendeinen Einwand vorzubringen, hob sie an und sang eine sinnlich-seidige Version von Dusty Springfields „Son of a Preacherman“ über Billy Ray. Ich schmolz auf meiner Bank nur so dahin.

Für diesen Song hatte ich schon immer eine Schwäche. Sie wusste das. Ich wusste, dass sie es wusste. Und sie wusste, dass ich wusste, dass sie es wusste. Das machte es ja so spannend.

Innerhalb von zwei Sekunden fielen zwanzig Jahre von mir ab. Sie traf jeden Ton so präzise, dass ich mich kaum traute, sie auf der Gitarre zu begleiten, um ihren schönen Klang nicht zu zerstören. Die Worte rollten rhythmisch von ihrer Zunge und wurden von einer Stimme getragen, aus der Sehnsucht sprach. Sie klang kräftig, aber auch verletzlich. Als wir geredet hatten, waren Daleys Mauern felsenfest und so hoch gewesen wie die von Jericho. Uneinnehmbar. Aber kaum erklang der erste Ton aus ihrem Mund, da öffneten sich die Tore weit. Musik steckte ihr im Blut. Sie gehörte zu ihr wie ihre ozeanblauen Augen. Und sie war das einzige klare Fenster, durch das sie die Welt sehen und verstehen konnte.

Mitten in einer Strophe unterbrach Daley ihren Gesang. „Spielst du oder willst du nur dasitzen und mich anstarren?“ Als sie die Zeile sang, dass Billy Ray der Einzige war, der zu ihr durchdringen konnte, sah sie mich an.

Ich fragte mich, ob sie nur sang oder mir mit dem Text etwas sagen wollte.

KAPITEL 5

Musik zu beschreiben ist schwer. Ich glaube nicht, dass man sie wie ein Gemälde oder einen Roman beschreiben kann. Bei beiden entsteht das Gefühl übers Sehen. Das Bild – ob nun ein wirkliches Bild oder Buchstaben auf einer Seite – tritt durch unsere Augen ein, durchläuft unseren Verstand, wo wir ihm eine Bedeutung zuordnen, und reist dann weiter zu unseren Emotionen. Zuerst kommen Verstand und Verstehen, dann Gefühle.

Nach meiner Erfahrung ist das bei der Musik anders. Musik tritt durch die Ohren in unseren Körper und geht schnurstracks zu unserer Gefühlszentrale. Dann erst reist sie weiter zu unserem Verstand, wo wir versuchen, sie zu deuten. Musik fühlt man und erst dann versteht oder verarbeitet man sie. Das heißt natürlich nicht, dass man sie nicht mithilfe des Verstands beschreiben kann, aber ich bin mir nicht sicher, ob unsere Worte dafür ausreichen. Das ist, als wollte man beschreiben, wie die Ziffer 9 riecht.

Musik muss man erleben.

Die Musik hat ihre eigene Sprache. Von Musikern überall auf der Welt wird sie gesprochen und ist genauso real wie Griechisch oder Latein, und wenn man sie zum ersten Mal lernt, auch genauso kompliziert. Der Schlüssel zur Sprache der Musik heißt do, re, mi.

Für alle Nichtmusiker: Do, re, mi sind die Töne einer Tonleiter.

Tonleitern sind wie Bausteine. Die natürliche Ordnung in der Musik. Sie sind so real wie die Erdanziehungskraft und in unseren Genen fest verankert. Wie fest gespeicherte topografische Karten. Ein Beweis dafür ist unsere Fähigkeit zu wissen, wie ein Lied weitergeht, obwohl wir es zum ersten Mal hören. Für einen Sänger oder Musiker besteht die Herausforderung darin, mithilfe der Finger, Hände und der Stimme die passenden Töne zu produzieren. Und das führt mich zu Regel Nummer zwei in der Musik. Und zwar ohne Ausnahme: Übung macht den Meister.

Man kann sich in vielen Bereichen des Lebens nach oben schummeln. Man kann kopieren, bestechen, die Konkurrenz aus dem Weg räumen oder Steroide nehmen, um schneller oder stärker zu sein. Aber in der Musik gibt es keine Abkürzung.

Ende der Durchsage.

Wer nur so tut, bei dem fliegen Tomaten. Einen Betrüger wittert das Publikum sieben Meilen gegen den Wind. Deshalb kostet es ja so viel Mut, sich auf eine Bühne zu stellen oder am Straßenrand zu singen. Deshalb werden Play-back-Sängern die Preise aberkannt und sie werden vor die Stadttore gejagt. Trotz unseres von Toleranz geprägten Zeitalters tolerieren wir auf der Bühne keinen Betrug. Musik und Performance haben einen hohen Stellenwert bei den Menschen und deswegen erwarten wir von den Künstlern dasselbe.

Ich hatte schon immer ein ziemlich gutes Gehör. Die Neigung zur Musik ist mir angeboren. Mein Vater sagte immer, ich hätte schon gesungen, bevor ich reden konnte. Als Daley also zu singen anfing, stellte ich mir eine einfache Frage. Nicht: „Welches Lied singt sie?“, sondern: „In welcher Tonart singt sie?“. Anders formuliert: „Wo in do, re, mi bewegt sie sich?“

Meine Aufgabe war nicht, ihr Konkurrenz zu machen, mit meinem Wissen zu prahlen oder ihr zu zeigen, wie gut ich geworden war. Meine Aufgabe war, ihr einen Rahmen zu bauen, ein Gerüst. Eine Basis. Die Luft um sie herum mit Struktur zu versehen, mit Sicherheit.

Daley lächelte. Sie ließ Dusty Springfield hinter sich und fing an, mit beiden Händen auf ihre Oberschenkel zu trommeln. Zum Rhythmus einer Sträflingskolonne setzte sie zu Johnny Cashs

„God's Gonna Cut You Down" an. Tief. Schwer. Staub gemischt mit Schweiß.

Lächelnd wechselte ich die Tonart. Wer Johnny Cash anstimmt, bewegt sich auf heiligem Boden. Ich wusste, dass der Mann in Schwarz meistens auf einer Martin D-35 gespielt hatte.

Daley schien sich zu amüsieren. Wie ein Kind auf einem Spielplatz. Sie schien schon ihre nächste Station im Blick zu haben, denn sie reckte das Kinn nach vorn und wich von ihrer Melodie ab. Sofort spielte ich leiser und lauschte, was nun kam. Und so begann unser musikalisches Katz-und-Maus-Spiel.

Ihre Stimme wurde weicher, weniger Staub, mehr Gold. Einer meiner Lieblingssongs von Elvis: „In the Ghetto". Um sich an Elvis heranzutrauen, braucht man schon eine gewisse Portion Übermut. Aber längst nicht so viel wie bei Michael Jackson. Ich hatte sie gerade eingeholt, als sie die Stratosphäre schon wieder durchquerte und ein neues Kaninchen aus dem Hut zauberte. Normalsterbliche singen eigentlich nicht mal eben „I'll Be There". Das ist, als würde man zu Godzilla in den Ring steigen. Man kann davon ausgehen, seinen Meister gefunden zu haben.

Aber offensichtlich hatte das Daley noch nie jemand gesagt. Mit aller Sorgfalt und dem Können einer Frau, die ihre Fingernägel mit einer Sandpapierfeile pflegte, hob sie an und ich hatte das Gefühl, der King of Pop höchstpersönlich war auf die Motorhaube des Jeeps gesprungen. Aber kaum hatte sie den Refrain gesungen, da sprang sie weit zurück, irgendwo in die 1930er, und schmetterte Robert Johnsons „Sweet Home Chicago". Als ich mich gerade darauf eingestellt hatte, war sie dessen schon müde geworden und war mitten im Song zu Hank Williams „I'm so Lonesome I Could Cry". Und obwohl sie einsam klang, fragte ich mich, ob ich je eine schönere Nachtigall gehört hatte.

Immer mehr Leute blieben stehen, während wir „Midnight River" von den Allman Brothers anspielten, Lynyrd Skynyrds Südstaatenhymne „Sweet Home Alabama" und Bob Marleys „No Woman, No Cry". Als Daley sich Marvin Gayes „Ain't No Mountain High Enough" vorknöpfte, hatte sich schon eine kleine Menschentraube gebildet. Das machte mir nichts aus. Auch wenn ich davon ausging, dass sie für mich sang, die Anwesenheit eines Publikums erweiterte das Erlebnis nur noch um eine weitere Dimension. Daley ließ John Denvers „Rocky Mountain High“ erklingen, Ray Charles’ „Georgia on My Mind“ und schließlich Creedence Clearwater Revivals „Fortunate Son“.

Zu sagen, sie hätte durchaus noch einen großen Stimmumfang, war eine Untertreibung. Die Melodien und das Medley sprühten vor Magie. Das Einzige, was noch beeindruckender war, war die Tatsache, wie sie spielend jeden Song zu ihrem eigenen machte. Man merkt, dass man jemand Begabten neben sich hat, wenn dessen Coverversion es mit dem Original aufnehmen kann. Als Daley fertig war, hörte sie einfach auf und verschränkte ihren gesunden Arm mit der Schiene. Sie war noch nicht mal außer Atem – und Buena Vista liegt auf fast zweieinhalbtausend Metern Höhe.

Meine Aufgabe in der zwanzigminütigen Reise durch die Popmusik war, gut zu sein, aber nicht zu gut. Ich wollte, dass sie zu der Überzeugung gelangte, ich könne sie in einer Kneipe begleiten. Mehr nicht. Ich hielt mich also zurück und lenkte so wenig Aufmerksamkeit wie möglich auf mein Spiel. Die Führungsrolle übernahm ich nie.

Sie tippte mit dem Zeigefinger auf ihre Lippen und überlegte. Offensichtlich suchte sie nach dem nächsten Lied und ich dachte nur, *jetzt mach dich auf etwas gefasst.*

Ein verschmitztes Lächeln kroch in ihr Gesicht. Sie lehnte sich zurück, verschränkte die Arme und sang die ersten Töne von Patsy Clines „I Fall to Pieces“ mit derselben Leichtigkeit wie ein Kind, das „Backe, backe Kuchen“ singt.

Da trat ein Mann mit Cowboyhut vor und ließ einen Zwanzigdollarschein in meinen Gitarrenkoffer segeln. Daley stand auf und umarmte ihn – woraufhin er seinen Hut zog –, während sie ohne einen verunglückten Ton weitersang.

Und während sie dort stand und die Aufmerksamkeit der Leute auf der Main Street fesselte, hatte ich zwei Gedanken: Ihre Stimme war zwar nicht mehr das, was sie einst gewesen war, aber sie war noch immer richtig gut. Und ihre Stimmkontrolle und ihre Tapferkeit waren noch besser geworden. Aber was mir wirklich Kopfzerbrechen bereitete, hatte nichts mit ihrem Talent als Sängerin zu tun, sondern mit ihrer Songauswahl. Alle ihre Lieder stammten aus der Feder von berühmten, aber toten Künstlern. Es war kein einziger lebender Künstler darunter. Und sie hatte keinen einzigen ihrer eigenen Songs angestimmt.

Während diese Erkenntnis noch in mir reifte, drehte sie sich zu mir um. „Gibt es auch einen Ort, an den du mir nicht folgen kannst?“

„Wahrscheinlich. Aber es könnte etwas dauern, bis du einen findest.“

Sie sah auf meine Hand. „Seit wann spielst du wieder?“

„Seit meiner Rückkehr vor ein paar Jahren.“

„Aber ich dachte, deine Hand ist ...“

„War sie auch.“

„Und was hast du dagegen getan?“

„Neun- oder zehntausend Wiederholungen von fünf oder sechs verschiedenen Handübungen.“

„Du bist noch besser als damals.“ Sie stand mit dem Rücken zur Straße, während sich die Menschentraube allmählich auflöste.

„Ich weiß nicht.“ Ich betrachtete meine Hand, streckte sie aus, machte eine Faust. „Eigentlich dachte ich, ich wäre damals schon ziemlich gut gewesen.“

Sie nickte. „Warst du auch.“

„Apropos Gitarren“, hakte ich ein, „was ist denn mit deiner McPherson passiert?“

Sie ließ den Kopf hängen. Plötzlich war sie nicht mehr die selbstbewusste Sängerin. Sie zuckte mit den Achseln. „Brauchte Geld für die Miete.“

„Ich mochte ihren Klang immer sehr.“

Wir stocherten am Rand einer ziemlich umfangreichen Geschichte herum. Wenn unser Gespräch jetzt noch tiefer ging, würden wir den Schorf einer zwanzig Jahre alten Wunde abreißen. Und ich war mir sicher, dass das Pflaster auf meinem Herzen dabei nicht halten würde.

Sie lenkte ab. „Du kannst dich hinter deinen langen Haaren, der vernarbten Hand und deiner rauchigen Stimme ganz gut verstecken. Die Stadt hat keine Ahnung, wie gut du bist, oder?“

„Hin und wieder spiele ich.“

Sie sah in Richtung des *Lariat* und überlegte. „Machen wir fifty-fifty?", sagte sie und wirkte dabei peinlich berührt. „Aber dieser Wie-heißt-er-noch nimmt zehn Prozent."

„Behalte meinen Teil." Ihr Angebot mit dem geteilten Trinkgeld zeigte mir, dass Frank sich auch dort noch bediente. „Und ich werde mal sehen, was sich beim Geld machen lässt."

Auf ihre nächste Frage war ich nicht vorbereitet.

„Hast du eigentlich je geheiratet?"

Ich blinzelte in die Sonne. „Wie bitte?"

„Ob du je geheiratet hast!" Sie reagierte gereizt, genau wie bei dem Kerl in Latzhosen vor dem Krankenhaus. Wohl ein Selbstschutzmechanismus aus purer Notwendigkeit.

„Warum fragst du das?"

„Weil ich wissen will, ob jeden Augenblick eine Mrs O'Connor hinter mir aufkreuzen kann und mir die Pistole an den Kopf hält, weil sie glaubt, ich sei eine alte Flamme von dir und es würden wieder Funken zwischen uns sprühen."

Eine berechtigte Frage. „Hast du denn Erfahrung damit?"

Sie war noch immer sehr angespannt. „Ein wenig."

„Nein."

„‚Nein, es gibt keine Mrs O'Connor' oder ‚Nein, das würde sie nie denken?'"

„Nicht verheiratet. War ich nie."

Plötzlich wich die Anspannung aus ihrer Haltung und aus ihrer Stimme. „Gut." Ihre Hände waren nervös. „Ich meine nicht, gut, dass du nie geheiratet hast. Sondern gut, weil ich heute keine Kraft mehr zum Kämpfen habe."

Daleys emotionale Haltung erinnerte mich an eine Frau mit hochgekrempelten Ärmeln. Ohne Beschützer und Verteidiger war sie gezwungen gewesen, für sich selbst zu sorgen, und das, was einst weich und zart gewesen war, war zu einem dicken, misstrauischen Fell geworden. Sie war zu Rosie geworden, der Frau von den Rüstungsplakaten der 1940er, die mit anpackte und sich an den Gedanken gewöhnt hatte, dass ihr Joe nie wieder nach Hause kommen würde.

Als ich vor zwanzig Jahren an die Krankenhausdecke gestarrt und mir alle Möglichkeiten ausgemalt hatte, war mir diese jedenfalls nicht eingefallen. Und sie gefiel mir nicht.

Ich sah auf die Uhr. „Es sind noch ein paar Stunden, bis wir im *Lariat* sein müssen. Ich habe vorher noch einen Termin. Soll ich dich irgendwo absetzen?"

„Kann ich nicht mitkommen?"

„Das ist nicht gerade der schönste Ort, wo ich hinmuss."

„Keine Sorge, ich tue so, als wäre ich gar nicht da."

„Der Geruch kann ... ziemlich heftig sein."

Sie kicherte. „Du hättest mal einige der Löcher sehen sollen, wo ich aufgetreten bin."

„Und es könnte sein, dass ich etwas Hilfe benötige."

„Kein Problem."

Ich lächelte. „Prima. Das wird sie freuen."

„Sie?"

„Meine Freundin."

Daley erstarrte. „Ich dachte, du wärst Single."

„Nein", erwiderte ich und hob meinen Ringfinger. „Ich habe gesagt, ich bin nicht verheiratet. Aber ich habe nie gesagt, dass ich keine Freundin habe."

Die harte Rosie war zurück. „Und sie hat nichts dagegen, wenn ich auftauche?"

„Ganz bestimmt nicht." Ich kletterte in den Jeep. Daley zögerte. „Warum bist du dir da so sicher?"

„Ist so ein Gefühl."

Kapitel 6

Das *Riverview Center* ist eine Einrichtung für betreutes Wohnen mit vierzig Betten auf einem zwanzigtausend Quadratmeter großen Grundstück. Es steht vor der felsigen Kulisse des Sleeping Indian Mountain. Die malerische und gepflegte Anlage wird von einer gesunden, blumenfressenden Herde Rotwild zugleich kurz geschoren und zerwühlt. Zu einer Seite hin ist sie vom Arkansas River begrenzt, der für ein konstantes, friedliches Wasserrauschen sorgt.

Ich fuhr über die kurze Brücke und auf der kurvigen, von großen Pappeln gesäumten Allee bis zum Parkplatz. Es war früher Nachmittag und fast alle Bewohner machten entweder ein Mittagsschläfchen oder sahen fern. Ich stellte den Wagen ab und stieg aus. Daley folgte mir. Sie schien ihre Stacheln eingefahren zu haben.

Wir gingen ins Foyer und durch viele Flure bis zu Marys Zimmer. Die Tür war geschlossen. Als ich sie leise öffnete, sah ich, dass sie schlief. Wir setzten uns hin und warteten. Das war immer einer meiner Lieblingsmomente. Wenn sie schlief, hatte sie keine Zuckungen.

Daley sah sich im Zimmer um. „Du hättest mir das sagen sollen“, flüsterte sie.

„Als ich wieder die Gitarre in die Hand genommen hatte, habe ich nach einem sicheren Ort gesucht, wo ich die ersten Gehversuche unternehmen kann. Die Leute hier freuen sich über die Abwechslung und sind nicht pingelig, wenn einem hin und wieder ein Ton verunglückt oder man etwas schief singt. Außerdem können sie nicht wirklich abhauen. Mary war eine der Ersten, für die ich gespielt habe. Als ich sie kennenlernte, habe ich gemerkt, dass wir einiges gemeinsam haben."

„Zum Beispiel?"

„Wir sind beide Daley-Cross-Fans."

Daley ließ ihren Blick über die Wände schweifen, die mit Postern und Karten von ihr übersät waren.

„Wobei sie eher ein Groupie ist", sagte ich. „Es geht schon fast ins Unerträgliche."

Marys dunkle Haare waren ihr ins Gesicht gefallen. Speichel lief ihr auf das Kissen. Ich strich ihr die Haare aus dem Gesicht und tupfte ihr den Mundwinkel ab. Sie blinzelte und lächelte und sofort waren die Zuckungen wieder da.

Mary leidet an extremem Strabismus. Sie schielt. Wenn sie jemanden mit einem Auge ansieht, steht das andere Auge senkrecht und man sieht nur noch das Weiße. Das fokussierende Auge wandert immer wieder von links nach rechts. Ihr rechtes Auge stellte auf mich scharf und sie hob den Kopf, damit ich ihr ein zweites Kissen darunterschieben konnte. Ihre Stimme war kratzig wie die von Katharine Hepburn. „Ich habe gerade von dir geträumt."

Ich zog mir den metallenen Hocker auf Rollen heran und legte die Arme auf ihr Bett. „Und wovon?"

„Wie du das erste Mal für mich gespielt hast."

„Eigentlich habe ich für die ganze Station gespielt."

„Ja, aber du konntest den Blick nicht von mir abwenden."

Ich lachte. „Das stimmt." Ihre rechte Hand fing an, wie ein Fisch zu zappeln. Ich schob meine Hand unter ihre und hielt sie fest. Niemand hatte weichere Haut als sie. „Kann ich selbst heute noch nicht."

Im Lauf der Jahre hatte Mary zig Medikamente ausprobiert, um ihre zerebrale Lähmung und deren Auswirkungen aufzuhalten. Kaum eins davon hatte Besserung gebracht. Gegen die Zuckungen hatte keins geholfen.

Es gab nur ein Gegenmittel. Wenn ich spielte, hörten ihre Zuckungen auf. Mary sagt, der Schmerz wird „rausgewaschen".

Mary hat fast ihr gesamtes Erwachsenenleben in dieser Einrichtung verbracht. Sie ist der Liebling des Hauses und muss selten um etwas bitten.

Eine Schwester klopfte und kam herein. Sie winkte mir zu. „Hallo Cooper."

„Hallo Shelly. Wie geht es Peter?" Ich stand auf und half der Schwester dabei, Mary auf die Seite zu drehen. Dann zog ich den Sichtschutz ums Bett, damit Shelly ihr die Windel wechseln konnte.

Shelly hatte das schon tausendmal gemacht. Sie konnte es vermutlich im Schlaf.

„Der kleine Witzbold hat die Tuba gegen das Schlagzeug getauscht. Meinte, er habe mehr Rhythmusgefühl als drei Schlagzeuger zusammen und es sei an der Zeit, dass die Welt das auch erfährt."

Hinter dem Sichtschutz hob Mary den Arm, tastete nach meinem Kopf und schob ihn zur Seite. „Wehe, du guckst. Ich bin immer noch eine Frau."

Ich sprach in Richtung Wand. „Es gibt kein wichtigeres Bandmitglied als den Schlagzeuger. Die ganze Band steht oder fällt mit dem Beat. Schlagzeuger kriegen nicht immer viel Aufmerksamkeit, aber sie sind das Spannseil, das den ganzen Laden zusammenhält."

Shelly rollte Mary zurück auf den Rücken und brachte die volle Windel zur Tür. „Das mag sein, aber wenn der kleine Duracellhase nicht bald seine Note in Chemie verbessert, wird der einzige Rhythmus, den er hören wird, mein Fuß sein, der ihn in den ..." Sie formte die letzten Worte nur mit dem Mund.

„Da kann ich dir nicht helfen."

Shelly ging. Mary und ich mussten lachen. Dabei bekam Mary einen Hustenanfall. So hatte sie sich schon lange nicht mehr angehört. Sie hustete und man hatte das Gefühl, es würde sich einiges lösen.

Ich sah sie ernst an. „Hat Dr. George das schon gehört?"

„Er war letzte Woche hier und heute früh auch." Sie zeigte auf ein Fläschchen, das auf dem Nachttisch stand. „Ein ganz neues Antibiotikum. Soll die kleinen Plagegeister töten." Ihr gutes Auge sprang von links nach rechts. Es rollte weg von mir zu Daley, die auf einem Stuhl an der Wand saß. Mary schien überrascht, noch eine dritte Person im Zimmer zu entdecken.

„Oh, hi. Hab Sie nicht gesehen." Sie tastete nach ihrer Brille mit Gläsern so dick wie Aschenbecher, setzte sie auf und schob sie nach oben. Dann legte sie den Kopf schief, um Daleys Gesicht zu betrachten, erst in die eine Richtung, dann in die andere. Schließlich richtete sie ihn wieder auf. „Das sind ja Sie!"

Daley stand auf und reichte Mary die Hand. „Hallo, ich bin Da..."

Mary umklammerte sie mit beiden Händen. „Ich weiß, wer Sie sind." Mit einer ausladenden Bewegung deutete sie auf die Wände. „Ich kann nur nicht glauben, dass Sie in meinem Zimmer stehen."

Eine meiner Aufgaben hier ist, für Unterhaltung zu sorgen. Beziehungsweise meine einzige Aufgabe. Als Teil dieses Auftrags hatte ich Dads Bus repariert und so viele Bewohner und Pflegepersonal wie hineinpassten zu Konzerten in der Gegend kutschiert. Nie mit Übernachtung, nur zum Konzert und zurück. Und Daley Cross war eine der Favoritinnen im Haus. Jedes Mal, wenn sie im Umkreis von Buena Vista auftrat, wurden die Rufe nach einem Ausflug laut. Von allen Konzerten hatte Mary die Eintrittskarten, Programme und Poster aufgehoben und sie hingen nun eingerahmt an den Wänden. Eine lebende Gedenkstätte für Daley Cross.

Mary sah mich an, wischte sich die Haare aus dem Gesicht und tastete nach ihrem Lippenstift auf dem Nachttisch. „Du hättest mich warnen sollen."

„Hättest du mir denn geglaubt?"

„Nein. Aber du hättest es wenigstens versuchen können."

Sie zog die Kappe vom Lippenstift, aber ihre Hand zitterte viel zu sehr. Sie würde es nur noch schlimmer machen. Daley setzte sich neben ihr Bett. „Darf ich?"

Mary versuchte, still zu liegen, während Daley ihr die Lippen nachzog. Marys Körper drückte aus, was ihr Gesicht nicht konnte. Als sie fertig waren, legte ich meinen Gitarrenkoffer unten aufs Bett, löste die Bremsen und schob sie durch die breite Tür. „Bist du bereit?"

„Ich schätze, du wirst mir nicht verraten, was jetzt kommt, oder?"

„Nö."

Sie hielt Daleys Hand, während ich sie den Flur entlangschob.

„Cooper O'Connor!"

„Ja, Ma'am."

„Das zahl ich dir heim."

Ich lachte. „Dann ist das hier ein erstes Konziliationsangebot."

Sie zog die Nase kraus. „Konzi-was?"

Der Flur führte zu einem Saal, in dem ein großer schwarzer Mann mit Anzug und dunklen Lederschuhen an einem Klavier saß und leise spielte, um sich die Hände aufzuwärmen. „Konziliation", sagte er über die Schulter.

Mary drehte sich um. „Nicht du auch noch."

Er spielte lauter. „Sein Vater liebte das Wort. Hat er andauernd benutzt."

Mary runzelte die Stirn. „Du weißt, dass ich nicht folgen kann, wenn du mit diesen neunmalklugen Wörtern um dich wirfst. Was bedeutet das?"

„Es heißt Versöhnung."

„Big-Big", sagte ich, „darf ich vorstellen: Daley Cross."

Er lächelte, spazierte mit seinen Pranken über die Tasten und sah uns über die Schulter an. „Miss Daley Cross. Den Namen kenne ich doch. Wie geht es Ihnen heute? Willkommen zur Singstunde."

Die Schwestern brachten Bewohner in Betten und Rollstühlen und machten eine Art Kreis um das Klavier. Miss Fox saß mit ihrem Strickzeug da und murmelte, wann Renny sie endlich abholen würde. Mr Barnes stand in der Ecke, hatte seine obligatorischen Holzfällerboots an, einen Kittel und sonst nichts. Miss Phillips saß im Rollstuhl, klaubte ihre Zahnprothese aus dem Mund und steckte sie wieder hinein. Miss Anderson lag in ihrem Bett und schlief. Die Schwestern hatten es an die Wand geschoben. Und Mr Simpson saß auf einem Hocker und sah mich erwartungsvoll an. Der Rest murmelte leise etwas vor sich hin. Soweit ich wusste, war die einzige Gemeinsamkeit dieser Leute, dass sie hier in Riverview wohnten und einst meinen Vater gekannt hatten.

Ich ging zu einem Abstellraum und holte noch einige Instrumente heraus. Vor Mr Simpson baute ich drei umgestülpte Plastikeimer auf und gab ihm Sticks. Miss Fox reichte ich ein Tamburin und legte eins zu Miss Anderson ins Bett. Miss Phillips bekam eine Glocke. Dann fing ich an, meine D-35 zu stimmen.

Big-Big wartete erst gar nicht auf eine Antwort von Daley. „Kommen Sie, setzen Sie sich neben mich und lassen Sie Ihre Engelsstimme hören. Zeigen wir den jungen Hüpfern mal, was richtige Musik ist."

Big-Big war noch fit genug, um allein zu wohnen, aber er hatte trotzdem vor einigen Jahren sein Haus in der Stadt verkauft und war mit meiner Hilfe in eins der Apartmenthäuser hier auf dem Gelände gezogen. Die Wohnstätten mit Einzelapartments hatten einen erstklassigen Ausblick auf die Collegiate Peaks und waren in Reichweite des Pflegepersonals, falls ein Bewohner Hilfe brauchte. Big-Big konnte jederzeit kommen und gehen und sein Essen entweder selbst zubereiten oder im Speisesaal mit den anderen einnehmen. Das Ganze war unabhängiges Wohnen für Leute, die nicht mehr wussten, wie lange sie noch unabhängig waren.

Eine der Schwestern hatte den Beamer eingeschaltet und saß vor einem Laptop, mit dem sie die Texte an die Wand warf. Daley setzte sich neben mich und wollte mir gerade etwas ins Ohr flüstern, als Big-Big einen meiner Lieblingschoräle anstimmte. Seine Stimme war ideal für dieses Kirchenlied. „*When the roll is called up yonder ...*"

Ich reihte mich ein und ließ die Gitarrensaiten klingen. Big-Bigs friedlich dröhnender Bass räumte irgendwie meine Sorgen aus. Nach kurzer Zeit stimmte Daley ein und sang leise eine zweite Stimme. Big-Big lächelte und wiegte seinen Kopf hin und her. Nachdem nun alle wach waren, leitete er zuerst zu „I'll Be a Sunbeam" und anschließend zu einem der Lieblingschoräle im Haus, „In the Garden", über.

Bald darauf stand Daley neben Mary, klatschte und sang. Mr Simpson hielt den Takt auf seinen Eimern fast ohne Fehler und die Damen mit Tamburin und Glocke bildeten eine gelungene Umrahmung. Irgendwann fielen Miss Phillips die Zähne aus dem Mund und rutschten quer durch den Raum zum Klavier. Überrascht, aber nicht angeekelt hob Daley sie auf und gab sie ihr zurück. Miss Phillips schob sie schnell wieder hinein, grinste und setzte ihre Glocke wieder in Gang. Beeindruckt von ihrem Einsatz trat mitten im Refrain von „Blessed Assurance" Mr Barnes nach vorn und forderte Daley zum Tanz auf. Sie willigte höflich ein und behauptete sich bei einem Dosido im völlig falschen Tempo mit dem Zweiundneunzigjährigen. Obwohl sie fast vor Schreck stehen blieb, als er sich umdrehte und sein Kittel aufwehte. Sie schlug eine Hand vor den Mund und zeigte mit der anderen darauf. „Hilfe!"

Ich schüttelte belustigt den Kopf. „Manchmal zieht er den Kittel auch falsch herum an."

Daley lachte und hielt sich die Augen zu. „Bitte nicht."

Die ganze Zeit über lag Mary im Bett und bewegte nichts außer ihrem Kopf und Hals. Sie sang aus Leibeskräften. Big-Big leitete zu „Come Thou Fount" über und ich zupfte das Intro. Da sprang Miss Fox auf und fing an zu klatschen. Mit dem Blick zur Decke sang sie eine zweite Stimme zu Daley. Als wir bei der vierten Strophe waren, spielte Big-Big immer leiser und machte Platz für Miss Fox' Solo. „*Prone to wander, Lord, I feel it ...*"

Unterstützt von Daleys leisem Gesang führte uns Miss Fox bis zur letzten Strophe. Der Chor des *Riverview Center* war in Hochform und sang nur minimal schief.

Nachdem er ihr für ihren wertvollen Beitrag gedankt und Miss Fox unter dem Applaus der wachsenden Zuhörerschaft aus Pflegepersonal und Bewohnern Platz genommen hatte, stimmte Big-Big „Great Is Thy Faithfulness" an. Hinterher warf er Mary einen Blick zu, die schon strahlend in ihrem Bett darauf wartete, ihr eigenes Solo zu singen. Big-Big spielte ein paar Akkorde zur Überleitung und hörte dann auf, legte die Hände in den Schoß und wartete darauf, dass ich das nächste Intro übernahm.

Ich spielte die ersten Töne mit dem Plektrum und verlagerte mich dann auf leise Akkorde, um Mary das Signal zu geben. Sie setzte auf den Schlag genau ein und ließ ihre zittrige Stimme erklingen: „*When I survey the wondrous cross, on which the Prince of Glory died ...*" Spontaner Applaus brachte sie nur noch mehr zum Lächeln. Daley stellte sich neben ihr Bett und sang leise mit. Mary drückte auf die Fernbedienung ihres Bettes und stellte die Rückenlehne auf, bis sie fast aufrecht saß, nahm Daleys Hand und sang mit ihrer neuen Freundin.

Big-Big dankte allen, die gekommen waren, erinnerte an das gemeinsame Eisessen am nächsten Nachmittag und daran, bitte das Rotwild nicht zu füttern. Und als Ruhe eingekehrt war, ließ er die ersten Töne des letzten Liedes erklingen. Dabei drehte er sich zu

Daley um und sagte: „Miss Cross, seien Sie doch so nett. Setzen Sie sich zu mir und singen Sie uns etwas vor."

Daley schlängelte sich durch die Betten und setzte sich auf die Klavierbank, den Rücken an Big-Bigs linke Schulter gelehnt. Sie setzte an und sang mit einer Klarheit, die ich schon lange nicht mehr gehört hatte.

„*O Lord my God, when I in awesome wonder ...*" Als sie die vierte Strophe sang, filmten viele Mitarbeiter des Pflegepersonals mit ihrem Handy mit. Big-Big spielte mit geschlossenen Augen. „*How great thou art ... how great thou art.*" Der letzte Ton klang unter der holzvertäfelten Decke nach. Es war so still, dass man eine Stecknadel hätte fallen hören können. Da fing Mr Barnes an zu klatschen und alle stimmten mit ein.

Ich weiß nicht, was ihr Gesang in den anderen ausgelöst hatte, aber als Daley aufstand und Big-Big einen Kuss auf die Wange gab, waren ihre Schultern aufrechter und die Falten um die Augenwinkel verschwunden.

Big-Big stand auf und verbeugte sich vor Daley. „Bitte kommen Sie wieder", sagte er und zeigte auf mich. „Er klingt besser, wenn Sie auch da sind."

Wir schoben Mary zurück in ihr Zimmer. Shelly hatte die Idee, ein Erinnerungsfoto zu machen, das eingerahmt werden und einen Platz an der vollen Wand finden sollte. Daley zögerte nicht lange und kletterte zu Mary aufs Bett. Die beiden posierten wie zwei lang verschollene Schwestern und Mary strahlte über das ganze Gesicht.

„Miss Cross?", sagte Mary, als wir gerade gehen wollten. Daley wandte sich noch einmal um.

Mary hielt eine CD in der Hand. „Darf ich ein Autogramm haben?"

Es war Marys zweites Album. Vor zwanzig Jahren hatten wir es gemeinsam in Nashville aufgenommen, kurz vor dem Feuer. Daley setzte ihren Namen darauf und reichte die CD zurück, blieb aber am Bett stehen und sah mich an. Sie tippte mit den Fingern auf dem Gitter herum, das ein Herausfallen verhindern sollte. „Mary, hat Cooper Ihnen je etwas über die CD erzählt?"

Mary schüttelte den Kopf. „Was meinen Sie damit?"

„Hat er Ihnen erzählt, dass er der Gitarrist ist?"

Mary bekam große Augen. „Nein!“ Sie sah mich an. „Das hat er mir nie verraten.“

Daley nickte. „Hab ich mir gedacht.“ Sie zog sich den Hocker heran und wendete die CD hin und her. „Hat er Ihnen erzählt, dass acht von diesen Songs aus seiner Feder stammen?“

Mary fiel fast aus dem Bett. „Was?“

Daley zeigte auf die Titelliste. „Den hier hat er geschrieben, diesen hier, diesen ...“ Marys Augen wurden immer größer. „Und wenn Sie eine Gitarre hören, dann war er das.“

„Das heißt ja ... dass Cooper fünf Nummer-eins-Hits geschrieben hat.“

Daley nickte. „So ist es.“

Mary griff nach einem Kissen und warf nach mir. „Cooper O'Connor! Seit fünfundzwanzig Jahren liege ich hier und verschmelze immer mehr mit diesem Bett und du hast nie auch nur einen Piep gesagt.“ Dann warf sie ein zweites Kissen nach ihm. „Ich kann es nicht glauben!“

Ich zuckte mit den Achseln und legte die Kissen zurück auf ihr Bett, außerhalb ihrer Reichweite.

Daley tätschelte ihr die Hand. „Ich dachte, das würde Sie vielleicht interessieren.“

Mary verschränkte die Arme und lächelte kampfeslustig. „Und ich werde ihn mir ordentlich zur Brust nehmen, wenn Sie nicht da sind, auch wenn ich dann wie eine Verrückte aussehe, weil ich ihn anschreie.“

„Cooper?“, rief Mary, als wir zum zweiten Mal fast aus dem Zimmer waren.

Ich steckte den Kopf noch einmal hinein. „Jetzt sind wir quitt.“ Dann schloss ich die Tür.

Sie lachte laut auf. „Oh, von wegen! Wir sind kein bisschen quitt und ...“

Auf dem Weg zum Parkplatz sagte Daley kein Wort. Wir stiegen in den Jeep. Ich ließ den Motor an, setzte mir die Costas auf und wollte gerade den Rückwärtsgang einlegen, als Daley auf einmal ihre Hand auf meine legte. Ihr Kopf lehnte an der Kopfstütze und sie sah mich aus dem Augenwinkel an. „Danke.“

„Wofür?“

Sie nickte in Richtung des Gebäudes, das wir gerade verlassen hatten. „Dafür."

„Nein, ich danke dir. Du hast vielen Menschen den Tag versüßt. Und Mary gleich das ganze Jahr. Wenn nicht sogar Jahrzehnt. Wahrscheinlich ist dein Auftritt längst der nächste Hit auf YouTube."

„Verglichen mit dem, was diese Leute mir gegeben haben, war mein Beitrag ein Witz." Daley schloss die Augen. „Es ist schon lange her, dass überhaupt jemand ein Video von mir hochgeladen hat."

Als die Sonne hinter Mount Princeton versank, kam die Kälte aus den Ritzen gekrochen. Hier draußen ist sie nie ganz weg. Noch nicht einmal in den Sommermonaten. Sie versteckt sich nur hinter Steinen und im Wasser, bis die Sonne weg ist. Jetzt, beinahe Anfang Oktober, wartet sie nicht lange, bis sie herauskommt.

Ich fuhr vom Parkplatz und blickte noch einmal in den Innenspiegel. Auf dem Rasen vorm Haus stand Big-Big und sah uns nach.

Er lächelte.

Kapitel 7

Buena Vista liegt eingebettet am Fuß der Collegiate Peaks, ist aber kein Winterurlaubsort wie Vail, Aspen oder Steamboat. Hier ist es im Winter still. Nur wenige Besucher verirren sich hierher. Im Sommer ist das anders. Der Continental Divide Trail, Quad-Touren, Rafting, Kajakfahren, Stand-up-Paddeln und Mountainbiking schwemmen eine Menge Touristen in die Stadt. Einige Tausend abenteuerlustige Studenten kampieren hier, um die Rafting-Firmen, Sommercamps, Ausrüstungsshops und all die Outdoorabenteuer zu besetzen. Für die wenigen Tausend Einwohner, die „Bju-nie" ihr Zuhause nennen, gehört die Flut und Ebbe der Abenteuerlustigen genauso dazu wie die Schneeschmelze im Frühling.

Notwendig eben.

Das *Ptarmigan* wurde in den 1860ern eigentlich als Kirche errichtet. Die Granitblöcke für den Bau hatte man direkt aus den Bergen geholt. Die Wände sind fast anderthalb Meter dick und tragen eine Gewölbedecke und eine Empore, von der man auf eine kunstvoll geschnitzte Bühne schaut. Angesichts der schwindenden Zahl an Gemeindegliedern baute ein Unternehmer um die Jahrhundertwende die Kirche zu einem Theater mit vierhundert Sitzplätzen um. 1929 wurde es geschlossen und das Gebäude fast fünfzig Jahre sich selbst überlassen.

Als mein Vater es 1990 bei einer Zwangsversteigerung für einen

Bruchteil seines Werts kaufte, waren die Wände voller Graffiti, fast alle Buntglasfenster zerbrochen oder zerschossen und das Dach undicht. Hausbesetzer hatten Matratzen in den Saal gebracht, die schnell Ratten angezogen hatten.

Durch einen „Konstruktionsfehler", wie mein Vater es nannte, war die Akustik im Haus jedoch phänomenal. Er wusste nicht, was er mit dem Haus vorhatte, und wenn doch, hat er es mir nie verraten, aber er konnte den Gedanken nicht ertragen, dass es immer weiter verfiel. Ich weiß noch, wie er auf den Stufen zum Eingang stand und den Kopf schüttelte. „Wie kann man nur aus einer Kirche ein Theater machen?" Dad konnte das nie verstehen.

Welche Pläne er für das Theater auch immer hatte, sie wurden nie Realität.

Als ich nach Buena Vista zurückkehrte, kratzte ich mich am Kopf, warf einen langen Blick auf das *Ptarmigan* und beschloss, zu Ende zu führen, was mein Vater begonnen hatte. Zumindest hatte ich dadurch etwas zu tun, während mein Kopf sich langsam enthedderte. Das *Ptarmigan* ist nach einem fasanenartigen Vogel benannt, auch bekannt als Alpenschneehuhn, das sich seiner Umgebung sehr gut anpasst. Er bevorzugt karge, schneereiche und zerklüftete Gipfel und sein Gesang hört sich an wie ein lautes Krächzen.

Wie gemacht für mich.

Beim Versuch, dem *Ptarmigan* zu seinem alten Glanz zu verhelfen, kam schnell ein Problem zutage. Geld. Ich hatte Nashville mit sehr wenig davon hinter mir gelassen. Jimmy in einer Hand, Erinnerungen in der anderen – und leider viele schmerzhafte. Angesichts unseres unschönen Auseinandergehens musste ich davon ausgehen, dass sich der hinterhältige Produzent und die verbitterte Daley das Geld, das wir mit meinen Songs verdient hatten, geteilt hatten und es ihnen zwischen den Fingern zerronnen war. Trotzdem rief ich meine Bank in Nashville an.

Offensichtlich waren wir nicht das erste Pärchen in Music City, das auf so verletzende Art getrennte Wege ging. Als mir der Angestellte meinen Kontostand nannte, ließ ich fast den Hörer fallen. „Wie bitte?"

In den fünf Jahren seit meinem Weggang hatten sich meine Tantiemen angesammelt und Zinsen gebracht. Ich konnte mir keinen

Privatjet oder eine Villa in den Hamptons leisten, aber ich war bei Kasse.

Wenige Jahre später hatte ich den Collegiates ihr Juwel, ein anheimelndes Theater mit einigen hundert Sitzplätzen, wiedergegeben. Außerdem hatte ich die Empore zu einer Wohnung umbauen lassen, wo ich den Winter über wohnte, wenn mich Schnee und Eis aus meiner Berghütte vertrieben. Aus einer Laune heraus ließ ich mir sogar ein recht gut ausgestattetes Studio installieren.

Es dauerte nicht lange, da war das *Ptarmigan* eine beliebte Location für Unplugged-Konzerte, Weihnachtsmusicals von Schulen, den „Nussknacker" und Chöre auf Tour.

Jetzt, wo das *Ptarmigan* wieder in Schuss war, widmete ich mich dem *Lariat*, auch bekannt als das *„The Rope"*. Im *Rope* gab es jeden Abend Livemusik und unter Singer-Songwritern westlich der Rocky Mountains hatte es sich inzwischen einen Namen gemacht. Man verdiente nicht viel, aber das Publikum war treu und dank der Flut durstiger Collegestudenten im Sommer sprach es sich als Geheimtipp herum. Ich wollte mein Engagement für das Haus geheim halten und gründete deswegen eine GmbH, nannte sie *„Timbrel and Pipe"* und kaufte das *Rope*. Abgesehen von meinem Anwalt wusste niemand davon, und das ist mir auch ganz recht so.

Das *Rope* ist ein altes Backsteingebäude und hat zwei große, gewölbeartige Räume. Die Decke ist gut viereinhalb Meter hoch, was erklärt, dass die Freiwillige Feuerwehr hier in den Fünfzigern und Sechzigern einen Leiterwagen unterstellen konnte. In einem Raum kriegt man Bier und Halbwahrheiten aufgetischt, im anderen gibt es Musik und den Rest der Wahrheit. Die Akustik ist gar nicht mal so übel und je mehr Bier Frank ausschenkt, desto besser wird sie.

Frank Green ist aktuell der Geschäftsführer. Ich habe ihn am Telefon eingestellt und seinen Chef hat er nie zu Gesicht bekommen. Er kommt von hier und abgesehen davon, dass er ein Lügner, Betrüger und Dieb ist, der seine Künstler unterbezahlt, ist er ganz gut in seinem Job. Er hat eine Glatze und buschige Augenbrauen, legt in der Körpermitte zu, sieht einem fast nie in die Augen, fährt einen zwanzig Jahre alten qualmenden Pick-up und steckt sich pro Woche drei- bis fünfhundert Dollar aus der Kasse ein.

Damit bezahlt er die Medikamente für seine krebskranke Frau und die Logopädin für seine Tochter.

Frank sah uns kurz an, als Daley und ich eintraten. Er nickte mir zu, wischte den Tresen und widmete sich dann dem Fußboden mit einem Wischmopp. Seine Schultern hingen herab.

„Wie geht es Betty?“, fragte ich.

Er steckte den Wischmopp in den Eimer und betätigte den Auswringhebel. Der Duft von Pine-Sol erfüllte die Luft. „Etwas besser heute.“

Er hat mich noch nie angesehen, wenn ich ihm diese Frage stellte, und auch die Antwort fiel jedes Mal gleich aus. Obwohl Betty im Lauf der Jahre ein Dutzend Mal ins Krankenhaus gekommen war. Oder sogar auf die Intensivstation, weil sie gegen diese oder jene Infektion kämpfte.

Über ihm an der Wand hing ein Poster mit einer idyllischen Südseeinsel. Palmen, Strand, Cocktails mit Schirmchen. Frank war noch nie außerhalb von Colorado gewesen. Genauso wenig wie seine Frau oder Tochter. Die Ecken des Posters rollten sich schon nach innen. Es war eine sichtbare Erinnerung an den Urlaub, den er nie machen würde. Früher habe ich Frank dabei erwischt, wie er das Bild ansah. Heute kommt es nur noch selten vor.

Mehr als einmal – wenn Frank zu tief in eine Flasche Bourbon geschaut hatte – hat er mir erzählt, wie sein betrunkener Vater ihm schon als kleinen Jungen immer einen Schlag auf den Hinterkopf gegeben und ihn angeblafft hatte, während sich der Speichel in seinen Mundwinkeln sammelte: „Du Nichtsnutz. Aus dir wird nie etwas werden. Warum tust du uns nicht den Gefallen und krepierst endlich?“

Frank sah dann immer aus dem Fenster, nahm einen Schluck, wischte sich den Mund mit dem Handrücken ab und donnerte das Glas mit einem gequälten Lächeln auf den Tisch. „Und er hatte recht!“ Und jedes Mal fielen mir nicht seine muskulösen Arme auf, die baumstammartigen Beine oder die gespielte Tapferkeit in seiner Stimme, sondern die Tränen in seinen Augen.

In den ersten Jahren, als er für mich arbeitete, war er fair und ehrlich. Dann wurde seine Frau krank.

Ich setzte mich in eine Ecke und stöpselte Ella in den Verstärker. Angesichts von Daleys kräftiger Stimme brauchte ich ein Instrument mit etwas Durchsetzungsvermögen, und auch wenn ich im kleinen Saal im *Riverview Center* eher leise und abgedämpft gespielt hatte, meine D-35 konnte beides. Daley stand schräg rechts vor mir, das Mikro vor sich. Ausgewaschene Jeans. Klassisches Oxfordhemd. Pferdeschwanz. Ihr rechter Ärmel war aufgeknöpft und bedeckte den größten Teil der Armschiene. Der Glanz und Glamour des einstigen Stars war weg. Sie stand einfach nur da. Ohne Ansprüche. Ohne den Versuch, irgendeine frühere Version von sich selbst zu sein. Daley war einfach nur Daley.

Während ich die Gitarre stimmte, warte Daley und sah zu. „Zu Weihnachten schenke ich dir ein Stimmgerät", sagte sie und lächelte.

Ich tippte auf mein Ohr. „Ich habe eins hier drin. Wie der eingebaute Anspitzer bei den Buntstiftpackungen früher."

Sie wollte mich etwas fragen. Das konnte ich sehen. Und auch, wie Daley versuchte, ihre Frage hinunterzuschlucken.

Also antwortete ich ungefragt: „Der Chirurg in Nashville scheint beim Rekonstruieren des Trommelfells ganze Arbeit geleistet zu haben. Ich kann hören wie Steve Austin."

„Wer?"

Ich zupfte die tiefe E-Saite und stimmte sie fast zwei Oktaven tiefer. „Der Sechs-Millionen-Dollar-Mann."

Sie lachte. Die Anspannung fiel sichtlich von ihr ab und gesellte sich zu unserer schmerzhaften Vergangenheit.

Manche Menschen werden auf der Bühne nervös. Sie schwitzen. Stammeln. Stolpern. Reden zu viel, weil sie die Stille nicht ertragen. Andere sind für die Bühne wie geschaffen. Was mir an Livemusik am besten gefällt, ist, mit Leuten zusammenzuspielen, die beim Betreten der Bühne vergessen, dass sie dafür bezahlt werden. Daleys Gesicht sagte mir, dass sie auch ohne Bezahlung gesungen hätte – trotz Franks schneller Entschuldigung und dem Versprechen, den „Fehler" auszubügeln und ihr die üblichen dreihundert Dollar für neue Acts zu bezahlen.

Was die ganze Sache noch spannender machte, war die Tatsache, dass außer uns dreien nur noch zwei Leute im Lokal waren. Daley machte sich also darauf gefasst, vor einem Publikum aus zwei Zuhörern zu singen – die mittlerweile sicher ihr drittes oder viertes Bier vor sich stehen hatten. Was wiederum bedeutete, dass sie Daley in etwa zwanzig Minuten wahrscheinlich gar nicht mehr hörten.

Es sah nach einem großartigen Abend aus.

Ich spielte ein paar Tonleitern und wärmte meine Finger auf. Daley warf mir einen Blick über die Schulter zu. „Kann ich dich auf ein Bier einladen?"

Ich warf mir eine weitere Tablette gegen Magenbeschwerden ein. „Nein, danke."

Sie zog die Augenbrauen hoch. „Sodbrennen?"

„So was in der Art."

Mit einem Schmunzeln sah sie mir beim Spielen zu. „Bist du so weit oder möchtest du lieber noch ein bisschen üben?"

„Bitte, nach Ihnen."

Sie feixte. „Und übrigens, wir fangen in E-Dur an. Du weißt doch, wo das ist, oder?"

Meine Finger durchliefen still die E-Dur-Tonleiter auf dem ganzen Griffbrett. „Augenblick, ich suche noch."

Ohne Begrüßung, ohne Pomp, ohne den Versuch, die Nerven durch eine lange Einleitung zu beruhigen, setzte Daley zu singen an und ich hatte das Gefühl, Janis Joplin persönlich würde auf der Bühne stehen. Nach „Me and Bobby McGee" schloss sie direkt „Piece of My Heart" an. Jetzt, wo sie unsere Aufmerksamkeit hatte und die Stimme eingesungen war, verließ sie die Standardschiene, schwang sich drei Stockwerke höher in Richtung unantastbar und sang Whitney Houstons „I Will Always Love You".

Ich hörte auf zu spielen, um ihr besser zuhören zu können, aber sie warf mir einen *Was soll das?*-Blick zu. Als meine Finger wieder den Gitarrenhals berührten und die Töne erklangen, dachte ich nur: *Wie kann man nur so mutig sein und einfach mal so Whitney Houston singen?*

Ihr Auftritt sprach sich herum. Oder vielleicht schallte ihre Stimme bis auf die Straße hinaus. Jedenfalls war sie ungefähr beim sechsten Song und wir hatten auf einmal fünfzig, sechzig Leute im Publikum, die von benachbarten Restaurants oder einfach von draußen hereingekommen waren. Viele machten große Augen. Alle waren wie gebannt. Niemand sah zu mir, was wohl hieß, dass ich meinen Job ganz gut machte. Als Daley ihr Set mit einer sinnlichen Ballade beschloss, war längst ein Keil in der Tür und die Leute tranken draußen Bier und ließen die Fenster von draußen beschlagen. Es gab nur noch Stehplätze.

Irgendwann in der Geschichte der Musik entstand das illusorische Idealbild eines Musikerlebens. Musiker sind so wahrhaftig und authentisch, verstehen die Existenz der Menschheit und die tiefen Mysterien des Universums, wenn sie ihre Lieder singen, und zugleich bekämpfen sie im Stillen ihre selbstzerstörerischen Impulse und inneren Dämonen. Dieser unsichtbare Konflikt verleiht dem Ganzen noch mehr Dramatik. Und in diesem Wirbel aus seelenzerfressender Angst, Wut und Qualen kämpft die einsame Stimme beherzt und wacker, schöpft daraus ihre Kraft und mündet schließlich in einen Song.

Daley war überhaupt nicht so.

Daley schöpfte aus etwas anderem. Aus einer reinen Quelle. Einer Quelle, die sie geschützt hatte, obwohl sie selbst von niemandem in Schutz genommen worden war. Sie hatte ihr eigenes Reservoir. Keinen Konflikt. Keine Angst. Keine Dämonen. Sie brachte einfach ihr Lied auf die Bühne und machte den Mund auf. Bei ihr war es keine Darbietung.

Sondern eine Darbringung.

Daleys Gesang sprudelte aus ihr heraus wie Wasser. Und wir, das Publikum, waren viel zu lange in der Wüste gewesen.

Mitten im zweiten Set stand einer der beiden Männer, die von Anfang an da gewesen waren, auf und taumelte auf die behelfsmäßige Bühne zu, der Blick eine Mischung aus Ungläubigkeit und Verzückung. Ich rutschte schon bis zur Kante meines Hockers vor, aber Daley bedeutete mir hinterm Rücken, mich zurückzuhalten. Der Mann griff in seine Tasche, holte einige zerknitterte Dollarscheine hervor und legte sie vor ihr auf den Boden. Mit den Lippen formte Daley ein „Danke“ und er kehrte an seinen Platz zurück – rückwärts. Andere folgten seinem Beispiel. Als das zweite Set vorbei war, brachte uns Frank ein leeres Gurkenglas und stellte es vor Daley. Mit den Scheinen war es fast halb voll.

Daleys Bühnenpräsenz war so routiniert, als wäre sie seit zwei Jahrzehnten auf Tour. Sie nahm Augenkontakt mit dem Publikum auf und sprach auch zwischendurch mit ihren Zuhörern.

„Woher kommen Sie?"

„Sie sehen aus, als wären Sie schon lange verheiratet. Verraten Sie uns Ihr Geheimnis!"

„Danke für die Einladung! Das ist keine so gute Idee, aber vielleicht kann ich was für Sie singen?"

„Hi. Haben Sie einen Lieblingssong?"

„Oh, Sie haben Geburtstag? Na, dann mal alles Gute!"

Ein Paar mit seiner acht- oder neunjährigen Tochter hatte sich Stück für Stück in die gefüllte Kneipe vorgekämpft und die Kleine sang viele Songtexte mit.

Daley zeigte auf das Mädchen. „Hey, Mom und Dad? Darf sie mir vielleicht helfen? Hast du Lust? Na, komm nach vorn."

Die Menge teilte sich wie das Rote Meer und die Kleine stieg auf die Bühne. Daley holte sich einen Hocker und half ihr draufzuklettern. Ihre Füße baumelten in der Luft. Daley hockte sich hin und fragte: „Was wollen wir singen?" Die Kleine flüsterte ihr etwas ins Ohr.

Noch nie habe ich eine so schöne Version von „Over the Rainbow" gehört. Das Publikum fraß den beiden aus der Hand. Ich war genauso gebannt wie alle anderen. Irgendwann hörte ich einfach auf zu spielen. Wieder traf mich ein fragender Blick, aber dieses Mal schüttelte ich den Kopf. Als Nächstes sangen die beiden „On Top of Spaghetti". Noch während das Publikum applaudierte, raunte ihr das Mädchen den nächsten Vorschlag zu, und die beiden brachten die Menge mit „You Are My Sunshine" zum Toben.

Ray Charles, Roy Orbison und zwei Dutzend andere Songs: Daley übergoss das Publikum mit ihrer Stimme und die Leute tranken begierig. Versanken darin. Als sie John Denvers „Rocky Mountain High" anstimmte, setzte die ganze Kneipe mit ein und brachte die Fenster zum Klappern. Daley legte „You've Lost That Loving Feeling" der Righteous Brothers nach und krönte das Ganze mit „Unchained Melody". Spätestens jetzt wollte jeder Mann im *Rope* Daley küssen. Mich eingeschlossen.

Daley war vom Singen regelrecht durchgeschwitzt und Frank

brachte ihr ein Handtuch und öffnete eins der Tore, damit das Konzert sich auch nach draußen verlagerte. Daley trocknete sich Gesicht und Arme ab und scherzte noch, dass, während andere Frauen leicht transpirierten, sie nun mal richtig schwitze. Irgendwann, nach fast drei Stunden, ließ sie sich erschöpft auf ihren Hocker nieder. „Ich denke, wir haben genug für heute gespielt. Ihr wart ein fantastisches Publikum, aber zuerst", und damit zeigte sie auf mich, „bitte ich um einen riesigen Applaus für den besten Gitarristen, den ich je gehört und mit dem ich je zusammen spielen durfte, Cooper O'Connor."

Die Menge, die mittlerweile aus über hundertfünfzig Leuten bestehen mochte, war aber noch nicht bereit, Daley ziehen zu lassen. Sie stampften mit den Füßen, donnerten mit ihren Gläsern auf die Tische und verlangten nach einer Zugabe. Bereitwillig kam Daley ihrer Bitte nach und legte eine genüssliche Version von „Can't Get Enough of Your Love" hin. Das Einzige, was jetzt noch fehlte, war eine Discokugel und Barry White höchstpersönlich. *Jetzt hast du alles gesehen*, dachte ich im Stillen.

Als ich ihr so zusah, kam mir ein Gedanke. Ich spielte ein paar Töne und Daley drehte sich zu mir um. „Kennst du das hier noch?", fragte ich sie und begann, Blitz und Donner zu imitieren.

Daley wandte sich ans Publikum. „Es ist schon eine Ewigkeit her, dass ich diesen Song gesungen habe. Ich habe die ganze Zeit auf eine Gelegenheit gewartet."

„Kennst du den Text noch?", raunte ich ihr zu.

Daley stand auf, hob das Mikrofon und grinste mich an. „Kannst du die Akkorde noch?"

Das Publikum ging mit und einige holten ihre Handys heraus und filmten. Seit zwanzig Jahren hatte ich nicht mehr so viel Spaß gehabt. Als Daley den letzten, hohen Ton sang, bemerkte ich die pulsierende Vene, die an ihrem Hals hervortrat, und wusste, dass sie am Ende ihrer Kräfte war.

Das Publikum hielt es nicht mehr auf den Sitzen. Der Applaus dauerte fünf Minuten. „Wenn wir sowieso schon alle stehen", sagte Daley irgendwann, „dann lasst uns den Abend mit einem alten Trinklied beschließen. Meine Stimme ist am Ende, und ihr werdet das auf euren Videos sehen. Deswegen brauche ich eure Hilfe. Kommt, wir singen alle zusammen.

Der Mann, der diesen Song geschrieben hat, verbrachte viel Zeit in Kneipen. Daher kommt auch die Melodie. Die Worte schrieb er im Bauch eines Sklavenschiffs, als ihm endlich bewusst wurde, wie sehr er sein Leben vergeudet hatte. Ich glaube, er schrieb diesen Text, weil er ihn brauchte, und wenn der heutige Abend etwas in mir ausgelöst hat, dann, dass ich ihn auch brauche. Vielleicht geht es euch genauso.“ Sie winkte mich heran und stellte das Mikrofon zwischen uns. Ihre Hand ging zu ihrem Hals, und sie schüttelte ganz leicht den Kopf. „Hilfe“, raunte sie mir zu.

Obwohl ich der Meinung war, dass wir den Höhepunkt an diesem Abend längst erreicht hatten, stellte ich erstaunt fest, wie Daley einen halb betrunkenen Chor aus bärtigen und tätowierten Söhnen von Bergarbeitern, Fernfahrern, Rafting-Guides, Skinarren und Sesselifthäschen dazu brachte, aus voller Kehle „Amazing Grace“ zu singen.

Irgendwann in der zweiten Strophe zupfte sie mich am Ärmel in Richtung Mikro, als ob sie sagen wollte: *Warum singst du nicht mit?*

Mein Vater war eins fünfundneunzig gewesen, hatte eine tiefe Stimme, die Spannweite eines Adlers, und wenn er Kirchenlieder sang, hob er immer die Arme. Egal, wo er war. Egal, was die anderen dachten. Und wenn er es tat, war er nicht zu übersehen, denn sein Körper und seine Stimme stachen heraus. Ich war höchstens vier, als wir zum ersten Mal nebeneinander dieses Lied sangen. Ich reichte ihm gerade mal bis zur Hüfte. Big-Big hatte damals das Vorspiel am Klavier gemacht, und als Dad das Wort *A-ha-may-zing* schmetterte, weiß ich noch, wie mein ganzer Brustkorb dröhnte. Ich war aufgeregt und verängstigt zugleich und klammerte mich an sein Bein. Auch daran, wie ich nach oben sah und ihm der Schweiß über das Gesicht und die Arme rann, erinnere ich mich noch.

Ich machte den Mund auf und schlängelte einige Töne an dem vernarbten Gewebe vorbei. Daley sah mich an, lehnte sich zurück und hörte auf zu singen. Im Augenwinkel sah ich eine Träne bei ihr. Auch die anderen schienen ergriffen zu sein, denn die zweite Hälfte der dritten Strophe sang ich ganz allein. Nur ich und die Gitarre.

Es war Ewigkeiten her.

Daley und das Publikum applaudierten und setzten wieder ein. Ich hatte das Gefühl, alle sangen jetzt doppelt so laut wie vorher. Der Abend hatte seine Melodie gefunden.

Als wir schließlich die Zeile „*Bright shining as the sun*" erreichten, hoben alle ihre Gläser und ließen Bier und Schaum schwappen.

Der Abend schloss mit Applaus, begeisterten Pfiffen und tausend Wünschen um Fotos und Autogramme. Frank, der wohl zum Glauben gefunden hatte, spendierte eine Runde aufs Haus – was allen gut gefiel. Daley, die gerade einem Mann ein Autogramm mitten aufs T-Shirt gegeben und mit sechs Studenten für ein Foto posiert hatte, kam zu mir und umarmte mich. „Und mir haben alle gesagt, du singst nicht mehr?"

Ich legte Ella zurück in den Koffer und nickte. „Ja, das sagen sie."

Daley hakte sich bei mir ein. „Da bin ich aber froh, dass sie unrecht hatten."

Ich versuchte ihr erst gar nicht zu erklären, dass sie falschlag.

Zwanzig Jahre zuvor. Der Arzt saß auf einem Hocker, rollte an mein Bett und seufzte. Er sprach extra leise, als könnte das die Härte des Schlags abfedern. „Sie werden nie wieder singen können." Er zögerte und schüttelte den Kopf. „Vielleicht sogar nicht einmal sprechen." Sein Blick fiel auf meine bandagierte Hand. „Und wahrscheinlich auch kein Instrument mehr spielen, für das Sie die rechte Hand brauchen. Es kann auch passieren, dass Sie auf dem rechten Ohr nichts mehr hören. Und dann ist da noch Ihre Leber."

Es fiel mir schwer, mich zu konzentrieren. Die Endgültigkeit seiner Worte war keine große Hilfe.

„Die Prognose ist leider nicht ..."

Während sein Mund sich bewegte und draußen im Flur Menschen hin und her liefen und ihrer täglichen Arbeit nachgingen, dachte ich nur: *Er meint unmöglich mich. Meine Songs laufen im Radio. Ich nehme gerade ein neues Album auf. Ich werde heiraten. Ich habe Pläne.*

Als er fertig war mit Reden, trat eine unangenehme Stille ein. Allmählich begriff ich, dass er tatsächlich mich meinte.

Meine Lippen waren aufgeplatzt und geschwollen. „Und bis dahin?“, flüsterte ich.

„Versuchen Sie zu leben.“

„Wie der Insasse einer Todeszelle.“

Er legte den Kopf schief. „Wenn Sie das so sehen wollen ...“

„Wie würden Sie es denn sehen, wenn Sie hier an meiner Stelle lägen?“

Darauf erwiderte er nichts.

Ich starrte aus dem Fenster in einen blauen Himmel über Nashville. „Wie viel Zeit habe ich noch?“

Er zuckte mit den Achseln. „Das weiß niemand.“

Kapitel 8

Es war lange nach Mitternacht, als wir Buena Vista verließen und uns an den Kreidefelsen vorbei auf die Schotterstraße vorarbeiteten, die zur Geisterstadt St. Elmo führte.

Die ehemalige Bergarbeitersiedlung St. Elmo liegt auf einer Höhe von über dreitausend Metern und hatte ihre Blütezeit während des Silberrauschs. Nachdem 1893 der Silver Act in Kraft getreten war, fiel der Silberpreis rapide und mit ihm auch die Einwohnerzahl von St. Elmo. Ganz ähnlich wie in Leadville. Quasi über Nacht packten neunzig Prozent der Einwohner ihre Sachen, vernagelten ihre Türen und Fenster und verließen die Stadt. Als aber jemand die Hauptgoldader in der Mary-Murphy-Mine traf, kehrten die Leute zurück und St. Elmo lebte wieder auf. Irgendjemand musste ja das ganze Gold fördern und die Mary-Murphy-Mine war weit und breit die ergiebigste. Angesichts ihrer Höhenlage waren beide Städte im Winter mehr oder weniger von der Außenwelt abgeschnitten. Ein paar Hartgesottene hielten es den ganzen Winter über aus, aber man musste schon ein besonderer Schlag Mensch sein, um dort zu überleben.

Und daran hat sich bis heute nichts geändert.

Daley sagte auf unserer Fahrt nur wenig; sie schien die Stille und die vom Mondlicht beschienene Landschaft zu genießen. Als wir die Kurve und den Parkplatz an den donnernden Chalk Creek Falls passierten, hatte sie sich zur Seite gedreht, die Beine angezogen und war eingenickt. Ich gab mir Mühe, die Schlaglöcher zu umfahren und Daley nicht ständig anzustarren. Das mit den Schlaglöchern gelang mir recht gut.

Das Wasserstoffblond gab mir Rätsel auf. Früher hatte sie immer seidiges braunes Haar gehabt. Die Haut an ihren Händen war rissig und ihre Nägel waren viel zu weit abgeknabbert. Trotz der Geräusche von Motor und Straße konnte ich ihr leises Schnarchen hören.

Wir arbeiteten uns durch die Espen nach St. Elmo hinauf. Ich bog auf die Schotterstraße, die an der Mary-Murphy-Mine vorbeiführt. Da die 295 hier sehr steil wird, hielt ich an, stellte das Allradgetriebe auf „Low" und ließ langsam die Kupplung kommen.

Sie wachte auf, rieb sich das Gesicht und schnallte sich an. „Wohnst du hier oben?"

„Nicht mehr weit." Ich schaltete in den zweiten Gang. „Das hier war einer der Lieblingsorte meiner Mutter. Dad lachte früher oft und meinte, Gott hätte mich hier zwischen all den Espen geschaffen. Es dauerte ein paar Jahre, bis ich begriffen hatte. Jedenfalls waren sie dabei, sich hier oben eine Blockhütte zu bauen, als Mom krank wurde. Im Frühjahr haben wir sie zu Grabe getragen und Dad und ich sind hergezogen, als ich fünf war. Jedes Jahr wurde der Sommer irgendwie länger und wir blieben hier oben, bis der Schnee uns vertrieb. Nachdem ich ... nachdem ich Nashville verlassen hatte, bin ich nach Westen. Hab ein Jahr den Pazifik angestarrt und meinem Körper Gelegenheit gegeben, gesund zu werden. Als ich körperlich dazu in der Lage war, habe ich Gelegenheitsjobs angenommen. Egal was, Hauptsache ich war ein paar Wochen abgelenkt. Aber dann stieß ich auf irgendetwas, das mich an die Vergangenheit erinnerte, und ich machte mich auf und davon." Ich überlegte. „Ein paar solcher Aufbrüche später und ich merkte, wie ich immer näher um den einzigen Ort kreiste, den ich je Zuhause genannt hatte. Und seitdem bin ich hier."

Daley legte eine Hand auf meinen Arm und versuchte, die Worte herauszubringen, die ihr auf der Zunge lagen, aber es waren zu viele und sie war zu müde. Ihre Müdigkeit war nichts, was eine gute

Nachtruhe kurieren konnte. Sie brauchte sechs Wochen Schlaf, ein gutes Essen und noch einmal sechs bis acht Wochen Ruhe.

Eine Meile später erreichten wir die Kammlinie und überquerten den Bach, der unterhalb der Blockhütte floss. Moms Espen säumten die Straße. Die sanfte Nachtluft bewegte die Blätter an den Bäumen und ließ sie im Scheinwerferlicht mal weiß, mal grün leuchten.

Ich zeigte auf den Bach. „Hörst du das? Dad meinte immer, das sei der einzige Applaus, den er braucht."

Daley betrachtete die Hütte, die am Hügel auftauchte. „Hat dein Vater die gebaut?"

„Er hat damit angefangen, als Mom und er sich kennenlernten. Nachdem sie gestorben war, machten wir gemeinsam den Rest." Ich lächelte. „Mit allem Komfort. Strom. Fließend Wasser. Und sogar Handyempfang, wenn man sich an die richtige Stelle auf der Veranda stellt."

Wir stiegen die Stufen zur Veranda hinauf und Daley wartete darauf, dass ich die Tür aufschloss. Aber ich hatte keine Hand frei. „Es ist offen", sagte ich über vier Papiertüten mit Lebensmitteln hinweg.

Ich stellte die Tüten in die Küche, machte ein Feuer, um die Kälte zu vertreiben, und fand Daley schließlich auf der Veranda hinterm Haus. Sie starrte ins Dunkel hinaus. Die Nacht war wolkenlos, der Mond stand hoch am Himmel. Mit dem Finger deutete ich auf die Gipfel in der Ferne. „Die sind fast zweihundert Meilen entfernt. Dad stand oft abends genau dort, wo du jetzt stehst, und sagte: ‚Dort oben, da ist der Vorhang dünner als anderswo.'"

„Recht hatte er", flüsterte Daley.

Sie lehnte sich an mich und hakte sich ein. Zum Reden war sie zu müde. Ich führte sie ins Gästezimmer und öffnete das Fenster einen Spalt. Derweil zog sie die Stiefel aus und legte sich aufs Bett. Ich deckte sie mit einer Decke zu und knipste das Licht aus. An der Tür blieb ich stehen.

„Darf ich dich was fragen?"

„Alles."

„Wieso hast du heute Abend keinen von deinen eigenen Songs gesungen?"

„Als mein drittes Album entstand, meinte Sam, ich sollte etwas trendiger werden. Irgendwie aktueller", sagte sie und packte das letzte Wort mit den Fingern in Gänsefüßchen. „Ein paar Jahre später stand ich auf der Bühne, irgendwo in Kalifornien oder vielleicht in Washington, und ich merkte, dass das Publikum die Lieder gar nicht mehr kannte. Die Texte. Sie sangen nicht mehr mit. Und trotz der Lichtshow, der Laser, des Make-ups und des Feuerwerks konnte ich es ihnen nicht verübeln." Eine bescheidene Feststellung. „Die Songs taugten nichts. Sie waren Schrott. Wieso sollten sie den Leuten etwas bedeuten? Sie waren ja sogar mir egal, und das merkte man, wenn ich sie sang. Aber ich musste ja von irgendetwas leben, also fing ich an zu singen, was sie kannten. Coversongs. Songs, die ihnen etwas bedeuteten. Damit konnte ich meinen Lebensunterhalt bestreiten ... jedenfalls für eine Weile."

„Apropos Sam, wie geht es ihm denn?"

Sie zögerte. „Wir haben schon länger keinen Kontakt mehr. Wenn ich ihn anrufen würde, würde er bestimmt zurückrufen, aber ... Ich glaube, er hat sich nie verziehen, dass er auf dich geschossen hat. Hätte er gewusst, dass du das bist, hätte er nie abgedrückt. Er dachte, es sind zwei Typen ..."

Darauf ging ich lieber nicht ein. Es war der falsche Zeitpunkt, um ihre Sicht der Dinge geradezurücken. „Was ist denn zwischen euch passiert?"

Es war nicht zu überhören, wie unangenehm ihr das alles war. „Für mich war Sam wie ein Onkel. Für ihn war ich ... nun, ich war jung. Ich brauchte eine ganze Weile, bis ich begriffen hatte, dass ein Mann, der dreißig Jahre älter ist als ich, mehr von mir wollte." Sie zuckte mit den Achseln. „Ein paar Monate, nachdem du weg warst, kam er ganz aufgeregt zu mir und meinte, er habe eine Sammlung erstklassiger Songs zusammengestellt. Er wollte so schnell wie möglich ein Album nachlegen, nachdem die Tour mit dem Album, das du und ich gemacht hatten, so erfolgreich war. Gesagt, getan. Und er hatte recht, es war eine tolle Balladensammlung. Alle wie für mich gemacht. Zweimal Platin. Fünf Nummer-eins-Hits. Wir ließen uns von der Welle tragen. Nach außen hin war alles gut.

Da ließ er sich von Bernadette scheiden, und als ich von der Tour zurückkam, gab es auf einmal ein Candle-Light-Dinner, sein Hemd war bis zur Mitte aufgeknöpft und ich hatte das Gefühl, bei einem

Date zu sein. Er legte seine Hand auf meine Hüfte, ich schob ihn fort und meinte, so würde ich unsere Beziehung nicht verstehen. Ich zog aus der Wohnung aus, die er für mich angemietet hatte, und gab ihm die Schlüssel zurück. Mein Gefühl sagte mir, dass es das Beste für unsere Beziehung war. Damit sie rein professionell blieb. Er fasste es ziemlich gut auf und meinte, egal was mich glücklich machte, er würde mich unterstützen."

Daley setzte sich auf und zog die Knie an.

„Dann kam ich ins Studio, um mein viertes Album aufzunehmen, und da fuhr auf einmal seine Assistentin meinen Mercedes und die neuen Songs hatten nichts mehr mit dem gemein, was ich in der Vergangenheit gesungen hatte. Sie waren völlig ohne Seele. Künstlich. Wie bunte Bonbons. Als ich Sam darauf ansprach, meinte er, es gäbe derzeit nicht so viele gute Songs. Das wäre nun mal so im Business. Das Leben in Nashville hänge davon ab, wer die besten Songs schreibe. Mehr könne er gerade nicht machen." Sie sah mich an. „Dann nahm er eine neue Sängerin unter Vertrag und sie brachte eine Scheibe heraus mit Songs, die mehr nach mir klangen als nach ihr. Und dann noch zwei Mädchen wie sie. Mehrere von den Liedern liefen richtig gut."

Damals war es mit Daleys Karriere ziemlich abwärtsgegangen. „Und was ist mit dem letzten Album passiert?"

Sie lehnte sich ans Kopfteil. „Die Branche hat sich weiterentwickelt. Ich war fast ein ganzes Jahr krank. Irgendeine Infektion, gepaart mit einer Schlappheit, die ich einfach nicht mehr loswurde. Ich bekam Spritzen in die Stimmbänder, damit ich wenigstens meinen Vertragspflichten nachkommen konnte. Aber es half nicht. Ich wollte nur noch schlafen. Als wären meine Knochen müde. Ich konnte zwar noch den Mund aufmachen, aber die Töne, die herauskamen, waren leblos."

So lange hatte ich darauf gewartet zu erfahren, was nach meinem Weggang aus Nashville passiert war. Und nun wusste ich es. Zwanzig Jahre war Daley mit dem Gedanken herumgelaufen, dass Sam der wohlwollende Onkel war, der ihr nichts nachtrug und einfach nur der Meinung war, ihr Talent hätte zu mehr nicht gereicht. Und er war der gute Kerl, der sich schuldig fühlte, weil er aus Versehen auf mich geschossen hatte. Deswegen hatte er die Sache auch unter den Teppich gekehrt. Und nie Anzeige erstattet, obwohl er behauptete, ausgeraubt worden zu sein. Außerdem hatte er versucht, Daley und ihre Karriere zu retten. Zumindest glaubte sie das.

Wenn sie in den Rückspiegel sah, zeigte sich ihr eine ganz andere Geschichte als die, die ich erlebt hatte. Aus ihrem Blickwinkel hatte ich sie verlassen und war abgehauen. Hals über Kopf. Sam war geblieben, um die Scherben zusammenzukehren.

Diese Version war die einzige, die mir nie im Traum eingefallen wäre.

Sie zog die Beine noch enger heran. „Ich habe oft in Menschenmengen nach dir Ausschau gehalten."

Ich machte das Fenster weiter auf, zog den Vorhang davor und legte ihr eine Extradecke auf die Füße. „Hier oben singt einem der Berg ein Schlaflied. Du wirst sehen, wie gut das tut."

Sie war eingeschlafen, noch bevor ich die Tür geschlossen hatte.

Ich legte noch einmal Holz nach und holte mir ein Handtuch. Dann ging ich nach draußen zum Bach, zog mich im Mondlicht aus und watete hinein, bis mir das Wasser zu den Ohren reichte. Ich hielt es so lange aus, bis die Kälte sich warm anfühlte.

Wenn man das Schneewasser bedenkt, dann ist die Wassertemperatur in den Flüssen und Bächen um Buena Vista im Winter knapp unter null Grad. Dazu kommt aber noch die Fließgeschwindigkeit, die immer neue Kälte an die Haut bringt. Man hat das Gefühl, den Körper in Trockeneis zu legen. Hier oben, auf der Rückseite von Mt. Antero und Mt. Princeton, wo Mt. Mamma, Boulder Mountain, Grizzly Mountain, Cyclone Mountain und Mt. White alle ineinanderlaufen, ist ein seltenes Naturphänomen entstanden. Ein tiefes Becken mit hohen Wänden. Mein Vater nannte es immer Gottes Rasierschale.

Selbst in der größten Augusthitze ist dieses Becken voller Schnee. Ich kenne niemanden, der es je im aufgetauten Zustand gesehen hat. Wahrscheinlich ist der Schnee darin fünfzig Jahre alt. Wie auch immer, das Schmelzwasser aus Gottes Rasierschale speist zwei Seen: Baldwin Lake und Pomeroy Lake. Um dorthin zu gelangen, läuft es durch einen natürlichen Trichter im Gestein und fällt einen drei Meter tiefen Wasserfall hinunter, der in ein zweites Becken genau hinter unserer Hütte führt. Dieses Becken nannte Dad immer

Gottes Müslischale. Wahrscheinlich war er hungrig, als ihm der Name einfiel. Der Wasserfall ist wie eine Dusche, aber angesichts des Drucks und der Kälte verlangt sie einem einiges ab. Es ist, als würde man mit tausend Nadeln gestochen. Die Müslischale hat die Größe eines mittleren Swimmingpools und ist voller Forellen, jede etwa fünfzehn Zentimeter groß, die zwischen den Steinen herumschwimmen und, soweit ich weiß, nur hier beheimatet sind. Das eiskalte Wasser tritt über die Wände des Beckens und beginnt seine Achterbahnfahrt ins Tal, wo es schlussendlich den Arkansas River speist.

Mich faszinierte an Gottes Müslischale, dass wir einen konstanten Wasserstrom mit Wasser hatten, das eigentlich kälter als Eis war, und das keine fünfzig Meter hinter unserer Hütte, egal, wie hoch oder niedrig die Lufttemperatur war.

Die erste halbe Minute war die schlimmste. Danach fühlte man fast nichts mehr. Nach fünf oder sechs Minuten sagte einem der Kopf sogar, dass man in warmem Wasser stand.

KAPITEL 9

Den ersten Tag schlief sie komplett durch. Sie drehte sich noch nicht einmal um. Am zweiten Tag fühlte ich bei ihr, ob sie Fieber hatte, strich ihr das Haar aus dem Gesicht und setzte mich zu ihr ans Bett, um ihren Duft einzuatmen. Ich blieb eine Stunde lang sitzen. Vielleicht auch zwei. Dabei dachte ich viel über das nach, was sie wusste und was nicht, und ob es irgendeinen Nutzen hatte, ihr die Wahrheit zu erzählen.

Am dritten Tag hob ich ihren Kopf, flößte ihr etwas Hühnerbrühe ein und machte ihr ein paar Toasts mit Erdnussbutter. Als sie fertig gegessen hatte, ließ sie den Kopf wieder in die Kissen sinken, schloss die Augen und schob ihre Hand unter der Decke hervor. Als sie nach mir tastete, hielt ich ihre Hand so lange, bis sie eingeschlafen war. Ihre Haut war rau, und wenn ihre Hände eine Geschichte erzählten, dann keine besonders zärtliche.

Als sie am vierten Morgen wach war, hörte ich sie an meinem Festnetztelefon. Ich konnte nichts verstehen, aber ich hatte den Eindruck, als würde sie sich entschuldigen und ihr Gegenüber wäre gar nicht erfreut. Sie legte auf und wählte sofort noch einmal. Sie klang wie jemand, der Informationen bekommen wollte. Als sie bald darauf auftauchte, hatte ich noch immer keinen Entschluss gefasst. Wenn ich ihr die Wahrheit über die Vergangenheit sagen würde, wäre das nichts anderes, als die Büchse der Pandora zu öffnen, und ich fragte mich, ob ich damit nicht noch mehr Schaden anrichtete. Sie hatte schon genug gelitten.

Daley war noch etwas schläfrig und trug einen meiner Fleecepullover. Ich saß auf der Veranda mit Jimmy auf dem Schoß. Sie lehnte mit einer Kaffeetasse im Türrahmen.

Unter uns im Tal hingen die Wolken tief. Im Westen zog eine dunkle Wand heran und drohte mit dem ersten Schnee des Jahres. Daleys Stimme war sanft, aber nicht friedlich. Die Sorgen waren zurück und ihre Mauern auch.

„Hör zu, ich ... ich habe gerade mit Biloxi telefoniert. Sie verlieren allmählich die Geduld. Ich hätte schon vor zwei Tagen dort sein sollen. Sie meinten, es kursiere ein Video im Internet. Ich in einer Kneipe. Es hat schon ziemlich viele Klicks und sie kriegen Anrufe wegen mir. Die ersten Tickets werden verkauft. Das könnte eine echte Chance werden."

Ich betrachtete Daley, während sie redete. Die Armschiene hatte sie abgenommen. Die Hand war noch immer etwas angeschwollen und der violette Bluterguss deutlich dunkler geworden. Ihre Augenringe aber waren blasser und in ihrem Blick war wieder ein kleiner Schimmer.

„Tut mir sehr leid ... Ich habe auf den Busfahrplan geguckt. Könntest du mich vielleicht zum Busbahnhof fahren?"

Ich war verletzt, ein Gefühl, das ich schon lange nicht mehr gespürt hatte. Ich legte Jimmy zur Seite und schlüpfte in meine Boots. „Klar doch."

Daley starrte auf meine Gitarre und runzelte die Stirn. Mit dem kleinen Finger berührte sie das Einschussloch, sagte aber nichts außer: „Ich gehe kurz duschen."

Als sie mit nassen Haaren und nach Seife duftend wieder vor mir stand, ließ ich die Schlüssel vom Jeep in die Tasche gleiten. „Fertig?"

Ihr Besitz bestand aus den Sachen, die sie trug, und einem leeren Rucksack. „Ja."

Die Vorstellung, wie sie ohne Instrument in Mississippi ankam, ließ mir keine Ruhe. „Hast du noch drei Minuten? Ich möchte dir etwas zeigen."

Sie sah mich flehend an, aber ich wusste nicht, warum. „Okay."

Neben der Küche war eine schwere Holztür mit drei Schlössern. Ich öffnete sie eins nach dem anderen, legte den Lichtschalter um und zog an der Tür. „Als wir uns kennenlernten, konnte ich nicht die Hände von deiner Gitarre lassen." Ich musste lachen. „Daran hat sich nicht viel geändert ..."

Sie trat in den Raum und wie im Krankenhaus fiel ihr auch hier die Kinnlade herunter. Sie fing an zu zählen. „Du hast vierundsechzig Gitarren?", sagte sie ungläubig, als sie fertig war.

Die Zahl so konkret zu hören, überraschte mich. „Keine Ahnung."

Staunend ging sie durch das Zimmer. „Du hast so viele, dass du schon gar nicht mehr mitzählst", sagte sie mehr zu sich selbst.

Ich hatte den Raum mit Holz verkleidet und einen Luftentfeuchter hineingestellt. Wenn die Luftfeuchtigkeit über fünfzig Prozent stieg, schaltete er sich ein, aber bei dem Trockenklima hier oben kam das nicht allzu oft vor.

Daley berührte jede Gitarre. Es gab Martins, McPhersons, Gibsons, ein paar Collingses, Taylors und andere. Sie war sichtlich beeindruckt. „Das ist die schönste Sammlung, die ich je gesehen habe. Hiermit bist du offiziell Gitarrenmessie."

„Man hat mir ja schon so einiges an den Kopf geworfen. Aber das ist neu." Ich stand am Eingang und beobachtete, wie sie sich durch die Sammlung arbeitete. Die Gitarren hatte ich hintereinander auf Gestelle gehängt – in zwei Etagen. Wie die Kleidungsstücke in der Reinigung.

„Wenn ich begleiten muss, dann kommt nichts an die McPherson heran. Du weißt ja, wie es heißt: Spiele einen Akkord, gehe Mittag essen, und wenn du wiederkommst, klingt er immer noch. Der Klang ist unübertroffen. Aber manchmal soll ein Ton ja nicht ewig klingen. Wenn ich also zupfe oder mit dem Plektrum spiele, hängt es ganz vom Wochentag ab." Ich zuckte mit den Achseln. „Eine D-28 oder D-35 ist schon schwer zu toppen."

Daley sah mich an. „Ich freue mich wirklich für dich."

Ich machte eine ausladende Geste. „Such dir eine aus."

„Was?"

„Egal welche."

Sie machte einen Schritt rückwärts. „Peg, nein, das kann ich nicht.“

Zum ersten Mal hatte sie mich wieder Peg genannt. Es war ihr einfach so über die Lippen gekommen, ohne groß nachzudenken. Einen Herzschlag später waren wir zwanzig Jahre jünger.

„Was wirst du denn spielen, wenn du da angekommen bist, wo du hinwillst?“

Sie winkte ab, aber ich konnte sehen, dass ihr die Sache keine Ruhe ließ. „Dank dir habe ich ja jetzt ein paar Dollar. Ich finde schon was.“

„Im Lügen warst du noch nie besonders gut.“

Sie lief durch eine Reihe und berührte mit den Fingerspitzen die Stege der Gitarren. „Sie haben gesagt, ich könnte vor Ort eine ausleihen.“

Also hatte sie mit den Leuten in Biloxi schon darüber gesprochen. Mein Verdacht war bestätigt; es machte ihr zu schaffen. Ich griff nach einer McPherson und hielt sie ihr hin. „Das ist Rose. Ihre Stimme passt zu deiner.“ Ich drückte ihr die Gitarre in die Hand. „Bitte.“

„Sie hat einen Namen?“

„Sie alle haben Namen.“

„Aber Cooper ...“

„Bitte“, sagte ich erneut. „Der alten Zeiten wegen.“

Vorsichtig drehte und wendete sie sie. „Das kann ich mir niemals leisten ...“

„Das ist ein Geschenk. Für Geschenke bezahlt man nicht.“

Vorsichtig wegen ihrer verletzten Hand spielte sie ein paar Akkorde. „Sie ist wunderschön.“ Daley stand auf und gab mir einen Kuss auf die Wange. „Ich danke dir.“ Sie küsste mich ein zweites Mal, diesmal weiter vorn, näher am Mundwinkel. „Ich weiß nicht, was ich sagen soll ...“

Ich holte einen Gitarrenkoffer vom Regal und legte Rose hinein. Dazu noch ein paar Saitensätze mit weichen Saiten und ein Dutzend Plektren. Dann ging ich damit in Richtung Jeep. Schweigend folgte mir Daley.

Auf der Straße hinunter ins Tal kaute sie auf ihrem Fingernagel und versuchte, mich nicht anzusehen. Aber es gelang ihr nicht.

Der Busbahnhof in Buena Vista ist eher eine Haltestelle am Straßenrand, wo die Busse auf ihrer Route gen Süden von Leadville nach Salida rechts ranfahren. Man kauft die Fahrkarte in der Post und gibt dem Bus per Winken das Signal zum Anhalten, wenn man ihn erspäht hat. Das ist altmodisch, aber es funktioniert.

Ich kaufte ihr das Ticket bis nach Mississippi. Sie protestierte, aber ich tat es trotzdem. Dann fuhr ich mit ihr zur Roastery und spendierte ihr einen Honey Badger. Von dort aus schlenderten wir die Straße entlang und warteten. Als ihre Oberlippe wieder mit Milchschaum bedeckt war, zog ich meine Brieftasche heraus und gab ihr alles Bargeld, das ich hatte. Mehrere Hundert Dollar. Zusammen mit dem, was sie an Trinkgeld und Honorar im *Rope* bekommen hatte, musste sie an die tausend Dollar haben. So viel hatte sie vermutlich schon lange nicht mehr besessen.

Sie versuchte zu protestieren und streng zu wirken. Stark. „Cooper, nein. Ich kann das nicht."

Ich hielt ihr das zusammengefaltete Bündel Geldscheine hin. „Ich habe das Geld doch mit deiner Stimme verdient."

Sie sah auf die Scheine. „Dann solltest du uns anderen dringend beibringen, wie man sein Geld zusammenhält, denn mit meiner Stimme hat schon lange niemand mehr Geld verdient."

Die Andeutung war untertrieben.

Ich stopfte ihr das Geld in die Jackentasche. Sie stand da, die Arme verschränkt, und starrte in den Verkehr. Lange Zeit sagte keiner etwas.

Schließlich war sie diejenige, die das Schweigen brach. „Ich hatte Spaß gestern. Oder wann auch immer wir zusammen auf der Bühne waren. Fühlt sich an, als wäre es erst gestern gewesen."

„Ich auch."

Sie betrachtete die Berge. „So ausgeruht war ich schon lange nicht mehr."

Mein Blick wanderte über die Gipfel der Collegiates. „Das macht die Bergluft." Ich sah auf die Uhr. Etwas Zeit hatten wir noch.

Ich hatte es so oft geübt. Und jetzt, wo meine Chance gekommen war, wusste ich nicht, wie ich anfangen sollte. Ich wollte, dass Daley die Wahrheit erfuhr. Die wirkliche Geschichte. Aber alles konnte ich ihr nicht sagen. Falsche Hoffnungen waren noch schlimmer als falsche Erinnerungen.

Meine Stimme war eher ein Krächzen. „Erinnerst du dich, wie ich dir damals ganz zu Anfang erzählt habe, dass meine Mutter meinem Vater eine Gitarre zur Hochzeit geschenkt hat?"

„Ja."

„Und dass ich auf dieser Gitarre als Kind spielen gelernt habe? Als ich hier weggegangen bin, habe ich sie meinem Vater gestohlen."

Sie nickte.

„Und weißt du auch noch, wie sie mir gestohlen wurde, als ich nach Nashville kam?"

Wieder ein Nicken.

„Erinnerst du dich an den Namen der Gitarre?"

Sie kramte in ihrem Gedächtnis. „Franky? Charly? Irgendwas mit y."

„Jimmy."

„Stimmt."

„Heute Morgen habe ich auf einer D-28 mit einem kleinen Loch unterm Schallloch gespielt. Du hast das Loch mit dem kleinen Finger befühlt."

Sie nickte.

„Das ist Jimmy."

Verwirrt sah Daley mich an. Es waren zu viele Puzzleteile und sie waren zu weit auseinander. „Und das Loch, woher ..." Sie stockte.

„Nach dem Feuer hat Sam zwei verschiedene Geschichten verbreitet. Erinnerst du dich?"

Daley nickte zögerlich und mit misstrauischem Blick wartete sie darauf, dass ich fortfuhr.

„Was, wenn keine von beiden stimmt?"

„Gar nicht so einfach zu beweisen."

„Aber was, wenn es so ist?"

Es kam keine Antwort.

„Was, wenn es eine dritte Geschichte gibt? Die Wahrheit?"

„Das würde die einfache Frage aufwerfen, warum du mich nicht genug geliebt hast, um sie mir zu erzählen. Oder um mich zu kämpfen."

Gerade als ich etwas erwidern wollte, tauchte der Bus neben mir auf und zerriss mit seinen quietschenden Bremsen das feine Hoffnungsseil, das zwischen uns gespannt war. Manchmal ist es effektiver, die bloße Existenz der Wahrheit aufzuwerfen, als die Wahrheit selbst auszusprechen. Aber meine Zeit war abgelaufen. „Was, wenn ich dich zu sehr geliebt habe, um es dir zu sagen?"

Der Bus blieb stehen und die Tür ging auf. Der Fahrer wartete.

Daley griff nach ihrem Rucksack und nahm die McPherson. Ihre Augen waren feucht. Und das Gewicht auf ihren Schultern war wieder zurück. „Denkst du manchmal an das *Ryman*?"

Ich gab ihr einen Kuss auf die Wange. „Nur, wenn ich atme."

Sie hielt meine Hand fest und zögerte. „Und daran, was vielleicht hätte sein können? Zwischen uns, meine ich?"

„Mehr als an das *Ryman*."

„Glaubst du, wir haben noch eine Chance?"

„Ich glaube, das bis heute war nur das Vorspiel. Das Beste kommt noch."

„Ich glaube schon lange nicht mehr an mich."

„Ich schon."

Jetzt küsste sie mich. Ihre Lippen waren weich, warm und einladend. Sie bebten leicht. Dann löste sie sich, sah mich an und küsste mich noch einmal. Dieses Mal legte sie mir eine Hand ans Gesicht. Schließlich wandte sie sich zum Bus um. „Kommst du mit?", fragte sie. „Bleib doch eine Woche oder zwei. Mach ein paar Tage Urlaub. Oder du bleibst für immer."

Jede Faser meines Körpers befahl mir, in den Bus zu steigen. Sie an mich zu drücken und alles hier hinter mir zu lassen.

Sie weinte. Es war ihr peinlich, mit verschwollenen Augen in einen Bus einzusteigen. Ich gab ihr meine Costas. „Ruf mich an, wenn du dich eingelebt hast. Damit ich weiß, wie es dir geht."

Daley nickte und stieg ein. Der Busfahrer trat heraus und öffnete eins der Gepäckabteile. Ich schob Daleys Rucksack hinein und gab dem Fahrer das Ticket. Während er es überprüfte, öffnete ich schnell noch einmal den Rucksack und steckte drei Notizbücher hinein. Meine besten Ideen. Allesamt mit ihr im Kopf geschrieben. Für ihre Stimme. Ich konnte es nicht anders sagen: Für alles, was ich in den vergangenen zwanzig Jahren geschrieben hatte, diente sie als Inspiration.

Der Busfahrer stieg ein, die Tür ging zu und dann stand ich allein am Straßenrand. Daleys immer kleiner werdendes Gesicht an der Scheibe zu sehen, tat weh. Es war bitter. Aber noch mehr Schmerzen bereitete mir eine andere Sache: Ich hatte ihr auch nach zwanzig Jahren immer noch nicht die Wahrheit gesagt.

Sosehr ich dem Bus hinterherlaufen, an die Tür trommeln und den Busfahrer anschreien wollte, er solle anhalten, ich brachte die Worte nicht über die Lippen, die Daley hören wollte.

Ich liebte sie noch immer viel zu sehr.

Kapitel 10

Ich machte mich auf den Weg nach Hause. Langsam. Still. Zu Hause wollte ich gründlich durchlüften, aber Daley und Coco Chanel hingen noch in der Luft, also ließ ich Türen und Fenster geschlossen und ging atmend von Raum zu Raum. Hunger hatte ich keinen. Irgendwann ging ich in ihr Zimmer, setzte mich am Bett auf den Boden, lehnte den Kopf an und schloss die Augen.

Immer häufiger tauchten Szenen aus den vergangenen zwanzig Jahren auf, ohne lange Vorwarnung und immer hartnäckiger. Ich spürte, dass es gleich wieder so weit war. Schnell ging ich nach draußen an den Bach, zog mein Hemd aus und watete hinein. Im Lauf der Jahre hatte ich mir angewöhnt, die Hosen anzulassen, damit man mich, falls mir etwas zustieß, am Gürtel aus dem Wasser fischen konnte.

Was als Nächstes passiert, kommt stets in Wellen. Zuerst die Kälte. Sie raubt einem wortwörtlich den Atem. Danach kommt der Schmerz, mit dem das Gehirn nicht umgehen kann, weil es dasselbe Fluchtsignal vom ganzen Körper gleichzeitig bekommt. Ich versuche, mich nicht darauf zu konzentrieren. Die nächste Phase ist eine Art matschige Lähmung, gepaart mit einem seltsam stechenden Hitzegefühl. Nach ein paar Minuten hört der Schmerz auf und man fühlt weder Hitze noch Kälte. Man zittert nur noch, vor einem Licht und vor dunklen Wänden. Die Wände kommen immer näher und dann muss man entweder raus oder man geht ins Licht.

Ich hörte oder spürte, wie jemand ans Wasserbecken trat und ein Schatten über mich fiel. Eine riesige Hand griff nach meinem Gürtel, hob mich wie ein Kran aus dem Wasser und setzte mich sanft am Ufer ab. Ich machte die Augen auf, hustete, spuckte, versuchte, die Glieder zu bewegen und sah Big-Big vor mir stehen.

„Hab deinem Dad versprochen, auf dich aufzupassen, aber langsam wird mir das wirklich zu anstrengend."

Ich lag in Embryonalstellung und versuchte, durch die klappernden Zähne zu sprechen. „Wie bist du hier hochgekommen?"

„Ich bin vielleicht alt, Junge, aber nicht tot." Er reichte mir ein Handtuch.

Dann schichtete er Anzündholz auf, brach einige größere Äste übers Knie und baute ein Lagerfeuer. Nachdem er einige Tannennadeln angezündet hatte, kniete er sich hin und blies in die kleine Flamme. Nach und nach fügte er neues Brennmaterial hinzu. Innerhalb weniger Minuten hatten wir ein knackendes, knisterndes Feuer. Ich rutschte näher heran. Sein Tonfall verriet mir, dass er nicht gerade glücklich war. „Willst du hier einfach so sitzen, ja? Und zusehen, wie sie verschwindet?"

Ich sagte nichts.

„Glaubst du wirklich, dass das Zufall war, dass sie ausgerechnet in deiner Stadt aufgetaucht ist, pleite und zerschlagen? Genau an dieser Kreuzung? Vor deinem Jeep?"

Ich schwieg.

Er schüttelte den Kopf. „Dein Vater würde ihr nachjagen. Mit Vollgas."

„Mein Vater ist tot. Und ich bald auch."

Er spuckte aus. „Ob du lebst oder stirbst, darum geht es nicht. Und du weißt nichts über deinen Vater." Big-Big wurde langsam zornig. „Das Mädchen hat es verdient, die Wahrheit zu erfahren. Dass all das hier nichts mit ihr zu tun hat. Dass sie nicht der Grund dafür ist."

Jetzt schüttelte ich den Kopf. „Ich kann sie doch nicht bitten, sich in einen Sterbenden zu verlieben."

„Du stirbst schon, seit du vor zwanzig Jahren hier auf den Berg hochgefahren bist. Willst du noch mal zwanzig Jahre verplempern? Hier oben, wie ein Einsiedler. Liebe ist dafür da, sie zu verschenken. Warum klammerst du dich so an deine?“

„Die Wahrheit über mich wird ihr nur wehtun.“

„Das habe ich früher auch gedacht. Dass ich dich beschütze, wenn ich sie vor dir geheim halte. Aber ich sage dir eins ...“ Wieder spuckte er auf den Boden. „Die Wahrheit ist das Einzige, was nicht wehtut. Die Wahrheit ist wie eine große Hand. Sie reißt dich los und hält dich fest.“

„Hast du dir das ausgedacht?“

„Nein. Dein Vater.“ Er rieb die Hände aneinander und suchte nach Worten. „Ich muss dir was sagen.“

Auf einmal klang er nicht mehr wütend. Sondern verletzt. Ich wartete.

Er schnalzte durch die Zähne. „Dein Vater ist da drin ertrunken. Genau in dem Wasser.“

Ich setzte mich auf. Jetzt ging es um etwas ganz anderes. „Ich dachte, er hatte einen Herzinfarkt im Haus. Das hast du mir erzählt.“

Er nickte. „Sein Herz hat aufgehört zu schlagen, ganz recht. Aber warum, das ist eine andere Geschichte.“

„Okay ... warum?“

Big-Big sah mich mit großen Augen an. „Komplikationen.“

„Komplikationen, weswegen?“

Seine Augen huschten hin und her. Schließlich traf mich sein stechender Blick. „Es war einfach kaputt.“ Er sah aus, als hätte er noch mehr zu sagen, aber es kam nichts. Stattdessen zog er den ramponierten Brief aus seiner Innentasche und legte ihn neben mich. Einst hatte ich ihn mit fettigen Fingern gelesen. Einmal hatte ich Kaffee darauf verschüttet. Ein anderes Mal hatte ich ihn entzweigerissen. Die Hälften wurden mittlerweile von Klebeband zusammengehalten. Die meisten anderen Male hatte ich ihn mit Tränen befleckt.

Big-Bigs Stimme war unmissverständlich. „Du bist dran.“

Mein Vater hatte diesen Brief an dem Abend geschrieben, als ich gegangen war. Big-Big hatte ihn nach Dads Tod offen auf seinem Schreibtisch gefunden, als wollte er, dass er entdeckt wurde. So viel wusste ich. Bei meiner Rückkehr hatte er ihn mir überreicht. Lange Zeit hatte ich ihn in Ehren gehalten, auswendig gelernt. Die letzten Worte meines Vaters an mich. Ein paar Jahre später wollte Big-Big ihn noch einmal lesen. Ich war dabei, als er ihn hielt. Als seine Schultern mehr und mehr herabhingen. Als seine Augen feucht wurden. Wir fingen an, ihn untereinander auszutauschen. Mal hatte ich ihn für ein Jahr, dann er. Irgendwann hatte sich die Zärtlichkeit abgenutzt und ich wurde wütend. Daher das Klebeband. Ich musste den Brief inzwischen nicht mehr lesen, um zu wissen, was darin stand. Ich kannte den Inhalt längst auswendig. Aber während er die meisten Fragen beantwortete, die mir auf dem Herzen lasteten, blieb doch die eine, letzte Frage ungeklärt.

Big-Big legte mir eine Hand auf die Schulter. „Cooper." Seine Stimme war zu einem leisen Raunen geworden.

Ich wusste, was jetzt kam. Er sagte es nicht zum ersten Mal. Ich legte meine Hand auf seine.

„Bei einem Toten kannst du dich nicht mehr entschuldigen."

Als ich den Brief aufklappte, hörte ich die Stimme meines Vaters zum zehntausendsten Mal.

Mein lieber Sohn,
heute Abend bist Du gegangen. Bist ins Auto gestiegen und aus The Falls *weggefahren. Ich stand auf der Bühne und habe zugesehen, wie Deine Rücklichter immer kleiner wurden. Und nun sitze ich hier und frage mich, ob es richtig war, Dich gehen zu lassen. Ich frage mich, ob ich das Richtige getan habe. Vielleicht war all das ein Fehler. Ich weiß es nicht. Mein Herz blutet. Und ich kann mir vorstellen, Deins auch …*

Der handgeschriebene Brief hatte drei Seiten. Ich musste nicht weiterlesen. Wasser in der Wüste.

Dad hatte fünf Mal unterschrieben. Drei Mal mit blauer Tinte, zwei Mal mit schwarzer. Das Datum oben rechts war fünf Mal durchgestrichen und ersetzt worden. Immer zum Jahrestag meines Verschwindens. Dad hatte den Brief jedes Jahr herausgesucht, gelesen, das Datum geändert und wieder unterschrieben.

Diese Vorstellung war für mich irgendwie der größte Trost.

Ich faltete den Brief und steckte ihn wieder in den Umschlag. Auch nach fünfundzwanzig Jahren hallte die Stimme meines Vaters noch nach. Seine letzten Worte an mich. Und als sie alles in mir zum Schwingen gebracht hatten, wurde mir ein weiteres Mal bewusst, dass die Worte, die ich so lange schon sagen wollte und für die ich eigentlich nach Hause gekommen war, für immer ungesagt bleiben würden. Sie waren wie Glassplitter, an denen sich meine Seele immer wieder aufschnitt. Ich weinte bitterlich.

TEIL 2

Kapitel 11

Als ich klein war, sprach Dad nur selten über meine Mutter. Nicht, dass er es nicht wollte. Ich glaube, es tat einfach zu sehr weh. Er erzählte mir, dass sie sich bei einem seiner Auftritte in einer Kneipe kennengelernt hatten. Damals hatte sie dort gekellnert. Nach ein paar Wochen hatte sie sich geweigert, ihm Bier zu bringen, weil sie meinte, seine Stimme sei zu kostbar, um sie mit Alkohol zu vergiften.

Was sie nicht wusste, war, dass er das Bier nur bestellte, damit sie an seinen Tisch kam. Es schmeckte ihm nämlich überhaupt nicht und er schüttete es immer weg, wenn sie gegangen war. Dad meinte, er war froh, als sie dem Treiben ein Ende setzte, denn er trank viel lieber Kaffee, und weil das Nachschenken nichts kostete, war sie viel öfter bei ihm am Tisch.

Eines Abends stellte sie schließlich die Kaffeekanne ab. „Wieso fragen Sie mich nicht einfach, ob ich mit Ihnen ausgehe? So viel Kaffee trinkt doch kein Mensch."

Dad meinte, auch das sei gut gewesen, weil er alle fünf Minuten aufs Klo musste.

Als sie mit mir schwanger war, sang er abends ihrem Bauch etwas vor. Und küsste ihn. Er sang „Jesus Loves Me" oder irgendwelche alten Choräle. Es wäre gelogen, würde ich sagen, dass ich das noch weiß, aber ich habe eine vage Erinnerung daran, dass ich zuerst Gesang gehört habe und dann erst Sprache. Wahrscheinlich habe ich als Kind deswegen schon gesungen, bevor ich sprechen konnte. Noch vor dem ersten „Mama“ oder „Papa“ oder „Auto“ hatte ich schon eine Melodie auf den Lippen. Als ich später sprechen lernte, war mein erstes Wort zur Freude meines Vaters „Jimmy“.

Jimmy war ein Hochzeitsgeschenk meiner Mutter an meinen Vater. Es hatte sie das Trinkgeld eines ganzen Jahres gekostet. Eine Martin D-28. Wer sich mit Gitarren auskennt, der weiß, dass die D-28 der Maßstab ist, an dem sich alle anderen messen müssen. Punktum. Angesichts ihrer Geschichte und Herkunft war Jimmy stets der wertvollste Gegenstand bei uns zu Hause.

Ich wuchs in einer Familie auf, bei der Musik und Gesang so natürlich waren wie atmen. Mir ein Leben ohne Musik vorzustellen, war, wie einen Fisch zu bitten, ohne Wasser auszukommen. Ich war noch kein Jahr alt, als mein Vater mich auf den Schoß nahm und mir die ersten Licks beibrachte. Fläschchen in der einen Hand, Plektrum in der anderen. Nein, ich kann mich nicht mehr daran erinnern und ich habe es damals sicher nicht begriffen, aber mein Verstand bekam es mit. Wie Dads Gesang vor Moms Bauch legten diese frühen Unterrichtsstunden einen Grundstein und sorgten dafür, dass ich die Welt, meine Umgebung und meine Gefühle durch Musik erfasste und aufnahm. Dad sagte, noch bevor ich laufen konnte, habe ich schon Ukulele gespielt. An meine Mutter habe ich nur wenige Erinnerungen und ich kenne ihr Gesicht nur von Fotos, aber manchmal höre ich sie singen. Dad meinte, ihre Stimme habe ihn zum Schmelzen gebracht, und wenn ihr irgendetwas das Wasser reichen konnte, dann höchstens meine Kinderstimme.

Unsere Hütte stand auf fast vier Kilometern Höhe auf einer Bergschulter in Gipfelnähe. Manchmal war es nicht einfach, sie zu erreichen oder von dort wegzukommen. Nur wenige Leute verirrten sich nach hier oben. Selbst die alten Bergarbeiter waren der Meinung, dass es der Mühe nicht wert war. Weil niemand das Land wollte, konnten Mom und Dad es sich leisten.

Das wurde erst viele Jahre später von Bedeutung. Das Land war tatsächlich nicht besonders wertvoll, die Wasserrechte dafür umso mehr. Und Wasser hatten wir genug. Das klingt vielleicht nicht nach einem großen Vorteil, aber hier in Colorado gehen die Leute für Wasserrechte über Leichen. Und da uns der Berg gehörte inklusive des Gipfels und aller Wasserquellen, waren wir die Einzigen mit Wassernutzungsrecht.

Ein Grund, warum meine Mutter sich von Dad angezogen fühlte, war sein Beruf. Dad war Wanderprediger. Er versuchte sich am Schürfen, wenn wir zu Hause waren, aber was er wirklich konnte, war predigen. Seine Zeltgottesdienste waren in ganz Colorado beliebt, weswegen wir viel umherreisten. Nicht, dass er für konventionelle Kirchen nichts übrighatte, aber er fühlte sich ohne Mauern um ihn herum einfach wohler. Sein Predigtstil zog Menschen aller Couleur in sein Zelt, darunter auch solche, die sich in einer richtigen Kirche nie wohlgefühlt hätten. Tätowierte Biker saßen neben Hippies, die seit einem Jahr nicht mehr geduscht hatten, und die wiederum neben einem Mann mit Cowboyhut. Neben diesem sang ein Mann Motown-Songs und die Frau daneben trug ein Kleid bis zu den Knöcheln und eine Turmfrisur. Alle nahmen sie teil. Für mich als Kind war das ganz normal. Aus heutiger Sicht müssen wir ausgesehen haben wie ein Zirkus.

Als ich drei war, bekam Dad allmählich auch Einladungen aus benachbarten Bundesstaaten, Texas etwa oder New Mexico. Also packten wir mittwochs oder donnerstags zusammen und fuhren die ganze Nacht durch, damit wir das Revival von Freitag bis Sonntagvormittag veranstalten konnten. Manchmal wurde aus Sonntagvormittag Sonntagnachmittag oder sogar Sonntagabend, und bis wir die Zelte abgebaut, die Stühle aufgestapelt und das Klavier eingeladen hatten, waren wir erst am Dienstag zu Hause, nur, um am Donnerstag wieder loszuziehen. Dad war groß und stark, aber das ganze Ein- und Ausladen wurde ihm zu viel. Da lernte er Big Ivory Johnson kennen.

Weil die Gottesdienste meist abends waren, verbrachte Dad tagsüber viel Zeit in den kleinen Städten und machte Werbung. Er aß im örtlichen Imbiss und schäkerte mit den Kellnerinnen; er ließ sich beim Friseur rasieren; er machte eine Ladung Wäsche im Waschsalon; und weil sie ihm nicht entfliehen konnten, ging er mit seiner

Botschaft auch in die Gefängnisse. Dort traf er auf Big Ivory, der fünf Jahre wegen Körperverletzung absaß, was ihm bei seiner Größe ziemlich leichtgefallen sein musste. Big Ivory war knapp zwei Meter groß, wog sicher über hundertzwanzig Kilo und hatte weiße Zähne und kaffeebraune Haut. Er meinte, als er wieder freikam, war Dad der Einzige, der ihm überhaupt einen Job anbot.

Dad hatte vor dem Gefängnis auf Big-Big gewartet. So, wie Big-Big die Geschichte erzählt, kurbelte Dad das Fenster von seinem Bus hinunter und meinte nur: „Hunger?"

„Ich habe den Weißen angeguckt und nur gedacht, *der ist verrückt*", erzählte mir Big-Big irgendwann. „Aber mein Magen hat so geknurrt."

Mir kam *Ivory* irgendwie schwer über die Lippen, also nannte ich ihn einfach Big-Big. Von da an kann ich mich an keine Busfahrt mehr erinnern, wo Big-Big nicht am Steuer oder über die Karte gebeugt saß.

Als Mom starb, war ich vier. Ich kann mich nur noch erinnern, wie sie krank wurde, und dann war sie weg. Big-Big hatte damals knapp ein Jahr bei uns gearbeitet. Von überallher kamen Leute zur Beerdigung, und die Prozession war anderthalb Kilometer lang. Sie wurde unter den Espen beerdigt, weil sie so gern den Wind in den Blättern hörte. Big-Big half, ihren Sarg ins Grab hinabzulassen.

Wenn mein Vater je eine Glaubenskrise hatte, dann, als er über den fiebergeplagten, ausgemergelten Körper meiner Mutter wachte, die im Delirium war. Big-Big erzählte mir später, er habe noch nie einen Mann so weinen sehen. Dad war für viele Leute ein fester Pflock in der Erde gewesen, einer dieser *pegs*, mit denen man das Zelt festmachte. Aber Mom war seiner gewesen. Mom und ich. Und daher kam auch mein Spitzname. Peg. Wie Big-Big bürgerte er sich im Lauf der Zeit ein.

Nach der Beerdigung nahm mich Dad an die Hand, das Gesicht tränenüberströmt, und sagte: „Tust du mir einen Gefallen und singst eine Weile nicht?" Es dauerte ein wenig, bis ich begriff, wieso. Das ganze nächste Jahr über redete Dad nur wenig.

Wir zogen hoch in die Berge und er lief unter den Espen umher und spielte auf Jimmy. Manchmal versuchte er zu singen, aber meistens fiel ihm nichts ein. Oder es kamen nur vereinzelt Worte. Manchmal wusch er im Bach Gold. Dann starrte er stundenlang in die Goldpfanne. Ich glaube, er suchte weniger nach Gold als nach Moms Spiegelbild.

Da ich ziemlich viel Zeit hatte, wurden die Berge zu meinem Spielplatz. Dad schickte mich nach meinen häuslichen Pflichten immer nach draußen. „Aber nicht weiter weg, als ich pfeifen kann." Das gab mir jede Menge Spielraum.

Abends, wenn der Wind anhob, lief er mit erhobenen Händen zwischen den Bäumen herum. Dann kam er mit rot geweinten Augen zurück. Eines Herbstabends zeigte er mit ausladender Geste auf den Espenhain, der in tiefroten und goldenen Farben leuchtete. „Hier stehen Hunderte von Bäumen", sagte er. „Vielleicht Tausende. Aber unter der Erde sind ihre Wurzeln miteinander verbunden und sie bilden einen großen Organismus." Er dachte nach. „Wenn ein Baum krank ist, wird der ganze Hain krank."

Im nächsten Jahr nahmen wir unsere Zeltmission wieder auf und ich verbrachte mehr Nächte auf dem Pritschenwagen als zu Hause. Dad predigte und Big-Big spielte Klavier. Je älter ich wurde, desto mehr fiel mir auf, dass mein Vater zwar keineswegs schmächtig, aber Big-Big trotzdem noch eine Portion kräftiger war. Irgendwann kam ich darauf, dass die Statur der beiden Männer und der starke Kontrast zwischen ihrer Hautfarbe auch ein Grund war, warum die Leute die beiden erleben wollten.

Ein Vorteil der kräftigen Statur war ein mächtiger Oberkörper, der Dads Bariton genug Resonanz verlieh, um ganze Täler zu beschallen. Nur selten brauchte er ein Mikrofon. Big-Big hatte Bärentatzen als Hände, aber er wusste trotzdem, wie man mit einem Klavier umging. Auch heute noch kann ich mir nicht erklären, wie er Akkorde spielen konnte, ohne ständig mehrere Tasten zu drücken. Oft saß ich daneben und beobachtete, wie seine Finger über die Klaviatur flogen. Hin und wieder stellten die Gemeinden ihren Chor zur Verfügung und fügten dort, wo Mom sonst gewesen war, eine dringend gebrauchte weibliche Stimme hinzu.

Wenn wir wieder zu Hause waren, lud Dad alles aus und ging hinauf in den Espenhain. Ein paar Minuten später hallte seine Stimme zu mir herunter. Immer dasselbe Lied. Ich hörte die Melodie und verstand die Worte, aber viel entscheidender war, wie mein Herz darauf reagierte. Es war ein Lamento. Eine Wehklage. Ich schätze, Dad konnte es deshalb mit so viel Klarheit und Gefühl singen, weil er es am eigenen Leib erfahren hatte.

„Dad, was ist das für ein Lied?“, wollte ich eines Abends wissen, nachdem er wieder zurück war.

Er machte sich einen Kaffee und wir setzten uns auf die Veranda. Stumm legte er die Beine aufs Geländer. Unter uns erstreckte sich Colorado. Ich konnte kilometerweit gucken.

Dad schwieg mehrere Minuten lang. „Irgendwann im sechzehnten oder siebzehnten Jahrhundert“, sagte er schließlich, „hat ein blinder Harfenspieler namens O'Cahan dieses Lied geschrieben. Es wurde zweihundert Jahre lang weitergetragen, bis ein umherziehender Fiedler es eines Abends auf den Straßen Englands spielte. Der Name des Fiedlers ist nicht überliefert, aber eine Musiksammlerin namens Jane Ross hörte es und schrieb es auf. Sie brachte es unter dem Namen ‚O'Cahan's Lament‘ heraus. Das Lied schlummerte einige Jahre vor sich hin, bis ein paar Leute mit Namen Weatherly aus England genau hierherkamen, um nach Silber zu schürfen.“ Dad zeigte auf die Berge.

„Der größte Teil, wenn nicht sogar der gesamte Silberrausch ereignete sich innerhalb des Radius, den du von hier aus sehen kannst. Deswegen sage ich mir, dass die Geschichte etwas mit unserem Berg zu tun hat. Deine Mom war fest davon überzeugt.“ Dad nippte an seiner Kaffeetasse. „Es ist ein wenig verworren, aber eine irisch-amerikanische Frau namens Jess Weatherly spielte das Lied einst für ihren Schwager Fred, der ein ziemlich guter Liederkomponist war. Im Lauf seines Lebens schrieb er fast fünfzehnhundert Lieder. Er hatte ein paar Jahre zuvor einen Text verfasst, aber nie die richtige Melodie gefunden. Irgendwann um 1911 oder 1912 spielte Jess ihm ihre Melodie vor. Er stellte den Text ein wenig um, damit er passte, und veröffentlichte das Lied, das ich immer singe.“

Wir sahen schweigend zu, wie an den Gipfeln Wolkenfahnen wehten.

„Wenn du mich fragst, ist das eine der schönsten Balladen, die je geschrieben wurden. Irgendetwas an dem Auf und Ab der Melodie erreicht uns auf einer Ebene, die über das Denken hinausgeht. Sie wurde bei Kennedys Beerdigung gesungen und von lauter namhaften Künstlern aufgenommen, von Judy Garland und Bing Crosby bis zu dem Mann in Schwarz." Dad lächelte. „Elvis war der Meinung, Engel hätten es geschrieben, und er wollte es auf seiner Beerdigung haben. Du wirst dich nicht mehr daran erinnern, aber in der Nacht, als Mom starb, bat sie mich, dich zu ihr ins Krankenhausbett zu legen. Sie nahm dich in den Arm und sang dir dieses Lied vor, bis du eingeschlafen warst." Dad schwieg und deutete auf die Espen. „Manchmal ... gehe ich dorthin, um mich zu erinnern."

Ich ließ einige Minuten verstreichen. „Bringst du es mir bei?", fragte ich schließlich.

Dad nickte langsam.

„Soll ich Jimmy holen?"

„Jimmy hat jetzt Pause." Dad stellte seine Tasse ab, räusperte sich und versuchte zu singen, aber es gelang ihm nicht. „Das ist schwerer, als ich dachte." Erneut setzte er an und dieses Mal kamen die Töne.

„O Danny boy, the pipes, the pipes are calling ..."

Im Lauf der Jahre sangen wir dieses Lied bestimmt hundert Mal zusammen. Es wurde unser Lied. Es war unsere Art, an Mom zu denken und eine Erinnerung wachzurufen, ohne darüber reden zu müssen. Es war unser Weg, mit dem Schmerz umzugehen, ohne daran kaputtzugehen. An „Danny Boy" lernte ich, wozu ein Song in der Lage ist. Dass Musik uns Menschen von innen heraus heilen kann.

An jenem Abend erzählte mir Dad beim Zubettgehen das Ende der Geschichte. „Jess Weatherly erntete übrigens nie irgendwelche Lorbeeren. Sie starb 1939 völlig verarmt, während Fred reich und berühmt wurde."

Ich konnte nicht verstehen, wie jemand so gemein sein konnte. Dad versuchte sich an einer Erklärung. „Ein Lied überlebt seinen Komponisten", sagte er. „Und das ist auch gut so. Lieder werden geschrieben, um weitergegeben zu werden. Man muss nur aufpassen ...", und dabei tippte er mir lächelnd auf die Brust, „an wen man sie weitergibt."

Dad meinte, er und Jimmy könnten jedes Publikum abholen. Manchmal fing er ganz hinten an und arbeitete sich nach vorn. Ohne auch nur einen Akkord zu spielen. Er setzte ein und klopfte einen langsamen Rhythmus auf der Fichtendecke. Die Gitarre war seine Trommel. Dad kannte jede nur erdenkliche Musikrichtung und konnte die meisten auch spielen, aber wenn es um trauernde, verletzte Menschen ging, hielt er sich an alte Kirchenlieder. Je leichter, desto besser. Trotz seiner einfachen Erscheinung kannte Dad sich mit klassischer Musik aus. Er kannte Bach und Mozart und Pachelbel, und obwohl er ihre Musik liebte, blitzschnelle Finger hatte und die Luft mit mehr Tönen erfüllen konnte als viele verstanden, blieb er dabei: Wenn es um Menschen geht, ist weniger mehr. Weniger Töne. Weniger Lärm. Nur eine einfache Melodie. „Wenn du zu viel spielst, zu viel machst, dann lehnen sich die Leute zurück und beobachten nur noch. Bewundern dein Talent. Wenn du dagegen einfach spielst, ohne viel Drumherum, dann machen sie mit. Singen mit. Was ja unser Ziel ist. Unsere Aufgabe ist es, ihnen ein Lied in den Mund zu legen und zu schaffen, dass sie es singen und uns damit zurückschicken. Darum geht es, um mehr nicht." Dann fügte er noch hinzu: „Die Großen unter den Musikern sind nicht groß, weil sie so viele Töne spielen können, sondern weil sie so viele Töne weglassen."

Eines Tages fuhren wir an einer Tankstelle vorbei, wo lauter Elvisporträts auf Samt an einer Wäscheleine hingen. „Ein großer Popstar kann die ganze Welt entflammen, aber die Stars kommen und gehen. Sie sind wie ein Strohfeuer. Genau wie ihre Lieder. Aber ein guter Choral? Er überlebt seine Komponisten bei Weitem. Choräle verblassen nicht." Er sah mich an. „Wie viele Grammys hat Elvis gewonnen?"

Ich zuckte mit den Achseln.

„Zwei." Er wischte sich übers Gesicht. „Und mit welchem Song?"

Wieder Schulterzucken.

Dad liebte Musikgeschichte.

„Mitte der Achtzigerjahre des neunzehnten Jahrhunderts schrieb ein schwedischer Prediger namens Boberg ein Gedicht. Keine Melodie dazu, nur den Text. Einige Jahre später sang ihm jemand bei einer Veranstaltung sein Gedicht vor, zu einer alten schwedischen Volksweise. Niemand weiß, wer Text und Melodie zusammengefügt hat. Später, in den Zwanzigerjahren, hörte ein englischer Missionar namens Hine in den Karpaten eine russische Übersetzung von Bobergs Lied. Hine stand auf der Straße und predigte über Johannes 3, als ein heftiges Gewitter heranzog. Ein Lehrer gab ihm ein Bett für die Nacht. Hine sah zu, wie das Gewitter über die Berge zog, und fügte dem Lied eine Strophe hinzu, die wir heute als erste Strophe kennen. Er reiste weiter nach Rumänien und Bukowina und irgendwo unter Bäumen und Vögeln schrieb er die zweite Strophe. Die dritte Strophe entstand bei den Bergbewohnern der Karpaten und die vierte nach seiner Rückkehr nach England. In den frühen Fünfzigerjahren brachte jemand das Lied in seiner heutigen Form zu einem Jugendcamp in Kalifornien mit, wo ein Mitarbeiter namens George Beverly Shea es Billy Graham gab. Und dann, 1967, nahm ein junger Mann mit Namen Presley ‚How Great Thou Art' auf und das Album gewann Platin." Dad hielt zwei Finger hoch. „Zwei Mal."

Ein paar Minuten vergingen. Regen hatte eingesetzt und schlug gegen die Windschutzscheibe. Die Scheibenwischer arbeiteten rhythmisch. Dad fing leise an zu singen; mehr zu sich selbst als zu mir. „*O Lord my God, when I in awesome wonder ...*" Mit Worten wie diesen sang er mich oft in den Schlaf.

Ich verstand nie, wieso Dad das mit der Zeltmission machte. In richtigen Kirchen wäre es viel einfacher gewesen. Und so viel weniger Arbeit. Was noch schlimmer war: Dad bat nie um Kollekte. Das heißt nicht, dass die Leute nichts gaben. Aber Dad fragte nie danach. Er wollte, dass die Leute aus Überzeugung spendeten, nicht aufgrund von Manipulation. Angesichts der vielen Krücken und leeren Rollstühle, die sich im Lauf der Jahre ansammelten, hätte er ein Vermögen machen und sich vermutlich einen Privatjet leisten können, aber mein Dad reichte nie einen Opferteller einfach nur weiter, ohne selbst etwas zu geben.

Was die Musik betraf, sah Dad es nur als seine Aufgabe an, die

Leute an den Text zu erinnern, damit sie selbst singen konnten. Er hatte so viel musikalisches Talent, dass er für fast jeden Künstler Lead- oder Rhythmusgitarre hätte spielen können, aber er blieb selbst immer im Hintergrund. „Lass den Song strahlen und schenke ihn dem Publikum. Lege ihn den Menschen in den Mund. Die Lieder gehören nicht uns. Sie sind ein Licht, das den anderen zum Leuchten bringen soll, nicht uns selbst."

Einmal waren wir gerade dabei, die Bühne aufzubauen, und es war sehr warm. Wir hatten eine Pause eingelegt und ich war neugierig, weil mir klar geworden war, dass mein Vater ganz anders war als andere Väter. „Dad, warum machst du das hier eigentlich? Ich meine, suchst du dir irgendwann auch einen richtigen Job?"

Er lachte. „Bloß das nicht." Er zeigte zum Zelteingang, durch den man den Parkplatz sehen konnte. „Mein Job ist es, die Leute von dort hierher zu führen. Sie dazu zu bringen, dass sie sich hinsetzen und in die Gegenwart dessen kommen, der ihnen helfen kann. Danach ..." Er lächelte. „Schnell aus dem Weg."

„Wieso?"

„Weil Er hat, was sie brauchen. Nicht ich. Weißt du, die Leute wollen mich in einen tollen Anzug stecken und vor Fernsehkameras stellen." Er schüttelte den Kopf und zeigte auf die Scheinwerfer. „Diese Dinger da haben eine seltsame Wirkung auf einen Menschen. Aber wir dürfen eins nicht vergessen: Diamanten strahlen nur, wenn sie das Licht reflektieren."

Ich hatte erst vor Kurzem begriffen, welche Rolle Geld und Erfolg spielten und dass andere beides hatten. Aber wir nicht. „Darf ich dich was fragen?"

„Klar."

„Habe ich eigentlich ein Erbe?"

Er musste lachen. „Wer hat dir denn diesen Floh ins Ohr gesetzt?"

„Na ja, ich meine, werde ich eines Tages Geld haben?"

Dad antwortete nicht sofort. „Ja. Du hast ein Erbe."

Ich grinste. Ich wusste es. Wir waren reich. Dad hatte es all die Jahre versteckt. Er war irgendwo auf eine Silberader gestoßen und hatte nur nichts sagen wollen, bis ich alt genug war. Wir könnten ein großes Haus bauen und einen Cadillac fahren.

„Dein Erbe ist nicht hier draußen. Es ist da drin.“ Er zeigte auf mein Herz.

Jetzt war ich enttäuscht.

Kapitel 12

Meine erste richtige Erinnerung daran, was mein Vater bei anderen Menschen auslöste, kam, als ich acht war. Dads Arbeit hatte sich herumgesprochen. Die Leute kamen selbst aus Kalifornien, um ihn zu hören, und er sah sich nach größeren Veranstaltungsorten um. Wir mussten vier Leute einstellen, nur, um all die Autos zum Parken einzuweisen. Anfangs hatten wir nur ein Zelt, jetzt waren es fünf – zusammengesetzt in Form eines Kreuzes. Das mittlere Zelt war die Bühne. In jedem der Zelte hatten über zweihundert Leute Platz und an den meisten Abenden waren alle Stühle besetzt. Oft standen die Leute sogar noch am Rand. Drängten sich hinein. Kinder saßen auf den Schultern ihrer Väter. Mütter mit Neugeborenen. Alte Leute in Rollstühlen.

Offensichtlich ist so eine richtige Sodom-und-Gomorrha-Predigt doch spannender, als viele Leute zugeben würden. Der Bedarf wuchs und Dad musste expandieren.

Oft ging er allein wandern und dachte dabei nach. Ein paar Meilen südlich von Buena Vista hatte er am Fuß von Mt. Princeton einen Canyon mit besonders hohen Wänden entdeckt, der seine Neugier weckte. Auf einer topografischen Karte hatte er ihn mir gezeigt. Von oben sah er aus, als hätte jemand ein Tortenstück aus dem Gebirge herausgeschnitten. Das etwa fünfzehn Hektar große Landstück hatte eine Trichterform und war umgeben von Felsen, die weit in den Himmel ragten. Für jemanden wie Dad, dessen Publikum aus Hunderten, fast Tausenden Menschen bestand, war das der perfekte Veranstaltungsort.

Es gab nur ein Problem. Der Canyon gehörte jemand anderem. Dad wollte ihn mir unbedingt zeigen und marschierte mit mir an unzähligen „PRIVATGELÄNDE – BETRETEN VERBOTEN"-Schildern vorbei, immer weiter hinauf, vorbei an den Nadelbäumen, durch den Nationalpark, der an unser Grundstück grenzte, bis zu einem Felsvorsprung, von dem aus man die Ranch unter uns sehen konnte. Dad zeigte auf einen Bereich. „Die Bühne kommt dort hin, wo es langsam schmal wird. Und die Zelte dort, der Parkplatz da drüben und die Toilettenkabinen dort." Er rieb die Hände aneinander, als würde er Staub abklopfen. „Das wird ein Kinderspiel."

Ich kratzte mich am Kopf. „Aber Dad, das gehört uns doch gar nicht."

Er winkte ab. „Ja, aber irgendjemandem gehört es."

Eine Woche später statteten wir dem Eigentümer, Mr Tom Slocumb, einen Besuch ab. Mr Slocumb war Rinderzüchter und das Land war seit über hundert Jahren in Familienbesitz. Dad, Big-Big und ich fuhren über das Viehgitter und parkten vor seinem Haus. „Kommt mit", sagte Dad zu uns. „Wenn Mr Slocumb mich nicht mag, mag er vielleicht ja euch."

Dad klopfte und ein kleiner, drahtiger Mann mit Cowboyhut, Sporen und einer riesigen Gürtelschnalle öffnete uns die Tür. Er musterte uns von Kopf bis Fuß, wobei seine größte Aufmerksamkeit Big-Big galt. Er sah nicht aus, als wäre er an einem Schwätzchen interessiert. „Kann ich helfen?"

Dad reichte dem Mann die Hand und erklärte, wer er war und mit welchem Anliegen wir gekommen waren. Mr Slocumb hörte zu und schob mit erstaunlicher Ausdauer einen Zahnstocher in seinem Mund hin und her. Aller paar Sekunden drehte er das Hölzchen um seine eigene Achse und schob es in den anderen Mundwinkel, wo es darauf wartete, bis seine Zunge den ganzen Prozess wieder von vorn begann. Nach der Hälfte von Dads Geschichte griff er in seine Gesäßtasche und zog eine Packung Kautabak hervor. Er öffnete sie und zupfte mit seinen Fingern daran herum, als würde er Salat mischen. Da fiel mir auf, dass ihm der Zeigefinger an der rechten Hand fehlte. Als er den Salat gut genug durchmischt hatte, hob er ein kräftiges Häufchen braunen Tabak heraus und stopfte es sich in die Wange. Es sah aus, als würde er an einem Golfball nuckeln. Während er weiter zuhörte, drehte er mit einem Teil seines Mundes den Zahnstocher herum und kaute mit der anderen Seite auf dem Tabak. Ich wartete darauf, dass er ausspuckte, aber nichts geschah.

Als Dad fertig war, sah Mr Slocumb erst mich an, dann Dad und schließlich Big-Big. Er schob sich seinen Hut ein Stück in den Nacken und steckte die Daumen in die Laschen seines Gürtels.

„Damit ich das richtig verstehe: Ihr spaziert eines Tages frech über mein Land, wo ich über zweihundert ‚BETRETEN VERBOTEN'-Schilder aufgestellt habe, und tretet meine hübsche kleine Wiese nieder. Und da dachtet ihr euch, hier wäre doch ein toller Platz für eine Zeltmission mit Bühne und lauter Zelten, die wie von Zauberhand erscheinen. Und dieser Riese hier" – dabei deutete er mit dem Daumen auf Big-Big, „der größer ist als alle, die ich bisher gesehen habe, soll Klavier klimpern, während Sie", dabei warf er mir einen Seitenblick zu und drehte den Zahnstocher im Mund, „von Himmel und Hölle predigen, und zwar ein paar Hundert, vielleicht sogar ein paar Tausend reuigen und andächtigen Sündern, die wie von Zauberhand mit Autos und Picknick und Sonnenschirmen auftauchen. Und jeder Einzelne von diesen Leuten latscht über meine Weide und parkt auf dem Gras, das ich an meine Rinder verfüttern will, bevor es schneit."

Er legte eine Denkpause ein und schluckte. „Und um noch einen draufzusetzen, lassen Sie erst gar keine Kollekte herumgehen, nehmen von niemandem was an und reden nicht ein einziges Mal über Geld oder dass die Leute von dem da oben stehlen, wenn sie nichts geben." Er nickte. „Hab ich das richtig verstanden?"

Dad erwiderte das Nicken. „Das trifft es ziemlich gut."

Der Mann lachte und verdrehte die Augen. Dann wandte er sich an Big-Big. „Welche Schuhgröße tragen Sie, Bursche?"

„Achtundvierzig."

Der Mann schnalzte mit der Zunge. „Glaube ich sofort." Dann zeigte er auf die Einfahrt, die irgendwo in anderthalb Kilometern von der Landstraße abging. „Habt ihr das Schild nicht gesehen? Das so groß ist wie 'ne Leinwand im Autokino? Seid ihr dran vorbeigefahren?"

Dad nickte.

„Falls ihr es nicht gelesen habt, dort steht, dass dieses Land, das seit drei Generationen in Familienbesitz ist, verkauft werden soll, mitsamt meinen Rindern, weil wir kein Wasser haben."

Ich hatte das ziemlich breite und sehr trockene Flussbett bemerkt, das sich durch sein Land zog, konnte mir aber keinen Reim darauf machen. „Was ist denn mit Ihrem Fluss passiert?"

„Gute Frage." Er zeigte auf das Flussbett. „Das allerbeste Wasser hatte ich hier. Selbst Adolph Coors hatte kein besseres und es ist immer geflossen, seit der da oben es aus dem Berg gedrückt hat. Aber dann kam so ein feiner Pinkel aus der Großstadt mit einem Juristen-Diplom, kramte in irgendwelchen Gesetzbüchern und kaufte das Land nördlich von mir. Und wie sich herausstellt, sind seine Wasserrechte älter als meine, also ...", der Zahnstocher wanderte herum, „... bin ich geliefert. Und meine Rinder auch."

Ich kratzte mich am Kopf. „Und wo ist das Wasser hin?"

Er machte eine genervte Handbewegung in Richtung Norden. „Läuft durch seine Felder. Und fließt etwa eine Meile Richtung Highway wieder zurück ins Flussbett."

Mein Vater fasste zusammen. „Und jetzt sitzen Sie auf dem Trockenen."

„Genau so. Mein Fluss ist leer, meine Kühe trinken Schlamm und ich habe keinen Halm Heu in Aussicht. Deswegen sage ich Ihnen Folgendes, Mister Preacherman. Wenn Sie mein Flussbett wieder voll Wasser kriegen und meine Rinder was zu trinken haben, dann können Sie meine kleine Wiese dort oben so lange nutzen, wie Sie Luft zum Predigen haben. Wenn nicht", und dabei hielt er eine Hand auf, „hätte ich gern zehntausend Dollar." Er grinste und dabei zeigten sich seine fleckigen Zähne. „Oder Sie sind GSW."

Ich runzelte die Stirn. „Was ist GSW?", fragte ich meinen Vater.

Er dachte nach. „Ganz schnell weg."

Der Rinderzüchter nickte. „Das auch."

Dad reckte den Hals und spähte an dem Haus vorbei auf den

hinteren Teil des Grundstücks, wo das Flussbett sich in Richtung der Klippen wand. „Haben Sie einen Bulldozer?"

Der Mann zuckte mit den Achseln. „Ist schon ziemlich ramponiert, aber ich habe einen."

„Darf ich mir den mal ausleihen?"

Statt zu antworten, nuckelte er nur an seinem Tabak und sah Dad an.

„Wenn ich Ihnen Wasser bringe, dann erlassen Sie uns die zehntausend Dollar und wir dürfen die Wiese benutzen, ja?"

„Mister, wollen Sie hier mit den Fingern schnipsen und dann ist auf einmal Wasser da, oder was?"

Dad zuckte mit den Achseln. „So ungefähr."

Die Zweifel des Mannes waren mit Händen zu greifen. „Sie wollen mal eben schaffen, was drei Jahre Beschwerden und sechzigtausend Dollar Anwaltsgebühren nicht geschafft haben?"

Dad sagte nichts.

„Ich sage Ihnen was, Preacherman. Bringen Sie meinen Rindern Wasser und ich helfe Ihnen noch, die ... die Autos einzuparken. Ansonsten ...", wieder hielt er die Hand auf, „zehntausend Dollar."

Dad reichte ihm die Hand. „Abgemacht."

Der Mann zog eine Augenbraue hoch. „Sie geben mir zehntausend?"

„Nein." Dad sah am Berg hinauf. „Ich hole Ihnen Wasser."

Big-Big und ich fuhren im Pick-up und Dad steuerte den Bulldozer. Auf der Landstraße fuhren wir ihm zwei Kilometer hinterher und ließen vorsichtshalber die Warnblinkanlage laufen, weil er beim Versuch, das Gefährt zu lenken, wie ein Betrunkener auf der Straße hin und her schlingerte.

Big-Big lächelte. „Jetzt hab ich alles gesehen."

Als wir die T-Kreuzung erreichten, schickte uns Dad in die Stadt, um alle Dieselkanister zu füllen, die wir finden konnten. Derweil fuhr er zu unserer Hütte hinauf. Zwei Stunden später war er schon in vollem Gange. Am Abend des dritten Tages hatte er eine Menge Diesel verbrannt und einen über ein Meter tiefen Graben geschaffen, der sich an unserer Bergseite hinabwand. Er hätte einen großartigen Bach abgegeben, wenn er mit Wasser gefüllt wäre. Als ich Dad fragte, wo er das Wasser herholen wollte, sagte er nur: „Ich werde einfach Gottes Müslischale anstechen."

Am vierten Morgen kehrten Dad und ich zum Rinderzüchter zurück und klopften. Er trat uns genauso gegenüber wie beim letzten Mal. Wieder wanderte der Zahnstocher von einem Mundwinkel in den anderen.

„Darf ich Sie auf eine Spritztour einladen?", fragte Dad.

Der Rinderzüchter sah nicht gerade begeistert aus, aber er willigte ein. Dad fuhr uns ans hintere Ende der Ländereien, wo das trockene Flussbett auf die Felsen des Mt Princeton traf. Unser eigenes Grundstück war vielleicht noch eine Meile Luftlinie entfernt, aber die Fahrt hatte fast eine halbe Stunde gedauert. Wie Dad immer meinte, Umwege erweitern den Horizont.

Dad stieg aus und sah auf die Uhr. Dann fing er an, mit erhobenen Armen durch das Flussbett zu schreiten. Der Viehzüchter lehnte am Wagen, verschränkte die Arme und beobachtete Dad mit einem abschätzigen Blick. Um halb elf zählte Dad zehn Schritte vom Felsen ab und legte einen kleinen, runden Stein hin. Er ließ sich extra Zeit, damit der Viehzüchter es auch sah. Dann kehrte er zum Wagen zurück und lehnte sich ebenfalls dagegen. „Wie viel haben Sie noch mal dem Anwalt bezahlt?"

„Dreiundsechzigtausendachthundertvierzehn Dollar", sagte Mr Slocumb, ohne mit der Wimper zu zucken.

Dad nickte und sah am Felsen hinauf.

Fünf Minuten vergingen. Der Mann deutete auf die Steine im Flussbett. „Vielleicht sollten Sie einen Tanz aufführen. Ein Lied singen oder so."

Dad starrte nur auf die Felskante.

Um 10:40 Uhr sagte Mr Slocumb: „Haben Sie noch alle Tassen im Schrank?"

Dad schüttelte den Kopf. „Vermutlich nicht, aber ..." Er lächelte. „Aber ich weiß, wo man Wasser findet."

Noch während er sprach, rumpelte es über uns, gefolgt von einem Donnern wie bei einem Gewitter. Ich sprang von der Ladefläche und versteckte mich hinter der Klappe.

Sekunden später ergoss sich ein Schwall Wasser, so breit wie die Motorhaube, über die Felskante, schoss gut drei Meter durch die

Luft und landete genau auf dem kleinen Stein, den Dad ins sandige Flussbett gelegt hatte. Beim Aufprall entstand ein Loch, das sich schnell füllte. Das Wasser breitete sich bis zum Ufer aus.

Die Kinnlade des Viehzüchters fiel herunter. Halb zerkaute Tabakblätter purzelten heraus. Seine Augen waren so groß wie Vierteldollarstücke. Er ging ans Ufer und starrte abwechselnd nach oben und ins Flussbett. Dabei wurden sein Gesicht und die Schultern ganz feucht von der Gischt. Einige Sekunden lang blieb er so stehen, während das Wasser immer weiter an ihm vorbeidonnerte.

Als das Nass die Ufer erreicht hatte, tat es, was alle Flüsse tun. Es fing an, bergab zu fließen und folgte seinem natürlichen Weg durch das Land des Viehzüchters, vorbei an seinen zweitausend durstigen Rindern. Noch immer starrte er ungläubig auf die Felskante und den fast zwanzig Meter großen Wasserfall, der sich auf sein Land ergoss. Eine Minute verging, dann zwei, und er sah aus, als wartete er darauf, dass es genau so plötzlich aufhörte, wie es begonnen hatte.

„Bleibt das jetzt so?“, fragte er irgendwann.

Dad nickte.

Mr Slocumb nahm den Hut ab, wischte sich über die Stirn und schleuderte ihn zu Boden. „Da spring mir doch ’ne Kuh durchs Gatter! Preacherman, Sie haben es geschafft! Sie haben es tatsächlich geschafft!“ Er lachte und stürmte ins Wasser, das ihm bis an die Hüfte reichte. Dann kämpfte er sich gegen den Strom zum Wasserfall, machte den Mund auf und breitete die Arme aus. Der Wasserdruck war so groß, dass er ihn zurück in den Fluss warf, wo er planschte und umhertollte wie ein Kind.

Irgendwann stand er auf, lachte und spuckte Wasser. „Hier ist genug, um fünfzigtausend Rindsviecher zu tränken. Nein, fünfzigtausendeins.“ Er führte beide Hände zum Mund, trank einige Schluck Wasser, spuckte dann mit Vergnügen aus und legte mitten im Wasser ein Tänzchen hin.

Ich fragte mich, was mit dem Rest seines Tabaks passiert war, aber ich traute mich nicht, mich danach zu erkundigen. Das Wasser war eiskalt, weswegen er nicht lange drinblieb. Er watete ans Ufer, hob seinen staubigen Hut auf und zog ihn sich tief ins Gesicht. Dann, ohne Vorwarnung, packte er meinen Dad und umarmte ihn, was lustig aussah, weil Dad fast anderthalbmal so groß war wie der Viehzüchter. Anschließend schüttelte er Dad überschwänglich die Hand.

Dad lachte. „Die ersten Autos kommen dann am Freitag um vier."

„Und ich werde sie einweisen wie ein Weltmeister."

KAPITEL 13

Eine Folge unserer Aktion war, dass man den Wasserfall schon vom Highway aus sehen konnte. Eine neue Sehenswürdigkeit war geboren. Die Sache sprach sich herum, der Name setzte sich fest und unser erstes Wochenende bei *The Falls* war ausverkauft.

Am Donnerstag fingen wir mit dem Aufbau der Zelte an und die Bühne stellten wir am Freitagmorgen auf. Am Freitagmittag standen schon die ersten Autos vor dem Tor. Dad liebte es, Autos einzuweisen. Er meinte, so könne er der Gemeinde den Puls messen, ohne sich als Arzt zu outen. Er öffnete die Autotüren, half beim Einparken und fragte nebenbei, wie es den Leuten ging. Um achtzehn Uhr hatten er und Mr Slocumb mehrere Hundert Autos eingewiesen.

Kurz vor der Veranstaltung wischte sich der Viehzüchter mit einem Handtuch den Schweiß von der Stirn. „Ihnen macht das auch noch Spaß, oder?"

Dad zuckte mit den Achseln. „Vor Jahren habe ich gelernt, eine Frage zu stellen, und die Leute erzählen dir den Schmerz der vergangenen fünfzehn Jahre. Sogar die Stillen unter ihnen öffnen sich. Und wenn sie das tun ... dann höre ich zu." Er dachte nach. „Mit dem Herzen." Er lieh sich Mr Slocumbs Handtuch und wischte sich übers Gesicht. „Die Leute kommen nicht hier ins Nirgendwo, um unterhalten zu werden. Unterhaltung gibt es woanders. Nein, sie fahren die weite Strecke hierher, weil sie verletzt sind. Weil sie Hilfe brauchen."

Er zeigte auf das Zelt. „Für Sie ist das vielleicht eine komische Zirkusshow und ich bin irgendein Wunderdoktor." Er schüttelte den Kopf. „Wir machen hier nur Erstversorgung." Längeres Schweigen. „Wir stillen hier die Blutung."

Ich hatte noch nie so viele Autos oder Menschen gesehen. Big-Big setzte sich ans Klavier. Der Chor wiegte sich und summte. Einige der Scheinwerfer über der Bühne flackerten und schaukelten im Wind, der seltsamerweise aufgefrischt hatte. Ein paar Frauen fächelten sich Luft zu. Alle warteten gespannt. Ich kannte ihre Erwartungen nicht, aber ich glaube nicht, dass sie erfüllt wurden.

Dads dröhnende Stimme kam von hinten. Von meinem Platz an der Bühnenkante aus konnte ich ihn sehen, das Gesicht glänzend vor Schweiß. Ein weißes Handtuch um den Hals gelegt. Schlammige Schuhe. Keinen Anzug. Keine auffällige Krawatte. Keine Goldringe. Nur Jimmy um den Hals. Ich glaube, Dad machte das mit Absicht. Wenn die Leute ihn sahen, sollten sie das Gefühl haben, er sei einer von ihnen.

Dad ließ sich Zeit auf dem Weg nach vorn und klopfte nur den Rhythmus auf der Gitarre. Ihr Korpus war sein Schlagzeug. Liedzettel gaben wir nie aus, weil der Druck teuer war und die meisten hinterher im Matsch landeten. Wenn man Lieder spielte, die die Leute kannten, brauchte man sie sowieso nicht.

Dad arbeitete sich wie ein Korkenzieher nach vorn. Als er die Bühne erreichte, standen die Leute bereits und sangen so laut, dass sie ihn eigentlich gar nicht brauchten. Er hatte eine Welle mit so viel kinetischer Energie erzeugt, dass sie es allein bis ans Ufer schaffte. Viele Kinder standen auf ihren Stühlen oder saßen bei ihren Vätern auf den Schultern. Während eines lauten Refrains nahm Dad Jimmy ab, setzte sich neben mich und wischte sich das Gesicht trocken. Big-Big spielte unbeirrt weiter. Der Gesang im Zelt war so laut, dass es mir fast wehtat in den Ohren.

Ein paar Stühle weiter drückte eine Frau ein Baby an sich, das erst wenige Wochen alt war. Die Mutter deckte es mit einer Windel zu und wiegte es langsam. Ein paar Kinder kamen nach vorn, hielten sich an den Händen und sangen und tanzten im Kreis. Dad und ich saßen auf der Bühnenkante und genossen den Anblick. Big-Big spielte leiser und brachte den Chor zum Summen. Bald summte die ganze Gemeinde mit. Dad legte mir einen Arm um die Schultern und betrachtete das Publikum – über tausend Menschen, die ihn alle ansahen. Er lächelte die Kinder an. „Aus dem Mund der Kinder und Säuglinge ..."

Manchmal sprach mein Vater in Rätseln. Die Hälfte dessen, was er sagte, stammte von ihm, den Rest borgte er aus der Bibel. An einem dieser Rätsel hatte ich lange zu knabbern. Er hatte die Fragezeichen in meinem Gesicht gesehen und berührte meine Stimmbänder mit der Fingerspitze. „Gott hat sie uns aus gutem Grund gegeben", raunte er mir zu.

Ich war zu jung, um ihm zu folgen. „Und aus welchem?"

Er stupste mich sanft an. „Musik macht die Leute frei. Sie bringt das zum Schweigen, das unseren Untergang will."

Seine Stimme war noch nicht verklungen, als der Wind auf einmal die Richtung wechselte. Als hätte jemand eine Tür zugemacht und eine andere geöffnet. Er wirbelte herum, und das bedeutete nur eins: Ein Gewitter war im Anmarsch.

Im Spätherbst ziehen Unwetter sehr schnell auf und können besonders stark sein. Dabei gibt es so gut wie keine Warnsignale. Dad runzelte die Stirn. In kurzer Zeit hatte der Himmel eine Farbe angenommen, als hätte jemand Tusche verschüttet. Blitze schossen wie Spinnweben über den Gipfeln. Während ich mich noch fragte, was Dad jetzt wohl tun würde, setzte der Regen ein. In Strömen. Sekunden später blies der Wind den Regen seitwärts unters Zelt und stach mir wie Nadeln ins Gesicht. Die Zeltwände hob er wie ein Segel hoch und zerrte an den Leinen. Einige Leinen barsten mit einem lauten Knall und ein Teil des Zelts riss sich los und segelte wie ein riesiges Frisbee durch die Nacht.

Es war mein erstes richtiges Unwetter.

Ein Blitz zuckte über uns und krachte in einen toten Baum, der am Rand der Felsen stand. Sofort stand der Baum in Flammen, als hätte man eine Kerze in Benzin getaucht. Funken regneten auf die

Zelte und setzten sie in Brand. Als das Zeltdach zu einer Wand aus Feuer wurde, brach Panik aus. Die Leute stoben auseinander. Sie drängelten und stolperten übereinander, um zu ihren Autos zu gelangen. Manche rutschten aus und schubsten andere aus dem Weg.

Einen solchen Regenguss hatte ich noch nie erlebt. Mehrere Zentimeter innerhalb von Minuten. Aber zugleich schien der Regen keinerlei Auswirkungen auf das Feuer zu haben. Golfballgroße Hagelkörner fielen vom Himmel, dellten Autodächer und Motorhauben ein und scheuchten die Leute wieder unter die restlichen Zelte. Einige bluteten. Ein Mann kam ins Zelt gestürmt, Blut lief ihm übers Gesicht und auf sein weißes Hemd und er schrie etwas von Apokalypse und dem Ende der Welt.

Ich kroch unter die Klavierbank, die Big-Big verlassen hatte, um die Ecken unseres Zelts zu sichern. Mittlerweile war jedoch nur noch der Teil übrig, unter dem das Klavier stand. Der Wind hatte fast alle Lampen zerstört. Eine einzelne Glühbirne, angetrieben von der Batterie im Bus, hing schwankend über dem Klavier. Ich wurde Zeuge der zweiten Sintflut und das Einzige, was in einem Radius von fünf Quadratmeilen noch trocken war, waren Jimmy und das Klavier.

Ich weiß noch, wie ich mich zu einem Ball zusammenrollte und die Hände auf die Ohren presste, während um mich der Sturm tobte, der Wind an allem riss, der Regen stach und der Hagel Windschutzscheiben zerschlug.

Ich wusste nicht mehr, wo mein Vater war. Als ich die Augen wieder aufmachte, kniete er vor mir und sah mich an. Unsere Gesichter waren nur Zentimeter voneinander getrennt. Wasser tropfte ihm von den Augenbrauen, von den Haaren, von der Nasenspitze. Hinter ihm sah ich nur Dunkelheit und Feuer. Sein rechter Arm kam wie der Arm eines Baggers und hob mich heraus. Ich wollte mich an ihm festklammern, aber Dad setzte mich auf die Klavierbank und nahm neben mir Platz. Der Wind war so stark, dass ich mich regelrecht in ihn hineinlehnen musste, um gerade zu sitzen. Dad strich mir die nassen Haare aus dem Gesicht und nickte in Richtung des Klaviers.

„Lass es raus.“

Ich schrie gegen das unerbittliche Pfeifen des Windes an. „Was?“

Er beugte sich zu mir und sprach extra langsam, damit ich seine Lippen lesen konnte. „Lass es raus!"

Ich sah mich um. So viele panische Gesichter. So viel Wut, so viel Angst. Ich fühlte mich hilflos. Einen Fuß hatte ich an der Klavierbank eingehakt, damit mich der Wind nicht davontrug. Nun versuchte ich meine Hände auf die Tasten zu legen, aber sie zitterten zu sehr.

Dad sah mich an. „Peg?"

Ich reagierte nicht. Die Angst lähmte mich und ich wollte weglaufen, wie alle anderen.

Er beugte sich zu mir herunter. Seine Nase berührte meine fast. „Mein Junge?"

„Ja!"

Sanft legte er meine Hände auf die Tasten. „Lass es raus."

„Aber was?"

Er lächelte. „Den Teil, der aus Tönen ein Lied macht."

Ich versuchte es.

Meine zitternden Finger drückten die Tasten, stimmten Akkorde an, und ich spielte mit jedem bisschen ängstlicher Kraft, das ich aufbringen konnte. Je stärker der Wind blies, je höher die Flammen kletterten, je heftiger die Zeltbahn über mir hin und her schlug, desto fester hakte ich mich in der Bank ein und spielte noch lauter. Das Unwetter hatte den gesamten Himmel eingenommen und sich direkt über Mr Slocumbs Weide neben uns festgesetzt.

Wir waren die Nächsten. Irgendwo in der Wildnis, einige Meilen entfernt, schlug der Blitz ein, es folgte ein gewaltiger Donnerschlag, der mich fast von der Klavierbank warf und mich bis in die Fingerspitzen elektrisierte. Ob Schutzmechanismus oder künstlerischer Ausdruck, ich spielte so laut und kräftig, wie ich nur konnte.

Was ich nicht merkte, war, dass die Aufmerksamkeit der meisten Leute nicht mehr auf das Gewitter gerichtet war. Sie schrien nicht mehr. Kämpften nicht mehr. Warfen keine Stühle mehr um. Eigentlich standen sie nur da. Glotzten. Und die meisten von ihnen sahen in meine Richtung. Ich guckte schnell Big-Big an und fragte mich, welches Lied er angestimmt hatte, aber er stand genauso da und starrte mich an. Er sang keinen Ton. Auch mein Dad sang nicht. Er saß neben mir und hatte die Hände in den Schoß gelegt.

Von irgendwo hörte ich Gesang. Schönen Gesang. Und mir war, als hätte ich ihn schon einmal gehört, vielleicht auch nur im Traum. Er klang wie ein Echo. Eine Sirene in der Ferne. Töne von oben. Erst als ich die Augen schloss, merkte ich, dass der Gesang von mir kam. Ich sang. Aus Leibeskräften. *„O Lord my God ...“*

Mein eigener Gesang verblüffte mich.

Dad stand auf, holte ein Plektrum aus seiner Hosentasche, hing sich Jimmy um und setzte ein. Sein tiefer Bariton tönte unter meiner kindlichen Stimme. Big-Big stellte den Chor wieder auf, der sich überallhin zerstreut hatte, und was dann kam, kann ich nicht genau sagen. Ich habe in den vergangenen sechsunddreißig Jahren versucht, es zu begreifen, vergeblich. Es will nicht in meinen Verstand. Aber genau das ist ja die Sache mit der Musik. Sie wählt nicht den Weg über den Verstand. Sondern über das Herz.

Es gibt viele Dinge, die ich nicht weiß, aber eines weiß ich: Das Gewitter zog vor unseren Augen weiter und der Regenguss war so schnell vorbei, wie er angefangen hatte. Der Himmel klarte auf, zehn Milliarden Sterne blinkten und die Luft hatte diese kräftige, erdige Note, die sie nur nach einem Regen bekommt. Die Leute kehrten zurück, rückten ihre Stühle zurecht, setzten sich und waren wieder vernünftig. Ich weiß nicht, wie lange ich spielte, aber Dad stellte in den kommenden Jahren öfter belustigt fest: „Der erste Song, den der Junge in der Öffentlichkeit gespielt hat, war von Elvis.“

Mein Dad liebte den King.

Nach dem Unwetter legte Dad seine „Wir sind nicht allein“-Predigt nach. Was keine schlechte Idee war, schließlich hatten wir gerade die erste Runde der Apokalypse hinter uns gebracht. Aber während Dad darüber sprach, dass einige „ohne ihr Wissen Engel beherbergt“ haben und wir „solch eine Wolke von Zeugen um uns haben“, galt meine ganze Aufmerksamkeit einem Mann, der auf meinem Klavier saß. Er war während des Gewitters dort hinaufgeklettert. Als Dad über das vierte Kapitel in der Offenbarung sprach und erklärte, dass hier der Thronsaal Gottes beschrieben wird, wo alle himmlischen Wesen ununterbrochen „Heilig, heilig, heilig“ singen, wollte ich mich melden und sagen: „Stimmt nicht.“ Aber ich war mir ziemlich sicher, dass mich dann alle für verrückt halten würden, sogar mein Vater. Also hielt ich den Mund, aber ich wandte keine Sekunde den Blick von dem Mann auf dem Klavier ab.

Stunden später, nachdem alle gegangen waren und Dad und Mr Slocumb mit dem Traktor diverse Autos befreit hatten, die sich festgefahren hatten, saß ich immer noch auf der Klavierbank. Meine Füße berührten weder den Boden noch die Pedale. Dad kam und legte mir eine Hand auf die Schulter. „Zeit fürs Bett, Großer."

„Aber ..." Ich zeigte auf den Mann.

Dad kratzte sich verwirrt am Kinn und setzte sich neben mich. „Aber was?"

Ich war müde und konnte kaum noch die Augen aufhalten. „Aber was ist mit dem da?"

„Mit wem?"

Der Mann saß keine zwei Meter entfernt. Er roch nach Rosmarin. Langes blondes Haar. Muskulös. Grüne Augen. Ein Lächeln. Die ganze letzte Stunde hatte er getanzt und Tamburin gespielt. Hin und wieder hatte er mir einen Blick zugeworfen.

Ich zeigte noch einmal auf ihn. „Dem da."

Dad legte mir eine Hand auf die Stirn. „Wie sieht er denn aus?"

Langsam wurde ich ärgerlich. „Na, so wie er eben aussieht."

„Gut, aber beschreibe ihn doch mal."

„Kannst du ihn denn nicht sehen?"

„Ich möchte nur sichergehen, dass wir über denselben Mann reden."

„Jeans. Flipflops. Weißes Hemd. Blond. Pferdeschwanz. Ein Ring am Finger."

„Wie groß ist er?"

Ich nahm mit den Augen Maß. „Größer als Big-Big."

„Macht er dir Angst?"

„Ja."

„Sieht er aus, als würde er dir wehtun wollen?"

„Nein."

„Seit wann ist er denn da?"

„Er kam rein, als das Gewitter da war. Als ich angefangen habe zu spielen."

„Was macht er denn, wenn du aufhörst zu spielen?"

„Dann setzt er sich hin."

„Und was macht er jetzt gerade?“

„Er schnitzt mit einem Taschenmesser.“

Dad lächelte, hob mich von der Bank und trug mich zum Auto. Es war fast zwei Uhr nachts. Ich legte den Kopf auf Dads Schulter. „Aber Dad, wir können ihn doch nicht einfach hier zurücklassen“, sagte ich mit geschlossenen Augen.

Er lachte. „Keine Sorge, er geht nirgendwohin. Solche Typen wie er verschwinden nicht.“

Nach und nach wurden Mr Slocumbs Kühe fett und gesund, seine Weiden wurden grün und mit etwas Überzeugungsarbeit durch meinen Dad machte er aus *The Falls* einen Veranstaltungsort für Open-Air-Konzerte. Mit der Hilfe eines Architekten und Ingenieurs aus Colorado Springs und eines Darlehens einer Bank in Denver ließ Mr Slocumb Colorados schönste Arena bauen mit Platz für fünftausend Leute. Die Bühne war direkt vor den Felsen und nutzte deren Akustik. Mr Slocumb ließ Tonmeister aus Los Angeles und New York kommen, die die Bands abmischten und aufzeichneten, ohne die Ohren des Publikums überzustrapazieren. Er baute feste Toiletten, einen Imbiss für alle Hungrigen und fand heraus, wie man seine Weide entwässerte, um so viel Asphalt auszuwalzen, damit aus dem Parkplatz keine Schlammwüste mehr wurde.

Die neue Arena sprach sich herum, und als er fertig war, hatte Mr Slocumb einen Veranstaltungsort geschaffen, der bei Künstlern und Produzenten wegen des puren Sounds, wie sie sagten, sehr beliebt war. Nahm man dann noch den Privatflughafen zehn Meilen südlich von *The Falls* dazu, der es den Künstlern leicht machte einzufliegen, und ein Publikum, das bereitwillig die Fahrt von Fort Collins, Denver, Aspen, Vail, Breckenridge, Steamboat, Salida, Littleton, Telluride, Ouray, Colorado Springs, Silverton und Montrose auf sich nahm, war Mr Slocumb auf einmal ein neues Zentrum in der Welt der Musik.

Er hatte nur ein Problem – zu wenig Sitzplätze. Die Konzerte waren regelmäßig ausverkauft. Als ich achtzehn wurde, hatten wir Hunderte Gottesdienste dort abgehalten und Mr Slocumb hatte nicht ein einziges Mal verpasst, beim Einweisen zu helfen. Und jeden Sommer tauften Dad und Big-Big Hunderte Menschen im Flussbecken unter dem Wasserfall.

Und schließlich auch Mr Slocumb.

Kapitel 14

Das Unwetter hatte mir verschiedene Spitznamen eingebracht. „Der Junge, der den Sturm stillte.“ „Der Kleine, der im Regen spielte.“ „Der Junge mit der Mädchenstimme.“ Ich war zu einer Bühnenkuriosität geworden. Manche Leute kamen zu den Gottesdiensten, nur um mich zu sehen. Nun hatte ich Bewunderer, aber auch Kritiker.

Eines Abends nach dem Gottesdienst sammelte ich gerade den Müll ein, als fünf Jungs mich umringten und mich herumschubsten. Bevor ich wusste, wie mir geschah, hatte der Anführer, der einen Kopf größer war als ich und einen Nasenring trug, mich von hinten umgeworfen und verabreichte mir ziemlich gekonnt einen Matschkuchen. Ich konnte kaum noch atmen wegen all des Schlamms in Mund und Nase. Und ich konnte auch schlecht um Hilfe rufen. Die anderen lachten und traten mir abwechselnd gegen die Beine und in die Seite, während der Anführer mich an den Haaren festhielt.

Da tauchte plötzlich ein Schatten über uns auf und der Nasenringträger schwebte auf einmal davon. Ich rollte auf den Rücken. Die anderen vier Jungs stoben auseinander, während mein Widersacher am Kranarm hing, der Big-Big gehörte. Big-Bigs Schläfe pulsierte. Ich setzte mich auf und spuckte den Matsch und das Blut aus. Dann wischte ich mir mit dem Ärmel den Mund ab.

Big-Big sah mich an. „Alles in Ordnung?“

„Ja.“

Big-Big hob den Jungen noch höher. „Sicher?“

Als ich nickte, setzte er ihn ab. „Verschwinde!“

Der Junge rannte zwischen die Autos auf dem Parkplatz, wo sich seine Freunde verschanzt hatten und Big-Big beschimpften. Big-Big half mir hoch und klopfte mir den Dreck von den Hosen. Seine Schläfen pulsierten immer noch.

„Hab deinem Vater versprochen, auf dich aufzupassen.“ Er wischte mir mit seinem Taschentuch übers Gesicht. „Da muss ich wohl noch besser werden.“

Als Dad hinter uns auftauchte, standen wir schweigend da. Big-Big hatte einen düsteren Gesichtsausdruck, wie jemand, der Bekanntschaft mit der dunklen Seite der Menschen gemacht hat.

„Peg“, sagte er, „der Junge wird dich nicht in Ruhe lassen. Das tun diese Rabauken nie. Die kämpfen nicht fair. Deswegen hat er auch seine Freunde mitgebracht.“ Er hockte sich vor mich hin. „Das ist wie im Knast. Das nächste Mal verpasst du ihm am besten gleich eins, noch bevor er überhaupt etwas sagen kann. Stopf ihm das Maul. Das ist der einzige Weg, alle fünf ein für alle Mal loszuwerden.“

Dad nickte.

Ich zeigte auf die Bühne. „Und was ist mit ‚Die andere Wange hinhalten‘?“

Dad kniff die Augen zusammen. „Wenn dich jemand unterdrücken will, dann lass die Fäuste fliegen. Und nicht nur einmal. In der Bibel steht nicht, dass wir die Abtreter der anderen sein sollen.“ Er sah mich ernst an. „Ich sage nicht, dass du es darauf anlegen sollst, sondern nur, dass du nicht den Schwanz einziehst. Halte stand und behaupte dich.“

Ein paar Tage später nahm Dad mich beiseite und hielt mir einen mächtigen Ring aus Silber hin. Darin war eine Eiche eingraviert. Er hatte einen Pfeifenputzer um die Ringschiene gewickelt, damit er auch an einer kleinen Hand hielt. „Steck ihn an“, sagte Dad. „Rechte Hand.“

Ich schob ihn auf den Finger.

Dad sah mich direkt an. „Und der bleibt jetzt dran.“

„Ja, Dad."

Noch in derselben Woche drängte mich der Junge mit dem Nasenring in eine Ecke in der Cafeteria. Er schubste mich zu Boden, nahm mir mein Geld weg und lachte wie eine Hyäne, während seine Kumpel um ihn herumstanden und johlten. Dann fing er an, um mich herumzutänzeln und mich zu treten.

Weder Big-Big noch mein Vater konnten mir helfen. Ich rappelte mich auf, aber die Jungs schubsten mich herum wie eine Flipperkugel. Schließlich blieb ich vor dem Anführer stehen, der über zwanzig Kilo mehr auf die Waage brachte als ich. Er setzte an, um etwas zu sagen, aber ich wartete gar nicht erst, bis die Worte kamen, sondern schlug so schnell und fest zu, wie ich konnte. Und weil ich solche Angst hatte, beließ ich es nicht bei einem Schlag.

Als die Cafeteria-Aufsicht mich von ihm wegzog, waren die anderen Hyänen längst abgehauen und die Nase des Jungen war ganz schief und sah aus wie ein geplatzter roter Ballon. Die Aufsicht packte mich so fest am Arm, dass ihre Fingernägel sich in mein Fleisch drückten. „Was soll das!", rief sie und schüttelte mich.

Ich machte mir nicht die Mühe einer Antwort, sondern griff nach dem Nasenring meines Widersachers und riss ihn mit einem Ruck heraus. Die Aufsicht zog mich am Kragen fort und brachte mich zum Direktor, der sofort meinen Vater anrief.

Ich saß in seinem Vorzimmer, den blutigen Nasenring in der Hand, und überlegte. Kurz darauf kam mein Widersacher mit seinem Vater herein. Er drückte sich einen Eisbeutel ins Gesicht und jammerte. „Das tut weh!"

Wenige Minuten später traf mein Dad ein und der Direktor ging mit uns in sein Büro. „Mr O'Connor", sagte er, „ich suspendiere Ihren Sohn für drei Tage vom Unterricht. Er bekommt in allen Fächern null Punkte. Ich dachte, Sie sollten das wissen, damit Sie ihn auch bestrafen können."

Dad lächelte. „Vielen Dank." Dann wandte er sich an mich. „Was ist passiert?"

Ich sah meinen Gegner an. „Er hat mich hingeschubst, mir mein Geld fürs Mittagessen geklaut und mich dann getreten. Seine Kumpels haben ihm geholfen."

Der Junge versuchte, am Eisbeutel vorbeizureden. „Dasch schtimmt nischt."

Ich zeigte auf seine Hosentasche. „Da sind meine zwei Dollar."

„Ist das wahr?", schaltete sich der Direktor ein. „Hast du ihm das Geld weggenommen?"

„Nein", sagte der Junge noch lauter.

Der Direktor zeigte auf seine Hose. „Dann leere deine Taschen aus."

Doch der Vater des Jungen protestierte. „Sie können ja wohl nicht erwarten, dass ..."

Der Direktor wartete, bis der Junge zwei zerknitterte Dollarscheine aus der Tasche auf den Schreibtisch legte. „Ich suspendiere euch beide", sagte er dann. „So ein Verhalten toleriere ich hier nicht. Habe ich mich klar ausgedrückt?"

Schließlich legte Dad mir einen Arm um die Schulter. „Ich sage Ihnen eins", wandte er sich an den Vater des Jungen. „Sollte das noch einmal passieren, dann wird sich mein Sohn wie ein wildes Tier auf Ihren Jungen stürzen. Und er hat meine Erlaubnis dazu."

Der Direktor wollte etwas dagegen einwenden, aber mein Dad hob die Hand. „Da mein Junge jetzt ein paar Tage schulfrei hat, werden wir Cheeseburger essen gehen, dann Eis und danach angeln. Oder sogar ins Kino. Habe ich mich klar ausgedrückt?" Er schob mich zur Tür.

„Und Sie wollen ein Mann Gottes sein!", rief uns der Direktor nach. „Ein Pastor!"

Dad drehte sich um und nickte. „Bin ich auch. Und ich habe noch nie das Wort *Fußabtreter* in Verbindung mit dieser Bezeichnung gebraucht."

„Dad?", sagte ich später mit dem halb aufgegessenen Cheeseburger vor mir.

„Ja?"

„Hast du mir den Ring wegen heute gegeben?"

Er schob eine Essiggurke zurück in den Burger. „Ja."

Ich nickte und betrachtete den Ring an meinem Finger. „Dad?"

Er nahm einen Schluck von seinem Root Beer. „Ja?"

„Danke."

Als ich neun war, hatte ich mich längst an den blonden Mann gewöhnt, der bei Dads Gottesdiensten auftauchte. Ich wusste nicht genau, ob die anderen Leute ihn auch sehen konnten, aber niemand erwähnte ihn und ich wollte nicht den Mund aufmachen und als Dummkopf dastehen. Also beschloss ich, ihn als eine Art Regenbogen zu betrachten. Etwas, das man nicht jeden Tag sah und auch nur aus einem bestimmten Winkel.

Eines Tages klimperte ich noch am Klavier, während Dad aufräumte. Irgendwann kam er zu mir. „Schlafenszeit, Großer."

„Und was machen wir mit Blondie?"

„Ist er wieder da?"

Ich schüttelte den Kopf. „Er geht ja nie weg."

Dad tippte sich aufs Ohr. „Dann will er dir wohl zuhören."

„Aber, Dad ..."

Blondie hatte angefangen, Freunde mitzubringen. Zuerst nur einen oder zwei. Aber in letzter Zeit waren es immer mehr geworden. Sie waren schon eine richtige Gruppe.

„Die sind hier überall."

Er lachte. „Dann muss ihnen dein Gesang richtig gut gefallen."

Ich wusste nicht, ob Dad wirklich kapierte, was hier vor sich ging. Ich sah schließlich keine kleinen Hundewelpen und Zuckerwattewölkchen. Und sie kamen mir so echt vor wie das Klavier. „Dad, dieser Typ könnte Big-Big in der Luft zerreißen. Das ist nicht zum Lachen."

„Sieht er wütend aus?"

Ich überlegte. „Ich glaube nicht, dass er wütend ist, aber er sieht so aus, als würde er sich im Krieg befinden."

„Und die anderen?"

„Ziemlich ähnlich."

„Hörst du irgendetwas?"

Ich nickte.

„Was denn?"

„Ich höre ... Gesang."

„Verstehst du, was sie singen?"

Ich nickte und sprach leise, weil ich wusste, dass sie mich hören konnten. „Ja."

Dad lachte, griff in seine Gürteltasche und reichte mir ein kleines Notizbuch mit Stift. „Dann solltest du ihre Lieder vielleicht aufschreiben."

Von diesem Tag an schrieb ich das Notizbuch voll.

Kapitel 15

Was meine musikalische Ausbildung betraf, so überließ Dad nichts dem Zufall. Er übernahm Bluegrass, Big-Big zeigte mir den Blues. Big-Big war in Memphis aufgewachsen und hatte viel Zeit auf der Beale Street verbracht, also wusste er das eine oder andere über den Delta-Blues. Einer der Höhepunkte seines jungen Lebens war, als er Robert Johnson hörte. Er war felsenfest davon überzeugt, dass Johnson nicht seine Seele an den Teufel verkauft hatte. „Unmöglich. Wer so spielen kann, kann nicht vom Teufel besessen sein."

Aber für Dad fehlte noch ein entscheidendes Puzzleteil. Die klassische Musik. Mozart. Bach. Beethoven. Ich konnte sie nicht ausstehen. Und ich hasste diese ganzen Gemälde voller Männer mit weißen Perücken.

Zu meinem zehnten Geburtstag bekam ich zwei Geschenke. Das eine gefiel mir überhaupt nicht: Miss Vermetha Hagle. Miss Hagle stammte aus Buena Vista und hatte dreißig Jahre Konzerterfahrung mit dem philharmonischen Soundso-Orchester. Dad bezahlte mir Gesangsstunden bei ihr, jeden Mittwoch, vier unerträgliche Stunden lang.

Lieber wollte ich zum Zahnarzt gehen und ihn bohren lassen. Miss Hagle war furchtbar. Ihre Gesangsstunden waren mir ein Graus. Sie hatte überhaupt kein Fingerspitzengefühl. Dafür aber entsetzlichen Mundgeruch. Und sie saß immer stocksteif da, so als hätte sie einen Metallstab im Rücken. Sie hatte nie geheiratet und ich konnte mir auch denken, wieso.

Aber egal, wie sehr ich auch bettelte, Krankheit vortäuschte oder mir die besten Ausreden ausdachte, Dad blieb hart. Er meinte nur: „Du kannst die Regeln erst brechen, wenn du sie kennst."

„Aber wieso kann ich nicht einfach von dir und Big-Big lernen?"

„Weil du schon mehr weißt, als wir beide zusammen. Ich erwarte nicht, dass es dir Spaß macht, aber ich erwarte, dass du lernst. Und zwar gründlich."

Ich litt fast acht Jahre unter dieser furchtbaren Frau mit ihren gelben Zähnen, wachsamen kleinen Augen und ihrem Lineal, mit dem sie mir andauernd auf die Hände schlug. Aber der Unterricht bei ihr war das Beste, was mein Dad für mich tun konnte. Und wenn ich ihr heute auf der Straße über den Weg laufen würde, ich würde sie küssen.

Das zweite Geschenk zu meinem zehnten Geburtstag war eine eigene Gitarre. Sooft wie ich auf seiner Gitarre spielte, wusste er, dass ich längst infiziert war. Das Gitarrespielen war kein Strohfeuer bei mir. Das Problem war nur, Jimmy war der Maßstab geworden, nach dem ich alle anderen Gitarren beurteilte.

Die Gitarre, die ich bekam, hatte Nylonsaiten. Als mein Vater sie mir überreichte, muss mein Blick mich verraten haben. Jedenfalls erklärte er schnell: „Jede Gitarre hat ihre eigene Stimme. Wie jeder Mensch auch. Wenn man eine solche Gitarre richtig spielt, dann kann sie mehr Ausdruck haben als eine Gitarre mit Stahlsaiten. Mehr Gefühl. Ich weiß, dass du Jimmy magst, aber du hast mehr Talent, als Jimmy abdecken kann. Diese hier kann mit dir mithalten."

Ich nahm skeptisch Maß. Der Korpus war kleiner, was es mir einfacher machte, aber dafür war der Hals breiter und die Saiten dicker. Ein Kompromiss also. Ich fuhr über die Saiten und versuchte zu verstecken, dass ich enttäuscht war, weil er mir nicht Jimmy geschenkt hatte. Aber als ich sie einmal spielte, verstand ich, was er meinte. Ich musste nicht so viel Kraft aufwenden, um ihr Töne zu entlocken, was meinen kleinen Fingern und Händen guttat. Ich gab ihr den Namen Half Pint.

Die Pubertät brachte einige Veränderungen für meine Stimme. Die meisten waren gut. Ich hatte mehr Volumen, mehr Kraft, mehr Kontrolle und seltsamerweise konnte ich nach wie vor die hohen Töne singen und trotzdem auch tiefer. Ich sage mit Absicht *tiefer* und nicht tief. Wirklich tief sang Dad, während ich irgendwo über ihm schwebte. Im Lauf der nächsten Jahre überließen Dad und Big-Big mir den musikalischen Teil, und als ich meinen eigenen Stil fand, wuchs die Zuhörermenge. Ziemlich rasant sogar. Bald kamen mehr Leute, um mich zu hören als ihn. Obwohl Dad versuchte, mich vor diesem Wissen zu schützen, merkte ich es.

Und das war nicht immer gut.

Unser Zeitplan blieb derselbe. Abhängig von der Entfernung machten wir uns entweder donnerstags oder freitags morgens auf den Weg und kehrten Sonntagabend oder Montagabend zurück. Einmal alle zwei Monate waren wir eine ganze Woche oder sogar zehn Tage am Stück unterwegs. Ich gewöhnte mich an das Leben unterwegs und es gab wenige Ecken in Utah, Wyoming, Nebraska, Kansas, Texas, New Mexico und Colorado, die ich nicht kannte. Dad wusste zwar immer, wohin er wollte, und hätte es mit geschlossenen Augen gefunden, aber er überließ das Navigieren absichtlich mir.

Das bedeutete, dass ich lernte, Karten zu lesen, und bei so viel Zeit auf der Autobahn las ich ziemlich viele davon. Ich fand Karten spannend. Das brachte meine Geografielehrerin in der Neunten ziemlich auf die Palme, weil ich vom ersten Quartal fast alles verpasste und trotzdem eine glatte Eins bekam. Sie war noch mehr verschnupft, als ich alle Fragen in der Abschlussklausur richtig hatte, inklusive der beiden Zusatzfragen.

Dad klärte das mit meinen Lehrern, die wegen meiner ständigen Abwesenheit ziemlich genervt waren, aber niemand konnte etwas gegen meine Leistungen oder meine Arbeitsmoral sagen. Dad kannte kein Pardon. Während er und Big-Big sich beim Fahren abwechselten, musste ich lernen.

Na ja, so ungefähr.

Dad und Big-Big saßen vorn und Jimmy und ich machten es uns

auf der Rückbank im Pick-up gemütlich. Es gab Zwölfstundentage, an denen ich ununterbrochen klimperte. An manchem verlängerten Wochenende spielte ich fast vierzig Stunden. Dad und Big-Big suchten auf dem Mittelwellenradio Gospel- oder Bluegrass-Sender und ich spielte einfach mit. Im Lauf der Jahre kam ich an den Punkt, wo ich nach den ersten Tönen eines Liedes wusste, in welcher Tonart es stand und normalerweise auch, wohin es sich entwickeln würde. Mein Ohr war so geschult, dass ich mir die Lieder im Kopf noch einmal anhören konnte, so langsam, wie ich wollte, und einzelne Töne oder Akkorde auf der Gitarre identifizierte. Manchmal hörte Dad, wie ich auf dem Rücksitz eine schwere Stelle übte, und meinte, „So, und jetzt bitte dasselbe auf Half Pint." Also tauschte ich die Gitarren und spielte denselben Song auf Nylonsaiten. Damals wusste ich es noch nicht, aber Dad wollte, dass ich dasselbe Lied mal traurig und mal fröhlich spielen konnte. Er brachte mir eine neue Sprache bei. Die Sprache der Gitarre.

Allmählich wurde ich immer besser und mein Interesse an den großen Künstlern auf der Gitarre und daran, sie nachzuspielen, wuchs. Dad passte auf, dass ich mich von Rock 'n' Roll fernhielt. Er meinte, Bluegrass, Blues und klassische Musik hätten alles, was ich brauchte. Und natürlich die Kirchenlieder. „Wenn du die vier draufhast, wollen die Leute, die Rock 'n' Roll machen, so sein wie du, nicht andersherum."

Eigentlich gab es wenig, worin mein Vater unnachgiebig war, außer in einer Sache: die Grand Ole Opry im Radio zu hören, die abends übertragen wurde. Wenn er am Steuer saß und die Radioshow irgendwo lief, dann hörten wir zu. So kam ich mit viel Countrymusik in Kontakt. Einige der besten Gitarristen der Welt hatten im Bluegrass ihre Heimat und die meisten davon hörte man bei der Grand Ole Opry. Das bedeutete, dass ich fast jeden Abend erstklassige und berühmte Soli hörte. Die Songs an sich waren nicht schwer nachzuspielen. Neunzig Prozent bestanden aus drei oder vier Akkorden, einer Bridge und einem Refrain. Ich hörte die Melodie und wie von selbst suchten meine Finger die passenden Töne auf dem Griffbrett. Dad und Big-Big sahen sich nur an und schüttelten die Köpfe.

„Das ist nicht fair", sagte der eine.

„Nein, aber es macht unwahrscheinlich Spaß zuzugucken", gab der andere zurück.

Die Donnerstagabende waren Dad am liebsten, weil da nur die Besten der Besten spielten. Dad verpasste die Sendung wirklich nie. Unseren ganzen Fahrplan legten wir so, dass wir sein „Ryman Radio" hören konnten. Manchmal war die Sendung zwei oder sogar drei Stunden lang. Wenn ein besonders guter Künstler ans Mikrofon trat und etwas sang oder spielte, was nur wenige können, drehte Dad das Radio lauter und schlug aufs Armaturenbrett.

„Wer schon alles auf dieser Bühne gestanden hat! Monroe. Scruggs. Williams. Johnny Cash. Der King." Wenn die Sendung vorbei war, drehte er manchmal das Radio aus, nickte wissend und sah in den Innenspiegel. „Eines Tages wirst du im *Ryman* spielen."

„Genau", pflichtete ihm Big-Big dann bei.

So große Träume hatte selbst ich nicht. „Meint ihr wirklich?"

Langes Schweigen. Noch ein Blick. „Und das ist erst der Anfang."

Irgendwann in der Sommerpause zwischen der zehnten und elften Klasse waren wir gerade auf dem Rückweg aus Taos in New Mexico. Big-Big brachte mir ein Robert-Johnson-Lick bei. Er meinte, Johnson sei eins der ersten Mitglieder im Club 27 gewesen.

„Der Club 27? Was ist das?"

„Musiker, Sänger und Songwriter, die alle im Alter von siebenundzwanzig gestorben sind."

Ich dachte, er meinte irgendeine Krankheit. „Und woran sind sie gestorben?"

„Manches waren tragische Unfälle, aber die meisten starben an einer Überdosis oder begingen Selbstmord."

Dad kratzte sich am Kopf. „Das habe ich nie verstanden. Wieso sollte man nach einem Konzert das Bedürfnis haben, sich zuzudröhnen oder zu betrinken? Wovor mussten diese Leute fliehen? Sie machen Musik. Was ist denn daran so schlimm?"

Ganz allmählich wurde Dad immer bekannter. Sein Gesicht zierte das Cover verschiedener regionaler Zeitschriften und Zeitungen.

Eine Schlagzeile lautete: „Mogelpackung oder Wahrheit? Kneipenmusiker wird zum Zeltprediger. Können Blinde sehen und Lahme gehen? Oder nichts als Schall und Rauch?"

Ob die Leute nun dran glaubten oder nicht, das Publikum wuchs jedenfalls. Vollgestopfte Zelte und nur noch Stehplätze waren die Norm. Wir bekamen Einladungen von Kirchen und Pastoren aus der ganzen Gegend. Viele wollten von meinem Vater profitieren, aber Dad hatte zwei Regeln, die er niemals brach. Erstens: Er nahm nie Eintritt, weil er sich nicht als Unterhaltung verstand. „Wie teuer soll der Eintritt denn sein? Und wieso sollte ich Geld von Menschen verlangen, wenn das alles ein Geschenk war?" Zweitens sammelten wir nie eine Kollekte ein. Es ging kein Opferteller herum und kein Hut. Das sorgte unter den Kritikern für einige Fragezeichen, aber Dad war der Meinung, wer etwas geben will, muss nicht dazu aufgefordert werden. Er wollte den Zuhörern nichts aus der Tasche ziehen. Das Ergebnis war, dass die Leute sich nicht manipuliert fühlten. Sie vertrauten meinem Vater einfach.

Und trotz seines Grundsatzes spendeten sie. Sie kamen zu ihm und drückten ihm einen Scheck oder Bargeld in die Hand, und Dad nahm es an. Benzin kostete schließlich Geld.

Wie sich herausstellte, dachten viele Menschen so. Mit dem Geld kaufte Dad zwei Dinge: einen Tourbus für uns und einen Sattelzug für die Zelte, Stühle, das Klavier und die Technik. Dann stellte er Fahrer ein und Hilfskräfte, die die Zelte aufbauen und abbauen sollten. Sie fuhren schon vor, stellten alles auf und wir kamen rechtzeitig zum ersten Gottesdienst. Dad und Big-Big waren jetzt viel ausgeruhter, dafür waren ihre Predigten etwas länger.

Angesichts der wachsenden Besucherzahlen und der unerklärlichen Dinge, die immer wieder geschahen – manche Zeitungen nannten sie Wunder, andere Taschenspielertricks –, wuchs auch die Schar der Kritiker. Der Schwarzmaler. Demonstranten hielten Plakate hoch und brüllten. Einige zerstachen uns sogar die Reifen. Wir wurden als die Wunderheiler auf Tour bezeichnet und Dad als großer Schwindler. Reporter und investigative Journalisten schummelten Gelähmte oder Blinde ins Publikum, aber Dad roch sie immer schon eine Meile gegen den Wind.

Die ganze Kritik brachte uns aber auch Aufmerksamkeit und

bald waren Radio- und Fernsehsender mit ihren Crews und Übertragungswagen mit hohen Antennen da, deren Sendereichweite den ganzen Westen abdeckte.

„Stört dich das eigentlich?“, wollte ich eines Tages wissen.

Er lachte nur. „Kein bisschen.“

Manchmal predigte Dad fünf Mal an einem Wochenende, und wenn sich unsere Anwesenheit bei den Leuten herumgesprochen hatte, konnten zum Abschlussgottesdienst am Sonntag auch schon mal fünftausend Besucher kommen. Das bedeutete, dass ich während meines letzten Schuljahrs an manchen Wochenenden vor über fünfzehntausend Menschen spielte, und das ohne Lampenfieber zu haben. Manchmal sogar vor noch mehr. Damals war es mir nicht bewusst, aber das war mehr Publikum, als einige Größen der Branche hatten.

Mein musikalisches Talent brachte mir auf verschiedenen Ebenen eine gewisse Berühmtheit ein. Eine Ebene, die mir gut gefiel, bezog sich auf das andere Geschlecht. Kurz gesagt, Mädchen stehen auf Gitarristen. Vor den Veranstaltungen kamen sie zu mir, machten Small Talk oder gaben mir ihre Nummer. „Ruf mich an.“

Mein Dad ließ mir eigentlich viele Freiheiten, aber wovor er mich schützte, waren die Anrufe der Plattenfirmen. Eines Abends merkte er, dass mich das allmählich wurmte, also setzte er sich zu mir aufs Bett.

„Coop, es wird viele Leute geben, die dir sagen, wie gut du bist und dass sie dir helfen können, noch viel besser zu werden. Dass sie dich auf ein Podest stellen wollen, von dem du nie wieder herunterkommen darfst. Die Wahrheit ist, dass du ihnen vollkommen egal bist. Sie wollen nur dein Talent für sich. Sie interessiert vor allem, was sie an dir verdienen. Für sie bist du nichts weiter als ein tanzender Pudel und sie werden dir viel Geld bieten, damit du auf ihrer Bühne Kunststückchen machst.

Es ist nichts Falsches daran, viel Geld zu verdienen, und wenn jemand für die Bühne geboren ist, dann du. Aber wenn du dabei den Grund aus den Augen verlierst, warum du Musik machst und warum du dieses Talent überhaupt erst geschenkt bekommen hast, dann solltest du dich fragen, wie wichtig dir dieses Geld ist. Am Ende könnte es dich mehr kosten, als du bezahlen kannst.“

Er tippte mir auf die Brust. „Robert Johnson war nicht der Einzige mit einer Gitarre, der an einer Wegscheide stand und mit dem Teufel sprach. Jeder Gitarrist kommt an diesen Punkt und das Gespräch ist immer gleich. So wie die Versprechungen, die der Teufel macht."

Kapitel 16

In mir brodelte es. Ich kann es nicht in Worte fassen, nicht sagen, woher es kam, warum oder wie es sich entwickelte, aber ich hatte das Gefühl, dass mein Vater mich ausbremste. Mich kleinhielt. Und das ärgerte mich zunehmend. „Heißt das, dass ich überhaupt nie ein Album machen darf?", fragte ich ihn eines Tages.

„Nein. Ich hoffe, du machst fünfzig Alben. Ich werde sie mir alle kaufen, jedes einzelne. Aber was du mit deinem Instrument kannst, ist nur die Hälfte deines musikalischen Talents." Er zeigte auf das schwarze Notizbuch, das er mir geschenkt hatte. Ich hatte mir angewöhnt, es am Rücken hinter den Gürtel zu stecken. „Ich habe gesehen, wie die Leute auf deine Songs reagieren. Deine Texte berühren sie. Wenn jemand im schicken Anzug und mit viel Geld zu dir kommt und ein Album mit dir machen möchte, wo du deine Songs so singen darfst, wie du es willst, dann nur zu. Sofort. Big-Big und ich werden in der ersten Reihe stehen und dich anfeuern. Aber bis dahin behüte dein Talent und behüte dein Notizbuch. Eines Tages wirst du erkennen, wie wertvoll sie sind."

Und tatsächlich. Geschäftsmänner und Agenten tauchten einer nach dem anderen auf. Sie hatten von meinen Instrumentalstücken gehört, von den Gerüchten über meine fliegenden Finger auf dem Griffbrett und den Tasten, und da sie so etwas von jemandem in meinem Alter noch nicht kannten, wollten sie sich selbst ein Bild machen.

Da ich aber erst siebzehn war, mussten sie an meinem Vater vorbei. Also gingen sie auf ihn zu. Gaben ihm die Hand. Versuchten ihn zu überzeugen. Das Problem war nur, sie hatten ihre Schubladen im Kopf, und da ich in meiner gegenwärtigen Form nicht hineinpasste, wollten sie die Teile von mir, die ihnen gefielen, durch ihr musikalisches Mahlwerk jagen und die Überbleibsel in ihre genormte Form pressen.

Obwohl ich es nicht wahrhaben wollte, war sogar mir das bewusst. Sie wollten dieses Gospel-, Kirchenlieder-, Sonntagsgottesdienstmusikding mit Stumpf und Stiel ausreißen und mich in die billige Erde dessen verpflanzen, was sich ihrer Meinung nach verkaufte. Sie wollten einen Rock-'n'-Roll-Star aus mir machen. Lange Mähne. Oder Irokesenschnitt und Mascara. Enge Lederhosen.

Irgendwann tauchten die ersten Manager in teuren Anzügen mit Geld auf. Und im Lauf der Zeit wurden die Bündel immer dicker. Dad hörte sich alles an, fühlte ihnen auf den Zahn, und wenn sie ein Nein nicht akzeptieren wollten, warf er sie hinaus.

Eines Tages machte uns ein besonders hartnäckiger Mann in einer halb verlassenen Bergarbeiterstadt im Norden von Colorado ausfindig. Er hatte einen seltsamen Hut auf und ein besonders dickes Bündel Geldscheine in der Hand. Er schnüffelte auf dem Gelände herum, bis er mich gefunden hatte. Ich war gerade damit beschäftigt, die Zeltwände in die Heringe einzuhaken. Er sagte kein Wort, leckte sich nur den Daumen an und fing an, die Scheine zu zählen. Mein Wunsch nach einer E-Gitarre war damals so stark, dass ich ihn fast schmecken konnte, und der Anblick von fünfzig Hundertdollarnoten wirkte auf mich wie eine Droge.

„Kannst du Noten lesen?“, fragte er.

Dank Miss Hagle las ich Noten wie ein Buch. Ich nickte.

Er breitete einige Seiten vor mir aus. „Kannst du das hier spielen?“

Der Song war ungefähr so kompliziert wie „Happy Birthday to You“. Also unterschrieb ich an ein paar Stellen, nahm das Geld und verabredete mich mit dem Mann in der Stadt einige Stunden später. Wir trafen uns in einer leer stehenden Tankstelle. Er hatte eine Fender Telecaster an einen Verstärker gehängt und ein ziemlich teuer aussehendes Tonbandgerät aufgestellt. Dumm war er nicht, der Mann. Er hatte meinen Namen auf die Gitarre gemalt. Ich spielte mich ein paar Minuten ein und dann stellte er die Noten hin. Ich spielte jedes Stück einmal so durch, wie es da stand, manchmal zweimal, und danach ließ er mich von der Leine und meinte nur: „Und wie würdest du das spielen?“ Damals sah ich zum ersten Mal die Verbindung der drei musikalischen Säulen, mit denen ich ausgebildet worden war. Als ich loslegte, fing er an zu grinsen.

Ungefähr eine Stunde lang ging es so weiter. Und, das gebe ich offen zu, es machte mir einen Heidenspaß. Es schmeckte nach mehr. Irgendwann ging er zu einem Münzfernsprecher und führte ein angeregtes Gespräch mit jemandem, der ähnlich begeistert schien. Immer wieder nahm er einen Schluck aus einem Flachmann aus Edelstahl. Nachdem er aufgelegt hatte, kam er zurück und bot mir lächelnd seine Flasche an. „Auch ’nen Schluck?“

Was war schon dabei? Ich nahm den Flachmann, setzte ihn an und tat, als wäre ich so cool wie er. Dass das keineswegs cool war, sollte ich bald herausfinden.

Wir machten eine Stunde lang weiter. Er nahm einen Schluck, ich spielte. Dann nahm ich einen Schluck. Und spielte weiter. Mittlerweile war ich ziemlich locker geworden. Als ich schließlich alles gespielt hatte, was der Mann mir vorsetzen konnte, lächelte er zufrieden, packte alle seine Sachen in den Kofferraum, knallte ihn zu und tippte sich an den Hut. „Du solltest in nächster Zeit Radio hören. Wir bleiben in Kontakt.“

Die Welt drehte sich, aber ich hatte noch alles unter Kontrolle – zumindest dachte ich das. Ich nickte lässig und er stieg ein und ließ den Wagen an. Da merkte er, dass er ein Problem hatte. Es war eins fünfundneunzig groß, wog hundertzehn Kilo und stand mit sehr verärgertem Gesichtsausdruck vor seinem Auto. Diesen Blick hatte ich schon einmal gesehen.

Der Mann sank in seinen Sitz und starrte meinen Vater zwischen Lenkrad und Armaturenbrett an. Dann lachte er nervös. Es klang leicht benebelt und wenig humorvoll. Mit zitternden Fingern steckte er sich eine Zigarre an.

Dad sah ihn an und zeigte auf mich. „Haben Sie ihn gefragt, wie alt er ist?"

Der Mann lallte an seiner Zigarre vorbei. „Is mir völlch egal, wie alt er is." Während er sprach, ließ er ein Wölkchen Rauch aufsteigen.

„Versuchen Sie's mal mit siebzehn", sagte Dad ruhig.

Der Mann wusste, dass er aufgeflogen war. Aber kampflos wollte er offensichtlich nicht aufgeben. Er trat das Gaspedal durch, schickte Dad im hohen Bogen über die Motorhaube und ließ einigen Gummi auf dem Parkplatz zurück – bis er direkt in eine Straßensperre von vier Polizeiwagen fuhr.

Weil unsere Veranstaltungen immer größer wurden, bat Dad die örtliche Polizei, für Recht und Ordnung zu sorgen. Er hatte sich einige Freunde bei den Hilfssheriffs gemacht, die sich in ihren Überstunden damit ein leichtes Zubrot verdienen konnten. Sie mussten nur Sonnenbrillen tragen und offiziell aussehen. Als er ihnen gesagt hatte, dass mich irgendein Geschäftsmann über den Tisch gezogen hatte, waren sie nur zu gern zur Stelle. Während der Mann noch im Wagen saß und über seine Möglichkeiten nachdachte, zerrte ihn Dad schon durchs Fenster aus dem Auto und zog den von mir unterzeichneten Vertrag aus seiner Manteltasche. Dann nahm er ihn am Schlafittchen und zog ihn zum Kofferraum, holte das Tonbandgerät heraus und schüttelte ihn wie eine Marionette. Scheppernd fiel der glänzende Flachmann zu Boden.

„Ist das alles?"

Die Polizisten standen da und lächelten. Der Mann spuckte Galle. „Das verrate ich Ihnen doch nicht! Einen sch..."

Er klang, als wollte er *Schönen Tag noch* sagen, aber Dad drückte so sehr zu, dass ihm das Wort im Hals stecken blieb. Dad hob ihn hoch und ließ ihn so lange strampeln, bis sein Gesicht so blau anlief wie eine Heidelbeere. Schließlich nickte der Mann und Dad ließ ihn los. Das Tonband warf er auf die Erde und trampelte darauf herum. Dann nahm er die Zigarre und zündete den Vertrag an. Der Mann war nicht besonders erfreut und meinte, Dad würde sehr bald von seinen Anwälten aus Los Angeles hören.

Schließlich verfrachtete Dad ihn wieder ins Auto, drückte ihm den Hut tief ins Gesicht, zerknüllte ihm die Zigarre auf den Schoß und streckte die Hand in meine Richtung aus. Handfläche nach oben. Ich legte die fünftausend Dollar hinein. Dad stopfte sie dem Mann in den Mund und schickte ihn davon. Dann kam das, wovor ich mich die ganze Zeit fürchtete.

Er sah mich an.

Und sagte nichts.

Am liebsten wollte ich im Erdboden versinken. Dies war einer der wenigen Augenblicke, in denen ich mein Leben in klaren Bildern an mir vorbeiziehen sah. Trotz eines schweren Starts, angefangen mit dem Tod meiner Mutter, war mein Vater immer gut zu mir gewesen. Er hatte immer selbstlos für mich gesorgt. Es hatte mir an nichts gefehlt. Meine musikalische Ausbildung war besser als die eines Berklee-Absolventen. Ich hatte mehr von unserem Land gesehen als alle meine Freunde, von denen uns die meisten schon einmal begleitet hatten. Und dann hatten sie zu mir gesagt: „Und das macht ihr jedes Wochenende? Das ist ja das Coolste, was ich je erlebt habe."

Das Einzige, was Dad mir nicht gegeben hatte, war Jimmy. Jimmy hatte er von Mom bekommen.

Nach einem ärgerlichen und wütenden Blick, der eine Ewigkeit zu dauern schien und mir ein Loch in die Seele brannte, stieg Dad in einen der Polizeiwagen und fuhr zurück zum Missionszelt. Erst als ich ganz allein auf dem Parkplatz stand, fiel mir auf, dass ich die blöde Telecaster noch umgehängt hatte. Ich sah nach unten und entdeckte mein Spiegelbild im glänzenden Flachmann vor meinen Füßen.

Ich hielt den Daumen raus und nicht lange danach hielt eine ältere Dame. „Soll ich dich mitnehmen, Junge?"

„Ja, Ma'am."

Eine Meile später platzte ihr der vordere rechte Reifen. Ich wechselte ihn für sie, aber weil ich wenig Ahnung von Autos hatte, war ich bald bis zum Ellbogen mit Schmiere voll. Die Dame verzog das Gesicht, als ich wieder einsteigen wollte. Ich konnte es ihr nicht verübeln. Also kehrte ich ihr den Rücken und setzte einen Fuß vor den anderen. Fünf Meilen sind eine lange Zeit zum Nachdenken.

Der Fußmarsch ernüchterte mich. Auf mehreren Ebenen. Ich erreichte das Gelände genau in dem Augenblick, als Dad zu seiner Predigt über „Befleckte Hände“ ansetzte. Ich erspare Ihnen die Details. Sie können sich das Ganze sicher zusammenreimen. Kurz gesagt ging es darum, dass die Sünde unsere Hände befleckt. Und weil wir unsere Hände ja ständig vor uns sehen, erinnern sie uns immer daran, wohinein wir sie getaucht haben. Befleckte Hände, verkündigte er, könne man nur schwer dem heiligen Gott entgegenstrecken und der einzige Weg, sie sauber zu bekommen, sei, sie in Christi Blut zu tauchen. Die Bilder waren eindrücklich und verfehlten ihre Wirkung nicht. Ich wollte mich am liebsten übergeben. Angesichts der Menge an Alkohol, die ich in mich hineingeschüttet hatte, fehlte sowieso nicht mehr viel.

Seine Stimme hallte aus dem Zelt bis zu mir auf die Straße. „Ich möchte, dass Sie Ihre Hände ansehen. Handflächen nach oben.“

Vor meinem inneren Auge sah ich Dads Bewegungen.

„Sehen Sie genau hin. Lassen Sie sich Zeit. Ich möchte, dass Sie all das anschauen, was Sie nicht so gern ansehen. Sie wissen schon, wovon ich rede. Die dunklen Orte. Die Leichen im Keller. Seien Sie ehrlich zu sich selbst. Wohinein haben Sie Ihre Hände getaucht?“ Eine lange Pause. „Sehen Sie es vor sich? Klar und deutlich?“

Ich wusste genau, wie er jetzt die Hände hin und her drehte.

„Und jetzt fragen Sie sich eins: Was haben Sie dabei gewonnen?“

Diese Frage stellte er immer zwei Mal. Die nächste sprach ich leise mit: „Und was haben Sie verloren?“

Für mich war die Antwort auf die erste Frage ein einziges Durcheinander. Die Antwort auf die zweite hörte so auf, wie sie anfing: mit einem kräftigen Knacks im Vertrauen meines Vaters.

Die Übelkeit wurde nicht besser, je näher ich seiner Stimme kam.

Die Predigt endete immer damit, dass mehrere Tausend Leute ihre Hände nach oben reckten. Manchmal kniff ich von meinem Platz auf der Klavierbank aus die Augen zusammen. Dann sahen die vielen Arme wie bernsteinfarbene Ähren aus.

Ich kannte alles in- und auswendig. In den vergangenen fünfundzwanzig Jahren habe ich viel darüber nachgedacht und eigentlich ist die Sache einfach. Das Problem lag bei mir. Trotz der guten Ratschläge meines Vaters, seiner unendlichen Opferbereitschaft, seiner Warnungen, seiner unzähligen Predigten und obwohl ich tief im Innern spürte, dass ich mich von der listigen Schlange so fern wie möglich halten sollte, konnte ich den Gedanken nicht ertragen, dass mein Dad recht hatte oder mir sagen durfte, was ich zu tun und zu lassen hatte. Einfach ausgedrückt: Ich wollte so leben wie ich wollte, und zwar wann ich wollte, wo ich wollte und wie ich wollte. Basta.

Je älter ich wurde, desto mehr fühlte ich mich von ihm gegängelt. Nicht, dass er irgendetwas anders machte. Er war derselbe Dad wie eh und je. Wenn überhaupt, dann wurde er nachsichtiger und ich hatte mehr Freiheiten. Das hieß, die Veränderung hatte in mir stattgefunden, und das machte es noch schlimmer. Irgendetwas in mir hasste Dads „Richtigkeit" und dass er mich an der Kandare hielt, während meine Freunde fast alles durften.

Die Wut tobte eine Weile und setzte sich als Verbitterung fest. Ich fing an, auf die leisen Stimmen zu hören, was alles aus mir werden könnte, wenn er mich nicht in seinem lächerlichen Reisezirkus festhalten würde. Ich hatte mehr musikalisches Talent im kleinen Finger, als er je haben würde, und er war nur neidisch. Damals kamen die Leute in Scharen zu ihm und bedankten sich für die Predigt und die Gebete, heute dankten sie mir für die schöne Musik. Die Leute kamen, um mich zu hören. Nicht ihn. Ich hatte ihn im Schlepptau und allmählich fühlte er sich an wie Ballast.

Selbst wenn ich mir heute diese Gedanken in Erinnerung rufe, tun sie noch weh.

Mit siebzehn kommt einem das Leben so klar vor.

Ich stand auf der Straße vor überfülltem Parkplatz und schüttelte den Kopf. Es war offensichtlich, dass ich die Sache nicht richtig durchdacht hatte. Ich konnte nicht gegen meinen Vater kämpfen. Er hatte recht, und ich wusste das. Ich wusste auch, wie sehr sein Rechthaben mir missfiel. Aber ich hielt es nicht mehr aus. Neben mir führte eine Brücke über einen reißenden Fluss. Ich ging ans Geländer und schleuderte die Fender-Gitarre so weit hinaus, wie ich konnte. Das perlige Wasser schluckte sie, die Strömung drehte sie um und ließ sie direkt auf einen Felsen krachen. Der Hals brach vom Korpus ab. *Wie passend*, dachte ich. Dann schraubte ich den glänzenden Flachmann auf und schüttete den Rest des Whiskeys in den Fluss.

Danach lief ich die fünf Millionen Schritte zu meinem Vater.

Als wir an diesem Abend die Stühle gerade gerückt, gefegt und den Müll ausgeleert hatten, setzte ich mich ans Klavier. Es war dunkel. Meine Finger berührten die Tasten, machten aber keine Töne. Die Klavierbank war der einzige Ort, an dem das Toben in mir aufhörte. Hier wusste ich, welche Stimme die Wahrheit sagte und welche log.

Dad stellte sich neben mich. Keiner sagte etwas. Er war verletzt. Ich war verletzt. Ich wusste, dass ich ihn hintergangen hatte. Die Schuld lag bei mir.

Er brach als Erster das Schweigen. „Habe ich dir je die Geschichte erzählt, als deine Mom mich betrunken gefunden hat?"

Ich hatte einen ganz anderen Gesprächsverlauf erwartet. „Was?"

„Wir waren in der Hütte in den Bergen und hatten gerade herausgefunden, dass du unterwegs warst, und aus Gründen, die mir heute nebulös vorkommen, hatte ich ziemlich tief in eine Flasche Moonshine geschaut. Eine Zigarre war auch mit von der Partie. Da ich eigentlich nie trank oder rauchte, war ich mittlerweile blau wie ein Veilchen. Die ganze Welt drehte sich. Deine Mom fand mich auf dem Bergkamm. Im Adamskostüm. Ich stolperte wie eine Flipperkugel zwischen Bäumen und Felsen umher. So nackt wie am Tag meiner Geburt."

„Also stimmen die Gerüchte?"

„Jedes Wort." Er nickte. „Deine Mutter hat mir später erzählt, dass ich sogar den Mond angeheult habe."

Die Vorstellung, wie mein riesiger Vater nackt und betrunken zum Himmel hinaufjaulte, brachte mich zum Lachen.

„Wenn du einen Beweis dafür brauchst, dass dein Vater je alle Hemmungen fallen ließ, dann hast du jetzt einen." Er schüttelte den Kopf. „Am nächsten Morgen hatte ich das Gefühl, mir hätte jemand mit einer Axt den Kopf gespalten. Ich brauchte eine Stunde, nur, um mich umzudrehen. Deine Mom schob irgendwann eins meiner Augenlider hoch und fragte: ‚Ist da jemand?‘ Ich glaube, ich knurrte irgendwas, stand auf, fiel hin, stand wieder auf und stolperte bis zum Bach, wo ich der Länge nach hineinfiel. Nachdem mich das eiskalte Wasser schockartig aufgeweckt hatte, fiel mir ein, dass ich in wenigen Stunden auf der Kanzel stehen sollte. Deine Mom legte ein Handtuch um mich, machte mir einen Kaffee und schickte mich zum Zähneputzen.“ Dad schmunzelte. „Sie küsste mir die Stirn und sagte: ‚Eine Zigarre küsse ich nicht.‘“

„Du musstest an dem Tag predigen?“

„Ja und was es noch schlimmer machte: Es war Ostersonntag.“ Er schlug sich die Hand vor die Augen. „Bis heute schäme ich mich dafür.“

Ich ließ meinen Blick über die leeren Stuhlreihen schweifen. „Und was hast du gepredigt?“

„Die Wahrheit. Sie stand mir sowieso ins Gesicht geschrieben und ich hätte sie nicht verstecken können, selbst wenn ich es gewollt hätte. Also erzählte ich der Gemeinde, was passiert war.“ Wir schwiegen eine Weile. Dad setzte sich neben mich. „Sing mir was vor.“

Ich faltete die Hände im Schoß. „Hab keine Lust.“

„Glaub mir, genau dann solltest du singen.“

Ich spielte ein paar Akkorde und versuchte, die Sache auf die leichte Schulter zu nehmen. „Irgendwelche Wünsche?“

Dad nahm Jimmy zur Hand. „Entscheide du, ich mache mit.“

Ich wusste, dass er noch verletzt war. Ich war es ja auch. Unser Tonfall verriet uns. Aber Dad und ich hatten immer die Musik. Sie war die Brücke aus Stein, die kein Feuer fressen konnte. Ich spielte die Einleitung und fing leise an zu singen. Er setzte ein bei *„Tune my heart ...“* Ich riss mich ein paar Strophen lang zusammen, aber bei *„Bind my wandering“* hatte ich einen Kloß im Hals. Bei der Textzeile *„Take and seal it ...“* musste ich endgültig aufhören zu singen.

An diesem Abend lernte ich den Wert eines alten Kirchenliedes kennen. Dass etwas so Altes und „Überholtes“ genau das ausdrücken konnte, was mein Herz brauchte und wofür mir selbst die Worte fehlten, beeindruckte mich tief.

Ich wischte mir mit dem Ärmel das Gesicht ab, holte still den

Flachmann aus der Tasche und legte ihn aufs Klavier. Wir starrten ihn beide an.

„Dann hätten wir das auch geklärt", sagte Dad leise und zupfte einige Töne.

„Dad?" Ich hielt ihm meine Handflächen hin. Die Tonaufnahmen und der Whiskey waren Kleinigkeiten. Darüber würden wir hinwegkommen. Das enttäuschte Vertrauen wog viel schwerer. „Wie streckt man befleckte Hände wieder in die Höhe?"

„Ich habe deiner Mutter dieselbe Frage gestellt, damals, zu Ostern, als die Sonne mir ein Loch in die Pupillen brannte. Und ich sage dir dasselbe, was sie mir damals gesagt hat." Er legte Jimmy ab, stand auf, reckte die Hände, so hoch er konnte, in die Luft und sagte: „Beide gleichzeitig."

Stunden später, als die ersten Sonnenstrahlen schon über die Gipfel ins Tal krochen, spielte ich immer noch. Als die Worte *„sung by flaming tongues"* zum x-ten Mal aus meinem Mund kamen, hörte ich endlich, was ich da sang. Zungen wie aus Feuer. Die Worte entstanden als Bild vor mir, und das brachte mich zum Nachdenken. Wenn jemand das aufgeschrieben hatte, musste er es zuerst vor seinem inneren Auge gesehen haben.

Das machte mir Mut. Denn es bedeutete, dass ich doch nicht verrückt war.

Kapitel 17

Ich würde gern erzählen, dass das Gespräch mit meinem Vater alle Probleme aus der Welt geräumt hat. Aber dem war nicht so. Ein Jahr verging. Ich wurde achtzehn, wuchs noch einmal fünf Zentimeter und war damit fast auf Augenhöhe mit Dad. Mittlerweile hielt ich mich längst für etwas Besseres, weil meine Vergleichsgruppe ziemlich klein war und mir darin niemand das Wasser reichen konnte. Die Plattenfirmen riefen immer noch an und irgendwann zogen die rebellischen Stimmen fest in meinem Kopf ein und fachten meine Unzufriedenheit immer weiter an. Ich wollte, was sie mir versprachen: Geld und Bewunderung. Klammheimlich wurde ich wieder wütend und verbittert, denn ich wollte meine eigene Bühne. All das zog seine Kreise in mir und wuchs zu einem Tornado heran, der nur einen Ausgang kannte – meinen Mund. Hesekiel 28 war die Geschichte meines Lebens.

Was dann geschah, darüber spreche ich nicht gern.

Es war Mittwoch. Wir kamen aus New Mexico. Dad war die ganze Nacht durchgefahren, damit ich meinen vierstündigen Unterricht bei Miss Hagle nicht verpasste. Ich übte gerade Bach und ihm war es wichtig, dass ich das Stück fertig bekam. Miss Hagle arbeitete tagsüber, also war mein Unterricht von sechs bis zehn Uhr abends, und danach traf ich mich noch mit ein paar Freunden.

Ich kam immer zwischen Mitternacht und eins nach Hause. Dad schlief dann meistens schon. Ich sah ihn ja am nächsten Morgen.

Falsch.

Ich stand an der Ampel zum Highway 24. Miss Hagles Haus war ein paar Straßen weiter östlich durch die Stadt. Aber als es grün wurde, bog ich rechts ab und fuhr wie ein Gejagter aus Hades raus und nach Salida, wo meine Band sich schon für unser Konzert aufwärmte. Miss Hagle hatte ich schon seit drei Monaten nicht mehr besucht, und obwohl ich das Bach-Stück in- und auswendig konnte, hatte ich kein Interesse daran, es zu spielen.

Mit quietschenden Bremsen kam ich vor *Pedro's*, einem mexikanischen Restaurant, zum Stehen, stürzte durch die Hintertür, schnappte meine Fender – die ich bei einem Pfandleiher von dem Geld gekauft hatte, das Dad für Miss Hagle bestimmt hatte, zusätzlich zu einem Tausender, den ich im Lauf des letzten Jahres aus unserer Kasse entwendet hatte –, sprang auf die Bühne und spielte stundenlang satten Rock 'n' Roll.

Etwa ein Jahr zuvor hatten ein paar Jungs aus der Schule eine Band gegründet und mich gefragt, ob ich die Leadgitarre übernehmen wollte. Wir spielten nun seit knapp sechs Monaten im *Pedro's* und das Publikum wuchs. Heute Abend war der Laden rappelvoll, nur noch Stehplätze, über eine Stunde Wartezeit auf einen Tisch und Pedro hatte ein Gesicht wie eine Grinsekatze.

Drei Monate war es her, dass irgendein Musikkritiker im Urlaub mit seiner Familie zufälligerweise mexikanisch essen ging. Wie sich herausstellte, schrieb er Kolumnen für mehrere Gitarrenzeitschriften. In seinem Artikel hatte er die Schnelligkeit meiner Finger mit den Flügeln eines Kolibris verglichen. Mein Gesicht war auf dem Cover gewesen und die Schlagzeile lautete: „Cooper – die nächste große Nummer im Business“. Das waren gleich zwei gute Nachrichten: Mein Name wurde bekannt und das in einer Zeitschrift, die mein Vater garantiert nicht las. Jedenfalls so lange nicht, bis ich als erfolgreicher Künstler zurückkehren und mir die Preise und Auszeichnungen nur so um den Hals hingen und mir recht geben würden. Ich hätte es mir nicht besser ausdenken können.

Wir spielten fast drei Stunden lang. Pedro war ganz aus dem

Häuschen. Der Laden war voller als jede Brandschutzbestimmung erlaubte, und die Menge wollte drei Zugaben. Als wir endlich fertig waren, schaute ich schon nervös auf die Uhr und rechnete hoch, wie lange ich für die Fahrt nach Hause und ein kurzes Bad im Fluss brauchen würde, um den Rauchgestank loszuwerden. Ich gab die Gitarre dem Schlagzeuger, sagte meinen Leuten, dass wir uns nächste Woche sehen würden, und ließ Schotter auf dem Parkplatz regnen. Kurz vor Salida fuhr ich ab und wusch mich in einem flachen Flussbecken. Ich stopfte die verrauchten Sachen in einen Müllsack, zog die Klamotten an, die ich beim Verlassen des Hauses getragen hatte, und gab Vollgas. Um halb eins erreichte ich unsere Hütte. Ich schloss die Autotür und stieg die Stufen zur Veranda hinauf. Alles war dunkel. Das einzige Ungewöhnliche war der Geruch. Irgendetwas lag in der Luft.

Ich zog an der Moskitotür, da erklang Dads Stimme aus einem Stuhl in der Verandaecke. „Da ist noch Essen für dich. Es ist heiß."

„Oh, hallo." Ich wartete, bis sich meine Augen an die Umgebung gewöhnt hatten. Er saß da und hatte einen Teller auf dem Schoß. Eine Serviette steckte in seinem Kragen. Ich versuchte, ganz normal zu klingen. „Wieso bist du noch wach?"

Er nahm einen Bissen von irgendetwas und sprach mit vollem Mund. „Wie geht's Miss Hagle?"

Ich lachte gequält. „Schlägt mich immer noch mit dem Lineal."

„Und wie geht es Bach?"

„Der ist tot." Ich lachte wieder und hoffte, dass Dad meine Nervosität nicht bemerkte.

Er zeigte mit der Gabel in Richtung Stadt. „Hast du ihr das Geld gegeben?"

„Jep." Die glatte Lüge hing plötzlich wie ein Mühlstein um meinen Hals.

„Willst du was essen?"

Ich war am Verhungern und hätte eine ganze Kuh verdrücken können. Und ich brauchte dringend einen Notausgang aus dem Gespräch. „Eine Kleinigkeit vielleicht."

Er spießte seinen nächsten Bissen auf. „Steht in der Küche und wartet auf dich."

Ich ging hinein und machte das Licht an und da wurde mir heiß und kalt. Ich musste mich fast übergeben. Das Essen stammte von *Pedro's*.

Ich hatte mehrere Gefühle auf einmal: einen Stich im Herzen, Scham, Betretenheit, Wut.

Ich stand in der Küche und überlegte, was ich jetzt sagen sollte, als hinter mir die Moskitotür ging. Dad kam in die Küche, zog die Serviette aus dem Kragen, wischte sich den Mund und lehnte sich an eine Seite der Küchentheke. Ich lehnte an der anderen. So standen wir eine Weile da.

Ich konnte ihn nicht ansehen. „Möchtest du mir etwas sagen?", kam irgendwann leise von ihm.

Ich antwortete nicht. Stattdessen ging ich in mein Zimmer und schlug die Tür zu. Auf dem Bett lag die Zeitschrift, die der bescheuerte Autor mir nach Hause geschickt hatte. Mein dämliches Gesicht griente mich an. Ich war erledigt, und kein kuscheliges Liedchen mit Dad konnte diese Wunde schließen.

In dieser Nacht machte ich kein Auge zu.

Als ich am nächsten Tag aufstand, war Dad nicht mehr da. Am Abend war ein Gottesdienst in *The Falls* geplant, und er war sicher gerade dabei aufzubauen. Die Gemeinden in der Umgebung karrten ihre ganzen Kinder mit Bussen dorthin. Viele von ihnen wollten eigentlich nur mich sehen. Ich kam so spät, dass es nur noch Stehplätze gab. Es mussten ein paar Tausend Autos und fünfzig Busse sein. Ich schlenderte zum Seiteneingang der Bühne. Dad war gerade mitten in seiner „Why Are You Here?"-Predigt. Das brachte mich nur noch mehr auf die Palme, weil ich wusste, dass er es extra für mich predigte.

Ich lehnte mich gegen die Seitenwand und verschränkte die Arme. Das alles hatte ich schon zigmal gehört.

Mit einer ausladenden Bewegung wies er auf das Publikum. „Warum seid ihr hier?" Eine Kunstpause. Hin und wieder flocht er gern Buchwissen ein und ich wusste, was jetzt kam. „Was ist euer *raeh-song-dae-tre?*" Er schmunzelte. „Das ist Französisch und bedeutet ‚Daseinsberechtigung'." Er legte seine Bibel ab und lief auf der

Bühne hin und her. Er klatschte in die Hände. Dann noch einmal, lauter. Ein drittes Mal. „Und jetzt ihr."

Das Publikum klatschte einmal.

„Wieso hat Gott unseren Händen wohl diese Möglichkeit gegeben? Ganz im Ernst. Wir können so viel mit unseren Händen. Warum ausgerechnet das?" Er riss beide Arme hoch und lief quer über die Bühne. „Woran erinnert euch das? An ein Fußballspiel? Ein Rockkonzert, auf dem eure Lieblingsband spielt?" Gelächter im Publikum. Dad griff nach seiner Bibel. „Ich habe die hier ein paarmal durchgelesen und es gibt keine einzige Stelle, an der von Lobpreis die Rede ist, der ohne Bewegung stattfindet."

Dad breitete fragend die Arme aus. „Was sucht ihr? Was sind eure Träume? Geld verdienen? Ein großes Haus? Ein schönes Auto? Ich habe nichts dagegen, aber ich glaube nicht, dass das der Grund für euer Dasein ist." Er ging nach vorn an die Bühnenkante und hob eine große Collage mit Zeitschriftencovern hoch, auf denen Stars und Berühmtheiten zu sehen waren.

„Ist das der Grund, warum ihr hier seid? Um im Rampenlicht zu stehen?" Er holte einen großen Spiegel. Damit ging er von einer Bühnenseite zur anderen und zeigte dem Publikum sein Spiegelbild. „Was, wenn das euer Daseinsgrund ist?"

Dad machte eine Pause, damit die Frage sacken konnte. Da entdeckte er mich. Beziehungsweise gab mir zu erkennen, dass er mich entdeckt hatte.

Er drehte sich um und hing sich Jimmy über die Schulter. „Ich bin nicht der größte Gitarrenspieler und es gibt andere, die haben eine viel bessere Stimme, aber lasst uns trotzdem etwas gemeinsam tun. Lasst uns gemeinsam singen." Dad spielte ein paar Akkorde, das Publikum erkannte das Lied und fünftausend Stimmen setzten ein. *„Come Thou Fount ..."*

Am liebsten hätte ich gekotzt.

Nach der ersten Strophe hörte er auf. „Okay, das war nicht schlecht. Aber Hand aufs Herz. Wenn der Eine, der Mond und Sterne geschaffen hat und den Berg hinter mir, wenn dieser Eine, der euch eure Augenfarbe gegeben und euren Fingerabdruck einzigartig gemacht hat und der euch eine unverwechselbare Stimme gab, die anders ist als alle anderen Stimmen auf dieser Erde, wenn dieser

Eine jetzt hier wäre ..." Dad zeigte auf eine Stelle neben sich. „Wenn er genau hier stünde. Was würdet ihr tun?" Er kniete nieder, beugte sich leicht nach vorn und hob die Hände. „Wahrscheinlich etwas Ähnliches wie das hier." Dann schob er sich Jimmy auf den Rücken und legte sich mit dem Gesicht nach unten auf den Boden. „Oder das hier." Er stand wieder auf. „Habe ich recht?"

Leise fing er wieder an zu spielen. „Was wäre, wenn das hier ein Rockkonzert wäre? Was würdet ihr dann tun? Ihr würdet herumhüpfen wie verrückte Hühner. Musik hat ihre ganz eigene Dimension und berührt Menschen auf einer Ebene, die nur schwer zu erklären ist. Es gibt nichts, was so eine gemeinschaftliche Reaktion hervorrufen kann wie Musik. Sie deckt auf, was wir verehren und wen."

Dad fuhr das Publikum mit dem Zeigefinger ab. „Jeder Einzelne von euch ist ein maßgeschneidertes Instrument mit einem einzigen Zweck." Als Dads Arm den Bogen beendet hatte, zeigte sein Finger genau auf mich. Seine Blicke bohrten sich in mich hinein. „Anbetung", dröhnte seine Stimme. „Das ist euer *raeh-song-dae-tre*." Dad stellte Jimmy zurück auf den Gitarrenständer und betrachtete die Collage und den Spiegel. „Die Frage ist nur, wen oder was betet ihr an?"

Ich hatte genug gehört.

Ich stieg auf die Bühne, schnappte mir Half Pint aus dem Ständer, ging zur Bühnenmitte und donnerte sie wie eine Axt in den Spiegel. Dann holte ich aus und zerfetzte die Zeitschriftencollage. Und dann ging ich zu meinem Dad und schlug ihn so hart ich konnte ins Gesicht. Der Eichenring ließ seine Lippe aufplatzen. Blut lief ihm übers Kinn.

„Ich habe genug von dir und deinem Wanderzirkus", zischte ich.

Dann zog ich den Ring ab und warf ihn durch eine offene Stelle im Zelt, so weit ich konnte, über die Baumwipfel und in Richtung Fluss. Ich schnappte mir Jimmy, sprang von der Bühne und ging in Richtung Auto. Das Publikum teilte sich vor mir wie das Rote Meer.

Hinter mir hörte ich Dads Stimme. Es klang keine Wut darin. Nur Trauer. „Singt mit mir", sagte er. Big-Big fing an zu spielen und fünftausend Stimmen setzten ein. „*When peace like a river ...*"

Auf dem Parkplatz riss ich die Tür vom Bus auf, schnappte mir die Kasse, knallte sie auf den Boden und holte die Lederhülle mit Reißverschluss heraus, in der alles Geld war, mit dem Dad Wochenende für Wochenende unsere Ausgaben bestritt. Meistens waren etwa zweitausend Dollar darin. Dann stieg ich in den Pick-up, ließ den Motor an, legte einen Gang ein und drückte das Gaspedal durch. Als ich in den Rückspiegel sah, konnte ich Dad auf der Bühne erkennen. Er sah mir nach. Blondie saß noch immer auf dem Klavier.

Es war mir egal. Ich wollte keinen von beiden je wiedersehen.

Fünf Stunden lang fuhr ich immer in eine Richtung nach Süden. Dann hielt ich an und stand vor einem Wegweiser im schwachen Licht meiner Scheinwerfer. Ich stand wortwörtlich an einer Weggabelung. Die Straße nach rechts ging nach Los Angeles. Für Bands mit hochtoupierten Frisuren, geschminkten Gesichtern und Megashows mit Pyrotechnik hatte ich eigentlich wenig übrig. Von manchen Talenten war ich beeindruckt, aber die meisten hörten sich immer so wütend an und ich verstand sowieso nur die Hälfte von dem, was sie sangen. Die Straße nach links führte nach Nashville. Ich war zwar kein eingefleischter Fan von Countrymusik, aber die Musik, die mir vorschwebte, hatte mehr mit der aus Tennessee zu tun als mit der aus Kalifornien oder New York.

Manchmal frage ich mich, wie mein Leben wohl verlaufen wäre, wenn ich nach rechts abgebogen wäre. Oder eine Kehrtwende gemacht hätte.

Einundzwanzig Stunden und eintausendzweihundertvierunddreißig Meilen später erreichte ich Nashville. Ich war achtzehn, blauäugig, ein Grünschnabel, naiv und unwissend. Nicht gerade die beste Kombination. Ich setzte mich in einem Motel aufs Bett, stützte den Kopf in die Hände und starrte auf mein armseliges Leben. Neben mir lag die Lederhülle. Ich zog den Reißverschluss auf, und als das Geld aufs Bett purzelte, fiel mir die Kinnlade herunter.

Das Geld war in eine Landkarte eingepackt und wurde von einem grünen Gummiband zusammengehalten. Ich hatte noch nie so viele Scheine auf einem Haufen gesehen. Ungläubig zählte ich es. Zwei Mal. Es waren zwölftausendachthundert Dollar. Ich warf schnell einen Blick auf die Zimmertür und versicherte mich, dass sie verschlossen und verriegelt war.

Dann betrachtete ich die Karte. Sie zeigte Colorado. Dort, wo unsere Hütte stand, war ein Stern eingezeichnet. Daneben hatte Dad geschrieben:

Egal, wohin Du gehst, egal, was passiert und was aus Dir wird, egal, was Du gewinnst oder verlierst, ob Du Erfolg hast oder nicht, ob Du stehst oder fällst, und egal, wohinein Du deine Hände tauchst … es gibt immer ein Zurück. Nach Hause kannst du immer kommen, mein Sohn.

Ich starrte auf seine Worte, aber sie ließen mich kalt.

Kapitel 18

Ich brauchte etwa vierundzwanzig Stunden in Nashville, um zu begreifen, was alle anderen längst wussten. Die Talentdichte in der Music City ist höher als an fast allen anderen Orten der Erde. Und während ich auf der Bühne im *Pedro's* vielleicht eine große Nummer war, war ich in Nashville nur ein weiterer Möchtegern mit sechs Saiten und einem Traum.

Nach einer Woche trat ich immer noch auf der Stelle. Gründlich. Ich lernte auf die harte Tour, dass es nicht darum geht, was man weiß oder was man kann, sondern wen man kennt. Und ich kannte niemanden. Zum Glück hatte ich so viel Zeit unterwegs verbracht, dass ich wusste, wie man mit seinem Geld haushaltet. Mein Motel kostete zwölf Dollar die Nacht, wenn ich es wochenweise buchte. Wenn ich mich von Instant-Nudelsuppen und roten Bohnen aus der Dose ernährte, konnte ich ein paar Jahre durchhalten – auch wenn ich dabei ein paar Kilo verlieren würde.

Am Ende eines weiteren entmutigenden Tages machte ich die Tür zu meinem Zimmer auf.

Wenn ich irgendwohin ging, nahm ich Jimmy stets mit, aber das Geld hatte ich in der Rückwand der Klimaanlage versteckt. Ich wollte mich erst eingewöhnen, bevor ich hier ein Konto eröffnete. Sie wissen schon, die richtige Bank auswählen. Ich fühlte mich noch sicherer, weil man die Rückwand nur mit einem Spezialschraubendreher abnehmen konnte, einem dieser seltsamen sechseckigen Bits, für die man erst zum Baumarkt muss. *Niemand läuft mit so viel Geld in der Tasche herum*, dachte ich. *Mein Geld ist sicher. Richtig?*

Falsch.

Als ich in mein Zimmer kam, sah ich sofort, dass ich nicht der Erste war, der auf die Verstecke-ich-mein-Geld-doch-in-der-Klimaanlage-Idee gekommen war. Die Rückwand war abgeschraubt worden und lag auf der Erde. Die Schrauben waren fein säuberlich aufgereiht.

An diesem Abend kam die Hotelmanagerin, eine kleine Dame mit einer Schürze und fest nach hinten gebundenen Haaren, und wollte die Miete für die nächste Woche kassieren. Als sie eintrat, saß ich reglos auf der Bettkante, den Kopf in die Hände gestützt.

Die Realität überrollte mich an diesem Abend wie ein Zug. Ich saß in meinem Pick-up, kehrte meine Taschen nach außen und zählte jeden Cent, den ich hatte. Sieben Dollar und neunundvierzig Cent. Und auch wenn dieser Anblick schmerzvoll war, er war nicht halb so schmerzvoll wie die Erkenntnis: Es würde eine lange Zeit dauern, bis ich nach Hause fahren konnte.

Die Nacht und noch viele weitere verbrachte ich in der Fahrerkabine meines Pick-ups, die Arme um Jimmy geschlungen, und dachte daran, was für ein Leben ich bei meinem Vater gehabt hatte, für wie selbstverständlich ich es genommen und dass mein Vater mit allem recht gehabt hatte.

Zwei Wochen versuchte ich, nicht daran zu denken, was ich dafür geben würde, einfach nur mit meinem Dad wieder im Bus herumzufahren, und suchte nach irgendjemandem, dem ich meine Seele verkaufen konnte. Da bekam ich einen Auftritt in einem Waschsalon. Ganz genau, zehn Dollar plus Trinkgeld im *Spin and Twirl.* Einmal pro Woche. Außerdem durfte ich kostenlos meine Klamotten waschen und es war nur zwei Meilen von einem Autohof entfernt, wo man für einen Dollar duschen konnte.

Nach ein paar Wochen hatte sich mein Auftritt herumgesprochen und ich durfte außerdem noch im *Fluff and Fold* spielen. Und nach drei Wochen tauchte dort tatsächlich jemand auf, der mich suchte: Dietrich Messerschmidt, Eigentümer einer Autowaschstraße mit dem Namen *Sudsy Schnitzel.* Ja, das hieß wirklich so.

Er fuhr einen riesigen grünen Cadillac, trug ein scheußliches Toupet mit Überkämmer und hatte sogar einen Dackel, den er Sweet nannte oder „Sveet", wie er es aussprach, und der auf jeder seiner Werbeanzeigen zu sehen war. Es war der nervigste und gemeinste Hund überhaupt. Aber ich schätze, wenn ich mit diesem Mann leben müsste, wäre ich auch verrückt geworden.

Dietrich Messerschmidt hatte ein ziemliches Monopol, was auf bayrische Alpen getrimmte Waschstraßen mit Hotdog-Imbiss in Nashville betraf. Deutscher Name hin oder her, offensichtlich wusste er nicht, was ein Wiener Schnitzel war, und ich hütete mich, seinen Fehler zu korrigieren. Für ihn schien die Sache so zu funktionieren. Wenn man eine De-luxe- oder Platinwäsche buchte, gab es ein Getränk und einen dreißig Zentimeter langen Hotdog dazu, während man auf sein Auto wartete.

Mit diesen drei Jobs verdiente ich etwa fünfzig Piepen pro Woche. Wenigstens musste ich nicht verhungern. Oder wenn doch, dann zumindest langsam, und wenigstens blieben dabei meine Sachen und das Auto sauber. So wäre es nicht ganz so peinlich für meinen Vater, wenn er kam, um meine Leiche zu identifizieren.

Eines Abends sah ich im *Sudsy Schnitzel* von der Bühne aus ins Publikum und entdeckte einen Mann, der zum dritten Mal in Folge da war. Er war sauber gekleidet, hatte aber seinen ganz eigenen Stil: Sansabelt-Hosen mit Gummizug, weiße Schuhe, grüne Socken, Hut, Poloshirt und genügend Nasen-, Ohren- und Augenbrauenhaare, um sein halbes Gesicht zu bedecken. Jede Woche bestellte er zwei „Schnitzel" und brauchte dann einige Minuten, um sie nach seinem Geschmack zu garnieren: eins mit Zwiebeln, Paprika und scharfem Senf, das zweite mit Salat, Zwiebeln und diesem furchtbaren Käse, der so riecht wie das, was man aus seinem Bauchnabel pult. Er legte sie auf zwei Teller, komplett mit zwei Servietten und zwei Getränken, und dann setzte er sich still hin und aß eins davon. Manchmal murmelte er etwas in Richtung des zweiten „Schnitzels".

Wenn er aufgegessen hatte, stand er auf, fuhr innen am Gummizug seiner Hosen entlang und wischte sich den Mund ab. Dann faltete er seine Serviette zusammen und wickelte alles – auch den ungegessenen Hotdog – in die Alufolie, in der es ausgeliefert wurde, und warf es in den Müll. *Hier ist also die Endstation für alle Einsamen*, dachte ich mir.

Dieses Mal hatte ich Mitleid mit dem alten Mann, der mit seinem Hotdog sprach, und fragte ihn: „Sir, haben Sie einen Musikwunsch?"

Er wischte sich den Mund, faltete die Serviette zusammen und drehte sich mit einem steifen Rücken zu mir. Dann räusperte er sich. „Kennen Sie ‚Danny Boy'?", fragte er mit leichtem Akzent.

Ich musste schlucken. „Ja, Sir."

Der alte Mann nahm seinen Hut ab und warf einen Seitenblick auf den unberührten Teller neben sich. „Das hat sie immer am liebsten gehört."

Ich saß also in Messerschmidts Autowasch-Imbiss und sang „Danny Boy".

Ich sang mit aller Kraft. Als ich zwischendurch die Augen aufmachte, war die Waschstraße im wahrsten Sinne des Wortes zum Erliegen gekommen. Jemand hatte den Hebel umgelegt und das Förderband angehalten. Alle starrten mich an.

Als ich bei der letzten Strophe angelangt war und *„And I shall sleep in peace until you come to me"* sang, stand der Alte auf, legte mir einen Hundertdollarschein zu Füßen und lächelte mich mit bebenden Lippen an. In seinen Augenwinkeln standen Tränen. Dann tippte er sich an seinen Hut und ging. Ich habe ihn nie wiedergesehen.

Ich starrte auf den Müll, sobald er vom Parkplatz gefahren war. Ob es seine Frau entehrte, wenn ich ihr unberührtes Essen verschlang? Respekt hin oder her, gierig riss ich die Alufolie auf und stopfte den Hotdog in mich hinein. Ich lebte sowieso wie ein Landstreicher in meinem Pick-up. Die Darmwinde und den Gestank nahm ich gern in Kauf.

Abends lief ich den Broadway entlang und hörte mir andere Bands an. Der Lower Broadway ist etwa eine halbe Meile lang, hat mehrere Querstraßen und ist ein Ort, wo sich Bars und Kneipen wie Sardinen aneinanderreihen. Es spielen immer mindestens vierzig

Bands und Sänger gleichzeitig. Eine Schicht dauert vier Stunden, pro Tag gibt es drei Schichten und fast alle Musiker spielen auf Spendenbasis. Manche Bars haben drei oder vier Stockwerke und in jedem Stock spielt eine andere Band.

Zu meinen Lieblingskneipen gehörten *Tootsie's Orchid Lounge* und *Robert's Western World.* Beide waren weltbekannt dafür, dass hier die größten Talente spielten, und sie galten als Brutstätte für einige der größten Künstler. Ich konnte es mir in keiner von beiden leisten, etwas zu trinken oder zu essen, also blieb ich draußen stehen und hörte zu.

Eines Abends kam ein Mann aus dem *Robert's* und verlor einige Seiten Papier. Ich hob sie auf. „Sir? Sie haben etwas verloren."

Er war betrunken. „Behaltsie, Kleiner. Dasis der Schlüssl ins Königreich."

Benommen torkelte er davon und ich betrachtete die Seiten. Es waren Songsheets, aber sie sahen völlig anders aus als alles, was ich bisher gesehen hatte. Ich stand da wie ein Affe mit einem Zauberwürfel. Da fiel mir ein, dass das die berühmte Notenschrift der Nashviller Gitarristen sein musste, das Nashville Number System. Davon gehört hatte ich schon, aber gesehen hatte ich es noch nie. Eines wusste ich allerdings: Wenn das die Sprache der Musiker in dieser Stadt war, dann musste ich sie lernen.

Am nächsten Tag arbeitete ich mich in der Stadtbibliothek durch einige Bücher und fand heraus, dass es gar nicht so kompliziert war, wie es aussah. Es war sogar ziemlich logisch. In den Fünfzigerjahren konnten viele Profimusiker in Nashville keine Noten lesen. Sie waren zwar erstklassige Musiker, aber Noten waren genauso böhmische Dörfer für sie wie die Nashville-Notenschrift für mich.

Es kam häufig vor, dass ein Musiker für vier, fünf verschiedene Künstler an einem Tag spielen musste, und oft verlangten diese ein bestimmtes Lied in einer anderen Tonart. Die Studiomusiker brauchten daher eine Methode, wie sie einen Song schnell umschreiben konnten, ohne stundenlang neue Partituren zu verfassen. Also erfand jemand ein numerisches System und die Nashville-Notation war geboren. Durch seine Einfachheit und die Art, wie es ein Problem löste, bevor es überhaupt entstand, wurde es unter den Musikern zu einer regelrechten Notenschrift für Akkordtafeln und

Melodien ausgebaut. Die neuen Kürzel wurden mit den Standards der normalen Notenschrift kombiniert. Das Nashville-System verwendet ganze Zahlen anstelle von Akkordbuchstaben, Klammern, Kreuze, Kreise, Pfeile nach oben und unten, Unterstreichungen, Plus- und Minuszeichen, Bruchstriche, Doppelpunkte, Semikola und eine Vielzahl von anderen Zeichen. Sie sieht fast mehr nach einer mathematischen Gleichung aus als nach Noten.

Bald darauf gehörte es zu meinen abendlichen Besuchen im *Lower Broadway*, den Aufbau der Songs mit der neuen Notenschrift in mein Notizbuch mitzuschreiben. Aber die Bücher hatten mir nur einen Teil des Geheimnisses verraten. Ich musste an echte Songsheets mit Kommentaren am Rand kommen.

Als ich so auf der Straße stand, zuhörte und versuchte, im Kopf mitzuschreiben, kam mir ein Gedanke. Garantiert nahmen nicht alle Musiker ihre Noten mit nach Hause. Ein Teil davon landete bestimmt im Müll.

Und so war es. Die Müllcontainer hinter den Kneipen erwiesen sich als pure Goldmine für weggeworfene Songsheets. Zuerst angelte ich nur mit spitzen Fingern danach, aber bald stand ich knietief im Müll und wühlte in Nacho-Resten und Hühnerknochen.

Es entging mir keineswegs, wie tief ich gefallen war. Von den makellosen Elfenbeintasten auf der Bühne mit Dad und Big-Big, vor fünfzehn oder gar zwanzigtausend Leuten, die mir bei etwas zusahen, was ich ziemlich gut konnte, zu knietiefem Müll in einem Container, die Hände in geschmolzenem Käse und schalem Bier. Jedes Mal, wenn ich das Bein über einen Containerrand schwang und hineinkletterte, hatte ich Dads „Dirty Hands"-Predigt im Kopf.

Die Türsteher verscheuchten mich, weil sie mich für irgendeinen Suffkopf hielten, aber eines Abends erwischte mich der Türsteher vom *Tootsie's* mit ketchupverschmierten Seiten. Er sah aus, als wäre er im Fitnessstudio auf die Welt gekommen.

Ich hüpfte aus dem Müllcontainer. „Schon gut, schon gut, ich bin ja weg."

„Ich habe dich jetzt jeden Tag diese Woche hier verscheucht. Entweder du bist der hartnäckigste Schnapsbruder am ganzen Broadway oder du hast wirklich Hunger."

Ich klopfte mir den Staub von den Sachen. „Ich habe Hunger.

Wenn Sie mich fragen, könnte ich einen ganzen Stier essen, mit Hufen und Hörnern. Aber wenn ich ehrlich bin, suche ich die hier." Ich hielt ihm die Seiten hin.

„Du buddelst im Müll ... dafür?"

„Ja."

„Das habe ich auch noch nicht gehört." Neugierig maß er mich mit den Augen. „Bist du von hier?"

Ich schüttelte den Kopf. „Colorado."

„Spielst du?"

Mein eigener Geruch stieg mir in die Nase und mir wurde übel. „Ja."

„Hast du's drauf?"

Verrückt, wie eine einfache Frage den Nagel auf den Kopf treffen kann. Ich hätte ihm von meiner Vergangenheit erzählen können, von den unzähligen Auftritten vor Tausenden von Menschen, von meiner musikalischen Ausbildung, meinem Wissen, meinem meisterlichen Können auf dem Klavier und der Gitarre und dass ich so überzeugt von mir und meinen Fähigkeiten war, dass ich meinem Vater die lange Nase gezeigt hatte, ihm alles geklaut hatte, was ihm etwas bedeutete, sein Vertrauen schwer enttäuscht und zwölfhundert Meilen gefahren war, weil ich mich für etwas Besseres hielt. Ich hätte ihm von meinem Zuhause erzählen können und dass ich mich dort nie wieder blicken lassen durfte, bis ich mein Ziel erreicht hatte. Und dass mein ganzes Leben auf der Überzeugung fußte, dass ich so gut wie jeder andere hier war. Und nicht nur das, sondern meine Stimme konnte selbst den härtesten Panzer schmelzen lassen und die Leute glaubten mir, was ich sang.

Aber in Bezug auf Musiker folge ich einer einfachen Regel. Sag mir nicht, was du alles weißt. Sag mir nicht, was du draufhast. Sondern spiel einfach. Und da ich das in einem Müllcontainer in einer Seitengasse hinterm Broadway schlecht tun konnte und ihm auch keine Heulgeschichte auftischen wollte, die er schon hundertmal gehört hatte, sagte ich einfach: „Ja." Außerdem ließ ich meinen Wagen nach Mitternacht nicht gern unbeaufsichtigt.

Er warf mir einen kritischen Blick zu und musterte mich von oben bis unten. Dann hob er einen Zeigefinger. „Warte hier." Er verschwand und kehrte drei Minuten später mit einem kleinen Stapel sauberer weißer Seiten wieder. „Wenn du mehr willst, kommst du zu mir."

„Danke." Ich wollte gehen.

Er hielt mich auf. „Und nimm eine Dusche, Kumpel. So kriegst du nie ein Mädchen ab."

„Was Sie nicht sagen."

Ich lief bis zum Fluss und noch ein paar Straßen weiter bis zu der Ecke, wo ich meinen Wagen auf einem privaten Parkplatz auf einer Wiese abgestellt hatte. Pro Tag kostete der Stellplatz einen Dollar, aber wenn man einen Monat im Voraus bezahlte, nur die Hälfte.

Kein Pick-up.

Verwundert ging ich zu meinem Stellplatz, aber da war nur Gras. Ich sah mich um, ob ich wirklich richtig war. Prüfte das Schild am Zaun. R07. Zog meine Quittung aus der Tasche. R07. Ich wollte schreien, fluchen, mit der Faust drohen, aber wem? Niemand hatte mich gezwungen hierherzukommen.

Ich war zu müde, um mich aufzuregen. Am Zaun suchte ich mir einen freien Platz, legte mich auf den Schotter, umschlang Jimmy mit Armen und einem Bein und schlief mehr schlecht als recht ein paar Stunden. Als die Sonne aufging, ertrug ich mich selbst nicht mehr. Ich musste erst gegen Mittag im *Sudsy Schnitzel* sein, also hatte ich noch ein paar Stunden. Ich lief die Second Avenue in Richtung Church Street hinunter und kam an einem Secondhandladen vorbei. Dort kaufte ich mir eine Jeans, ein T-Shirt, ein Handtuch und ein Paar nur wenig getragene Turnschuhe für drei Dollar. Danach stattete ich dem 1-Dollar-Laden nebenan einen Besuch ab und kaufte mir ein Deo, eine Zahnbürste und einen Dreierpack Unterhosen. Es ist vielleicht komisch, aber fremde Unterwäsche kann ich einfach nicht tragen.

Mit meinen neuen Klamotten in einer Plastiktüte ging ich zum Riverfront Park, wo man an Fort Nashborough erinnert. Die Stadt hatte hier nicht nur Rasenflächen, sondern auch einen Hundeauslauf am Fluss gebaut. Mit einer Badestelle für Tiere. Ich zog mich bis auf die Unterwäsche aus und benutzte das kostenlose Floh- und Zeckenshampoo, um mir den Müllcontainer aus den Poren zu waschen. Gerade als ich mir die Achselhöhlen einseifte, kam eine Frau mit Stöckelschuhen und drei pflegeaufwendigen Kläffern vorbei und warf mir böse Blicke zu.

„Morgen!", rief ich ihr zu. „Schicken Sie die drei Fellknäuel nur her. Ich wasche sie Ihnen." Irgendetwas an der ganzen Sache muss ihr nicht geschmeckt haben, denn sie reagierte nicht auf mein Angebot.

Kapitel 19

In den darauffolgenden Wochen geschah nicht viel. Die Songsheets vom Türsteher hielten mich auf Trab. Ich kannte die ganzen Songs natürlich, weil ich sie gehört hatte und im Kopf nachspielen konnte. Das Problem war nur herauszufinden, was die Symbole bedeuteten, beziehungsweise welche musikalischen Anweisungen dahintersteckten. Ich spielte jeden Song und studierte die Symbole dazu. Dank Miss Hagle dauerte es nicht allzu lange, bis mir deren Bedeutung klar wurde.

Dass ich nun kein Auto mehr besaß, hatte den Vorteil, dass ich nicht mehr tanken musste. Das war aber auch das einzig Gute daran. Leider hatte ich nun auch keinen Schlafplatz mehr und das wurde Nacht für Nacht zum Problem. Ich schlief auf Parkbänken, in Lagerhäusern, einem kleinen Waldstück, wo ich eine durchnässte Matratze fand, sogar unter einer Brücke. Notunterkünfte und Anlaufstellen mied ich, und wenn ich sagen müsste, wieso, dann weil ich mir nicht eingestehen wollte, dass ich so tief gefallen war. Die Leute dort waren ganz unten angekommen. Ich nicht. Oder zumindest wollte ich es nicht wahrhaben.

Ich hatte nur ein Ziel: Ich musste die richtigen Leute auf mich aufmerksam machen. Und ich hatte meine Zweifel, dass das in einem der beiden Waschsalons oder einem brüllwarmen Autowasch-Imbiss passieren würde. Welcher anständige Plattenfirmenboss oder Produzent ging dorthin? Ich musste auf den Broadway.

Während meiner kurzen Zeit in Nashville hatte ich schon mitbekommen, dass Leute ohne Bühne wie ich einfach an der Straßenecke auftraten. Egal, wann man auf dem Broadway war, an der Ecke Hope Street oder Hungry Lane standen Musiker und spielten für ihr nächstes Mahl.

Verzweiflung ist ein effektiver Lehrer, sagt man. An einem Mittwoch stellte ich mich um acht Uhr abends an den Broadway, Ecke Second Avenue. Wieso dort? Weil noch niemand dort stand. Auf der anderen Straßenseite war eine dreistöckige Kneipe, die mit Hut- und Cowboystiefelträgern rappelvoll war. Die Band, die gerade das Haus zum Toben brachte, war eine dreiköpfige Country-Band, deren Frontmann zwar einen großen Hut, aber keine gute Stimme hatte. Seine Bühnenpräsenz war dafür phänomenal und ließ einen vergessen, wie schlecht er spielte. Ich guckte durchs Fenster hinein, sah die ganzen Leute mit ihren hocherhobenen Biergläsern und dachte nur, *irgendwann müssen sie ja gehen und die Chancen stehen nicht schlecht, dass sie durch diese Tür kommen.*

Also baute ich alles auf und fing an zu spielen. Nach etwa zwanzig Minuten standen zehn, fünfzehn Leute da. Nach einer halben Stunde waren es schon vierzig oder fünfzig Zuhörer, die Zehn- oder Zwanzigdollarscheine in meinen Koffer segeln ließen.

Ich hatte den Jackpot geknackt. Mein Stern war am Aufgehen, das spürte ich.

Ein alter Mann mit einem Veilchen und Schorf am Kopf lief vorbei und zeigte auf das Geld. „Ich würde das lieber wegstecken, wenn ich du wäre“, sagte er. „Glaub mir.“ Ich zweifelte keine Sekunde an seinen Worten.

Um zehn Uhr formten schon gut hundert Leute einen engen Kreis um mich, und während ich es genoss und Musikwünsche annahm, wurde mir auch langsam unwohl bei der Sache. Ich zog immer mehr Leute aus den Kneipen ab und das würde weder die Besitzer noch die Künstler, die dort auftraten, besonders freuen. Nun, wenn sie so sauer waren, konnten sie mich ja auf ihre Bühne einladen. Also spielte ich weiter.

Irgendwann sah ich, dass ein Polizeiwagen anhielt und ein Polizist den Verkehr um die Menschenmenge herumlenkte, für die der Bürgersteig mittlerweile nicht mehr ausreichte. Der Polizeibeamte sah nicht sonderlich verärgert aus, was mir signalisierte, dass er nicht zum ersten Mal so etwas erlebte, aber ich hatte trotzdem ein ungutes Gefühl. Und als der Frontsänger mit seinem großen Hut und der schlechten Stimme aus der Kneipe kam, direkt auf mich zuhielt, auf Jimmy zeigte und sagte: „Schöne Gitarre. Ein Jammer, dass sie die nicht mehr herstellen“, bevor er in der Menge verschwand, standen mir endgültig die Nackenhaare zu Berge.

Um elf Uhr bedankte ich mich bei allen, klappte den Koffer zu und eilte die First Avenue hinauf. Über die Schulter warf ich einen Blick zurück. Im Nachhinein hätte ich in eine andere Richtung gucken sollen. Ich weiß noch, dass ich an der Bank Street stehen blieb und nach links und rechts schaute, den ersten Schritt auf die Straße machte und dann spürte ich nur noch einen heftigen Schmerz am Hinterkopf und wie mir jemand die Lichter ausknipste.

Als ich meine Augen wieder aufmachte, war es hell. Ein Polizist stupste mich mit seinem Fuß an. „Hey, Kumpel. Jemand zu Hause?“

Das Blut an Kopf und Nacken war eingetrocknet, und alles oberhalb meiner Schultern tat höllisch weh. Ich versuchte, beide Augen aufzumachen, aber eins war zugeschwollen. Das Einzige, was ich erkennen konnte, waren Pistazienschalen neben mir. Als hätte sie jemand achtlos weggeworfen so wie mich.

Ich griff nach Jimmy.

Aber Jimmy war nicht da.

Die Rettungssanitäter versorgten meinen Kopf und wollten mich mit ins Krankenhaus nehmen, aber ich lehnte ab. Die Rechnung hätte ich sowieso nicht bezahlen können. Außerdem gab es dort nichts gegen die Schmerzen, die in mir tobten.

Ich lebte nun schon seit Wochen auf der Straße. Ohne Gitarre musste ich die Auftritte in den Waschsalons und im Imbiss absagen. Eines Abends stand ich am höchsten Punkt einer Brücke über dem Cumberland River und starrte ins Wasser. Das Einzige, was mich vom Springen abhielt, war die Gewissheit, dass jemand meinen Vater anrufen würde, wenn meine Leiche gefunden wurde. Ich hatte ihm schon so viel genommen. Den Gedanken daran, wie er diesen Anruf bekam, konnte ich nicht ertragen. Also ging ich weiter.

Am nächsten Morgen fand ich mich auf der Printer's Alley wieder und beäugte gierig die Müllcontainer. Die meisten Bars gingen zum Broadway hinaus und nur ein Laden hatte seinen Eingang in der kleinen Gasse – ein Gitarrenbauer. So wie er aussah, war er nicht erst seit gestern dort. Während ich noch mit knurrendem Magen dastand, ging ein Mann an mir vorüber, zog das Rolltor hoch und schaltete das Licht im Laden ein. Im Fenster hing ein Schild. „Aushilfe gesucht".

In meinem Aufzug konnte ich mich schlecht vorstellen. Also wusch ich mich an der Badestelle für Hunde, und als meine Sachen einigermaßen trocken waren, machte ich mir einen Pferdeschwanz, klopfte an der Tür und zeigte auf das Schild.

„Verstehen Sie was von Gitarren?", wollte der Eigentümer wissen.

„Nur, wie man sie spielt."

„Schon mal dran gearbeitet?"

„Nein, Sir."

„Wie ist das Gehör?"

„Ganz gut."

Er reichte mir eine Gitarre. „Was stimmt mit der D-Saite nicht?"

Ich zupfte sie und horchte. „Sie ist zu tief." Ich stimmte sie nach Gehör und gab ihm die Gitarre zurück.

Er nahm die nächste vom Ständer. „Und die hier?"

Ich strich über die Saiten und stimmte sie. „Die Saiten sind alt. Die braucht dringend neue. Wer sie gespielt hat, hat echt sauren Schweiß. Und ich glaube, die Hälfte der Saiten sind light, und der Rest medium.

Der Mann lächelte und reichte mir die dritte Gitarre. „Nur weiter."

Diese war irgendwie seltsam. Sie war nicht sonderlich verstimmt, aber es gelang mir nicht, sie zu stimmen. Ich spielte ein paar Töne und merkte, was das Problem war. „Die hier hat einen krummen Hals. Da kann ich nichts machen."

„Wollen Sie es lernen?"

„Ja, Sir."

Er reichte mir die Hand. „Riggs Graves. Willkommen bei *Graves's Guitars*. Nenn mich Riggs."

„Peg."

„Heißt du wirklich Peg?"

„Ist das wichtig?"

Er lachte. „Nur, wenn ich dich bezahlen soll."

Riggs gab mir eine dicke Schürze und ich machte die ersten Schritte in die faszinierende Welt der Gitarrenbauer. Fünfundzwanzig Jahre zuvor war Riggs selbst mit großen Träumen nach Nashville gekommen. Als diese sich nicht erfüllten, hielt er sich an das, was er wirklich beherrschte: Gitarren reparieren. Er war dabei geblieben und hatte sich mittlerweile einen ziemlichen Ruf erworben. Das konnte man leicht daran ablesen, wer tagtäglich in seinen Laden spaziert kam.

Für Riggs zu arbeiten, löste zwar meine Geldsorgen, aber nicht mein Wohnungsproblem. Nach einer Woche fiel ihm auf, dass ich nie erpicht darauf war, Feierabend zu machen. Er merkte auch, dass ich nicht allzu oft duschte. „Wohnst du weit weg?", fragte er mich eines Tages.

Ich deutete in Richtung Norden. „Ein paar Meilen weiter."

Lügen war noch nie meine Stärke.

Er zeigte in Richtung Fluss. „Musst du über die Brücke?"

Ich nickte.

„Langer Weg da runter, nicht wahr?"

Ich sagte nichts.

Er stellte einen Halsstab ein und verringerte die Saitenlage einer Gibson. „Als ich so alt war wie du", sagte er, „wollte ich unbedingt in all den berühmten Kneipen und Locations auf dieser Straße auftreten. Aber irgendwann reichte mein Spielniveau nicht mehr dafür aus. Da boten mir die Jungs in der Bar nebenan diesen Laden an. Ich besorgte mir irgendwie einen Kredit und eröffnete mein Geschäft. Eine Wohnung hatte ich nicht, also rollte ich abends hier eine Schaumstoffmatte aus. Das stellte sich als Glücksgriff heraus, weil die Stars aus dem *Ryman* hier zu jeder Tages- und Nachtzeit klopften. Ich lernte ein paar echte Größen kennen. Und dann baute ich mir Stück für Stück eine kleine Wohnung im zweiten Stock aus. Es ist nicht viel, aber sie ist leer. Und trocken. Es gibt sogar eine Dusche und fließend warmes Wasser." Er lächelte. „Und wenn man die Ohren spitzt, verpasst man kein Konzert im *Ryman*. Wenn du willst, kannst du sie haben."

Als Riggs mit mir die enge Treppe hinaufging und mir die Einzimmerwohnung mit einem Bett, einer Dusche, einer Küchenzeile und einem Fenster zum *Ryman* zeigte, hätte ich ihn küssen können.

Kapitel 20

Derjenige, der mir Jimmy gestohlen hatte, hatte mir mehr genommen als nur die Gitarre meines Vaters. Er hatte mir den Antrieb genommen. Musik zu machen erinnerte mich seitdem nur an meine eigene Dummheit. Also stimmte ich Gitarren, Mandolinen und Banjos und vergaß meine Ambitionen auf eigene Auftritte. Mehrere Monate lang lebte ich nur innerhalb weniger Straßenzüge und verbrachte meine Tage und Abende im Laden bei Riggs. Wenn ich Feierabend hatte, stieg ich aufs Dach, setzte mich auf einen Stuhl und aß mein Abendbrot. Dabei lauschte ich den Geräuschen auf dem Broadway. Die besten Sounds kamen aus dem *Ryman*. Auf meinem kleinen Dach schwebte ich über der Ellbogenwelt und dem unbarmherzigen Verdrängungswettbewerb. Wenn ich Ruhe und Frieden brauchte, verzog ich mich nach oben. Von meinem Platz aus konnte ich nicht viele Leute sehen und ich bin ziemlich sicher, dass auch mich niemand wirklich wahrgenommen hat. Eine Straße weiter gab es ein großes Hotel, wo ich hin und wieder jemand auf dem Balkon erspähte, aber ansonsten gehörte mir die kleine Welt über der Straße allein.

Nach etwa sechs Monaten im neuen Job stand Riggs einmal neben mir und sah zu, wie ich auf einer Gitarre ein paar Tonleitern spielte, um herauszufinden, was mit ihr nicht stimmte. Jetzt, wo wir Vertrauen zueinander gefasst hatten, wurde ich lockerer und griff hin und wieder zu einem Instrument, um seinen eigenen Sound kennenzulernen.

Riggs nickte in Richtung *Ryman*. „Warst du eigentlich schon mal in einer Show?"

„Nein."

„Noch nie?"

„Noch nie."

„Einer der Künstler ist ein alter Kunde von mir. Hat mir ein paar Tickets gegeben. Wie wär's?"

Ich hatte nicht gerade einen vollen Kleiderschrank.

Riggs beugte sich über seine Werkbank und richtete die Werkzeuge aus. „Ich muss heute Nachmittag ein paar Hemden abholen. Warum machen wir nicht ein wenig früher Schluss und fahren zusammen in die Stadt? Ich spendiere dir ein Hemd. In den Klamotten kannst du jedenfalls nicht in die Mutterkirche der Countrymusik."

„Das wäre toll. Wirklich grandios."

Im Auto fragte Riggs: „Hörst du manchmal die Opry?"

„Als Kind habe ich sie tausendmal mit meinem Dad gehört."

Riggs las ständig irgendwelche Biografien. Er liebte Geschichte. Er und mein Dad hätten sich wunderbar verstanden. „Kennst du die Geschichte?", hakte er nach.

„Das Haus sieht aus wie eine alte Kirche."

Er wechselte die Hand am Lenkrad. „Irgendwann in den 1890ern machte Sam Jones, ein furchtloser Prediger vom alten Schlag, mit seiner Zeltmission für die hartgesottenen Schiffer am Fluss Station. Einem Burschen namens Ryman gehörten etwa fünfunddreißig Dampfschiffe und auch er hatte wie alle anderen von dem charismatischen Jones gehört. Ryman war ein echter Zweifler, aber eines Abends schlenderte er über die Docks, um mit eigenen Augen zu sehen, was der Hokuspokus sollte. Irgendetwas geschah mit ihm und er ging als neuer Mensch nach Hause.

Bereitwillig setzte er seinen Reichtum ein und ließ ein Gotteshaus für Jones bauen. 1892 wurde das Union Gospel Tabernacle fertiggestellt. Aber es war nicht nur eine beliebte Kirche, sondern es fanden dort auch Konzerte statt. Die Akustik war phänomenal und bald wollten alle dort spielen. Die Leute nannten sie nur die

Carnegie Hall des Südens. Und es waren nicht nur Musiker dort. Es gab Ballett. Politische Debatten. Broadway-Musicals.

1943, als die Welt dringend ein paar positive Nachrichten brauchte, vermietete das *Ryman* seine Räume samstagabends an eine kleine Radioshow. Von da an kam die Opry dreißig Jahre lang aus diesem Haus. Hank Williams, Patsy Cline, Johnny Cash, sogar Elvis. Sie alle haben dort gespielt." Er tippte mit dem Zeigefinger auf das Armaturenbrett. „Vierundsiebzig war die Opry endgültig zu groß für die alte Kirche geworden. Also ging man woanders hin. Sam Jones gab es da natürlich auch längst nicht mehr.

Zwanzig Jahre lang stand das Union Gospel Tabernacle leer und gammelte vor sich hin. Manchmal schlich ich mich durch den Bühneneingang hinein und roch den feuchten Schimmel, das verrottende Holz und versuchte, ein Echo der großen Künstler einzufangen, aber das einzige Geräusch, das ich vernahm, kam von den Tauben. Wenn ich auf der verlassenen Bühne stand und auf all die leeren Stühle schaute, fragte ich mich, was in aller Welt schiefgegangen war, dass man etwas so Gutes einfach so verfallen ließ." Riggs dachte nach.

„Irgendwann schließlich sammelten die Künstler genügend Geld, um das *Ryman* wiederzueröffnen. Heute spielen dort alle möglichen Leute. Manche haben es verdient, andere nicht. Weißt du, es gab eine Zeit, da sangen die Leute auf der Bühne noch Songs, die sich nicht um sie selbst drehten. Schöne Songs, die die Menschen bewegten. Ich bin davon überzeugt, dass es noch immer Leute gibt, die das können, weil diese Songs etwas Besonderes sind. Aber es passiert nicht häufig, dass so jemand vorbeikommt."

An diesem Abend saß ich mit Riggs oben auf der Empore und versuchte, meine Tränen zu verbergen. *Meinem Dad würde das hier so gefallen,* dachte ich oft.

Nach der Show stellte mich Riggs einer Frau vor.

„Jen, das hier ist Cooper O'Connor. Alle nennen ihn Coop, und wer ihn gut kennt, darf sogar Peg zu ihm sagen, aus Gründen, die ich nie so richtig verstanden habe."

Wir schüttelten uns die Hände. „Er arbeitet bei mir und wohnt über meinem Laden. Hat zwei rechte Hände, wenn du mich fragst, und ist die ehrlichste Haut, die ich kenne. Falls du mal Hilfe brauchst, er hat es nicht weit."

Eine Woche später, an meinem neunzehnten Geburtstag, fing ich als Aushilfe im *Ryman* an.

Zuerst gehörte ich zur Bühnencrew. Wir bauten ein Set ab und das nächste für den nächsten Abend auf, oft bis spät in die Nacht. Manchmal bekam ich nur ein, zwei Stunden Schlaf, bevor Riggs sein Rolltor hochzog.

Bei Riggs zu arbeiten, hatte aber noch einen anderen Vorteil. Er war in der Szene bekannt, war gut vernetzt und bekam einige der besten Gitarren der Welt in seine Finger. Und ich durfte auf allen davon spielen. Martin, Gibson, Taylor, Collings.

Einmal verliebte ich mich geradezu in eine handgefertigte McPherson, aber da diese Modelle bei siebentausend Dollar anfingen, hatte ich sie bisher nur aus der Ferne bewundert. Die McPherson war von einem Genie entworfen worden, der das Schallloch versetzt hatte. Bei den meisten Gitarren ist das Schallloch genau in der Mitte unter den Saiten. McPherson war der Meinung, dass dabei zu viel Resonanzfläche verloren ging, und verlegte das Schallloch kurzerhand an den Rand.

Er veränderte die Gitarre noch auf eine weitere grundlegende Weise: Er löste das Griffbrett vom Korpus. Bei den meisten Gitarren ist der Hals mit einer Schwalbenschwanzverbindung am Korpus befestigt, aber McPherson war der Meinung, dass das den Klang unnötig verkürzte. Warum nicht ein freitragendes Griffbrett konstruieren, das mehr Resonanz zuließ? Es funktionierte. Die Gitarre klang wie eine Glocke. Sie war klarer und kräftiger als fast alle, die ich zuvor gespielt hatte. Es war, als hätte sie eine eigene Stimme. Viele Bluegrass-Künstler haben wenig für die McPherson übrig, weil ihnen weniger Resonanz lieber ist. Sie wollen einen Ton spielen, der möglichst schnell verklingt, damit sie zum nächsten weitergehen können. Für zupfende Gitarristen und für Rhythmus- und Studiogitarristen, die eine Fläche brauchen und eine Lücke füllen wollen, ist die McPherson ein Segen.

Bei so vielen Gitarren musste ich oft an Jimmy denken. Jedes Mal, wenn ich auf einer davon spielte, verglich ich ihren Klang mit dem von Jimmy. Ich fragte mich, wo er war. Ob jemand gut auf ihn aufpasste? Ob er bespielt wurde? Oder ob er bei einem Pfandleiher hing? Oder war er von einer Brücke geworfen worden? Verstaubte in irgendeiner Ecke? Von allem, was ich meinem Vater angetan hatte – ich hatte ihn geschlagen, sein Geld gestohlen, seinen Wagen entführt –, bereiteten mir Jimmy und meine Unfähigkeit, auf ihn aufzupassen, die größten Gewissensbisse.

Ohne ihn brauchte ich zu Hause überhaupt nicht mehr aufzutauchen.

Tagsüber bei Riggs und abends im *Ryman* wurde zu meinem neuen Leben. Ich lernte einige Stammgäste kennen und noch vor meinem zwanzigsten Geburtstag hatte ich gut hundert Shows gesehen. Und allmählich fand ich auch Gefallen daran, die Musik aus dem Publikum heraus zu genießen. Was gut war. Hier lernte ich eine Menge Dinge, die mir von der Bühne aus verwehrt geblieben waren, zum Beispiel, wie man mit einem Publikum interagiert. Was die Zuhörer fesselt. Oder was sie langweilt.

Eine meiner größten Erkenntnisse jedoch hatte mir mein Vater schon früh beizubringen versucht: „Gute Musik, die die Menschen berührt, ist wie eine Opfergabe. Alles, was weniger sein will, ist eine Fälschung, und die Leute spüren das."

Ich sah noch eine andere von Dads Weisheiten bestätigt: Die großen Künstler sind nicht groß, weil sie einen mit kolibriartigem Fingerflug beeindrucken. Sie beeindrucken einen mit dem Wissen, welche Noten sie spielen und welche sie weglassen müssen. Und häufig ist es gerade das Weglassen, was sie zu großen Künstlern macht.

Fast drei Jahre waren vergangen, seit ich von zu Hause abgehauen war. Riggs lud mich jeden Sonntag zum Essen zu sich nach Hause ein und stellte mir seine Familie vor, seine Frau und seinen Sohn. Er zeigte mir sein Wochenendhaus und seine Harley, die er sich während einer Midlife-Crisis zugelegt hatte, die er aber wegen seiner Frau nicht fahren durfte. In diesen Jahren versuchte ich meine Vergangenheit zu verdrängen. Dad, Big-Big, die Zelte. Das Geräusch der Reifen vom Bus auf der Straße. Die Sonne, die morgens über die Berge kroch. Dads Stimme in den Espen. Schnee auf meinem Gesicht. Jimmy.

Es war eine einsame Zeit.

Das hieß aber nicht, dass ich das von Dad Gelernte nicht anwendete. Ich hielt Augen und Ohren offen und konnte die Leute um mich herum bald ziemlich gut einschätzen.

Je länger ich auf dem Broadway wohnte, desto klarer wurde mir eine Sache. Die meisten Leute gehen in eine Kneipe, um irgendetwas zu vergessen. Wenn sie in die Bar kommen, hadern sie mit irgendetwas. Nach ein paar Drinks ist es plötzlich etwas ganz anderes. Meistens weniger verschleiert. Alkohol ist der große Enthüller. Der Backstagepass. Der Helfer, der den Vorhang beiseitezieht. Die meisten, die durch eine Kneipentür gehen, wollen etwas ertränken. Oder selbst ertrinken.

Die zweite große Lektion für mich war, dass ein Entertainer drei Leben hat. Und die finden immer in derselben Reihenfolge statt. Wie bei der Schwerkraft kann sich ihnen niemand widersetzen. Das erste Leben ist das beste. Der Aufstieg. Die Rakete. Man isst sich Tag für Tag am Büfett der verheißungsvollen Hoffnung satt. Alle reden am liebsten über dieses Leben und denken gern daran zurück.

Die Helligkeit der Flamme variiert, aber damit ein Star geboren werden kann, muss die Rakete losfliegen. Manche haben den Strahl einer Silvesterrakete. Andere den der *Endeavor*. Die Stars und Sternchen leuchten unterschiedlich hell und manche länger als andere. Aber ob es um einen langsamen Langstreckenflug geht, einen Trip zum Mars oder nur um einen Eintagestrip, allen geht irgendwann der Treibstoff aus. Das hat eine Rakete so an sich. Und wenn ihre Strahlkraft nachlässt, dann kreisen die abgehalfterten Stars irgendwann im Orbit um die Casinos, wo lauter zerbrochene Existenzen herumlaufen, die ihre Hoffnung auf den Hebel am Spielautomaten setzen, die weiße Kugel, die Würfel, die Karten, und immerzu beten: „Bitte, lieber Gott ...“ Und weil Casinos so gut darin sind, den Menschen das Geld aus der Tasche zu ziehen, und sie danach noch niedergeschlagener in die Welt entlassen, bieten sie Live-Entertainment, um die Stimmung etwas zu heben. Oder den Schlag etwas abzufedern.

Egal, wie bunt die Markisen sind, die Casino-Phase ist das zweite Leben eines Entertainers. Und auch wenn es Ausnahmen gibt, gelten Casinos als der Friedhof der Entertainer. Der Ort, wo Sterne verglühen. Die Casinos bezahlen die Stars von gestern, noch einmal das zu sein, was sie einst waren. Aber es funktioniert nie. Die in

Vergessenheit geratenen Größen von einst nehmen das Geld – das sie zu ihren guten Zeiten angewidert verschmähen wollten – und spielen vor kümmerlichem Publikum und verblassten Erinnerungen, in zu engen Kostümen und mit dünn gewordenen Stimmen. Aber etwas Applaus ist besser als gar kein Applaus.

Die Casinorunde dauert für manche länger, für andere kürzer, aber auch hier gibt es ein Ende. Und die, die nicht mehr in Casinos auftreten können, spielen in Kneipen. Leben Nummer drei. Wenn die Bühne nur noch aus einem Hocker besteht. Wenn die Toncrew nur noch ein Fußpedal ist. Wenn die Pyrotechnik und die Lasershow durch eine Sechzigwattbirne an einem nackten Kabel ersetzt wurden.

Egal, wie man es dreht und wendet, die Kneipen sind der Bodensatz. Die letzte Station vor dem schwarzen Loch. Es gibt viele, die ihre Karriere in Bars und Kneipen starten, aber niemanden, der seine Karriere dort wiederbelebt. Die, die zum zweiten Mal in Kneipen spielen, sind weg vom Fenster. Für die Sängerin, den Songwriter, den Musiker, die Entertainerin und den unwiderruflich abgehalfterten Star, der an den Schläuchen hängt, ist die Kneipenszene das Hospiz und der vereinzelte, volltrunkene Applaus ist das einzige Morphium, das es gibt.

Die dritte und vielleicht wertvollste Erkenntnis aus diesen Jahren ist die: Ein Großteil der zeitgenössischen Musikkritik zielt darauf ab, Stimmen zu beurteilen und einzusortieren. Sie miteinander zu vergleichen, damit man sofort weiß, welche besser ist und welche schlechter. In uns Menschen steckt der unaufhörliche Trieb zu analysieren und zu vergleichen. Und wenn die Kritiker die Stimmbänder eines Künstlers lange genug analysiert haben und meinen zu wissen, warum sie so klingen und wo ihre Grenzen sind, dann lassen sie die zerfledderte Stimme wie eine zuckende Leiche am Straßenrand liegen. Abgetrennte Einzelteile, die kaum noch an ihren Ursprung erinnern.

Ich verstehe nicht mal die Hälfte von dem, was die Kritiker schreiben. Ich weiß nur, welche Gefühle die Musik in uns auslöst. Sie müssen nur ein paar Jungs aus den Südstaaten beobachten, wenn die ersten Töne von „Sweet Home Alabama" erklingen. Was tun sie? Sie springen automatisch auf, reißen sich die Hüte vom

Kopf, legen eine Hand aufs Herz und heben mit den anderen ihr Bierglas. Keine Diskussion. Kein Palaver. Sie sind angekettet und die Musik zieht an der Leine.

Musik berührt Menschen auf eine Weise, die man nicht versteht. Dad hatte recht. Wieder mal. Musik offenbart, was und wem wir dienen.

In meiner Vorstellung geht das größte Kompliment, das ein Publikum einem Musiker machen kann, so: Der letzte Ton erklingt und hängt im Raum, hallt von den Wänden und klingt aus. Das Publikum reagiert mit einer Stille, in der man eine Stecknadel fallen hören könnte. Genau. Mucksmäuschenstill. Mit ungläubigem Kopfschütteln und Staunen. Gefolgt von tosendem Applaus, der noch anhält, wenn der Künstler schon längst die Bühne verlassen hat.

In diesem Augenblick weiß man, dass es bei der Musik nicht um einen selbst ging. In Wahrheit ging es das noch nie.

Kapitel 21

Eines Mittwochabends stand ich kurz vor Mitternacht in einem kleinen Raum hinter der Bühne neben einem Wandtelefon. Ich spielte mit der verknoteten Telefonschnur, tänzelte um den Apparat und tat so, als würde ihm nicht meine ungeteilte Aufmerksamkeit gelten. Nach einer Stunde wählte ich endlich die Nummer.

„Hallo?", sagte eine Stimme.

Es gab sehr viel, was ich sagen wollte. Mich erklären. Aber noch mehr als das wollte ich einfach seine Stimme hören. Ich stand da und sagte nichts. Stille breitete sich aus. Zwanzig Sekunden vergingen. Dreißig. Als er wieder sprach, klang seine Stimme ganz sanft. „Geht es dir gut?"

Ich war aufgeflogen. Reflexartig schnellte meine Hand mit dem Hörer zum Telefon, aber dann hielt ich inne. Hielt den Hörer wieder ans Ohr. Stand da. „Ja", krächzte ich nach einer Weile leise.

Ich hörte, wie er sich auf den knarzenden Stuhl in der Küche setzte. In meiner Vorstellung sah ich genau, wie er die Ellbogen auf den Küchentisch stützte und nach Westen aus dem Fenster auf die Berge sah. Ich konnte förmlich den Kaffee aus der Kaffeemaschine riechen.

Er räusperte sich. „Hast du die Karte gefunden?" Seine Stimme umfing mich wie schützende Arme.

Ich dachte an das Motelzimmer, an die Klimaanlage mit der abgeschraubten Rückwand, die säuberlich aufgereihten Schrauben und wie ich meinen Vater um sein ganzes Erspartes gebracht hatte. „Ja."

Er sagte nichts und ich konnte hören, wie er sich über den Dreitagebart fuhr. „Gut. Das ist gut."

Ich legte auf und glitt an der Wand herunter. Mein Kopf lehnte an der abblätternden Tapete. Mein Blick fiel auf einen Kalender an der gegenüberliegenden Wand. Heute war mein einundzwanzigster Geburtstag.

Ich hatte zwar wenig Interesse daran, irgendwo aufzutreten, aber das bedeutete nicht, dass ich nicht mehr spielte. Oder Songs schrieb. Ohne mein schwarzes Notizbuch ging ich fast nirgendwohin. Mittlerweile lag mir die Nashville-Notation so sehr im Blut, dass ich innerhalb von Minuten einen ganzen Song mit Text, Akkorden und Melodie aufschreiben konnte.

Riggs beobachtete mich oft belustigt. Er war nicht neugierig, aber interessiert, und so bat ich ihn hin und wieder um Hilfe. Wie sich herausstellte, hatte er ein paar Jahre Erfahrung als Studiomusiker, und was mir noch an Detailwissen fehlte, gab er gern an mich weiter.

Eines Tages reichte er mir eine Martin, die er gerade fertig eingestellt hatte, und tippte auf das Notizbuch, das in meinem Gürtel steckte. „Lass mal was hören."

Ich spielte ein paar Riffs und sang eine Strophe mit Refrain. Nur eine Kostprobe.

Er ging davon und sagte nichts. Erst als wir abends den Laden zuschlossen, legte er mir die Hand auf die Schulter. „Das solltest du nicht für dich behalten."

Er verwuschelte mir die Haare. „Ich lasse dich in Ruhe. Du wirst reden, wenn du so weit bist. Aber es gibt zwei Sorten von Menschen hier in Nashville. Die einen wollen etwas haben. Und die anderen wollen etwas geben."

Er zeigte auf eine Martin, die an der Wand hing. „Diese Gitarre ist nur wunderschön, wenn sie die Töne macht, für die sie gebaut wurde. Wenn nicht auf ihr gespielt wird, warum hängt sie da überhaupt?“

Ich ging nach oben, kletterte aufs Dach und weinte. Ich wollte nur noch nach Hause. Mich meinem Vater an den Hals werfen, ihm von Jimmy erzählen und ihm sagen, wie leid mir alles tat. Aber ein Teil von mir ließ das nicht zu. Und dieser Teil wollte erst irgendetwas aus meinem Schlamassel machen. Damit ich nicht nur mit Narben und leeren Händen nach Hause kam. Damit ich nicht nur ein Versager war. Das große Tauziehen hatte begonnen und ich war mittendrin.

Ich wusste nicht, wohin mit meinem Schmerz, und stürzte mich in die Arbeit. Riggs vertraute mir. Während er Urlaub machte, ließ er mich wochenweise im Laden allein. Meine Chefin im *Ryman* gab mir sogar einen eigenen Schlüssel und übertrug mir die Aufgabe, abends zuzusperren. Meistens blieb ich allein, machte meine Arbeit, kam früher und ging später, tat mehr, als von mir verlangt wurde, und hatte immer ein Ohr in Richtung Bühne. Ich lernte auf vielen Ebenen dazu. Damit machte ich mich nach und nach bei den berühmten und bewunderten, aber, wie ich merkte, letztlich einsamen Künstlern beliebt.

Ich lernte auch die Darsteller, die Manager, die Produzenten, die Agenten und jeden kennen, der durch die Tür kam. Und ich besorgte ihnen, was sie brauchten. Nach und nach wurde ich als Allrounder bekannt. Ich säumte Hemden, stimmte die Gitarren, zog neue Saiten auf, kaufte neue Stiefel, wenn die Post zu spät lieferte, half jemandem mit einem meiner T-Shirts aus, rief Babysitter an, um ihnen zu sagen, dass Soundso erst später kommen würde, reservierte Hotelzimmer, gab Wegbeschreibungen oder bestellte Essen. Oft konnte ich Probleme lösen, bevor sie zu Problemen wurden. Einige der großen Namen fingen an, mir zu vertrauen. Gaben mir ihre Telefonnummer. Ihre Adresse. Sie ließen sich von mir durch die Stadt fahren. Gaben mir ihre Wertsachen und weihten mich in Geheimnisse ein und zogen mich ins Vertrauen.

Ich hätte diesen Kontakt mit den Stars nutzen können, um selbst voranzukommen. Aber das tat ich nicht. Daran hatte ich kein Interesse, zumindest redete ich mir das ein. Riggs hatte natürlich längst Verdacht geschöpft, dass ich einst mehr gewesen sein musste, als ich mir anmerken ließ, und dass ich zu mehr geboren war als nur einer Aushilfe mit Mindestlohn. Dass ich einst Träume gehabt hatte. Aber er bohrte nicht nach. Er merkte, dass ich einen Ort brauchte, um meine Wunden zu lecken. Um gesund zu werden. Ich schuftete weiter und behielt mein Ziel fest im Blick: Ich wollte genug Geld ansparen, um meinem Vater zurückzuzahlen, was ich ihm gestohlen hatte. Und das war nicht wenig.

Bei einem halbwegs guten Kurs war der Pick-up siebeneinhalbtausend Dollar wert. Zwölftausendachthundert hatte ich zusätzlich gestohlen. Jimmy war zwischen siebzehntausend und fünfundzwanzigtausend Dollar wert, je nach Marktlage. Ich brauchte also mindestens siebenunddreißigtausenddreihundert Dollar. Wenn ich so viel zusammen hatte, sagte ich mir selbst, konnte ich nach Hause gehen, meinem Vater gegenübertreten und mich von der Last auf meinen Schultern und dem Stein im Magen freikaufen.

Ich hatte Riggs nichts davon erzählt, aber er sah, wie sehr mein Herz für Martin-Gitarren schlug. Das Einzige, was er wusste, war, dass ich einst eine brasilianische D-28 namens Jimmy besessen hatte. Als er wissen wollte, was damit geschehen war, sagte ich nichts. Er ging vermutlich davon aus, dass ich sie dem Pfandleiher gegeben hatte. Riggs wollte wissen, ob ich Jimmy wiedererkennen würde. Mom hatte Ruth 1,16+17 auf die Rückseite der Kopfplatte eingravieren lassen, erklärte ich ihm. Man musste es entweder abschaben oder den Kopf austauschen, um Jimmy unkenntlich zu machen, aber beides war sehr unwahrscheinlich.

Das Leben in Nashville bestand aber nicht nur aus Schufterei und Qual. Eine Sache war besser als alles, was ich bisher erlebt hatte.

Das Leben im *Ryman*.

Wenn die Massen gegangen waren, die Lichter gelöscht, die Böden gewischt und die Toiletten geputzt, wenn die Mischpulte ausgeschaltet und alle Geräusche verklungen waren, war ich der Einzige im ganzen Haus. Allein mit meiner Stimme und einer der beliebtesten Bühnen im Musikbusiness. Manche in der Musikstadt Nashville waren der Meinung, die stadteigene Notenschrift sei der Schlüssel zum Erfolg, aber in Wirklichkeit war es das *Ryman*. Jede Nacht, ob nun erlaubt oder nicht, schnappte ich mir eine Gitarre aus Riggs Laden und spielte mir vor leeren Reihen das Herz aus dem Leib. Zwei Jahre lang trat ich sechs oder sieben Abende pro Woche dort auf. Ich hielt nach Blondie Ausschau, aber er tauchte nicht auf. Nicht ein einziges Mal. Nur die Ratten hörten zu.

Da kam Daley Cross in die Stadt. Und eroberte meine Welt im Sturm.

Und im Feuer.

Kapitel 22

Daley Cross war bei einer Talentshow in Kalifornien entdeckt worden. Sie hatte das Aussehen einer Strandschönheit aus Malibu und eine engelsgleiche, glasklare Stimme. Die Perle in einem Muschelhaufen. Ihre Leute priesen sie als Country-Stimme mit Crossover-Potenzial an. Was so viel bedeuten sollte, dass sie in verschiedenen Märkten Geld einspielen konnte. Inklusive Welttournee und Sponsoringmöglichkeiten. Ihre Bühnenpräsenz wirkte auf Jung und Alt und täuschte über ihr Alter von einundzwanzig Jahren hinweg. Gerüchten zufolge sollte ihr Auftritt im *Ryman* der Startschuss für ihre Karriere sein. Alles, was sie brauchte, war einen Hit. Einen Song, der sie vom Rest abhob.

Seit über einem Jahr bekam ich diesen Buschfunk mit. Er war auch schwer zu überhören. Ihre erste Single hatte es bis in die Top Ten geschafft. Es war eine eingängige Popnummer, die viel im Radio lief und ihren Stimmumfang präsentierte. Wenn die Leute von ihr sprachen, dann fielen Sätze wie: *Das ist nur noch eine Frage der Zeit.* In den vergangenen Monaten war sie immer öfter in kleineren Talkshows und bei Radiosendungen zur Hauptsendezeit aufgetreten. Ihre Stimme und ihr Foto arbeiteten sich immer weiter ins Bewusstsein der Leute vor. Ihre Marke wuchs. Sie war auf einem guten Weg.

Wenn ich sie hörte, begriff ich nie, warum so ein großes Tam-

tam um sie gemacht wurde. Sie hatte zwar das gewisse „Etwas“, aber immer, wenn ich ihre Stimme hörte oder sie auf einem Cover der Hochglanzmagazine entdeckte, hatte ich das Gefühl, jemand wollte sie in eine Schublade stecken, in die sie eigentlich gar nicht passte. Irgendjemand hatte sie unter Vertrag genommen, sie in ihre Einzelteile zerlegt und versuchte nun, diese Teile zu einer Form zusammenzubauen, die anderswo schon funktioniert hatte. Ich spürte bei ihr eine unterschwellige Traurigkeit, die von keiner Lichtshow, keinem Gitarrensolo und keinem Eyeliner überdeckt werden konnte.

Aber offensichtlich war ich der Einzige, dem das aufgefallen war, denn alle anderen verliebten sich Hals über Kopf in sie.

Bei so viel Medieninteresse hatte ihre Show es schließlich bis ins *Ryman* geschafft. Schwarze Tourbusse und Lkws blockierten die Straßen. Die Probe begann am frühen Nachmittag und ging bis in den späten Abend. Immer wieder hörte ich Rufe wie: „Noch mal!“ oder: „Daley, das reicht nicht. Nicht für dieses Business“.

Einer der Männer in ihrem Team schien gern Kopfhörer und Schreibmappe hinzuwerfen, wenn er seine Unzufriedenheit unterstreichen wollte. Für mich wirkte sie wie eine Flipperkugel und jemand, der leider nicht ihr Bestes im Sinn hatte, war am Drücker. Daley sang denselben blöden Song zum x-ten Mal und ich fragte mich, warum sie so mit sich umspringen ließ. Selbst wenn sie ihn noch fünfzig Mal sang, würde sie ihre Stimme so nicht frei entfalten können.

Aber da mich niemand fragte, hielt ich den Mund, senkte meinen Blick und behielt die Hände an meinem Wischmopp.

Um ein Uhr nachts war die aufgekratzte Meute und all die, die unbedingt beschäftigt aussehen wollten, endlich verschwunden und ich war allein. Das *Ryman* war dunkel bis auf eine Lampe auf der Bühne, die die Tontechniker immer zu Ehren aller bisherigen Künstler im *Ryman* brennen ließen. Ich arbeitete meine Liste ab, überprüfte noch einmal die Eingangstüren und schlenderte auf die Bühne. Die Band hatte ihre Instrumente stehen lassen und angesichts des Sicherheitspersonals um das Gebäude herum würden sie auch am nächsten Tag noch hier sein.

Neben Daleys Mikro stand ihre Gitarre. Eine McPherson. Ich

konnte der Versuchung nicht widerstehen, eine McPherson in die Finger zu bekommen. Also nahm ich sie, hängte sie mir um und fuhr mit der Hand über den Gitarrenhals. Dann spielte ich ein paar Akkorde. Die Gitarre war sowohl vom Aussehen als auch vom Akustischen ein Volltreffer. So klangvoll wie eine Glocke füllte sie den Saal mit Leichtigkeit. Ich genoss jeden Ton und merkte, dass sie sich besonders gut zupfen ließ. Also kramte ich in meiner Erinnerung und spielte einen Song, den ich vor Jahren geschrieben hatte. Er handelte von dem Sturm, der unser Zelt einst in Stücke reißen wollte, und wie Dad mich unter der Klavierbank hervorgeholt und mir gesagt hatte, ich solle „es alles rauslassen".

Eigentlich hatte ich den Song für Klavier geschrieben, später aber für Gitarre umgearbeitet. Er klang deswegen besonders gut auf einer Gitarre, weil ich mittlerweile das Flat-Picking so gut beherrschte, dass ich gleichzeitig Melodien und Akkorde spielen konnte. Dazu klopfte ich noch einen schlagzeugartigen Rhythmus auf dem Gitarrenkorpus, der das Gefühl eines herannahenden Sturms vermittelte. Ich hatte eine Spielweise entwickelt, die den Zuhörer mit eigentlich unverträglichen Dur- und Mollakkorden die Musik sowohl hören als auch spüren ließ.

Mollakkorde sind traurig, sorgenvoll und schwermütig. Sie fesseln schon allein die Aufmerksamkeit des Zuhörers, weil man sich dabei so unwohl fühlt. Beunruhigt. Man möchte am liebsten davonlaufen. Durakkorde hingegen sind fröhlich, warm, voll und strahlend. Sie geben einem das Gefühl, alles schaffen zu können. Die erste Kategorie führt zur zweiten, aber um diesen entschlossenen Triumph zu spüren, muss man erst das Sorgenvolle und Angstbeladene aushalten.

Das zweite Element meiner Spielweise war ein echtes Geräusch aus dem Sturm. Ein schrilles Pfeifen, das mir Dad beigebracht hatte. Er rollte seine Zunge ein, drückte die Lippen an die Schneidezähne und pfiff. Schrill reicht eigentlich als Beschreibung gar nicht aus. Als Kind hatte ich unzählige Stunden damit zugebracht, das Geräusch zu perfektionieren.

Wenn ich alles gut kombinierte, konnte man den Donner rollen, das Zelt zerreißen und Blitze zucken sehen, und dann löschte ein kräftiges Crescendo die Ungewissheit aus, gab einem neuen Mut und schob das Dunkel beiseite. Der Sturm ließ nach und von der Bühne aus umfingen einen Töne, die die Angst zerstreuten.

Es ist ein Lied über die Hoffnung. Über Talent. Über eine Berufung. Über Identität. Und ich glaube, es ist ein Lied darüber, dass manchmal nur die Musik in der Lage ist, den Sturm in uns zu stillen. Dad hatte den Song jedenfalls geliebt.

Drei Strophen, eine Bridge und diverse Refrains später hörte ich auf zu spielen, stimmte die tiefe E-Saite wieder auf D und wollte die Gitarre gerade auf ihren Ständer stellen, als ich leisen Applaus hörte.

Mir lief ein Schauer den Rücken hinunter. „Hallo?"

Das Klatschen hörte auf.

„Wer ist da?"

„Nur ich." Es war die Stimme einer Frau. Sie klang müde.

In Gedanken ging ich meine Abendroutine durch. Hatte ich vergessen zuzuschließen? War sie die ganze Zeit über da gewesen? Wer war sie? Kurz überlegte ich, die Gitarre fallen zu lassen und wegzulaufen. Aber dann versuchte ich so zu klingen, als hätte ich hier etwas zu sagen. „Ma'am, das Haus hat geschlossen. Hier finden Proben statt."

Ein kurzes Lachen. „Na, Gott sei Dank."

Obwohl ich wie ein Verantwortlicher klingen wollte, hatte meine Stimme auch etwas von einem ertappten Jungen. „Ich muss Sie bitten zu gehen."

Ich konnte ihr Grinsen hören. „Klar. Sobald du meine Gitarre hinstellst."

Autsch. Ich war tatsächlich ertappt worden. Vorsichtig stellte ich die Gitarre ab. „Ich hatte befürchtet, dass Sie so etwas sagen."

Langsam erhob sie sich von ihrem Platz in den hinteren Reihen und kam nach vorn. „Keine Angst. Sie klingt bei dir viel besser als bei mir."

Ich hatte den letzten Soundcheck nicht mitverfolgt, weil ich ein paar Glühlampen auswechseln musste, aber ich erkannte ihre Stimme sofort. Daley Cross war gute zehn Zentimeter kleiner als ich, aber das schien ihr nichts auszumachen. Sie kam auf die Bühne, die Hände auf dem Rücken verschränkt, und sah mich an. Ich deutete abwehrend auf ihre Gitarre. „Tut mir leid. Ich habe ihr nichts getan. Sie können ..."

„Das war ein echt schönes Lied."

Ich beschloss, mich dumm zu stellen, was ziemlich ungeschickt war, schließlich stand ich auf der Bühne, hatte bis eben noch ihre Gitarre in der Hand gehabt und die letzten Töne waren gerade verklungen. „Was für ein Lied?"

Sie lächelte und ging im Kreis um mich herum. Dabei wiederholte sie einen Teil des Refrains. *„Let it out ..."* Sie hörte so abrupt auf, wie sie angefangen hatte. „Woher hast du den Song?"

Ich kaute auf meiner Lippe und überlegte, wie ehrlich ich sein wollte. „Aus meinem Kopf."

Sie sah mich an. Überrascht. „Du hast den geschrieben?"

Ich war mir nicht sicher, ob ich mich gerade in Teufels Küche brachte. Wenn meine Chefin erfuhr, dass ich ganz ungeniert an die Instrumente ging, die ich eigentlich nur bewachen sollte, war ich auf der Stelle meinen Job los. Ihre Anweisungen waren unmissverständlich gewesen: „Sauber machen, abschließen und nichts anfassen. Egal, was passiert, die Instrumente der Musiker sind absolut tabu. Hauch sie noch nicht mal an. Haben Sie das verstanden?"

Und Riggs hatte für mich gebürgt, was die Sache noch schlimmer machte. Im ungünstigsten Fall war ich jetzt beide Jobs los.

Ich zeigte auf die Bühne. „Es ist nichts weggekommen. Das können Sie überprüfen. Ich wollte nur absperren und ..."

„Woher hast du die Melodie und die Akkorde?"

„Ich möchte meinen Job nicht verlieren." Nervös kratzte ich mich am Kopf. „Können wir das hier nicht einfach vergessen?"

„Und wo hast du gelernt, so zu spielen?"

Ich rang die Hände. „Hören Sie, Miss, äh ..."

Sie hielt mir ihre Hand hin. „Nenn mich Daley. Ich spiele hier morgen Abend." Sie sah auf ihre Uhr. „Oder besser heute Abend."

Wir drehten uns im Kreis. „Hören Sie, ich glaube, wir reden aneinander vorbei."

Sie zeigte auf den Saaleingang. „Es waren alle Türen zu. Da habe ich jemanden von der Security gebeten, mich reinzulassen."

Das erklärte alles. Die Security war mir in den Rücken gefallen.

„Keine Sorge. Ich verrate niemandem etwas. Unter einer Bedingung." Sie zeigte auf ihre Gitarre. „Bitte." Dann ging sie lächelnd von der Bühne, setzte sich in die erste Reihe und zog die Knie an. „Sing es noch mal. So wie eben."

„Sie sind nicht böse auf mich, weil ich Ihre McPherson angefasst habe?"

Daley winkte ab. „Die hat mir mein Produzent gegeben. Er meinte, sie passt zu meiner Stimme."

Ich drehte die Gitarre hin und her. „Netter Produzent."

„Wieso?"

„Die ist zehntausend Dollar wert."

„Das kann er sich leisten."

„Wie lange haben Sie schon dort gesessen?"

„Lange genug."

Ich setzte mich auf den Hocker. „Können wir das Ganze nicht einfach vergessen und nach Hause gehen? Ich bringe Sie auch zu Ihrem ..."

Sie schüttelte nur einmal den Kopf. „Schlafen kann ich sowieso nicht." Dann schlang sie die Arme noch fester um die Knie, so als würde sie einem eisigen Wind trotzen wollen, und wartete. Sie sah hundemüde und erschöpft aus.

„Ich singe also nur einen Song und dann geht jeder seiner Wege und wir vergessen, dass wir uns je begegnet sind?"

„Jeder geht seiner Wege, aber ich glaube nicht, dass ich das vergessen werde."

„Also sind Sie doch sauer?"

Sie legte das Kinn auf die Knie. „In den vergangenen sechs Monaten habe ich Hunderte von Demosongs gehört. Wirklich. Aber kein einziger hat mich so berührt wie deiner."

Und so fing ich an, um zwei Uhr nachts im *Ryman*, mit nichts als nur etwas Luft zwischen uns, vor meinem Publikum, das aus einer Person bestand, zu singen. Ich sang und die fein säuberlich konstruierten Wände zwischen zwei Fremden brachen ein.

Als ich fertig war, schüttelte sie den Kopf und wischte sich das Gesicht mit dem Ärmel ab. Sie blieb sitzen, entspannte sich mit geschlossenen Augen und legte den Kopf auf der Rückenlehne ab. Fast eine Minute lang sagte sie nichts, sondern wippte nur mit ihrem Fuß.

Schließlich erhob sie sich. „Danke." Dann verschränkte sie die Arme, als wäre der kalte Wind zurück. „Vielen Dank."

Als sie fast am Ausgang war, fasste ich mir ein Herz. „Warten Sie“, rief ich.

Sie drehte sich um.

„Würden Sie es mit mir zusammen singen?“

„Ist das dein Ernst?“

Ich trat zur Seite aus dem Lichtkegel. „Ja.“

Sie nickte. „Dann sehr gerne.“ Sie kehrte um und stieg die Stufen zur Bühne hinauf. „Bringst du mir den Text bei?“

Ich zog mein Notizbuch hinten aus dem Gürtel und schlug die richtige Seite auf.

Sie zeigte auf die Nashville-Schreibweise. „Kannst du das lesen?“

„Einigermaßen.“

„Die Jungs aus der Band wollen unbedingt, dass ich das lerne, aber ich verstehe nur Bahnhof.“ Sie las sich den Liedtext durch und fuhr dabei mit dem Finger über meine Zeilen. „Wunderschön. Wie bist du darauf gekommen?“

„Mein Vater war ... ist Zeltevangelist. Ich war damals noch klein. Ein heftiges Gewitter zog auf und der Blitz setzte das Zelt in Flammen. Es donnerte nur noch. Ich habe mich unter der Klavierbank versteckt. Der Regen peitschte mir von der Seite ins Gesicht und die Leute rannten wie Ameisen durcheinander. Mein Dad holte mich mit einem Arm raus und setzte mich auf die Klavierbank. Dann tippte er mir aufs Herz und flüsterte mir ins Ohr ...“

Sie beendete meinen Satz und sang: *„Let it out“*.

„Das war das erste Mal, dass ich überhaupt vor Publikum gespielt habe.“

„Ich glaube, dein Dad und ich würden uns gut verstehen.“

Ich spielte das Intro und nickte ihr zu. Sie setzte leise ein. Ihre Stimme war wie gemacht für diesen Song. Sie hatte den nötigen Stimmumfang und die Lautstärke, um mit den Worten zu spielen, hielt sich aber zurück, vermutlich, um mich nicht an die Wand zu singen. Aber schon in der zweiten Strophe ließ sie ihre Stimme von der Leine und sang mir meinen Song vor.

Die letzte Note verklang und wir blieben still stehen. Eine Minute lang. Zwei. Irgendwann hob sie eine Augenbraue. „Und, wie war das? Klang es halbwegs gut?“

Sie hatte offensichtlich viel einstecken müssen in letzter Zeit. Zu viele negative Rückmeldungen. Wie ein Hund, der so lange an einer Kette ist, dass er sich selbst ohne Kette nicht traut loszulaufen.

Meinen Song aus ihrem Mund zu hören, gehörte definitiv zu meinen schönsten Erfahrungen. Ich überlegte, wie ich ihr das sagen konnte, ohne wie einer ihrer vielen Fans zu klingen.

„Für mich ist eine Stimme nicht dann schön, wenn sie kräftig ist, viele Oktaven schafft und die Töne lang aushalten kann, sondern wenn man ihr glaubt, was sie singt."

Ich merkte, wie die Anspannung etwas von ihr wich. „Und? Hast du mir geglaubt?"

Ich lachte. „Ja."

Sie lächelte, als hätte man sie auch bei irgendetwas ertappt. Ihr Blick wanderte zu den Türen. „Wollen wir gleich noch mal?"

Wir spielten den Song fünf Mal hintereinander. Jedes Mal wurde sie entspannter und ließ ihre eigene Persönlichkeit mehr hindurchscheinen. Beim sechsten Mal war es ihr eigener Song und ich konnte hören und sehen, wie sie ihre Stimme gefunden hatte.

Und ihren Song.

Sie lächelte über das ganze Gesicht. „Ich danke dir." Behutsam klappte sie mein schwarzes Notizbuch zu, gab es mir zurück und steckte die Hände in die Hosentaschen. „Danke, dass ich deinen Song singen durfte. Er ist ... wie soll ich sagen, wow." Sie strich sich die Haare aus dem Gesicht und sah auf die Uhr. „Ich muss. Morgen wird ein langer Tag." Müde stieg sie die Stufen hinunter und auf den Ausgang zu.

Ich sprang von der Bühne und folgte ihr. „Daley? Ich meine, Miss Cross?"

Sie blieb stehen und sah aus, als hätte sie ihren Panzer wieder angezogen, um für die Kämpfe des Tages gewappnet zu sein.

„Darf ich Sie noch etwas fragen?"

„Klar. Und hör endlich auf mit dem Sie. Ich bin Daley."

„Gefallen dir die Lieder, die du singst?"

Nüchtern schüttelte sie den Kopf. „Nicht wirklich. Aber ich singe sie und hoffe, dass ich irgendwann singen kann, was mir gefällt."

Ich griff nach meinem Büchlein, riss die Seite raus und hielt sie ihr hin. „Deine Band sollte keine Schwierigkeiten damit haben. Es steht alles hier ..."

„Das kann ich nicht. Unmöglich. Ich meine, ich kann doch nicht einfach ..."

„Du singst es viel besser als ich. Es sei denn, du willst lieber ..."

„Doch." Sie drückte den Zettel an sich. „Doch, ich will. Es ist nur, dieser Text ... ich habe das Gefühl, als würde ich etwas Heiliges stehlen."

„Es gehört dir."

„Ich kann das nicht einfach so annehmen. Ich kaufe es dir ab."

Ich winkte ab. „Wenn ich an meine Erfahrungen hier in Nashville denke, wird aus meinen Träumen wohl nichts werden, aber ich finde, du solltest unbedingt weiterträumen. Wo ich aufgewachsen bin, da hat man die Musik nicht gehortet, sondern sie weitergegeben. Also, nur zu." Ich lachte leise. „Mein Dad hat die Musik immer mit dem Licht aus der Bibel verglichen. Man stellt es nicht unter einen Scheffel. Sondern auf einen Tisch, wo jeder es sehen kann. Wo es Licht spendet." Beschämt steckte ich die Hände in die Hosentaschen. „Du bist das erste echte Licht, das ich seit Langem sehe. Und was die Musik betrifft: Ich schreibe die Songs, die ich selbst brauche. Und nur, wenn ich sie weitergebe, kann sie mir jemand vorsingen."

„Damit wärst du anders als so ziemlich alle in dieser Stadt."

„Für mich ist die Musik eine Art Opfergabe."

Sie hielt den Zettel noch immer umklammert. „Wo kann ich dich finden?"

„Ich werde morgen Abend wieder hier sein und das Chaos aufräumen, das du und deine Band hinterlassen. Und für die nächste Band aufbauen." Ich zeigte in Richtung Tür. „Tagsüber arbeite ich bei Riggs gleich gegenüber. Ich bin nie weit weg."

Ein leichtes Lächeln kroch in ihr Gesicht. „Und was machst du?"

„Ich versuche, Gitarren ihre Stimme wiederzugeben, damit sie zur Stimme ihrer Besitzer passen."

Sie lachte. „Verstehe. Und kellnerst du auch irgendwo?" Sie zeigte auf mein Notizbuch.

„Nein. Wieso?"

„Weil du das Büchlein immer so hinten in den Gürtel steckst."

Ich drehte das ramponierte, zerfledderte Buch hin und her. Es hatte sich längst an meine Rückenkurve angepasst. „Alte Gewohnheit."

„Was schreibst du da eigentlich alles hinein?"

„Alles, was ich nicht vergessen will."

Ihr Lächeln war verschlagen. „Das klingt ja geheimnisvoll." Ich war mir ziemlich sicher, dass sie mit mir flirtete.

„Eigentlich nur Songs."

„Also hast du noch mehr?"

„Ja."

„Bist du immer so ehrlich?", fragte sie leise.

„Nein. Manchmal lüge ich auch."

Sie beäugte den Zettel in ihrer Hand und hielt ihn mir hin. „Letzte Chance."

Ich war mir im Leben bei nur wenigen Dingen sicher, aber eins wusste ich mit hundertprozentiger Gewissheit: Dieser Song war für Daley wie gemacht. „Behalte ihn."

Ich begleitete sie zum Ausgang, schloss auf und hielt ihr die Tür auf. Beim Vorbeigehen streifte sie mich leicht mit ihrer Hand erst am Arm, dann am Bauch. Das konnte kein Versehen sein. Die Berührung war neugierig, so wie ihre Fragen. Vielleicht wollte sie wissen, ob ich echt war. Es war auch wie eine unausgesprochene Bestätigung dafür, dass wir gerade etwas erlebt hatten, das sich nicht so leicht in Worte fassen ließ. Egal, wie lange wir auf der Bühne gestanden und uns den Kopf zerbrochen hätten, dafür gab es keine Worte. Menschen, die zusammen Musik machen, wissen, wovon ich rede.

Daley drehte sich um und der Wind blies ihr die Haare ins Gesicht. Sie strich sie hinters Ohr. „Wie heißt du eigentlich?"

„Cooper. Aber die Leute hier nennen mich Peg."

Sie zog eine Augenbraue hoch. „Peg?"

„Mein Dad meinte immer, Mom sei für ihn wie ein Anker. Wie ein Zeltpflock. Die Dinger heißen nun mal Pegs. Und ich erinnerte ihn an Mom. Deswegen."

„Hört sich nach einer romantischen Liebesgeschichte an."

„So, wie mein Dad sie erzählt, muss es auch eine gewesen sein."

„Ich würde gern mehr davon wissen."

„Das hört sich an, als würdest du mich um ein Date bitten."

„Das ist ja wohl das Mindeste, was ich tun kann."

Irgendetwas in mir, das seit Jahren verspannt war, löste sich. „Von mir aus sehr gern."

„Dann also nach der Show."

Kapitel 23

Riggs hielt mich den ganzen Tag auf Trab. In der Mittagspause fiel ihm meine gute Laune auf. Ich glaube, ich hatte sogar gepfiffen. „Du bist aber gut drauf. Hattest du ein heißes Date oder so was?"

Ich zuckte mit den Achseln. „Oder so was."

Er grinste mich über die Martin in seinen Händen an. „Lass hören."

Ich winkte ab und sah aus der Tür in Richtung *Ryman*. „Das glaubst du mir sowieso nicht. Warten wir's lieber ab und sehen, was draus wird."

Ich arbeitete die Pause durch, aber in Gedanken war ich die ganze Zeit nebenan. Als Riggs vom Essen wiederkam, meinte er nur, drüben sei die Hölle los. Ein Produzent namens Sam Casey sei ganz verrückt wegen eines Songs, den Daley Cross, seine neue Künstlerin, ihm heute früh vorgesungen habe. Er habe ihn sich einmal angehört, sich ans Telefon geklemmt und sofort angefangen, die Bühnenshow zu verändern. Neue Trucks rollten an. Überall liefen Elektriker, Ton- und Videotechniker herum. Die Bühnenbildner einer der ganz großen Rock-'n'-Roll-Bands hatten für ein stolzes Honorar alles stehen und liegen gelassen und organisierten den Umbau.

Ich wusste nicht, wie viel die Mutterkirche der Countrymusik vertrug, aber es klang, als würde sie dieses Mal an ihre Grenzen geführt.

Als ich gegen halb acht frisch geduscht und mit Aftershave im

Gesicht durch den Hintereingang das *Ryman* betrat, waren alle Plätze schon besetzt. Auf der Empore standen die Leute sogar schon an der Wand entlang. Die Sache hatte sich offensichtlich herumgesprochen. Es gab Kameras und übertrieben freundliches Händeschütteln mit einigen lokalen Berühmtheiten. So hatte ich das Haus hier erst wenige Male erlebt und an solchen Abenden waren meist Leute da, die schon lange im Geschäft waren. Der heutige Abend hatte das Zeug dazu, in die Geschichte einzugehen.

Als das Konzert um acht begann, wischte ich gerade eine verschüttete Coca-Cola im Foyer auf. Danach widmete ich mich einem Männerklo im ersten Stock, das es dringend nötig hatte. Sehr unappetitlich. Ich brauchte fast eine Stunde dafür, und als ich fertig war, war Daley schon bei ihren letzten Songs angekommen.

Ich lehnte an der Wand auf der Empore und beobachtete, wie ein Wirbelwind aus Licht und Ton sie umfing. Auf mich machte sie den Eindruck, als versuchte sie, in einer Lawine Halt zu finden. Die Absätze, die sie trug, konnten unmöglich bequem sein und ihr Kostüm passte eher in eine Bierwerbung beim Super Bowl als zu einer Frau, die auf der Bühne stand und sang. In der Nacht zuvor hatte ich sie so locker und entspannt gesehen. Jetzt tat mir der Anblick weh. Ich hatte das Gefühl, eine bekannte Stimme in einem völlig unbekannten Körper zu sehen.

Natürlich war es technisch perfekt und ich war mir sicher, dass viele Zuschauer nur so von ihr schwärmen würden. Die Medien hatten einen neuen Liebling gefunden. Aber sich selbst untreu zu werden, hatte mich schon immer abgestoßen. Und Daley Cross verbog sich hier vor meinen Augen. Ich verließ die Empore und kehrte hinter die Bühne zurück, wo man mich nach dem Ende des Konzerts sicher brauchen würde.

Daley hatte vielleicht fünfzehn Lieder gespielt, darunter ein paar bekannte Cover, die gerade den älteren Semestern unter den Zuschauern gut gefielen. Das Konzert war vorbei, der Applaus ebbte ab und ich hörte Daleys Stimme. Sie atmete schwer. „Danke. Vielen Dank!“ Kurze Pause. „Puh. Ich sollte anfangen, Sport zu treiben, wenn ich das hier beruflich machen will.“

Gelächter im Publikum.

„Bin ich froh, dass Mom mich konsequent zum Tanzunterricht

geschickt hat. Ich bin fix und alle. Und bei Ihnen in den ersten Reihen muss ich mich entschuldigen; ich glaube, mein Deo hat vor einer Stunde aufgehört zu wirken." Mehr Gelächter. Dann wandte sie sich an die Techniker. „Jungs, könnt ihr bitte etwas Licht machen? Ich möchte sichergehen, dass sich nicht alle vor sechs oder acht Songs davongeschlichen haben. Im Augenblick gucke ich direkt in die Sonne." Der Saal wurde erhellt. Daley lächelte ins Publikum. „Oh, hi." Sie klang überrascht. „Ihr seid ja noch da."

„Daley, wir lieben dich!", rief jemand.

„Dann solltet ihr mich mal um vier Uhr morgens sehen", gab Daley zurück.

„Bei dir oder bei mir?", erwiderte derselbe Rufer.

Das Publikum lachte und Daley lief quer über die Bühne. „Das habe ich mir wohl selbst eingebrockt."

Sie zog sich einen Hocker ins Rampenlicht und setzte sich. Die Menge wurde ruhig. „Diese Schuhe bringen mich noch um." Sie sah in die erste Reihe, wo die Prominenten saßen. „Ich weiß nicht, wie ihr das schafft. Ich meine, gibt es da irgendein Geheimnis?" Sie erntete viele lächelnde Gesichter. „Ich habe eine Idee ..."

Daley zog die lächerlichen hochhackigen Schuhe aus, stand auf und ging die Stufen hinunter zu einem Mädchen in der ersten Reihe. Man konnte leise hören, wie sie etwas mit ihrer Mutter klärte. „Ist das in Ordnung?" Dann sprach sie wieder ins Mikro. „Hier, Kleine, ich schenk sie dir. In etwa fünf Minuten bist du sowieso groß genug, um sie zu tragen. Vielleicht bringst du mir dann bei, wie man darin läuft." Sie umarmte das Mädchen, kehrte auf die Bühne zurück und schüttelte den Kopf. „Die tun vielleicht am Ballen weh, sage ich euch."

Schmunzeln und Applaus zeigten, wie sehr die Leute den Star auf der Bühne in ihr Herz geschlossen hatten.

„Ich bin ein einfaches Mädchen aus Kalifornien. Bin barfuß am Strand aufgewachsen. Eigentlich gibt es keinen Grund, daran etwas zu ändern."

„Ausziehen!", rief jemand aus dem Publikum.

Daley lachte. „So eine Show ist das nicht, tut mir leid. Aber wenn Sie dem Broadway in dieser Richtung folgen, finden Sie vielleicht, was Sie suchen."

Daley hatte für ihr Alter eine fantastische Bühnenpräsenz. Die Leute fraßen ihr aus der Hand. „Falls ihr euch fragt, was los ist: Ich schinde ein bisschen Zeit, damit die Jungs dahinten ihren Job erledigen können." Die Strahler umkreisten die Bühne und zeigten mehrere Männer in Schwarz, die fieberhaft arbeiteten.

„In den vergangenen Monaten haben mich ein paar sehr begabte Menschen unter ihre Fittiche genommen und wir haben hart gearbeitet, um den richtigen Sound zu finden. Den richtigen Song. Songs, um genau zu sein. Einige davon habt ihr heute Abend gehört." Sie wartete, bis der Applaus verebbt war. „Ich habe mir in dieser Phase Hunderte von Songs von den besten Songschreibern der ganzen Branche angehört. Und dabei habe ich etwas Spannendes über mich selbst herausgefunden. Meine Manager haben in all den Demosongs den Sound gesucht, der mich für euch, das Publikum, unverkennbar macht. Der Sound, bei dem ihr sofort an *Daley Cross* denkt und mitsingt.

Und ich? Das war nicht mein wichtigstes Ziel." Sie sah zu ihrem Produzenten hinüber. „Tut mir leid, Sam."

„Ich habe nicht nach dem Song gesucht, der mich für euch unverkennbar macht. Stattdessen habe ich die Ohren nach einem Sound, einem Song aufgesperrt, der etwas in mir zum Schwingen bringt. Der in mir lebendig wird. Das ist gar nicht so leicht, wie es klingt, und ich kann nur sagen, ich habe in letzter Zeit wenig geschlafen."

„Da kann ich Abhilfe schaffen", rief derselbe Typ.

Daley ließ sich nicht aus der Ruhe bringen. „Weiß eigentlich Ihr Bewährungshelfer, dass Sie hier sind?" Sie wartete, bis das Gelächter verklungen war.

Als wäre dies ihr Stichwort gewesen, wurde es im Saal wieder dunkel, bis auf einen schwachen Scheinwerfer, der auf Daley gerichtet war. Ich musste an die einzelne Glühlampe denken, die während des Gewitters über dem Klavier gehangen hatte. Ich dachte an meinen Vater und Big-Big und dass ich mir nichts sehnlicher wünschte, als sie jetzt hier zu haben. Dann dachte ich an das Geld, den Pick-up, an Jimmy und wusste, dass es unmöglich war.

„Ich werde nun einen letzten Song singen. Er ist ganz neu." Daley wandte sich vom Publikum ab und sah nach rechts, wo ich neben der Bühne im Schatten stand. Sie sprach weiter, sah aber nur noch mich an. „Ich hoffe, er gefällt euch.“ So, wie sie das sagte, klang es, als würde er mir nicht gefallen.

Es wurde dunkel. Daley ging von der Bühne zu einer Frau mit Headset, die in der einen Hand ein T-Shirt und in der anderen einen Kopfschmuck hielt, der wie ein Diadem aussah. Innerhalb von acht Sekunden hatte sie ihr Outfit gewechselt und stand nun nur wenige Meter neben mir, als das Intro einsetzte. Kurz darauf zuckten Blitze und krachte Donner und Daley griff nach meiner Hand. „Es tut mir so leid“, raunte sie nur.

Was mich überraschte, war, wie jemand im Rampenlicht so selbstsicher und neben der Bühne so zerbrechlich wirken konnte. Die Veränderung geschah von einem Augenblick zum nächsten und ich fragte mich, welches die echte Daley war.

Im Vergleich mit anderen Locations ist die Bühne im *Ryman* nicht besonders groß. Ursprünglich war sie nur für einen Pastor und einen Chor gedacht und bot wenig Platz für große Manöver. Auch die Elektrik war nicht auf große Produktionen ausgerichtet. Die Bühne hatte ihre Grenzen, und wie es aussah, versuchten die Techniker gerade, sie zu überschreiten.

Künstlicher Blitz und Donner erleuchteten die Bühne von hinten. Dazu rollten auf einer riesigen Videoleinwand dunkle Wolken heran. Nebelmaschinen spuckten von oben und unten weißen Rauch aus und hüllten die Bühne in eine Wolke. Ventilatoren sorgten für Verwirbelungen. Als der Nebel die ganze Bühne geschluckt hatte, stellte sich Daley ans Mikrofon. Der Wind ließ ihre Haare wehen. Sie stand im Sturm und wartete darauf, dass sich der Nebel lichtete und die Musik zum Crescendo ansetzte.

Sie wartete vergeblich auf ihre Chance.

Die zusätzliche Last durch Lichter, Blitze, Nebel und Bühnenmagie zwang die sowieso schon überlastete Elektrik in die Knie. In einem riesigen Knallkonzert und Funkenregen sprangen überall die Sicherungen heraus. Die Bühne wurde dunkel. Sofort sprangen die gelblichen Notleuchten im Saal an. Daley stand auf einer stummen Bühne, umgeben von Nebelfetzen, die sich verzogen, und starrte in ein kicherndes Publikum. „Erinnert mich an meinen Ex-Mann“, hörte ich eine Stimme aus den ersten Reihen.

Verwirrt verließ die Band die Bühne und ließ eine ungläubige

Daley mit dem Publikum und ein paar verspäteten Funken allein. Eine Musikjournalistin mit Fotoapparat machte ein paar Bilder. „Kleines, man ist immer nur so gut wie sein letzter Song", sagte sie. Dann hing sie sich die Kamera wieder um. „Es wird dauern, bis sie sich davon erholt hat", prophezeite sie in den Raum hinein.

Daley sagte etwas ins Mikrofon, aber man hörte nichts. Also stand sie nur wie erstarrt da und wusste nicht, was sie tun sollte.

Es gibt nur ein Wort, das beschreiben kann, was hinter der Bühne und oben an der Technik los war: *die Hölle*. Nur auf der Bühne wehte derselbe kalte Wind, der das *Ryman* schon in der Nacht heimgesucht hatte. Daley verschränkte die Arme, um sich vor der Kälte zu schützen.

Das einzige Licht auf der Empore war das *On Air*-Zeichen über der Kabine für die Radioübertragung. Offensichtlich hatte dieser Teil der Stromversorgung nichts abbekommen. Die Mikrofone von der Decke fingen nach wie vor den Bühnensound ein und schickten ihn über den Äther.

Es bestand noch Hoffnung.

Ich ging auf die Bühne und trat zu Daley, die mit Tränen in den Augen kurz davor war, einen Nervenzusammenbruch zu erleiden. Kurzerhand nahm ich ihr das Diadem ab und warf es hinter das Schlagzeug. Dann knöpfte ich mein Flanellhemd auf, offenbarte mein fleckiges weißes T-Shirt und hing ihr das Hemd um. „Willst du den Song singen?", fragte ich sie.

Ihre Blicke schossen hin und her. „Ja, aber ..."

„Ja oder nein." Ich sah ins Publikum, wo die ersten Leute schon gingen. „Du hast drei Sekunden."

Flehentlich sah sie mich an. „Ja."

Ich zog uns zwei Hocker heran und hing mir ihre Gitarre um. Dann drehte ich mich zu Daley, die mich mit großen Augen ansah. „Nimm einfach meinen Text und sing ihn für mich", raunte ich ihr zu.

Ihre Hand berührte meinen Arm. Und noch einmal. Wie das Ping eines Sonars. Sie nickte.

Meine Finger schlugen auf die Saiten und ich pfiff sieben Mal, jedes Mal lauter – so wie der Wind. *Die Großen unter den Musikern sind nicht groß, weil sie so viele Töne spielen können, sondern weil sie so viele Töne weglassen*, hörte ich Dads Stimme.

Ich hatte jahrelange Übung und die kathedralhafte Akustik des *Ryman* auf meiner Seite. Schnell hatte ich eine Geräuschkulisse aus Missklängen geschaffen und die Aufmerksamkeit der Leute. Pfiffe sind dafür nun mal wie geschaffen. Ich hatte vielleicht die Abwanderung gestoppt, aber letzten Endes war es Daley, die dafür sorgte, dass die Leute umdrehten und wieder auf ihre Plätze gingen.

Dieser Abend veränderte alles.

Kapitel 24

Daley hatte kaum den letzten Ton gesungen, da brach auf der Empore dröhnender Applaus los. Was niemand für möglich gehalten hatte, das hatte sie geschafft. Sie hatte die Leute wieder auf ihre Seite gezogen. Und zwar ohne Ausnahme. Als wir von der Bühne traten, bildete sich sofort eine Menschentraube um sie herum. Zu mir kam nur eine einzige Person. Ihr Manager.

Er lächelte mich an und ich wusste sofort, dass ich ihn nicht mochte. Sein Blick gefiel mir nicht. Offensichtlich war er für die Verfälschung meines Songs verantwortlich. Er gab mir die Hand. „Sam Casey."

„Cooper O'Connor. Aber die Leute nennen mich Peg."

„Habe ich schon gehört." Er nickte in Richtung Bühne. „Wie würde es Ihnen gefallen, wenn ich Ihren Song kaufe?"

Daley hakte sich bei mir ein und drückte sich an mich. Sie schwebte fünf Zentimeter über dem Boden, so erleichtert war sie.

Ich sah sie an. Dann ihren Manager. „Ich kann ihn nicht verkaufen."

„Wieso nicht?"

„Weil ich nicht verkaufen kann, was ich schon verschenkt habe."

Damit hatte er nicht gerechnet. „Manch einer würde das naiv nennen."

„Und andere selbstlos. Oder sogar wohlwollend."

„Ich bin seit zwanzig Jahren in dieser Branche und das habe ich noch nirgendwo erlebt."

Ich dachte an meine letzten Jahre. „Fünf Jahre Erfahrung und ich gebe Ihnen recht."

„Haben Sie noch mehr Songs?"

„Ja."

„Sind die auch so gut?"

„Manche sogar noch besser."

„Darf ich sie hören?", sagte er auf einmal etwas leiser.

Ich warf Daley einen Blick zu. „Suchen Sie vielleicht noch Verstärkung für die Band? Ich spiele Gitarre und Klavier. Und dank einer gnadenlosen, scharfäugigen alten Dame kann ich Letzteres wahrscheinlich sogar besser. Und singen kann ich auch einigermaßen."

Er lachte. „Verrückt, dass Sie das fragen. Wir suchen gerade jemanden für alle drei Positionen. Sie haben den Job."

Okay, vielleicht war er doch nicht so übel. Er legte mir eine Hand auf die Schulter. „Wieso kommt ihr beiden am Wochenende nicht zum Abendessen zu uns? Es gibt viel zu besprechen." Er wandte sich ab, drehte sich aber noch einmal um. „Oh, und wenn Sie für nächstes Jahr schon etwas vorhaben, sollten Sie das lieber absagen. Es könnte sein, dass Sie auf Tour sind. Haben Sie einen Reisepass?"

„Nein."

„Dann besorgen Sie sich einen. Und zwar schleunigst."

Noch während sich die Leute um uns drängten und uns überschwänglich mit Umarmungen und Händeschütteln gratulieren wollten, zog mich Daley kurz beiseite, gab mir erst einen Kuss auf die Wange und dann einen zweiten gefährlich nahe am Mundwinkel. Und dort geschah es, hinter der Bühne im *Ryman*, dass ihre bebenden, nach Tränen schmeckenden warmen Lippen meine Frage beantworteten, wer die echte Daley war.

Meine Chefin gab mir für den Rest des Abends frei. Gewissermaßen gab sie mir für den Rest meines Lebens frei. Sie umarmte mich und sagte nur: „Komm mal wieder vorbei." Diese Form der Anerkennung tat unwahrscheinlich gut, und weil sie von jemandem kam, die die Besten der Branche kannte, nahm ich sie mir zu Herzen.

Erst als Daley und ich auf der Suche nach einem Restaurant den Broadway entlangschlenderten, fiel bei mir der Groschen. Alles war so schnell gegangen, und da ich vergangene Nacht so wenig geschlafen hatte, war ich mit den Tagen ganz durcheinandergekommen.

„Was ist heute für ein Tag?“, wollte ich von ihr wissen.

„Donnerstag.“

„Ryman Radio“, flüsterte ich ergriffen.

„Was?“

„Er hatte recht.“

„Wer?“

Die Gefühle überrollten mich wie eine Welle. Als Daley wissen wollte, wieso ich weinte, konnte ich es ihr nicht sagen. Ich sank mitten auf dem Broadway auf die Knie und bekam kein einziges Wort heraus.

Die Schlagzeile am Morgen lautete „HAND AUFS HERZ“ und ein Bild von Daley und mir füllte die Titelseite. Es war wohl gegen Ende des Songs gemacht worden, als Daley ihren höchsten Ton sang. Auf ihrem Hals sah man deutlich eine Ader hervorstehen. Das Foto fing Daleys kräftige Stimme gut ein. Im Artikel wurde haarklein berichtet, wie der große Kurzschluss ihr Mikro lahmgelegt hatte und sie auf einmal ohne Band, nur mit „nackter Stimme“ vor einem vollen Haus stand. Der Autor zitierte viele Stars, die nicht glauben konnten, dass sie sich nichts hatte anmerken lassen und einfach weitergemacht hatte. Einige meinten, sie wären von der Bühne geschlichen. Alle lobten ihren Mut und ihr Durchhaltevermögen. Im Artikel war von ihrer „einzigartigen Stimme“ die Rede und dass der Song ihren „beispiellosen Stimmumfang“ zur Geltung brachte. Daley wurde als der „nächste große Star“ gehandelt.

Irgendjemand von der Lokalpresse hatte unseren Auftritt gefilmt. Weil das offizielle Videosignal vom *Ryman* ausgefallen war, war das körnige Video von verschiedenen Pressekanälen aufgegriffen und schließlich landesweit verbreitet worden. Die schlechte Qualität machte die Story nur noch geheimnisvoller. Am späten Nachmittag flimmerte die Story und unser Song überall über die Mattscheiben.

Als ich am nächsten Morgen zur Arbeit kam, hatte Riggs die Zeitung in der Hand und grinste von einem Ohr zum andern. Über den Rand seiner Lesebrille warf er mir einen fragenden Blick zu. „Was willst du hier noch?“

Ich band mir die Schürze um. „Arbeiten.“

Er schüttelte lachend den Kopf. „Nein. Tust du nicht. Sam Casey macht dir den Hof. Hau ab. Dich kann ich mir nicht mehr leisten.“

„Du schmeißt mich raus?“

Er nahm mir die Schürze ab und hing sie an den Haken. „Ganz genau.“

„Warum?“

Er lachte immer noch. „Weil du mich angelogen hast.“ Er tippte mir auf die Brust. „Und dich auch. Und alle anderen.“

„Wieso?“

„Ich wusste, dass du spielen kannst. Aber nicht, dass du so gut spielen kannst. Und singen? Wo hast du auf einmal so eine Stimme her?“

„Du setzt mich wirklich auf die Straße?“

Riggs legte mir eine Hand auf die Schulter. „Mein Junge, ich versuche dir zu sagen, was alle anderen längst wissen und du sehr bald merken wirst. Dein Leben wird sich jetzt verändern. Geh und leb es. Bring mir deine Gitarren, wenn sie repariert oder eingestellt werden müssen.“

Ich zeigte auf die Treppe nach oben. „Und das da?“

„Bleib, solange du willst. Wenn du auf Tour bist, werde ich Eintritt von den Touristen nehmen. ‚Cooper O'Connor wohnt hier!‘ Bei deiner Stimme werden die Mädels nur so auf dich fliegen. Ich setze mich zur Ruhe und verkaufe nur noch Eintrittskarten.“

Riggs war ein guter Mann. Er hatte mir geholfen, als sich niemand für mich interessiert hatte.

„Okay“, sagte ich, „dann hätte ich gern meinen letzten Lohnscheck. Ich brauche ihn, damit ich mich auf den Weg machen kann.“

Daley und ich wurden unzertrennlich. Sie zeigte mir die Luxuswelt von Franklin, wo Sam sie in ein 350-Quadratmeter-Loft gesteckt hatte, komplett mit Toranlage, Security rund um die Uhr, Fitnessstudio-Mitgliedschaft und einem geleasten Mercedes. Die Welt auf einem Silbertablett.

Als sie meine einfache Welt sehen wollte, zögerte ich. Ich wollte nicht zurückschauen und ich wollte nicht, dass sie wusste, wie ich lebte. Sie hakte ihre Daumen in meinen Gürtel und zog mich zu sich heran. Dann schlang sie ihre Arme um meine Taille. „Erzähl es mir."

Wir setzten uns in ihren Mercedes und sie zeigte mir die Gegend. Dabei erzählte ich ihr meine Geschichte. Ich fing ganz von vorn an. Colorado. Mom, Dad, Big-Big, die Zelte, das Unwetter, Miss Hagle und meine Rebellion gegen meinen Vater. Ich erzählte ihr von meiner Band in der Highschool und von der Auseinandersetzung mit Dad. Davon, wie ich das Geld, den Wagen und Jimmy gestohlen hatte. Ich dirigierte sie zu dem Motel, wo ich zuerst abgestiegen und mein Geld versteckt hatte. Danach fuhren wir zu dem Parkplatz, wo ich im Auto geschlafen hatte. Und zu den Waschsalons. Ich kaufte ihr einen Hotdog im *Sudsy Schnitzel.* Wir parkten unter der Brücke, wo ich übernachtet hatte. Fuhren zum kleinen Waldstück und der feuchten Matratze. Zur Hundebadestelle, wo ich mich gewaschen hatte. Zur Straßenecke, wo man mir Jimmy gestohlen hatte. Zur Printer's Alley. Zu Riggs. Und schließlich landeten wir am *Ryman.*

Als ich fertig war, tupfte Daley sich die Augen mit einem Taschentuch. Es war nicht einfach, diese schönen Augen weinen zu sehen. Vor dem *Ryman* schüttelte sie nur noch den Kopf. „Wie hast du das nur überstanden?", fragte sie leise.

Was mir an Daley besonders gefiel, war ihre Fähigkeit, sich in einen anderen Menschen hineinzuversetzen. Irgendwie konnte sie genau fühlen, was jemand anderes fühlte. Wenn man weinte, liefen bei ihr die Tränen. Wenn man lachte, gingen ihre Mundwinkel nach oben. Es war ihre größte Stärke und zugleich ihre größte Schwäche.

Ich zog mein Portemonnaie heraus und faltete die Karte auf, in die Dad das Geld gewickelt hatte. Sie war längst zerfleddert und in den Knicken ganz weiß. „Die Hoffnung stirbt eben zuletzt."

„Hoffnung worauf?"
„Dass ich einen Weg nach Hause finde."

Am Samstagabend fuhren wir auf der gewundenen Auffahrt über Sam Caseys zwanzig Hektar großes Anwesen in Brentwood, das direkt am Harpeth River lag. Wir klopften an die massive Eingangstür seines Palasts. Bernadette, seine maßgeschneiderte, gestraffte und an den richtigen Stellen mit Silikon ausstaffierte Frau öffnete uns und hielt ein Glas Rotwein in der Hand, das unmöglich ihr erstes sein konnte. Sie ließ uns ein und verschwand mit einem kleinen weißen Kläffer in der Küche, wo beide den Koch und die Servicekraft anbellten.

Das Haus war ein Prunkstück. Dort, wo sonst Bilder und Kunstwerke hängen, hingen bei Sam Platten. Aus Gold und Platin. In den Regalen stapelten sich Auszeichnungen und Preise. Er hatte sich sein eigenes Museum geschaffen. Hier waren seine Errungenschaften ausgestellt. Seine Trophäen.

„Sind das alles Ihre?", fragte ich.

Er tat so, als wäre es ihm egal. „Geschenke von meinen Künstlern."

Ich beschloss, ihn zu prüfen. „Seltsam, dass sie sie nicht behalten wollten."

Er sah mich an. „Sie lieben mich eben. Und wer könnte es ihnen verübeln?" Dann ging er eine Platte nach der anderen durch. „Sie hier habe ich entdeckt, als sie noch in Tuscaloosa kellnerte. Das hier war ein Rodeo-Clown. Und der hier war Autoverkäufer." Er nippte an einer braunen Flüssigkeit aus einem Kristallglas. „Wenn ihr lange genug im Musikbusiness seid, werdet ihr merken, was für ein flatterhaftes Ding die Gunst des Publikums ist. Drehst du für eine Sekunde den Kopf weg, ist sie fort." Er machte eine Faust. „Du musst sie immer festhalten. Richtig fest. Sonst kommt jemand wie ein Dieb in der Nacht und stiehlt dir deine Trophäen."

Zum Dinner konnten wir zwischen Steak, Hummer und Fisch wählen. Ich nahm alle drei. Der Nachtisch bestand aus teurem Brandy und einem Dessert, das der Koch vor unseren Augen zubereitete – inklusive kleiner Feuereinlage. Ich nahm drei Mal nach.

Irgendwann schließlich führte Sam uns durch die Hintertür aus dem Haus. Wir liefen einen Säulengang entlang zu einem zweiten Gebäude. Sein Studio. Er tätschelte das Kernholz aus Kiefer, das in der untergehenden Sonne rot leuchtete. „Hab den Kasten hier in Virginia gefunden. Zweihundert Jahre alt. War wohl mal ein Unterschlupf auf der Underground Railroad. Die Sklaven haben sich im Keller versteckt. Ich habe es Brett für Brett auseinandernehmen lassen, nummeriert und hier wieder aufgebaut. Und dann habe ich das beste Tonstudio in Nashville hineinbauen lassen." Er ging hinein und zeigte auf das Mischpult. „Es gibt nicht viele davon."

Er nippte an seinem Drink. „Hier drin sind schon mehr Nummer-eins-Hits aufgenommen worden, als ich zählen kann. Wenn diese Wände reden könnten ..." Er schüttelte den Kopf. „Und nächste Woche nehmen wir den nächsten auf. Mit euch."

Kapitel 25

Wofür Sam eine Woche eingeplant hatte, dauerte gerade einmal einen Tag. Ein weiterer Beweis dafür, wie gut die Chemie zwischen mir und Daley stimmte. Sie brachte ihre Gitarre und ihre Stimme mit, ich brachte mich selbst mit und Sam saß hinter seinem Mischpult und schob die Regler hoch und runter. Er war der Zauberer von Oz, der alle Hebel bediente und uns von der anderen Seite der Glasscheibe zugrinste.

Nach dem vierten Durchgang nahm er die Kopfhörer ab. „Ich glaube, das genügt schon."

Ich mochte Sam nicht und traute ihm nicht über den Weg, aber wenn es um Produktion ging, hatte er ein glückliches Händchen. Wir hörten uns die Aufnahme an und ich merkte sofort, dass er Daley gut eingefangen hatte.

Ihre Single kam eine Woche später ins Radio, wo sie dank des Hypes um den *Ryman*-Auftritt gleich auf Nummer eins einstieg. Und dort blieb sie.

Ohne dass ich davon wusste, hatte Daley mich als Komponist und Texter genannt. Sie hatte Sam gesagt, dass ich ihr zwar die Erlaubnis gegeben hätte, den Song zu singen, er aber nach wie vor mir gehörte. Von meinen ersten Tantiemen kaufte ich mir eine D-28 bei Riggs. Das Preisschild war auf zweiundzwanzigtausend Dollar ausgestellt. Er überließ sie mir für vierzehntausend.

Zusammen mit der Gitarre schickte ich meinem Dad einen Scheck über fünfzigtausend Dollar. Ich wollte ihm erzählen, was passiert war. Was Jimmy zugestoßen war. Von Daley. Aber ich konnte nicht. Manches kann man eben nur von Angesicht zu Angesicht sagen. Also legte ich einen Zettel bei: *Dad, es tut mir leid.* Ich verfolgte die Sendung und bekam die Bestätigung, dass sie zwei Tage später ausgeliefert worden war und Dad unterschrieben hatte. Der Gedanke war tröstlich.

Daleys „Hand aufs Herz"-Tour startete einen Monat später. Wir waren ein Jahr lang unterwegs. Für viele bekannte Künstler waren wir der Opening Act. Nach und nach kamen die Fans aber auch, um uns zu sehen. Wir traten in über vierzig Bundesstaaten auf, international und in fast jeder Late-Night-Show. Einmal begleiteten wir sogar den Fall des Times Square Balls. Irgendwann während dieser Zeit wurde ich vierundzwanzig, aber ich weiß nicht mehr, wo. Das Leben verschwamm vor mir.

Zurück in Nashville gewann Daley den Preis als Beste Newcomerin, als Sängerin des Jahres und, Wunder oh Wunder, wir wurden Song des Jahres. Das lag bei einem Song, der fünfmal Platin gewonnen hatte, wohl auch auf der Hand. Sam hatte neuen Glanz für sein Foyer. Der Showmaster nannte uns ein Traumpaar. „Wenn Sie wissen wollen, wie Engel sich beim Singen anhören, dann lauschen Sie einfach diesen beiden", hieß es. Wenig später erhielt ich zu meiner Überraschung den Preis für den Songwriter des Jahres.

Ich stand auf der Bühne, in jeder Hand einen Preis, sah in die Gesichter all der schönen Menschen und war innerlich tieftraurig. Dabei war ich – waren Daley und ich – auf dem besten Weg ... Ich hatte alles, was ich wollte.

Nur nicht das, was mir am meisten bedeutete.

Ich trat ans Mikrofon und dachte ans *Ryman*, an die leeren Reihen Nacht für Nacht. „Diesen Preis widme ich meinem Vater ..." Ich schluckte.

Daley sah, wie ich um Fassung rang. Sie kannte die Wahrheit und trat für mich ans Mikro. „Er ist heute Abend leider nicht hier."

Ich riss mich zusammen. „Dad, ich habe getan, was du gesagt hast. Ich ..." Eine Träne lief mir übers Gesicht. „Ich habe es einfach rausgelassen."

Ich bekam stehende Ovationen.

Nach der Show ging Daley mit der Band etwas essen und ich machte mich aus dem Staub, ging über den Bühneneingang ins *Ryman* und spielte bis nach Mitternacht vor leeren Reihen. Irgendwann brach ich mitten in einem Song zusammen und konnte nicht mehr weiterspielen. Ich kniete auf der Bühne, das Gesicht am Boden.

Da spürte ich eine Hand auf dem Rücken. Daley. Sie sagte kein Wort. Sie setzte sich nur zu mir, nahm mich in den Arm und ließ mich an ihrer Schulter weinen. All das hatte ich viel zu lange in mir aufgestaut.

Als ich mich wieder beruhigt hatte, sagte ich: „Ich muss nach Hause, Dee. Es sind so viele Dinge ungesagt. Ich muss endlich reinen Tisch machen und das Chaos beseitigen."

Sie wischte mir die Haare aus dem Gesicht und küsste meine Nase. „Darf ich mitkommen?"

Da wusste ich, dass sie die Richtige war.

Am nächsten Tag ging ich in Franklin zu einem Juwelier, den Riggs mir empfohlen hatte. Als man dort mitbekam, was ich zu tun im Begriff war und vor allem für wen ich den Ring kaufen wollte, rollte man mir den roten Teppich aus. Die Preise auf den Schildern wurden sofort halbiert. Mit Diamanten kannte ich mich nicht im Geringsten aus, aber ich sagte mir, dass ich keinen Fehler machte, als ich meine Kreditkarte über den Tresen reichte und neuntausendneunhundertsechsundvierzig Dollar für einen Ring bezahlte. Der Verkäufer erzählte mir alles über Qualität, Schliff und Feuer, und als ich den Laden verließ, hätte ich einen Aufsatz über die Lichtreflexionen eines Diamanten schreiben können. Aber das war nicht der Grund, warum ich ihn gekauft hatte. Ich hatte mich für ihn entschieden, weil er mich an Daley erinnerte.

Eines Tages holte Sam uns zu sich und meinte, dass es an der Zeit sei, ein Album nachzulegen. Dann sah er mich an. „So, nun zeig mal deine Songs."

Die Songs waren nicht das Problem. Ich hatte mehr als genug davon. Sam war das Problem. Ich traute ihm noch immer nicht über den Weg, aber andererseits hatte ich an seinen Fähigkeiten als Produzent nichts auszusetzen. Also blieb ich wenigstens auf der Hut. Zugegeben, ich war noch grün hinter den Ohren und fünf Jahre Gitarrenreparieren und Toilettenputzen im *Ryman* hatten mich nicht zu einem Kenner des Musikbusiness gemacht. Aber ich war nicht völlig naiv, wenn es um Menschen ging. Und Sam schenkte uns keinen reinen Wein ein.

Für ihn waren Daley und ich wie durchrollende Güterwaggons bei Nacht. Er fuhr auf uns mit, bis wir abgenutzt waren oder jemand Besseres vorbeikam. Sein aufgesetztes Lächeln kaufte ich ihm nicht ab. Genauso wenig wie den roten Teppich, den er ständig für Daley ausrollte. Sie war in ärmlichen Verhältnissen aufgewachsen, ihr Vater hatte sie nicht gerade wie eine Prinzessin behandelt, und Sam nutzte das aus. Er gab ihr schöne Dinge, spielte den liebevollen Onkel und hielt sie damit bei der Stange. Der Ersatzpapa.

Ich wusste, dass wir ihn brauchten. Aber im Augenblick brauchte er auch uns. Sam wollte Daley die Richtung vorgeben und mein Bauchgefühl sagte mir, dass ihr der Ort, an den er sie führte, nicht gefallen würde. Leider wusste er genau, welche Hebel er bei ihr betätigen musste, und so würde es ein hartes Stück Arbeit bedeuten, sie von etwas anderem zu überzeugen. Weil ich wusste, welches Tauziehen mich mit Sam erwartete, zeigte ich Daley meine Songs zuerst. Sie sollte diejenigen auswählen, die ihr gefielen. Aber sie zögerte mit der Entscheidung. Wir hatten ein Problem.

„Vielleicht sollten wir zuerst Sam fragen."

Ich gebe zu, dass ich mich längst als ihr Beschützer verstand. Vielleicht zu sehr. Aber zu meiner Verteidigung muss ich sagen, dass ich nicht versuchte, Daley nach meinen Vorstellungen hinzubiegen. Ich wollte, dass sie die Freiheit fand, sie selbst zu sein. Etwas, das noch nie ein Mann für sie getan hatte.

„Dee, wenn du morgens um zwei im leeren *Ryman* mit mir singen würdest, welche Songs würdest du nehmen?"

Ohne zu zögern, wählte sie acht Songs aus meinem Notizbuch aus. Ihre Wahl war gut. Alle Songs passten zu ihrer Stimme, nutzten ihren Tonumfang und ihre stimmlichen Fähigkeiten und boten ihr die Möglichkeit, ihre eigene Marke zu etablieren. Dass die meisten davon Balladen waren, hatte noch einen entscheidenden Vorteil: Sie betonten die emotionale Authentizität, die zu Daleys Markenzeichen geworden war.

Daley spielte vor ausverkauften Hallen, weil die Leute ihr glaubten, was sie sang. Und diese Songs würden diesen Effekt nur noch unterstreichen. Wir beschlossen, Sam mit dieser Auswahl zu konfrontieren. Das würde ihm nicht gefallen, aber er konnte ja schlecht Einwände gegen das vorbringen, was ich geschrieben hatte.

Sam war nicht dumm. Er wusste, dass es da noch mehr gab. Und er wollte die Kontrolle. Sein Gesichtsausdruck zeigte mir auch, dass ihm die Richtung, in die meine Songs Daley führten, nicht gefiel. Es passte nicht zu dem, womit er normalerweise erfolgreich war. Die Spannung zwischen Erfolgsmuster und persönlichem Entfaltungsdrang ist gesund. Ungesund wird es dann, wenn man seinen Erfolg als Druckmittel benutzt, damit der andere sich selbst untreu wird. Es muss ein gegenseitiges Geben und Nehmen sein und bei Sam ging es immer nur ums Nehmen. Im Gespräch mit Riggs wurde mir klar, dass Sam sich selbst schon vor langer Zeit untreu geworden war. Aber weil alles zu Gold oder Platin wurde, was er anfasste, sagte niemand etwas dagegen.

Am Ende überzeugten wir ihn, ein „De-luxe-Album“ mit acht neuen Songs und vier Liveaufnahmen von Konzerten der nächsten Monate herauszubringen. Wir spielten sogar mit der Idee, ein oder zwei Cover einzufügen, falls uns eine der Liveversionen besonders gut gefiel. Daley schien zufrieden zu sein, aber irgendetwas störte mich. Sam hatte zu schnell nachgegeben. Er wusste etwas, aber mir fehlte die Erfahrung, es herauszufinden.

Gerade bei unserer letzten Bitte war ich mir sicher gewesen, dass Sam nie einwilligen würde. Vor dem digitalen Zeitalter wurde Musik, wenn sie von mehreren Personen gemacht wurde, auch so aufgenommen. Die Band, die Künstler, die Musiker, sie versammelten sich in einem Raum und spielten so ähnlich wie auf der Bühne. Manchmal mussten sie einen Song fünf, zehn oder fünfzig Mal spielen, bevor er stimmte, aber sie taten es zusammen. Die Aufnahme fing nicht nur ihren Sound ein, sondern auch die Chemie, die zwischen ihnen bestand. Ihr Aufeinander-eingespielt-Sein. Aber das hatte sich geändert.

Daley und ich spürten, wie schwierig es sein würde, das, was auf der Bühne passierte, im Tonstudio zu reproduzieren. Heutzutage werden die einzelnen Spuren fast immer separat aufgenommen. Im Tonstudio spielen die Musiker kaum noch zusammen. Der Schlagzeuger spielt seinen Rhythmus ein, am nächsten Tag der Bassist seinen Teil, gefolgt von den Gitarristen, die zuerst die Rhythmus- und danach die Leadgitarre einspielten. Und zum Schluss wird der Gesang aufgenommen.

Das musikalische Erlebnis wird dabei völlig zerfasert und hat nichts mehr mit dem zu tun, was auf der Bühne geschieht. Wenn das Musiklabel auch noch mit Studiomusikern arbeitet, kann es passieren, dass die Sängerin den Schlagzeuger, Bassisten oder Gitarristen nie zu Gesicht bekommt. Der Produzent nimmt die Einzelspuren und mischt sie zusammen. Er entscheidet damit, wie sich das Endergebnis anhören soll. Er drückt dem Ganzen seinen Stempel auf.

Mittlerweile wurden neunundneunzig Prozent der Aufnahmen so gemacht. Und weder Daley noch mir gefiel das. Daleys Gabe war es, Emotionen zu transportieren, und das funktionierte nun mal am besten, wenn wir zusammenspielten. Sam war es ein Dorn im Auge, wie abhängig Daley von dieser Konstellation war, aber die Chemie zwischen uns konnte er schlecht verleugnen. Zu unserer Überraschung willigte er ein, die Aufnahmen nach unseren Wünschen zu machen. Da wusste ich, dass irgendetwas nicht stimmte.

Wir planten das Tonstudio für die nächste Woche ein. Danach wollten Daley und ich eine Woche lang nach Colorado fahren.

Kapitel 26

Eine Sache blieb noch zu erledigen, bevor wir uns auf den Weg machten. Ich machte mit Daley einen Ausflug. Wir fuhren aus der Stadt, vorbei an Pferderanches, Weiden und sanft geschwungenen Hügeln.

Daley lehnte den Kopf an. „Wohin fahren wir eigentlich?"

„Wirst du schon sehen."

Wir fuhren fast den ganzen Nachmittag durch die Gegend. Ihre Hand in meiner. Wir alberten herum und erzählten uns von unseren Konzerten.

„Weißt du noch, als ..."

„Und dieser eine Typ ..."

„Was haben wir uns nur dabei gedacht?"

Bandmitglieder. Gerissene Gitarrensaiten. Der Eiffelturm, Big Ben, die Freiheitsstatue. Die Bucht von San Francisco.

Wenn Daley sich wohlfühlte, richtig wohl, dann sang sie oft vor sich hin. Sie fügte ganz unterschiedliche Melodien zusammen. Einige der schönsten Melodien gehörten gar nicht zu einem tatsächlichen Lied. Ich war mir ziemlich sicher, dass sie das nicht bewusst tat. Auf der ganzen Fahrt wickelte sie immer wieder eine Haarsträhne um ihren Finger und sang. Das zerbrechliche, verängstigte Mädchen aus dem *Ryman* war zu einer strahlenden Frau geworden. Längst hatte ich mich an ihre Gegenwart gewöhnt, ihre sanfte Art, ihre Berührung. Sogar an ihren Duft. Manchmal, wenn ich bei ihr war, schloss ich einfach die Augen und sog ihn ein.

Abends fuhr ich mit ihr in mein Lieblingsrestaurant. Das *Sudsy Schnitzel.* „Heute bestelle ich", sagte ich. Für Abenteuer war Daley immer zu haben, lächelte nur und suchte sich schon einen freien Tisch.

Meinen Hotdog bestellte ich mit Zwiebeln, Paprika und scharfem Senf. Daley bekam Salat, Zwiebeln und diesen seltsamen Käse, der furchtbar roch. Wir setzten uns ans Fenster, von wo aus wir zugucken konnten, wie gerade Sams Mercedes gewaschen und gewachst wurde.

Sie roch an ihrem Hotdog. „Oha! Das ist ja ein Duft. Was hast du mir da bloß bestellt?"

Ich erzählte ihr die Geschichte von dem alten Mann im grünen Cadillac. „Jede Woche kam er hierher. Er liebte seine Frau noch immer." Ich schob meine Hand unter ihre. „Dee, im Augenblick meint es das Leben ziemlich gut mit uns. Die Welt liegt da, auf einem Silbertablett. Aber ich weiß auch, wie es sich anfühlt, wenn es nicht so ist. Ich kenne gute und schlechte Zeiten. Ich weiß, wie es ist, einsam zu sein, und ich weiß, wie es sich anfühlt, wenn alle einen kennen. Was ich damit sagen will, ohne zu wissen, wie: Ich weiß nicht, was die Zukunft bringt. Versprechungen kann ich keine machen. Und ich weiß nicht, wo wir einmal landen werden. Aber wenn ich an den alten Mann mit dem grünen Cadillac denke, weiß ich eins: Ich werde dich eine sehr, sehr lange Zeit lieben. In sechzig Jahren möchte ich hier sitzen, dieselben furchtbaren Hotdogs bestellen und mit dir herumalbern. Und zusehen, wie du deine Haarsträhne um den Finger wickelst und leise singst."

Ich legte ihr den Ring in die Hand. „Ich schenke dir alles, was ich habe. Alles, was ich je haben werde. Ich schenke dir meinen Song." Mit diesen Worten schob ich ihr den Ring auf den Finger. „Wirst du ihn mit mir singen?"

Die darauffolgende Woche war sehr aufregend. Sam tat, als würde er sich wahnsinnig freuen, und lud uns sogar zu einem Verlobungsdinner zu sich nach Hause ein. Aber ich durchschaute ihn. Er war ein alter Hase in diesem Spiel. Und verloren hatte er noch nie. Jedes Mal, wenn ich sein Haus betrat, wurde ich daran erinnert.

Am Montagmorgen betraten wir das Tonstudio mit der gesamten Band. Am Donnerstagabend hatten wir sieben von acht Songs im Kasten. Daley war überglücklich. Alle rechneten damit, am Freitag den Rest aufzunehmen und dann über das Wochenende die verschiedenen Takes durchzuhören, um die besten herauszufiltern.

Als wir am Donnerstagabend Feierabend gemacht hatten, ließ Sam auf seiner Veranda eine Grillparty steigen. Ich war als Letzter noch im Studio und wollte noch schnell neue Saiten auf Daleys McPherson aufziehen, damit sie sich über Nacht setzen konnten und wir am nächsten Morgen startklar waren. In ihre Gitarre war ich noch immer schwer verliebt.

Ich hatte nur keine Saiten parat. Im Koffer war auch nichts. Bei Riggs hätte ich sofort welche bekommen, aber das war eine Dreiviertelstunde mit dem Auto entfernt. Außerdem musste Sam doch so etwas haben. Das hier war schließlich ein Tonstudio. Ich machte mich auf die Suche, machte eine Schublade nach der anderen auf und kramte in den Schränken.

An einer Wand hatte er spezielle Instrumentenschränke verbaut. Jedes Instrument lag eigens in einer Schublade oder hatte seine eigene Schranktür, je nach Größe. Hier gab es alles – von elektrischen Violinen, Gibson-Mandolinen und Banjos bis hin zu E-Gitarren von Fender und Gibson. Dazu eine ganze Wand voller Martins. Und noch eine mit McPhersons.

Ich konnte Sam nicht leiden, aber eine Sache hatten wir gemeinsam: eine Affinität für schöne Instrumente. Leider hatte ich nur wenige von seinen Schätzen anspielen können, weil wir so intensiv an den Songs gearbeitet hatten. Ich machte eine Schublade nach der anderen auf und sah nach, ob bei irgendeiner Gitarre ein Satz Saiten lag.

Vergebens.

Als Letztes ging ich in die Kammer, wo alles landete, was keinen festen Platz hatte: Notenständer, Kabelkisten, ein ausgestopfter Hirschkopf, Plastikbecher, Decken. In der Ecke standen die ganzen

Gitarrenkoffer herum. Ich arbeitete mich dorthin vor und durchsuchte die Koffer. Keine Saiten.

Erschöpft setzte ich mich hin. *Es kann doch nicht wahr sein, dass in einem der erfolgreichsten Tonstudios von Nashville kein Satz Medium-Saiten existiert?!*

Sams Büro war in einem zweistöckigen Gebäude, das man vom Tonstudio aus über einen gewundenen Weg erreichte. Unten war der Konferenzraum, oben sein Büro. Ich lief über die Gehwegplatten bis zur Tür. Weil sie offen war, trat ich ein, warf einen Blick in den holzvertäfelten Konferenzraum und ging dann nach oben.

Bisher hatte ich Sams Haus für ein Museum gehalten, aber hier erlebte ich mein blaues Wunder. Sein Büro war seine private Hall of Fame. Weiches Leder. Indirektes Licht. Ein Eichenholzschreibtisch, so groß wie das halbe Zimmer. Ein naturbelassener Konferenztisch aus Zypressenholz mit acht Stühlen auf jeder Seite. Ein Waffenschrank, diskret in einer Ecke angebracht. Die Wände hatten unterschiedlichste Aussparungen, jede mit ihrer eigenen Lichtquelle, wo er seine größten Trophäen aufbewahrte: Erinnerungsfotos mit Präsidenten, über ein Dutzend Grammys, zwei Oscars für sein Mitwirken an der Filmmusik für zwei Filme.

Nirgendwo sah ich ein Foto von einer Frau. Oder Kindern. Nirgendwo gemalte Bilder von Enkeln. Nichts. Alles hier hatte mit Sam zu tun. Ich betrachtete die Bilder und stellte fest, dass er immer in der Mitte stand. *Narzist*, fiel mir dazu nur ein.

Hinter seinem Schreibtisch führte eine Tür in ein kleineres Zimmer. Hier standen einige Ledersofas. Es sah aus wie sein privates Musikzimmer. Oder seine kleine Schatzkammer. Die hintere Wand bestand fast nur aus Glas und bot einen Blick auf die Pferderanch und die Weiden. Ein wunderschöner Anblick. An den Seiten standen sich in durchsichtigen Glaskästen drei Gitarren gegenüber. Rechts zwei E-Gitarren, eine Gibson, eine Fender und links eine Akustikgitarre. Nirgendwo stand etwas über ihre besondere Bedeutung. Es gab keine Tafeln. Die beiden E-Gitarren nahm ich mit mäßigem Interesse in Augenschein. Welcher Kind gebliebene Kerl mag keine coole E-Gitarre? Aber in Wirklichkeit galt meine Aufmerksamkeit der Akustikgitarre mit ihrer vergilbten Fichtendecke und der klassischen Martin-Kopfplatte.

Als ich das Licht anknipste, versagten mir beinahe meine Knie den Dienst.

Jimmy.

Ich stand nur da und starrte in den Kasten. Mein Atem ließ das Glas beschlagen. An einer der Seitenkanten entdeckte ich einen kleinen Schlüssel, der in das Schloss passte. Vorsichtig öffnete ich den Glaskasten. Jimmy schien unverletzt und nur wenig gespielt worden zu sein, seit ich ihn zum letzten Mal gesehen hatte. Ich hob ihn vorsichtig aus der Halterung und fuhr mit den Fingern über den Korpus und den Hals.

Vor Jahren hatte ich meine eigene Methode entwickelt, Saiten aufzuziehen. Wenn ich das eine Ende unter dem Stegstecker verstaut hatte, wickelte ich das andere Ende zweimal um den Wirbel, schob die Schlaufen auseinander und das Saitenende hindurch. Erst dann steckte ich es durch das Loch im Wirbel. Wenn ich dann die Saite spannte, wurden die Wicklungen immer enger gezogen und hielten so länger die Stimmung. Zumindest dachte ich das.

Diese Technik verwendeten viele Gitarristen. Mein kleiner Kniff war, die Saitenenden rund zu schneiden, damit sie nirgendwo hängen blieben.

Ich befühlte die Wirbel. Die Saiten waren rund geschnitten. Die stumpfen Saiten, die runden Enden und die etwas erhöhte Saitenlage verrieten mir, dass Jimmy schon lange nur herumstand. Sam hatte ihn irgendwo erworben und dann hier aufgehängt und vergessen. Er hatte gar kein Interesse daran, auf ihm zu spielen. Er wollte nur, dass niemand anderes ihn spielte. Und dieser andere war ich.

Jimmy war zu einer Trophäe geworden.

Ich spielte ein paar Töne. Die Saiten waren vielleicht tot, aber Jimmy nicht. Sein tiefer, kantiger, voller Klang wurde zum Leben erweckt und sofort überrollte mich eine Lawine an Erinnerungen. Ich sah Dad, wie er im Zelt durch den Mittelgang nach vorn ging, sah ihn im Espenhain, dachte an die vielen Stunden, die ich auf der Rücksitzbank mit Jimmy verbracht hatte, während mir Dad und Big-Big irgendwelche Licks beibrachten. Manche Bilder waren grobkörnig und schwarz-weiß. Andere waren in Farbe und hochauflösend. Sie alle hatten sich unauslöschlich in mir festgebrannt. Ich drehte Jimmy um, hielt die Kopfplatte ins Licht und entzifferte die Worte, die meine Mom in ihr Hochzeitsgeschenk hatte eingravieren lassen.

Für mich bestand Jimmy nicht nur aus Holz, Kleber und Saiten. Ich hatte viele Nächte mit ihm im Arm verbracht. Er war mein Teddybär gewesen. Das Flüstern meiner Mutter. Die Arme meines Vaters. Meine Richtschnur. Und jetzt war er mein Ticket nach Hause.

Wut stieg in mir auf. Wie war Sam an Jimmy gekommen? Und wann? Wie lange besaß er ihn schon? Und warum? War Sam es etwa gewesen, der mich niedergeschlagen hatte? Er machte eigentlich eher den Eindruck, als ließe er andere die Drecksarbeit erledigen. Ich hatte so viele Fragen, aber zugleich wusste ich, dass Jimmy auf Nimmerwiedersehen verschwinden würde, sobald ich auch nur eine davon stellte und Interesse an einer von Sams größten Trophäen zeigte.

Was sollte ich tun? Entweder ich stahl Jimmy oder ich ging zu Sam, wenn er im Büro war, konfrontierte ihn und nahm Jimmy in seinem Beisein an mich. Dabei durften aber weder unsere Aufnahmen noch Daleys Karriere Schaden nehmen.

In der Schule hatte ich keine Angst vor einer Prügelei gehabt, wenn es nötig war, aber Sam ein paar Zähne auszuschlagen, würde Daley nicht weiterhelfen. Ich musste ihn austricksen, nicht ausknocken. Dazu musste ich einen Ersatz für Jimmy auftreiben und ihn heimlich austauschen. Dann würde es Jahre dauern, bis Sam dahinterkam.

Kapitel 27

Früh am Freitagmorgen durchstöberte ich Riggs' Bestand an alten Martins. Als er wissen wollte, wieso, erklärte ich ihm, dass ich nach einer älter aussehenden D-28 suchte. Sie durfte ruhig vergilbt sein. Zielstrebig ging er zu einem Regal, öffnete den Koffer und reichte mir die Gitarre. Es war ein Modell aus den späten Sechzigern oder frühen Siebzigern. Der Klang war mir weniger wichtig als das Aussehen. Ich hielt sie ans Licht. Ähnlich genug.

Ich gab Riggs viertausend Dollar und zerbrach mir den Kopf, wie ich vorgehen sollte. Heute Nachmittag war wohl der beste Zeitpunkt, wenn die Aufnahmen beendet waren und alle am Pool feierten. Oder vielleicht lieber später, wenn Sam angetrunken war? Neunzig Sekunden, länger brauchte ich nicht.

Die Aufnahmesession wurde mit Champagner, kaltem Bier, Hotdogs und Burgern gefeiert. Ich machte den Grillmeister und behielt Sam im Auge.

Mit einem Arm um Daley erhob er sein Glas und sprach einen Toast aus. Zuerst nannte er unsere neuen Tourdaten. Dann lobte er Daley, ihre Stimme und ihre einzigartige Verbindung zum Publikum. Uns stünden alle Türen offen. Dann lobte er die Band und ihre harte Arbeit. Zuletzt wollte er auf mein Wohl anstoßen.

„Ich bin ein alter Hase in diesem Geschäft und habe schon viele Größen erlebt, aber jemanden, der Gitarre und Gesang so miteinander verknüpfen kann wie Cooper O'Connor, das gab es noch nie." Er sah mich an. „Was du an Melodien und Texten für ihre Stimme produzierst ..." Sein Blick wanderte unbewusst zu meinem Kreuz hinunter. „Das ist verblüffend." Er nahm Daley und mich in Augenschein. „Ihr könnt alles erreichen, wirklich alles." Er hob sein Glas. „Auf all das Große, was noch kommt."

Für einen kurzen Moment glaubte ich ihm.

Um zehn Uhr war die Atmosphäre sehr entspannt geworden. Sam schlenderte übers Pooldeck, plauderte mit Bernadette, ging immer wieder kurz ins Haus und nahm Anrufe entgegen. Er wollte den Eindruck erwecken, als würde er rund um die Uhr arbeiten. Als er ein Ferngespräch aus einem anderen Bundesstaat annahm, sah ich meinen Augenblick gekommen. Sam verschwand im Haus. „Bin gleich zurück", informierte ich Daley.

Ich huschte ums Haus, holte die neue alte Martin aus Daleys Kofferraum und lief unter den Bäumen entlang aufs Bürohaus zu. Dort ging ich durch den Hintereingang in den Konferenzraum, eilte nach oben und tastete mich im Dunkeln durch sein Büro. Ich umrundete seinen Schreibtisch, ging durch die offene Tür in sein Privatzimmer und öffnete den Glasschrank. Dann tauschte ich schnell die Gitarren aus, verschloss den Schrank wieder und hing den Schlüssel zurück. Als ich durch sein dunkles Büro tappte, roch es nach Propangas. Der Geruch war vorher noch nicht da gewesen. Ich eilte die Treppe hinunter und durch den Konferenzraum auf den Hinterausgang zu. Der Geruch wurde immer stärker.

Da lief ich Sam direkt in die Arme.

Gegen das Licht der Laterne erkannte ich seine Silhouette. Sein eiskalter Blick war auf den Gitarrenkoffer gerichtet. In der Rechten hielt er eine Pistole. Er hob den Arm, zielte auf mich und drückte ab.

Reflexartig hob ich Jimmy vor meine Brust. Der Mündungsblitz blendete mich und die Kugel durchschlug den Koffer, drang durch Jimmys Fichtenkorpus und in meine Brusthöhle.

Ich erinnere mich dunkel an einen hellen Blitz, eine große Explosion, Schmerzen in den Ohren, sengende Hitze in der Kehle, brennende Augen und an etwas Schweres, das auf mich fiel. Als ich die Augen wieder öffnete, brannte alles um mich herum. Meine Brust fühlte sich an, als hätte sie jemand mit einem glühenden Feuerhaken durchbohrt. Alles war voller Rauch. Ich versuchte zu schreien. Versuchte, mich zu bewegen.

Jimmy lag neben mir. Ich zog ihn heran und legte meinen linken Arm um ihn. Versuchte, ihn vor der Hitze zu schützen. Ich weiß noch, wie ich ihn umklammerte und wusste, dass wir beide nun sterben würden. Panisch tastete ich nach hinten, zu dem Notizbuch auf meinen Rücken, aber es war nicht mehr da. Der Gedanke, dass es irgendwo hier drin gerade verbrannte, machte mich traurig. Noch trauriger als das Loch in meiner Brust.

Ich dachte an Daley, hörte ihre Stimme, sah ihr Gesicht vor mir. Mit ihr zusammen hätte ich gern den Rest meines Lebens verbracht. Meine letzten Gedanken galten meinem Vater. Wie würde er davon erfahren? Wie würde er die Neuigkeit verkraften? Würde er herfahren und meinen verkohlten Leichnam abholen? Würde er mich neben Mom unter den Espen begraben? Was würde er auf meinen Grabstein schreiben?

Cooper „Peg“ O’Connor
24 Jahre alt
noch so viel vor
so viel Schmerz
vergebens

Meine Kehle fühlte sich an, als würde sie jemand mit einem kleinen Messer filetieren. Ich hielt es nicht mehr aus. Wieder versuchte ich aufzustehen, aber das, was da auf mir lag, war zu schwer, und meine rechte Hand lag nur da und gehorchte den Befehlen meines Gehirns nicht.

Ich wollte mit offenen Augen sterben. Ich wollte den Augenblick erleben, wenn man von dieser Welt in die nächste hinkt. Aber der Rauch brannte in den Augen. Auf einem Ohr hörte ich gar nichts mehr. Das andere piepte wie verrückt.

Da hörte ich ein seltsames Geräusch. Es war irgendwie vertraut.

Eine männliche Stimme schrie meinen Namen. Zuerst weit entfernt, dann immer näher. Ein Schatten tauchte auf. Ich wusste nicht, wer es war und woher er kam, aber eine Person, gewickelt in eine Decke, tauchte über mir auf. Ich weiß noch, wie die Decke plötzlich auf mir lag und mir das Gesicht kühlte, und ich begriff, dass sie mit Wasser vollgesogen war. Man sagt, dass Menschen, die in der Hölle sind, sich nichts lieber wünschen als kaltes Wasser, und da ist etwas dran.

Mit der einen Hand nahm der Mann das weg, was auf mir lag, und mit der anderen hob er mich hoch. Dann nahm er mich und legte mich über die Schultern, schnappte sich Jimmy und trug uns durch die Flammen. Überall knackte es, Dinge brachen zusammen, Rauch waberte. Ich hustete und spuckte Blut. Mir war so heiß wie noch nie in meinem Leben. Aber der Mann schritt voran, als wäre es ein Sonntagsspaziergang. Als wäre er vollkommen sorgenfrei.

Alles wurde schwarz.

Dad, war mein letzter Gedanke, *Dad, es tut mir ...* Aber die Worte kamen nie aus meinem Mund.

Zu wenig Luft.

Kapitel 28

Ein Geräusch weckte mich. Es war das penetrante Piepen einer Maschine über meinem Kopf. Ich blinzelte und versuchte, meine Augen an das Licht zu gewöhnen, aber die Welt war zu hell und weiß und die Geräusche so schneidend wie Fingernägel auf einer Schiefertafel. Überall ragten Drähte und Schläuche aus mir heraus. Ich tropfte und suppte wie ein Braten.

Ein Mann trat zwischen mich und das helle Oberlicht. Er hatte ein Stethoskop umgehängt. Das Piepen hörte auf. Seine Stimme hörte sich seltsam dumpf an. „Wie fühlen Sie sich?"

Ich versuchte, etwas zu sagen, aber ich hatte keine Stimme. Mit meinem Mund formte ich das Wort *topfit*, aber es kam kein Laut über meine Lippen.

Er tätschelte mir das Bein. „Das konnte man nicht gerade sagen, als Sie hier ankamen."

Ich wollte etwas erwidern, aber es ging nicht.

„Möchten Sie die schlechte oder die gute Nachricht?"

Die schlechte kannte ich bereits. *Gute.*

Er lächelte. Als würde es dadurch besser werden. „Sie werden es überleben."

Das tröstete mich nur wenig. Wir unterhielten uns ja miteinander, also hatte ich diese Frage schon abgehakt. „Schlimm?", krächzte ich unter Anstrengung.

Seine Miene veränderte sich. „Sie werden leben", er zögerte, „aber anders." Sein Blick wanderte an mir herunter, als überlege er, wo er anfangen solle. Er beäugte mich wie ein Automechaniker, dem man gerade eine fünfzehn Jahre alte Mühle hingestellt hat.

„Da ist etwas ziemlich Schweres auf Sie gefallen und hat Ihnen so ziemlich jeden Knochen gebrochen."

Ich versuchte, meine Finger zu bewegen, aber sie fühlten sich dick an und eingeklemmt.

„Was da in diesem Gebäude gebrannt hat, war giftig und extrem heiß. Ihr Rachen und Ihr Kehlkopf wurden geradezu geröstet. Sie werden wieder lernen müssen, wie man spricht. Ich bezweifle stark, dass Sie Ihre Stimme jemals wieder unter Kontrolle haben werden."

Das erklärte den seltsamen Kloß im Hals, den ich hatte.

„Wir haben Ihr Trommelfell in beiden Ohren rekonstruiert, aber Sie werden nicht mehr so hören wie früher. Und wir konnten die Blutung in Ihrer Brusthöhle stoppen und die Kugel herausholen, aber auch dort haben Sie einige Schäden davongetragen." Er drehte sich um und zeigte mit einem Laserpointer auf ein Röntgenbild. Ich erkannte Rippenbögen und ein Rückgrat, das wohl meins sein sollte. „Das schauen wir uns in den nächsten Tagen noch genauer an."

Ich war ziemlich groggy und eingehüllt in Medikamentennebel. Seine Worte hallten in meinem Kopf wider, ohne irgendwo anzudocken. Ich zeigte auf Stift und Zettelblock, die er mir gab. Die Verletzung an der rechten Hand zwang mich, mit links zu schreiben, was zu einem kaum leserlichen Gekrakel führte. *Was heißt das?*

Er seufzte, setzte sich auf einen metallenen Rollhocker und rutschte ans Bett. „Sie werden nie wieder singen können. Vielleicht noch nicht einmal sprechen. Und ob Sie je wieder ein Instrument werden spielen können, für das man die rechte Hand braucht, ist äußerst fraglich. Das rechte Ohr könnte taub werden. Und dann ist da noch Ihre Leber." Er sprach immer weiter, aber mein Gehirn hatte Schwierigkeiten, den Sinn zu verstehen. Die Worte kullerten in meinem Schädel herum wie Murmeln.

Ich hob den Kopf und versuchte, mich umzusehen, aber der ganze Raum drehte sich. Erschöpft ließ ich den Kopf wieder sinken. „Jimmy?"

„Wer?" Der Arzt beugte sich zu mir.

Ich tat, als würde ich Gitarre spielen.

Er lachte. „Sie meinen die Gitarre, mit der Sie fast verwachsen waren?"

Ich nickte.

„Das habe ich auch noch nicht erlebt. Wir mussten sie Ihnen fast gewaltsam entreißen. Aber sie hat Ihnen vermutlich das Leben gerettet. Wäre sie nicht da gewesen, würden wir dieses Gespräch vielleicht gar nicht führen. Sie steht gleich dort drüben, in der Ecke." Seine Augen wurden schmal. „Kennen Sie den Kerl, der Sie rausgeholt hat?"

Ich schüttelte den Kopf.

„Sam irgendwas. Er war schon mehrfach hier, mit dieser jungen Frau. Der Sängerin. Er ist wohl ihr Produzent. Alle hier auf Station wollen ein Autogramm von ihm. Und von ihr."

Mein Krächzen klang wütend. „Niemals."

Der Arzt sah zum Fernseher hoch. „Er hat Ihnen das Leben gerettet. Läuft überall in den Nachrichten."

Ich sagte nichts. Die Wahrheit zu erklären, würde zu lange dauern.

Durch mein Gekrächze hatte sich lauter Schleim im Hals gelöst und ich bekam einen schmerzhaften Hustenanfall, der die frischen Nähte auf die Probe stellte. Der Arzt hielt mir eine Schüssel unters Kinn, um den dunkelroten Schleim aufzufangen.

Wie ein alter Mann, der in einer Manteltasche gräbt, tastete ich mit der linken Hand auf meinem Bett herum.

„Suchen Sie was?"

In einem mühseligen Flüsterton murmelte ich: „Kleines schwarzes Notizbuch. Mit einem Gummi drum herum."

Er schüttelte den Kopf. „Habe ich nicht gesehen. Ich werde die Schwestern fragen, aber ich bezweifle, dass es das Feuer überstanden hat. Die Hitze war wirklich enorm."

„Kernholz. Kiefer."

Er beugte sich vor. „Wie bitte?"

„Zweihundert Jahre altes Kerosin."

„Das erklärt einiges."

Ich starrte an die Decke und spürte Tränen in den Augenwinkeln. Irgendwann in diesen vernebelten ersten Minuten wurden mir mehrere Dinge bewusst: Meine Songs waren verloren und meine Tage als Musiker ein für alle Mal vorbei. Aber all das tat nicht so weh wie die dritte Erkenntnis.

Ich war für Daley nur noch ein Klotz am Bein und deswegen würde ich sie ohne ein Wort der Erklärung verlassen müssen. Und das würde sie unendlich verletzen.

Kapitel 29

Die Sache war überall in den Nachrichten. Sam mimte den Mitgenommenen und Verzweifelten. Die zehn Stiche auf seiner Stirn gaben dem Bild die richtige Couleur.

Im Nachhinein etablierten sich zwei Versionen. Die, die Sam der Öffentlichkeit präsentierte. Und die, die er Daley verkaufte.

Keine von beiden stimmte.

In seiner ersten Story erzählte Sam der Polizei und so gut wie jedem, der eine Kamera in der Hand hatte, dass er und ich gerade bei der Nachbearbeitung der Aufnahmen waren, als wir einem Räuber in die Arme liefen, der seinen Safe im Büro ausräumen wollte. Er habe den Mann zur Rede gestellt, dieser habe auf mich geschossen, ihn mit etwas Schwerem niedergeschlagen und dann eine Propanbombe gezündet, um seine Spuren zu verwischen.

Sam sei in den Flammen wieder zu sich gekommen, habe sich berappelt und mich in Sicherheit gebracht. Er vergoss einige Krokodilstränen, die die Kamera erstklassig einfing, und sprach leise davon, dass ich für ihn immer der Sohn gewesen sei, den er nie hatte. Wie viel Talent ich gehabt hätte. Und dass es jammerschade um all die Möglichkeiten sei, die wir hätten nutzen können.

Die Polizei suchte noch immer nach dem Unbekannten, den Sam leider nicht genau hatte sehen können. Groß sei er gewesen. Im Fernsehen sah man eine untröstliche Daley, die meine angekokelte Kleidung in der Hand hielt, während ich und der Gitarrenkoffer, den ich fest umklammert hielt, in den Krankenwagen geladen wurden.

Die Medien liebten unsere Story.

Man hatte mich ins Vanderbilt Medical gebracht. Die Schwestern sagten, Daley habe ununterbrochen an meinem Bett gesessen. Sie habe geholfen, mich umzudrehen. Mich zu waschen. Die Verbände zu wechseln. Der ach so mildtätige Sam kümmerte sich darum, dass ich die bestmögliche Behandlung erhielt. Er ließ die besten Ärzte kommen. Spezialisten für Verbrennungen. Chirurgen. Einen Handspezialisten. Eine HNO-Koryphäe. Ich bekam Flüssigkeiten in den Körper gespritzt und Flüssigkeiten aus dem Körper abgezogen. Mittlerweile fühlte ich mich wie ein Nadelkissen.

Diese Fürsorglichkeit hatte zwei Effekte: Sam machte sich bei Daley beliebt und die Verkaufszahlen schnellten in die Höhe.

Als die Medikamentendosen jedoch reduziert wurden und ich allmählich aus dem künstlichen Koma erwachen sollte, fand Sam auf einmal tausend Gründe, warum Daley in jeder Talkshow im ganzen Land auftreten sollte. Sie wurde zum Paradebeispiel dafür, wie man einen unsäglichen Schicksalsschlag überwinden und weiterleben konnte. Die Kameras zeigten abwechselnd ihren Verlobungsring, unseren Bühnenauftritt und ihre frischen Tränen. Daley ging es überhaupt nicht gut, sie war kurz vorm Nervenzusammenbruch, und Sam nutzte jede Träne auf ihrem hübschen Gesicht schamlos aus.

Ich lag im Krankenbett, sah zu, wie Daley ihre Runden durch die New Yorker Talkshows machte, und schnappte ein paar Worte auf, bevor ich wieder in den Schlaf driftete. Es gab viele offene Fragen. Würde ich sprechen können? Singen? Musik machen? Wie schwer waren die Verbrennungen? Würde ich Kinder zeugen können? Hatte ich Sauerstoffmangel erlitten? Waren meine geistigen Fähigkeiten intakt?

Der mitfühlende Sam ließ Daley sogar seinen Privatjet benutzen, damit sie schneller wieder an meinem Bett war. In einem Geniestreich sicherte er sich ein Exklusivinterview in der Nachrichtensendung *60 Minutes*. Nie im Leben würde er wieder so viel Publicity bekommen.

Interessanterweise wurde mein fehlendes Notizbuch nie erwähnt.

Wenn ich dachte, dass diese ganze Scharade Sams wahres Gesicht zeigte, hatte ich die Rechnung jedoch ohne den Wirt gemacht. Der findige Sam hatte noch zwei Asse im Ärmel. Zum einen brachte er unser Album nur „widerwillig" heraus. Aus Respekt vor mir hatte er öffentlich verkündet, damit warten zu wollen, bis ich wieder spielen konnte, damit wir auf Tour gehen konnten, aber dann sickerte doch eine Kopie zu den Medien durch. Er schwor, den Übeltäter zu finden. „Wer auch immer das war, wird in dieser Stadt nie wieder einen Auftrag kriegen."

Das Album erreichte innerhalb von zwei Tagen Platin. Am Wochenende darauf zum zweiten Mal.

Mich überraschte das nicht. Aber sein zweites Ass erwischte mich eiskalt. Manchmal findet man am Pokertisch einfach seinen Meister. Und Sam hatte mehr drauf als ich.

Die Schmerzen waren mein ständiger Begleiter geworden. Meine Haut fühlte sich immer noch an, als brenne sie. Ich war überall wund und dazu zählten auch meine Stimmbänder. Wenn ich mich bewegte, riss irgendwo der Schorf auf. Wenn ich nur still dalag, wurden die Wunden größer. Die Chirurgen hatten zwar in beiden Ohren das Trommelfell rekonstruiert, aber ich hörte nur ein Dauerpiepen.

Mein pessimistischer und nie lächelnder Arzt sagte: „Es wird Monate dauern, bis Sie wieder richtig hören können, und auch nur, wenn die Hauttransplantationen halten." Er zwang sich zu einem Grinsen. „Also passen Sie auf, dass Sie sich nirgendwo den Kopf stoßen."

„Werde ich machen."

„Aber selbst wenn Sie ein Jahr lang täglich einen Helm tragen, rechnen Sie höchstens mit zehn Prozent der ursprünglichen Hörfähigkeit. Aller Wahrscheinlichkeit nach werden Sie fast taub bleiben, abgesehen von einigen tiefen Frequenzen. Die Schäden waren einfach zu schwer ..."

Ich ließ ihn einfach weiterreden. *Was ist das für ein Arzt, der ei-*

nem nur schlechte Nachrichten über*bringt? Ich meine, es muss doch auch irgendetwas Gutes geben.* Allmählich fragte ich mich, ob ihm das sogar Spaß machte.

Wegen des hohen Infektionsrisikos musste ich auf der Intensivstation bleiben und hatte dadurch viel Zeit zum Nachdenken. Die Wahrheit tat weh, aber sie war unausweichlich. Ich konnte nicht mehr singen. Nicht mehr Klavier oder Gitarre spielen. Und noch nicht einmal sprechen. Meine Kehle fühlte sich an, als hätte jemand kurzerhand die Stimmbänder herausgeschnitten. Und während mir die Konsequenzen in meinem vernebelten Kopf allmählich klar wurden, kehrte der Arzt mit neuen Hiobsbotschaften zurück. Er setzte sich wieder auf den Rollhocker zu mir ans Bett. „Ich habe Ihre Laborergebnisse."

Ich hörte zwar, was er sagte, aber mein Kopf nahm die Worte nicht auf.

„Wenn Sie also Ihr Herz klopfen hören wie einen Presslufthammer oder wenn Sie husten müssen und dabei Blut spucken und etwas, das wie Kaffeesatz aussieht ..."

„Und bis dahin?", krächzte ich.

„Leben Sie Ihr Leben."

„Wie ein Insasse im Todestrakt."

Er legte den Kopf schief. „Wenn Sie es so sehen wollen ..."

„Wie würden Sie es denn sehen, wenn Sie hier liegen würden?"

Dazu sagte er nichts.

Nachdenklich starrte ich aus dem Fenster in den blauen Himmel über Nashville. „Wie viel Zeit habe ich noch?"

Er ließ sich nicht festnageln. „Das weiß niemand."

Ich schwieg und betrachtete die Aussicht, bis er mich am Knie anstupste. „Mr O'Connor? Alles in Ordnung?"

„Vielleicht sollten Sie mich einfach Cooper nennen. Oder Coop." Meine Stimme war noch kratziger geworden.

Er nickte und verstand wohl, dass er mehr über mich und meinen Körper wusste als jeder andere Mensch auf diesem Planeten. Verlegen faltete er die Hände. „Ich wünschte, ich könnte auch mal mit guten Nachrichten zu Ihnen kommen, aber ..."

„Ich auch." Es gab keine guten Nachrichten, und das wussten wir beide.

„Draußen wartet Besuch auf Sie, aber ich wollte zuerst mit Ihnen reden."

Meine Stimme war nun ganz weg und ich griff nach der Schreibmappe auf meinem Nachttisch. Die Linke wollte längst nicht so schnell wie mein Gehirn. *Wissen sie Bescheid?*

„Nein."

Dann soll es auch so bleiben.

„Verstanden."

Er tätschelte meinen Fuß und verließ das Zimmer. Kurz darauf traten Daley und Sam ein. Sie hatte geweint und setzte sich hin – in sicherer Distanz zu mir, was mir seltsam vorkam. Sam stand am Fuß des Bettes und sah selbstgefällig aus.

Schließlich brach Daley das Schweigen. „Cooper, warum?"

Wieso nennt sie mich Cooper?

Verwirrt sah ich von ihr zu Sam und wieder zurück. Die Richtung, die dieses Gespräch nahm, gefiel mir überhaupt nicht. Schnell legte ich ein neues Blatt auf die Schreibmappe und schrieb: *Warum was?*

Sie putzte sich die Nase. Gerade stürmte ziemlich viel auf mich ein, aber mir fiel auf, dass sie meinen Ring nicht mehr trug. „Warum hast du das getan?", fragte sie.

Ich starrte auf ihre ringlose Hand. „Was denn?", krächzte ich.

„Sam ist bereit, es nicht an die große Glocke zu hängen. Es bleibt alles unter uns. Wenn du es zurückgibst."

Ich versuchte, den Nebel im Kopf abzuschütteln. Neue Kritzeleien. *Was zurückgeben?*

Daley warf Sam einen flehenden Blick zu, der wohl so viel hieß wie: *Lass mich ihm ins Gewissen reden, ja?*

Der sanftmütige Sam tätschelte ihr lächelnd die Schulter.

„Das, was du und dein Freund aus Sams Safe gestohlen habt."

So also wollte er mich vom Platz fegen.

Das hat er dir erzählt?, schrieb ich.

„Leugnest du es etwa?"

Glaubst du ihm etwa?

Sie zeigte auf seinen Kopf. „Dann erklär mir das da. Oder warum du da liegst."

Ich versuchte, schneller zu schreiben. *Was soll ich denn gestohlen haben?*

Daley warf Sam einen Blick zu. „Die achtzigtausend in bar. Und Bernadettes Schmuck."

Ich habe nie Poker gespielt. Kartenspiele waren nicht mein Ding. Aber jetzt, im Bett mit all den Schläuchen, die aus mir herausragten, wusste ich, dass Sam mich zu einer Partie gezwungen hatte und dass er nur Sekunden davon entfernt war, mich an die Wand zu spielen. Ich kritzelte wütend Großbuchstaben und hielt Sam den Zettel hin. *DAS HAST DU IHR GESAGT?!*

Er mimte den einfühlsamen und vergebungsbereiten Onkel. „Coop, es warten wirklich gute Dinge am Horizont auf uns. In ein paar Monaten wirst du ziemlich üppige Tantiemen einstreichen." Er tat, als würde er sich Mühe geben, die Sache locker zu sehen und die Vergangenheit ruhen zu lassen. „Weißt du, ein Teil dieses Schmucks gehörte Bernadettes Großmutter. Sie haben ihn noch vor dem Krieg aus Deutschland herausgeholt."

Wenn ich aus dem Bett hätte springen können, um ihm dieses selbstgefällige Grinsen aus dem Gesicht zu reißen, ich hätte es getan.

Sam hatte längst verstanden, besser noch als ich, dass er einfach nur den wunden Punkt bei Daley treffen musste, den ihr Vater ihr einst zugefügt hatte. Wenn er die Ich-bin-der-Einzige-auf-der-Welt-dem-du-vertrauen-kannst-Karte spielte, würde sie mich verraten. Ihre Erfahrung mit Männern sagte ihr, dass sie mir gerade dann, wenn es drauf ankam, nicht trauen konnte. Mal abgesehen davon, dass seine Strategie mir genauso viele Schmerzen verursachte wie die körperlichen Qualen, war sie brillant.

Ich lag da und ließ die zweite Story sacken. Sam hatte beide Male sein Blatt optimal gespielt. Er hatte den Medien eine Geschichte aufgetischt, die ihn als liebevollen Ersatzvater hinstellte und den Tonträgerverkauf massiv ankurbelte. Hinter verschlossenen Türen hatte er Daley die andere Geschichte erzählt. Beide trieben einen Keil zwischen uns und gleichzeitig Daley in seine Arme.

Ich starrte aus dem Fenster. *Was soll ich dagegen sagen? Was dringt zu ihr durch?* Ich spürte ein schmerzhaftes Stechen in der Seite. *Und selbst wenn ich sie davon überzeugen kann, dass ich die Wahrheit sage, welche Zukunft hat sie dann mit mir?* Allmählich klarte mein Kopf auf und ich fragte mich, was das Beste für Daley war.

Die Antwort gefiel mir nicht.

Sam half Daley auf und klopfte mir sanft auf den Fuß. „Bernadette würde sich sehr freuen, wenn du die Sachen zurückgibst. Es ist vergeben und vergessen. Wir tragen dir nichts nach." Er wies auf das Krankenzimmer. „All das hier geht auf mich. Wir haben die besten Ärzte geholt. Mach dir keine Sorgen, du musst nichts davon zurückzahlen." Er zog an Daleys Arm. „Na komm, Dee."

Er nannte sie sogar bei dem Spitznamen, den ich ihr gegeben hatte. Sie nahm seine Hand und sah ihn an. „Darf ich ihn kurz allein sprechen?"

„Na klar, Baby. Ich bin draußen, falls du mich brauchst."

Ich weiß, wie es sich anfühlt, wenn man ganz unten ist. Aber das hier war noch viel schlimmer. Mir war speiübel.

Daley stand am Fußende. Die Tränen kullerten ihr übers Gesicht. Die Arme verschränkt. Derselbe kalte Wind wie damals. Sie ging auf Distanz. Irgendwann schüttelte sie den Kopf und hielt sich eine Hand vors Gesicht. Die Wahrheit war so einfach: Ich hatte verloren.

Sie brachte ein „Wieso ...?" heraus, aber da brach ihre Stimme. „Nach allem, was er für uns getan hat ..." Langsam zog sie den Verlobungsring aus ihrer Tasche, legte ihn aufs Bett und ging nach draußen.

Der Duft von Coco Chanel umfing mich noch, als Sam eintrat.

Er stellte sich neben mich ans Bett. Thronte über mir. Schließlich beugte er sich zu mir herunter und lächelte, aber an seinem Lächeln war nichts Gutes mehr.

„Ich habe dich spielen gehört, als du siebzehn warst und mit dem lächerlichen Zirkus von deinem Vater herumgereist bist. Ich wusste sofort, dass du etwas Besonderes warst. Wir haben um dich geworben, haben versucht, Aufnahmen mit dir zu machen. Wir haben dir sogar eine Fender mit deinem Namen darauf geschickt, aber dein Vater wollte von alle dem nichts wissen. Achtzehn Monate später komme ich aus einer Kneipe, wo einer meiner Künstler von einem Punk an der Straßenecke ausgebootet wird. Die Leute strömten nur so aus dem Laden, um den Jungen auf der Straße zu hören. *Den schaue ich mir an*, dachte ich. Und wen sehe ich da? Dich. Mit der Gitarre, die deinen Vater berühmt gemacht hat. Die du gestohlen hattest. Du sahst so glücklich aus, so in Harmonie mit ‚Jimmy', dass ich nur zu gern jemanden bezahlte, ihn dir abzuknöpfen." Er lachte und schielte in eine Ecke. „Eine meiner Lieblingstrophäen."

Dann tippte er sich auf die Brust. Sein Atem roch nach Whiskey. „Ich entscheide, wer in diesem Geschäft Erfolg hast, verstehst du? Ich. Nicht du. Nicht dein Talent. Nicht dein Traum. Nicht deine begabten Finger." Er lachte auf. „Hast du wirklich geglaubt, ich würde dir Daley überlassen?"

Ich wollte etwas erwidern, aber ich kam mit Denken nicht nach.

„Du kannst uns ja eine Nachsendeanschrift hinterlassen, damit wir dir eine Heiratsanzeige schicken können." Er richtete sich auf und fuhr mit den Daumen an der Innenseite des Gürtels entlang. „Oh, und noch was." Er deutete auf Jimmy. „Das Souvenir kannst du behalten."

Seine Worte schnitten mir tief ins Fleisch und richteten noch mehr Schaden an als seine Kugel. Er wollte nicht nur Daleys Gesang. Er wollte Daley.

Das war das letzte Mal, dass ich Sam Casey sah.

Sechs Wochen später humpelte ich aus dem Krankenhaus und direkt zum nächsten Briefkasten. Ich hatte den Brief mit links geschrieben, was lange gedauert hatte und zudem noch unleserlich geworden war.

Die Musik reinigt uns von innen. Sie kann heilen, wo sonst nichts hilft. Sie ist das Wunder, das wir Lied nennen. Möge das Lied, das Du singst, für immer Deine Schmerzen lindern.
Ich liebe Dich.
Ich.

Ich hielt den Daumen raus und arbeitete mich nach Westen vor, bis ich den Pazifik erreicht hatte. Da blieb ich.

Kapitel 30

Ein Jahr verging. Ein zweites. Ich hatte kein Ziel. Wanderte umher Mietete mir eine Hütte an der Küste in Oregon. Sah den Gezeiten zu. Ich vergeudete fast ein Jahr dort. Meine Stimme wurde stark genug für ein Flüstern, später für ein heiseres Krächzen. Schließlich klang ich wie ein Kettenraucher mit fünf Schachteln am Tag. Auch meine Hand erholte sich, bis ich wieder etwas Gefühl darin hatte. Um meine Finger beweglich zu bekommen, zwang ich mich zum Zähneputzen und Schreiben. Egal was, Hauptsache die Muskeln und Nerven hatten zu tun. Schreiben war die größere Herausforderung. Zuerst schrieb ich nur Blockschrift. Später einzelne Buchstaben in Schreibschrift. Dann ein paar kurze Wörter, immer schön einen Buchstaben nach dem anderen.

Ein Instrument zu spielen, kam nicht infrage. Aber mir war auch gar nicht danach.

Allmählich kehrte mein Gehör wieder zurück. Zuerst juckte nur das Ohr. Dann konnte ich das Meer hören. Monate später die Wellen, wie sie an den Steinen zerschellten. Und schließlich die Möwen.

Ich lebte am absoluten Existenzminimum und hatte daher genug Geld, um ein paar Jahre durchzuhalten, aber irgendwann musste ich wieder arbeiten. Also verdingte ich mich wochenweise, bis mich die Langeweile packte oder ich es nicht mehr aushielt. Ich transportierte Äste für einen Baumchirurg im Norden Kaliforniens. Dann arbeitete ich in einem Restaurant an der Grenze zu Kanada und räumte schmutziges Geschirr ab. Ich war Tellerwäscher in Wyoming. Machte den Hausmeister in einem Motel in Nevada, saugte die Flure und putzte die Zimmer. Dann half ich bei der Weinlese im Columbia River Valley in Oregon. Nach fast drei Jahren hatte ich wieder so viel Kraft und Koordination in meiner Hand, dass ich ein paar Klimmzüge machen und Zahnseide benutzen konnte. Der Chef vom Motel verkaufte mir einen alten Jeep, der literweise Öl fraß, aber er brachte mich von A nach B. Ich fuhr mit ihm die Küste hinauf bis nach Washington und dann wieder Richtung Süden. Acht Jahre, sechs Monate und drei Tage, nachdem ich von zu Hause verschwunden war, und fast drei Jahre, seit Sam mich niedergeschossen hatte, stand ich auf einmal an der Ampel in Buena Vista. Unser Haus war nur acht Meilen entfernt.

Ich hatte lange Haare, einen Vollbart und überall am Hals- und Schulterbereich Narben. Meine Haut war wettergegerbt, der Blick härter, meine Bewegungen langsamer und bestimmter, die Hände voller Schwielen von den Kettensägen. Ich war ein anderer geworden. Ein Zusammengeflickter. Ein Zerbrochener.

Als ich über den Hügel fuhr und in die Auffahrt einbog, sah ich, dass die Hütte heruntergekommen und ungepflegt war. Unter dem, was wohl der Pick-up meines Vaters sein mochte, wuchs das Unkraut. Unser Bus stand neben der Garage. Ein Reifen war platt. Ich stellte den Motor ab und ging auf die Veranda. Es roch nach Kaffee. Ich klopfte und zu meiner Überraschung tauchte Big-Big aus dem Schatten auf. Seine Haare waren schneeweiß geworden, sein Gang schlurfend. Als er mich sah, hellte sich sein Gesicht auf und er breitete seine großen Arme aus. Mein schützender Kokon vor der Welt.

Ich stand da und ließ mich eine lange Zeit umarmen. Irgendwann löste er sich wieder von mir und sah mir direkt in die Augen. „Coop ..." Ein stiller Seufzer entfuhr ihm. Lange hatte er auf diesen Augenblick warten müssen. Und selbst jetzt fiel es ihm schwer, es auszusprechen. Ich wusste, was er sagen würde, bevor er es tat. „Coop ... dein Daddy. Er ist tot."

Big-Big und ich verbrachten den Tag auf der Veranda. Er erzählte mir, dass Dad ohne mich nicht weitergemacht hatte. Nicht, dass er nicht hätte weitermachen können. Aber sein Herz war nicht mehr dabei gewesen. Er hätte den Leuten etwas vorgemacht. Also hatte er alles verkauft, bis auf den Bus. Er hatte wohl gewusst, dass der eine Anruf von mir gekommen war. Das hatte ihm Hoffnung gemacht, dass ich zumindest noch lebte und an ihn dachte.

„Big-Big?", fragte ich.

Er sah weiter in die Ferne. „Ja, Junge."

„Woran ist er gestorben?"

Big-Big erhob sich aus Dads Schaukelstuhl, schüttete den Rest aus seiner Kaffeetasse über das Geländer, schnalzte mit der Zunge und wischte sich eine Träne weg. „Sein Herz hat einfach aufgehört zu schlagen. Mehr nicht."

Ich hatte das Gefühl, dass er mir etwas verschwieg.

„Und wo liegt er jetzt?"

Big-Bigs Blick wanderte den Berg hinauf. Dann zeigte er auf die Straße vor unserer Hütte. „Die Prozession war drei Meilen lang. Leute aus fünf Bundesstaaten. Ich sage dir, busweise waren sie gekommen." Er schüttelte den Kopf. „Wunderschöner Tag. Hab gesagt, was ich konnte, aber mit Worten war er der Bessere gewesen. Er wusste immer das Richtige zu sagen." Ein Windstoß fuhr zwischen uns hindurch und bewegte die Blätter in dem Espenhain.

„Ich gehe fast jeden Tag hoch und spreche mit ihm. Mit der Kaffeetasse in der Hand." Er winkte ab. „Vermisse ihn heute noch, mehr denn je."

„Und antwortet er dir?"

Big-Big sah mich prüfend an. Dann griff er in seine Brusttasche und zog einen Brief heraus. Mit meinem Namen darauf. Beim Anblick der Handschrift meines Vaters bekam ich einen Kloß im Hals. Big-Big gab mir den Umschlag und nickte in Richtung Berg. „Er wollte, dass du das bekommst. Und jetzt hoch mit dir, damit er mit dir sprechen kann."

Ich hielt den Brief fest umklammert, arbeitete mich durch die Espen voran und setzte mich ins Gras zwischen Mom und Dad.

Mein lieber Sohn,
heute Abend bist du gegangen. Hast The Falls *verlassen. Ich stand auf der Bühne und habe zugesehen, wie die Rücklichter immer kleiner wurden. Und jetzt sitze ich hier und frage mich, ob es richtig war, Dich ziehen zu lassen. Ob ich Fehler gemacht habe. Vielleicht war es verkehrt. Ich weiß es nicht. Mein Herz tut weh und ich kann mir vorstellen, Deins auch ...*
Ich kann nicht sagen, ob ich ein guter Vater war. Du musstest ohne Mutter aufwachsen und ich weiß, dass Du es gern anders gehabt hättest. Ich wünschte, Du hättest deine Mutter besser gekannt. Dann wärst Du für Deine Reise vielleicht vorbereitet gewesen. Deine Mutter war in vielen Dingen so viel besser als ich, zum Beispiel darin, Dir Zärtlichkeit beizubringen.
Ich weiß nicht, wann Du diesen Brief lesen wirst oder ob überhaupt. Aber falls ja, möchte ich, dass Du eins weißt: Meine glücklichsten Momente hatte ich, wenn ich Dir beim Gitarrespielen zusehen konnte. Wenn Du spielst, lebst Du auf. Musik ist die Sprache, die Dein Herz spricht, und Du beherrschst sie besser als jeder andere, den ich kenne.
Vielleicht wollte ich Dich vor zu vielen Dingen bewahren. Vielleicht hätte ich diesem Mistkerl an der Tankstelle Deine Aufnahmen überlassen sollen. Ich hätte wohl so einiges anders machen können. Aber dann denke ich an Dein Talent und ich möchte es beschützen und Dich davor bewahren, dass die falschen Leute es in die Hände bekommen. Was Du hast, ist etwas Besonderes, und wenn Du Dich einst an mich erinnerst, hoffe ich, dass Du das verstehst. Dass ich Dich vor denen beschützen wollte, die nur mit Dir Geld machen wollen.
In jener Nacht, als das Unwetter kam, hattest Du unter der Klavierbank Angst, weil Blondie auf dem Klavier saß. Ich habe Dir geglaubt, nicht, weil ich ihn sehen konnte, aber weil ich ihn hörte. Ich hörte sie alle. Mein Junge, ich höre sie seit Jahren. Jedes Mal, wenn Du spielst, höre ich die Engel singen. Ein ganzer Chor hängt an Deinen Fingern. Und ihr Gesang ist wunderschön. Die einzigen Male, wo ich sie nicht gehört habe, war beim Auftritt im Pedro's, *und als dieser windige Geschäftsmann Dich aufgenommen hat. Es wird eine Weile*

dauern, bis Du das verinnerlicht hast, aber Dein Talent ist nicht dazu da, damit Du im Rampenlicht stehst. Sondern um das Licht auf die weiterzuleiten, die in Hörweite sind. Dein Talent soll das Licht reflektieren, nicht aufsaugen. Auf der Bühne stehen und die Bewunderung des Publikums spüren, das kann jeder. Das grelle Scheinwerferlicht verleitet dazu. Aber nur die wenigsten beschließen, das Licht weiterzuleiten. Wenn Du siehst, wie man im Publikum die Hände hebt, wirst Du verstehen, was ich meine. Ob nun zu Recht oder nicht, ich möchte, dass Du Dein Leben dazu gebrauchst, Musik zu machen, zu der die Engel einstimmen. Sei ein Spiegel, der das Licht weiterleitet. Ich glaube, so ein Leben hat sich wirklich gelohnt. Das habe ich bisher nie so deutlich gesagt und es tut mir leid. Meine einzige Ausrede ist, dass Du der erste Sohn bist, den ich großziehe. Hab ein wenig Nachsehen mit mir. Ich mache das auch zum ersten Mal.

Nach gestern Abend hatte ich so ein Gefühl, Du würdest schon bald gehen. Im Zorn. Und ich habe damit gerechnet, dass Du mitnehmen würdest, was wir gerade hatten. Daher habe ich Dir alles, was ich habe, gegeben. Sieh es als Investition in Deine Karriere. Das gilt auch für Jimmy. Pass gut auf ihn auf. In Deinen Händen klingt er viel besser als bei mir und Deine Mutter hätte es so gewollt.

Hör Dir bitte an, was ich Dir zu sagen habe: Ich weiß, Du bist gerade wütend, aber lass diese Worte durch Deinen Panzer dringen. Lass sie in Dich einsickern und auf Dein Herz wirken. Was ich hier mit Dir teile, sind die wichtigsten Einsichten, die ich je zu Dir und mir hatte. Es ist meine Wahrheit. Und jeder hat das Recht darauf, die Wahrheit zu erfahren. Immer. Egal, wie schmerzhaft sie sein mag, die Wahrheit ist das Einzige, was uns frei macht und zugleich auch schützt. Wenn Du an unsere Zeit denkst, vergiss nicht: Meine Erinnerungen daran sind wertvoll und gut. Und zwar alle. Auch heute Abend.

Wenn Du an die Situation auf der Bühne heute denkst, an unsere letzten Worte und wie Du gegangen bist, halte nicht das Bild der Wut fest. Ich war nicht wütend auf Dich. Noch nie. Und ich werde es auch nie sein. Du kannst mich gar nicht so hart treffen, dass ich die Arme vor Dir verschließen würde. Das geht einfach nicht.

Achtzehn zu sein ist nicht einfach. Genauso wenig, wie seinen Platz in der Welt zu finden – vor allem, wenn der Vater einen großen Schatten wirft.

Noch eine letzte Sache. Wenn Du dort angekommen bist, wo Du hingehst, wirst Du eine Lüge hören, die heute sehr beliebt ist. Sie lautet ungefähr so: Wenn Du es nicht schaffst, wenn Du keinen Erfolg hast und am Ende herausfindest, dass Du es allein nicht schaffst, sondern gescheitert bist, dann hast Du das Recht verwirkt, wieder nach Hause zu kommen. Um meine Gunst zu erlangen, musst Du erfolgreich sein. *Als ob die Welt Dir bereitwillig ein Zertifikat ausstellen würde, wenn Du allen bewiesen hast, dass Du auch allein zurechtkommst. Das ist eine Lüge, direkt aus der Hölle. Sie hat noch nie gestimmt. Aber vor allem der Schluss dieser Lüge ist so fatal. Er lautet:* Es gibt einen Punkt, ab dem man nicht mehr zurückkehren kann. Irgendwo in der Zukunft gibt es etwas, was du tun könntest, wo du landen oder versacken könntest, von wo aus du nicht mehr das Recht hast, je wieder nach Hause zu kommen. Und wenn du diese Grenze einmal überschritten hast, führt kein Weg mehr zurück.

Kauf ihnen diese Lüge nicht ab.

Die Wahrheit lautet: Egal, was heute Abend auf der Bühne passiert ist, egal, wo Du landest, was geschieht oder was aus Dir wird, egal, was Du gewinnst oder verlierst, ob Du Erfolg hast oder scheiterst, ob Du ganz oben bist oder untergehst und womit Du Dir deine Finger schmutzig machst … es gibt immer einen Weg zurück.

Du kannst nach Hause kommen.

Und wenn Du kommst, wirst Du mich dort stehen sehen, die Arme ausgebreitet, den Blick auf die Straße gerichtet auf der Suche nach Dir.

Ich liebe Dich.

Dad

Ich fuhr mit den Fingern über die Gravur seines Namens auf dem Grabstein und versuchte zu sagen, was ich so oft geübt hatte, aber es ging nicht. Die Gefühle, die ich so lange unterdrückt hatte, suchten nach einem Weg nach draußen. In meinem Bauch formte sich eine Welle, ein Strudel, ein Vulkan, der mir nur noch genug Zeit gab, um mein Gesicht abzuwenden. Wut, Traurigkeit, Schuld und Reue ergossen sich über den alten, stillen Waldboden. Der Schmerz krempelte mein Innerstes nach außen, schoss aus mir heraus und riss mich mit sich. Mein Brechkrampf dauerte mehrere Minuten. Als er endlich nachließ, setzte ich mich auf, wischte mir den Mund mit dem Ärmel und begriff, dass ich mit sechsundzwanzig Jahren Waise war.

Der Anker meines Lebens war abgetrennt worden.

TEIL 3

Kapitel 31

Das Feuer war heruntergebrannt. Ich war wieder trocken und zitterte nicht mehr so stark. Big-Big legte mir eine Hand auf die Schulter und verschwand so leise, wie er gekommen war. Ich war wieder allein mit meinen Erinnerungen und Dads Brief. Ganz allmählich wurde mir warm, aber das Zittern konnte ich nicht verhindern. Ich saß da, starrte auf den Fluss und dachte an meinen Dad, der genau dort gestorben war. Ertrunken wegen eines Herzinfarkts.

Wie waren seine letzten Minuten gewesen? Hatte er wenigstens nur den Herzanfall erlitten und war schon tot gewesen, bevor er ins Wasser gefallen war? Oder hatte er den stechenden Schmerz in der Brust gespürt und vergeblich versucht, aus dem Fluss herauszuklettern, bis ihn die Strömung davonzog? Selbst mit vierundvierzig konnte ich die Vorstellung kaum ertragen. Dad war doch stark wie ein Bär gewesen. Wenn sein Herz ausgesetzt hatte, dann, weil es gebrochen war. Und ich war schuld daran. Das war der schlimmste Gedanke von allen.

Im Lauf der Nacht las ich den Brief Dutzende Male. Er sprach meine tiefsten Fragen an, wie nur Dad es konnte, und war wie Balsam auf meine Wunden. Aber er ließ auch die schmerzhafte Sehnsucht in mir wachsen, seine Stimme wenigstens ein letztes Mal zu hören.

Der nächste Morgen war ein Freitag. Ich schlief aus, duschte, verbrachte etwas Zeit mit Jimmy auf der Veranda und fuhr dann nach Leadville, wo ich den Nachmittag über bleiben wollte. Aber als ich dort ankam, wartete kein alter Mann auf mich. Kein Straßenpublikum. Kein Gitarrenkoffer. Keine Musik in der Luft. Nur aufgeweichte Zigarettenstummel an der Straßenecke.

Ich ging in die Kneipe gegenüber. „Haben Sie den alten Mann gesehen, der auf der anderen Straßenseite Gitarre spielt?"

„Jube, meinen Sie?"

„Ich weiß nicht, wie er heißt."

„Gestorben. Vor einer Woche. Genau da an der Ecke. Mit der Gitarre in der Hand. Den Koffer voller Geldscheine. Und ein Lächeln auf den Lippen."

Ich wandte mich zum Gehen. „Wissen Sie, wo er beerdigt wurde?"

Der Wirt zeigte mir eine Richtung. „Zwei Straßen weiter, dann links. Am Ende der Straße kommt ein Friedhof. Er liegt irgendwo in der hinteren rechten Ecke. Sie werden es schon finden, das Grab ist ja noch frisch."

„Danke."

Der Friedhof war frisch gemäht worden und sah sehr gepflegt aus. Bald hatte ich im Licht der untergehenden Sonne seinen Grabstein gefunden. Es stand kein Datum darauf.

Jubal Tyre
Liebevoller Vater
Fünfundachtzig Jahre lang lag ihm die Musik im Blut
„Das Volk, das ich mir bereitet habe, soll meinen Ruhm verkündigen."

Eine Zeit lang stand ich nur da. Und sah auf das Wort *verkündigen*. Die alte Bibelübersetzung war für mich oft schwer zu verstehen gewesen, aber über diesen Vers hatte mein Vater einst gepredigt. Er hatte oft bildliche Beispiele genutzt, wenn er gepredigt hatte, und so hatte er einen Besen auf die Bühne geholt und gesagt, einen Hund vom Hof zu jagen, sei nicht „verkündigen". Dann machte er es vor. „Verschwinde! Hau ab!" Danach stellte er eine drei Meter hohe Leiter auf, kletterte auf die zweithöchste Sprosse und formte wie ein Herold einen Trichter mit den Händen am Mund. „*Verkündigen* heißt hinausposaunen!“, rief er laut. „Ausrufen. Ohne Scheu. Oder aus Leibeskräften singen!“, fügte er verschmitzt hinzu.

Ich dachte an den alten Mann an der Straßenecke. Auf ihn passte die Beschreibung wie angegossen.

Als ich den Friedhof verlassen wollte, stand auf einmal ein Junge vor mir. Er war vielleicht zwölf und hatte eine Gitarre in der Hand, die er wie eine Axt über der Schulter trug. Es war die Gibson, die ich dem Alten geschenkt hatte.

„Kannten Sie ihn, Mister?“

Ich vergrub die Hände in den Hosentaschen. „Wir sind uns mal begegnet.“

Der Junge nahm die Gitarre ab. „Haben Sie ihm die gegeben?“

Ich nickte.

Er starrte mich ungläubig an. „Großvater meinte, der Mann, der ihm die gegeben hat, sei der beste Gitarrist, dem er je begegnet ist.“ Er hielt sie mir hin. „Wollen Sie sie wiederhaben?“

Ich musterte ihn. „Kannst du spielen?“

Sein Blick wanderte zum Grabstein. „Grandpa hat mir ein bisschen was beigebracht.“

Interessanterweise schien er kein Interesse daran zu haben, mir das zu beweisen. Das war Indiz genug für mich. Ich konnte die Hornhaut an seinen Fingerspitzen sehen. Also spielte er nicht erst seit gestern.

Ich deutete auf den frischen Grabhügel. „Hat er sie dir geschenkt?“

Er nickte.

„Behalte sie“, sagte ich.

Wir blieben stehen und betrachteten stumm den Grabstein. „Was ist passiert?“, fragte ich den Jungen schließlich.

„Hat sich zu Tode gesoffen“, sagte er nüchtern. „Der Körper wollte nicht mehr.“

„Ich meine davor. Vor Jahren.“

Er zuckte mit den Schultern. „Er hat meine Grandma geliebt, aber die weite Welt noch mehr. Mom sagt, eine ihrer ersten Erinnerungen ist, wie sie am Straßenrand stand und Grandpa in einen Bus stieg. Für Grandma war die Straße immer die eifersüchtige Geliebte. Manchmal war Grandpa monatelang verschwunden. Schrieb uns Postkarten, machte Versprechungen. Manchmal schickte er auch Geld." Der Junge dachte nach. „Als meine Mom von zu Hause auszog und aufs College ging, zog Grandma den Telefonstecker aus der Wand und verbrannte alle seine Sachen. Grandpa kam nach Hause und fand nur noch einen Aschehaufen vor. Sein Schlüssel passte nicht mehr. Da verkroch er sich in der Flasche und kam nie wieder raus."

Ich nickte. „Manch einer trägt seine Schande öffentlich mit sich herum."

Sein Blick blieb an meinen Narben hängen. „Und Sie?"

Ich nickte. Der Junge war nicht dumm. Er gefiel mir. „Ja."

„Was ist passiert?"

„Ich war jung und wollte unbedingt meine Pläne umsetzen und so habe ich jemandem den Rücken zugedreht, dem ich viel bedeutete. Und dann bin ich an die falschen Leute geraten."

„Und sind Sie umgekehrt?"

Ich lachte. „Ja. Irgendwann."

„Und?"

„Als ich nach Hause kam, war mein Dad tot. Das ist alles nun schon achtzehn Jahre her."

„Haben Sie Ihren Dad lieb gehabt?"

Ich nickte einmal. „Habe ich immer noch."

„Ich habe meinen Dad nie kennengelernt."

„Dann hat er mächtig was verpasst."

„Sagt meine Mom auch." Nachdenklich runzelte er die Stirn. „Wenn Sie dreißig Sekunden hätten und Ihrem Vater noch etwas sagen könnten, was wäre das?"

Ich ging nicht darauf ein. „Was würdest du denn deinem Dad sagen?"

Er zuckte mit den Achseln. „Dass uns diese Fleischwurst nicht schmeckt und dass Mom am Ende des Monats die Milch immer mit Wasser strecken muss. Dass ich, wenn es kalt wird, Feuerholz von den Nachbarn klaue und es Mom nicht verrate, aber ich glaube, sie weiß es, weil sie immer wegguckt, wenn ich wieder reinkomme. Ich würde ihm sagen, dass ich den Talentwettbewerb an der Schule schon drei Mal in Folge gewonnen habe. Und dass ich gute Zensuren habe. Dass ich lesen kann wie ein Collegestudent. Und dass Mom manchmal abends weint, wenn ich im Bett liege. Durch die Wand kann ich sie hören." Er sah mich an. „Solche Sachen eben."

Ich hockte mich vor ihn hin und schnalzte mit der Zunge. „Meinem würde ich sagen, dass es mir leidtut."

Der Junge nickte und ging.

„Soll ich dich ein Stück mitnehmen?", rief ich ihm nach.

Er schüttelte den Kopf und zeigte auf eine Hütte oben am Hang. Weißer Rauch kam aus dem Schornstein und eine Frau stand auf den Stufen, ein Tuch um die Schultern gelegt, und beobachtete uns.

„Wie heißt du eigentlich?", wollte ich wissen.

Er zeigte auf den Grabstein, als wäre das schon Erklärung genug. „Jubal."

Das Abendessen war schon vorbei, als ich in Riverview anhielt. Mary lag im Bett und döste. Ich setzte mich neben sie und beobachtete, wie sie schlief. Nach einer Weile machte sie die Augen auf und fixierte mich mit einem davon. „Wie lange bist du schon hier?"

„Ein paar Minuten."

Auf einmal schien sie ziemlich aufgebracht zu sein. „So, so ..."

Ich half ihr, sich aufzusetzen, und stopfte ihr einige Kissen in den Rücken. Der Ammoniakgeruch sagte mir, dass ihre Windel gewechselt werden musste.

„Hast du schon gehört?", fragte sie.

„Was denn?"

„Daley spielt in *The Falls*."

„Wann?"

„In ein paar Wochen."

„Wie ist das denn passiert?"

„Das Video von euch beiden im *Rope* hat sich verbreitet wie ein Lauffeuer. Und ich begreife immer noch nicht, wieso niemand mich eingeladen hat."

„Das war eher so eine spontane Aktion."

„Das ist keine Entschuldigung. Jedenfalls ist sie in irgendeinem Casino aufgetreten und hat Songs gespielt, die niemand je gehört hat. Ziemlich gute Songs, wie man hört. Ihre Auftritte waren bald ausverkauft. Deswegen soll in *The Falls* ein Livealbum aufgezeichnet werden. Mit Chor und allem Drum und Dran."

Ich ahnte, was jetzt kam.

„Bringst du uns hin?"

„Uns?"

Mary machte eine ausladende Handbewegung. „Na uns!"

Ich lachte. „Big-Big auch?"

„Natürlich."

Ich war mir ziemlich sicher, dass ich in einem Monat nicht mehr am Leben war. Aber trotzdem drückte ich ihr die Hand. „Abgemacht."

Kapitel 32

Die Tabletten, die ich zur Beruhigung meines Magens nahm, zeigten schon längst keine Wirkung mehr und meine einzige Abhilfe gegen die tickende Zeitbombe in mir war das Untertauchen in eiskaltem Wasser. Immer häufiger bekam ich die Anfälle, ständig hatte ich diesen bitteren Geschmack im Mund, meine Ohren sausten, der Appetit war weg und die Zeit, die ich unter Wasser bleiben musste, um wieder etwas Ruhe in meinen Organismus zu bringen, wurde immer länger, aber die Wirkung hielt immer kürzer an. Mir gingen die Möglichkeiten aus.

Also blieb ich immer in der Nähe meiner Hütte. In der Nähe des Bachs. Weil Kaffee mir auf den Magen schlug, trank ich keine Honey Badgers mehr, sondern schlürfte Ingwer-Pfefferminztee mit Honig. Ich aß Vanilleplätzchen und Bananen, trank Milch und las Dads Brief. Außerdem legte ich mich oft hin, aber nie länger als eine Stunde, weil ich besser auf die Schmerzen reagieren konnte, wenn ich wach war.

Am Freitag fuhr ich in die Stadt, parkte an den Gleisen und erledigte ein paar Dinge. Ich ging in den Beautyshop und buchte für Mary einen Hausbesuch am Samstagmorgen mit Sonderbehandlung.

Dann ging ich zum Notar und sorgte dafür, dass Mary gut versorgt war. Ich hinterlegte genügend Geld für Frank, damit er seine Rechnungen bezahlen konnte, die Künstler nicht mehr länger übers Ohr hauen musste und mit seiner Frau und Tochter in Urlaub fahren konnte, bevor es zu spät war. Auf meinen Wunsch hin hatte sich der Notar nach Jubal Tyre erkundigt. Ich legte ein Konto für seine Collegeausbildung an und hinterließ seiner Mutter genügend Geld, damit sie nicht für den Rest ihres Lebens auf billige Fleischwurst angewiesen war. Das konnte zwar den abwesenden Vater nicht ersetzen, aber es war eine Hilfe. Den Rest vermachte ich Daley.

Beim Schneider holte ich meinen neuen dunkelblauen Anzug ab und auf der Post ein Paar feine Schuhe, die dort in einem Paket auf mich warteten. Schließlich beglich ich noch alle offenen Rechnungen. Dann ging ich zum Friseur und ließ mir zum ersten Mal seit zwanzig Jahren wieder vernünftig die Haare schneiden. Als der Friseur wissen wollte, wie, lächelte ich nur. „Ich muss anständig aussehen. Oder zumindest vorzeigbar." Als ich mit kurzen Haaren aus dem Friseursalon trat, fühlte ich mich wie nackt.

Buena Vista brummte. An jeder Laterne hingen Plakate, Übertragungswagen parkten an der Main Street, Antennen ragten bis über die Dächer. Imbisshändler standen an den Ecken, von mobilen Grills stiegen verlockende Düfte auf, alle Hotels innerhalb eines Radius von dreißig Meilen waren belegt. Die Marketingstrategie von Daleys Produzenten hatte jedenfalls funktioniert. In meiner fünfunddreißigjährigen Erfahrung mit *The Falls* hatte ich die Stadt noch nie so voll erlebt. Buena Vista platzte aus allen Nähten. Collegestudenten, die zum verlängerten Wochenende gekommen waren, Biker im besten Alter mit ihren Frauen auf glänzenden Harleys, Allradfahrzeuge mit Wohnwagen, Wanderer und die Einheimischen – die Stadt sah aus wie eine bunte Parade zum vierten Juli.

Ich stand an der Tankstelle, ließ das Benzin in den Jeep laufen und beobachtete lächelnd, wie sich der dichte Verkehr und die bunten Menschenmassen durch die Stadt schoben. Es war ein kühler, schöner Herbsttag. Westlich der Collegiate Peaks zogen einige Schneewolken auf, die ein zauberhaftes Wochenende versprachen. Daley hätte sich keinen besseren Zeitpunkt aussuchen können. Die Kulisse war einfach malerisch.

Ich hatte alles an mir heruntergefahren. Meine körperliche Aktivität. Meinen Puls. Sogar meine Entscheidungen. „Ein Wochenende noch“, sagte ich mir.

Aber ich ahnte, dass ich falschlag.

Das Ticken wurde lauter. Die Niagarafälle kamen näher. Der aufziehende Sturm am Horizont nahm inzwischen mein ganzes Sichtfeld ein. Bald würde mich das Tosen, das ich seit zwanzig Jahren auf Abstand hielt, einholen und mir den Regen von der Seite ins Gesicht peitschen. Die Pflöcke meines Lebenszelts würde das Unwetter mit Leichtigkeit herausreißen. Ohne Vorwarnung würde der Blitz einschlagen und meine Welt in Brand setzen. Dann gab es keine Klavierbank, unter der ich mich verstecken konnte, keinen starken Arm, der mich wie ein Kran emporhob. Ich hielt an der Ampel, starrte in den Rückspiegel und hörte das Donnergrollen hinter mir.

Als es grün wurde, überquerte ich die Kreuzung und spürte auf einmal einen seltsamen Druck im Kehlkopf. Schnell schnappte ich mir ein Taschentuch, hustete hinein und starrte auf einen tiefroten Fleck. Die nächste Welle setzte sich im Magen in Gang, stieg nach oben und bescherte mir diesen süßlichen Geschmack im Mund. Dieses Mal versprühte ich das Blut von innen an die Windschutzscheibe.

Mir blieben nur noch wenige Minuten.

Ich rammte den dritten Gang hinein und jagte den Jeep auf der 306 mit 7.000 Umdrehungen im roten Drehzahlbereich in Richtung Cottonwood Creek. Zwei Meilen später stieg ich bei fast hundert Meilen pro Stunde auf die Bremse, bog knapp ohne Überschlag auf die 361, raste bergab und zielte auf den Bach. In meinen Ohren rauschte es mittlerweile wie ein Wasserfall. Ich scherte von der Straße aus, verfehlte knapp eine Pappel, schoss über die Uferkante und flog durch die Luft. Mit der Schnauze zuerst krachte der Jeep in den rauschenden Bach. Die 36-Zoll-Reifen gruben sich in den sandigen Wasserlauf des Gewässers, bis das Wasser knapp unter dem Stoßfänger durchfloss. Rauch stieg unter der Motorhaube auf, aber durch den Ansaugschnorchel am Dach surrte der Motor weiter. Der Wagen kam zum Stillstand. Ich schnallte mich ab und kippte ins Wasser. Der Kälteschock nahm mir den Atem. Das Wasser zog an meiner Kleidung, drückte mich unter Wasser und immer wieder sanft gegen den Grund. Ich wartete.

Irgendwann war mein Kopf wieder über Wasser und ich wurde in eine aufrechte Haltung gedrückt. Ich keuchte und würgte. Das Wasser war hier nur knietief. Ich kippte wieder zur Seite, rollte um meine Achse, tauchte unter und wurde unter einen ins Wasser hängenden Baum gezogen. Dahinter war der Bach breiter und hüfttief. Mein Hintern und die Beine schleiften über den Grund. Mit der Schulter prallte ich auf einen basketballgroßen Stein. Schnell klemmte ich einen Arm darum und hakte mich mit dem Fuß zwischen zwei Steinen am Grund ein, damit ich nicht weiter bachabwärts und in den Arkansas River gespült wurde. Wenn es so weit kam, würde man meine Leiche nie finden.

Die Sekunden verstrichen. Das Ufer war nur drei Meter entfernt, aber es hätte genauso gut kilometerweit weg sein können. Meine Zähne klapperten nicht mehr und die Kälte hatte aufgehört, wie Nadeln zu stechen.

In den vergangenen zwanzig Jahren hatte ich Dutzende dieser Anfälle überlebt. Ich zählte sie schon lange nicht mehr. Je nachdem, wie lange ich im Wasser bleiben musste, um die Flut zurückzudrängen, verlor ich dabei hin und wieder die Orientierung. Der Trick war, klar genug im Kopf zu bleiben, um es im Wasser auszuhalten, aber trotzdem noch genügend Kräfte übrig zu behalten, um wieder herauskrabbeln und an einen trockenen und warmen Ort gelangen zu können. Normalerweise stoppte der erste Kälteschock die Blutung, bevor sie unkontrollierbar wurde. Aber ohne das ging es nicht. Alles hing von der Kälte des Wassers ab. Die Blutung musste gestillt sein, bevor bei mir endgültig die Lichter ausgingen.

Es war ein Geduldsspiel.

Irgendetwas zwickte auf der Nase und der Stirn, die einzigen Körperteile über der Wasseroberfläche. Als ich die Augen aufmachte, merkte ich, dass es schneite. Ein Lächeln kroch in mein Gesicht. Der Gedanke, im Schnee zu sterben, eingehüllt in eine weiße Decke, gefiel mir.

Meine Wahrnehmung engte sich immer weiter ein. Meine letzten Gedanken galten Daley. Ich hätte gern ihr Konzert miterlebt.

Dann spürte ich, wie es zu Ende ging.

Plötzlich wurde mein friedlicher, stiller Abschied bei Schneefall und leichten Wellen von eiskaltem Wasser von einem aufjaulenden

Motor, knackenden Ästen und einem lauten Platschen unterbrochen. Irgendjemand watete ungestüm durchs Wasser.

Ich spürte Hände unter meinen Achseln und wie mich jemand ans Ufer zog. Das Wasser schwappte mir übers Gesicht, aber dazwischen sah ich die Silhouette von Daleys Gesicht gegen den grauen Himmel, aus dem unzählige Schneeflocken niedergingen. Sie zerrte mich ans steinige Ufer, nahm meinen Kopf in ihren Schoß, schrie mich an und ohrfeigte mich. Ich konnte sehen, wie sie voller Panik den Mund bewegte, aber ich hörte fast nichts und spürte noch weniger.

In meinem Mund hatte sich das Blut gesammelt. Als ich husten musste, hüllte ich uns beide in roten Regen ein. Dabei kam mir nur ein einziges Wort über die Lippen: „F-f-f-feuer."

Daleys Gesichtsausdruck wurde noch panischer. Sie legte meinen Kopf ab, verschwand und kurz darauf hörte ich das unverkennbare Geräusch des Jeeps. Daley fuhr offensichtlich stromabwärts, am Ufer hinauf und parkte direkt neben mir.

Einheimische wissen, wie schnell das Wetter in Colorado umschlagen kann. Eben noch scheint die Sonne und eine Minute später schneit es. Weil niemand vorhersagen kann, wann das passiert, haben die meisten von uns eine Kiste im Wagen, in der alles Nötige ist, um ein paar Tage im Schnee zu überleben. Daley durchwühlte meine Notfallkiste und machte einen kleinen Holzstapel. Dann zog sie den Benzinkanister aus dem Jeep, tränkte das Holz, lud die Signalpistole und schoss von hinter dem Wagen in den Stapel.

Ich beobachtete erstaunt und halb weggetreten, wie findig und geistesgegenwärtig sie vorging. Als hätte sie das schon einmal gemacht. Daley kehrte zu mir zurück und zog mich über die harte Erde so nah ans Feuer, bis dessen Wärme deutlich zu spüren war. Dann riss sie mir die Kleider vom Leib. Als ich nur noch in Unterhosen dalag, holte sie meinen Schlafsack aus dem Jeep, zog sich selbst die nassen Sachen aus und kroch mit mir hinein. Auch sie zitterte und rieb mir die Arme und den Rücken.

Wenn man längere Zeit in eiskaltem Wasser gelegen hat, kommt zuerst das Kältegefühl zurück. Und der Schmerz. Gleichzeitig. Danach beginnen grobe Zuckungen, weil der Körper unwillkürlich auf das sauerstoffreiche Blut und die elektrischen Impulse in den Gliedmaßen reagiert. Als Letztes setzt ein unaufhörliches Zittern ein und der verzweifelte Versuch, warm zu werden.

Es ist kein Vergnügen.

Kapitel 33

Eine Stunde verging. Zeitweilig verlor ich das Bewusstsein. Als ich endlich wieder etwas Farbe im Gesicht hatte und mit dem Kopf nicht mehr unkontrolliert hin und her zuckte, krabbelte Daley aus dem Schlafsack und legte nach. Alles, was sie in die Finger bekam. Am Ende hatten wir ein prasselndes Feuer. Sie holte eine Zeltplane aus der Kiste in meinem Jeep, spannte sie als Schutz vor dem Schnee über uns auf und schlüpfte wieder in den Schlafsack. Ich spürte nur noch, wie sie ihre eisigen Füße um meine Waden schlang, dann dämmerte ich wieder weg. Als ich zu mir kam, hingen unsere Sachen über uns und trockneten unter der Zeltplane. Daley hatte ihre Arme und Beine um mich geschlungen und mich in eine Art Kokon gehüllt. Ich sah es als gutes Zeichen an, dass sie ihre Beine ein paar Tage nicht rasiert hatte.

Es waren lange Minuten, die ich dalag und ihren Duft einsog. Coco Chanel, gemischt mit ihrem eigenen Körpergeruch. Ich spürte ihre weiche Haut. Ihre Körperwärme. Als ich schließlich die Augen wieder aufmachte, sah sie mich an. Ihr Gesichtsausdruck sagte mir, dass sie besorgt war und wütend zugleich. Ich war ihr eine Erklärung schuldig. Während sie mich noch ansah, wurde mir bewusst, dass das Wasserstoffblond von vor einem Monat ihrem natürlichen Bernsteinbraun gewichen war. Daley sah aus wie vor zwanzig Jahren. „Du hast mich angelogen", sagte sie leise.

Ich wusste, dass sie unsere Unterhaltung an der Bushaltestelle meinte. „Es war keine richtige Lüge", erwiderte ich.

„Dann hast du mir nicht die volle Wahrheit gesagt."

„Ich wollte dich nicht verletzen."

„Cooper, ich bin seit zwanzig Jahren verletzt. So ist nun mal das Leben." Sie legte ihre Arme noch enger um mich. „Entweder du sagst mir jetzt, was du dich die ganze Zeit nicht getraut hast, oder ich zerre dich zurück in den Fluss und halte deinen Kopf so lange unter Wasser, bis du redest."

Auf der Bühne im *Ryman* hatte ich sie vom ersten Augenblick an für ihre Stärke bewundert. Und auch jetzt, nach zwei Jahrzehnten, hatte sie nichts davon eingebüßt. Ich schluckte. Mir war klar, dass ich nicht in der nächsten Minute sterben würde, und fing ganz von vorn an.

„Nach dem Brand hat Sam zwei Geschichten in die Welt gesetzt. In der ersten haben er und ich in seinem Büro einen Räuber überrascht. Der hat mich angeschossen, Sam auf den Kopf geschlagen, das Büro in Brand gesetzt und hat sich wie ein Geist aufgelöst. Unter Einsatz seines Lebens hat Sam uns beide aus dem Inferno herausgeholt."

Daley nickte.

„Das war die Version für die Öffentlichkeit. Und übrigens auch die Version, die mir die Ärzte erzählt haben, als ich im Krankenhaus aufgewacht bin."

Daley nickte wieder.

„Die zweite Version, die angeblich die Wahrheit sein soll, ist die, die er dir erzählt hat. Sein ach so selbstloser Versuch, die Sache nicht an die große Glocke zu hängen und mir zu helfen. Danach hat Sam mich und noch einen zweiten geheimnisvollen Mann dabei überrascht, wie wir seinen Safe ausräumten und eine ziemlich teure Martin mitgehen ließen. Er stellte uns zur Rede, die Sache eskalierte und mein sogenannter Komplize schoss auf mich und schlug Sam nieder. Und wieder rettete mich Sam unter Einsatz seines Lebens, obwohl ich ihn gerade hintergangen hatte, während mein ungenannter Komplize uns einfach dem Feuer überließ. Vermisst wurden achtzigtausend in bar und der Schmuck von Bernadettes Mutter, der über zweihunderttausend Dollar wert war. Klingelt es da bei dir?"

„Ja."
„Was aber, wenn keine der beiden Geschichten stimmt?"
Daley sagte nichts.
„Nachdem ich weg war und du im Tonstudio warst, wie waren die Songs?"
„Gut."
„Und danach?"
„Nicht mehr so gut."
„Und was ist in dieser Zeit passiert? Zwischen dir und Sam, meine ich?"
„Sam hat Annäherungsversuche gemacht. Aber ich habe Nein gesagt."
„Hat er auf einmal lauter andere Mädchen gehabt, die dich ersetzen sollten?"
„Ja, aber er hat doch ständig neue Talente eingekauft."
„Und ihre Songs? Waren sie gut?"
„Sehr sogar."
„Wo hatte er die Songs wohl her?"
„Sam war halt immer am Puls der Zeit und wusste, was in der Stadt angesagt war. Das war ja gerade sein Talent. Sam hatte überall seine Songschreiber."
„Nach dem Brand gab es ziemlich viel Aufhebens um das Geld und den Schmuck dieser Frau, seiner Trophäe. Aber worüber hast du nie ein einziges Wort gehört?"
Daley schüttelte den Kopf. „Ich weiß es nicht, Coop. Das ist schon so lange her. Worauf willst du hinaus?"
„Was hatte ich immer bei mir?"
„Dein Notizbuch."
„Selbst heute; hast du mich jemals ohne es gesehen?"
„Nein."
„Kommt es dir nicht seltsam vor, dass Sam das Wertvollste, was bei dem Brand verloren ging, nie auch nur mit einem Sterbenswörtchen erwähnte, obwohl wir beide wissen, dass er es nur zu gerne in die Finger bekommen hätte?"
„Aber ... das Feuer hat doch alles zerstört und du bist nur mit dem nackten Leben davongekommen."
„Und findest du das nicht ungeheuer praktisch?"

„Aber warum hast du nie etwas gesagt?“

Ich fuhr fort. „Und jetzt will ich dir Story Nummer drei erzählen. Sam hat dich entdeckt, sich um dich gekümmert und dich groß gemacht. Sein Plan lief wie am Schnürchen, bis zu dem Abend, als du im *Ryman* auftratst. Da hat die Welt gehört, wie du meinen Song gesungen hast. Sam ist nicht dumm. Wo *ein* Song ist, sind vielleicht noch mehr. Also ermuntert er dich, mich näher kennenzulernen, und dann gesellt er sich dazu. Er sieht, wie ich ständig in mein kleines Buch schreibe, und wittert eine Goldmine. Das Problem ist, ich lasse es nicht aus den Augen, genauso wenig wie dich. Außerdem wird ihm klar: Die musikalische Quelle in dir wird von dem Notizbuch und dem Stift in mir gespeist. Also braucht er einen Plan, wie er dich bekommt, das Notizbuch und mich aus dem Weg räumt, alles auf einmal.

Sam wartete nur darauf, mich allein in seinem Büro zu erwischen, wo ich eigentlich gerade Jimmy stehlen wollte. Er hätte es sich selbst nicht besser ausdenken können. Er erkannte seine Chance, knallte mich über den Haufen, setzte alles in Brand, um die Spuren zu vernichten, und ‚rettete‘ mich dann. Den Rest kennst du. Als sich der Rauch verzogen hatte und meine Haut im Krankenhaus nur so abblätterte, hat er mir erfolgreich die Fähigkeit genommen, irgendwelche Musik zu machen. Und er hat meine Songs gestohlen. Aber eins ist mir noch wichtiger als diese Songs, und das weiß er. Du. Aber er weiß auch, dass mir eines bewusst ist: Ohne meine Songs hast du keine Zukunft. Und du willst auf einmal nichts mehr mit mir zu tun haben. Ich sage dir, worauf er spekulierte: dass ich mir aus Liebe eingestehe, du hättest bei ihm mit meinen Songs eine bessere Zukunft als mit diesem verbrannten und gebrochenen Körper.“

Ungläubig schüttelte sie den Kopf. „Wieso bist du nicht zu mir gekommen? Und hast mir alles erzählt?“

„Versetz dich doch einmal in meine Lage, Daley. Sieh es von meiner Warte im Krankenbett aus. Was für eine Zukunft konnte ich dir bieten? Es war das Beste für dich, wenn ich den Mund hielt. So konnte Sam aus meinen Songs eine Karriere für dich machen. Abgesehen davon konnte ich weder sprechen noch hören und noch nicht einmal allein zur Toilette gehen. Wie sollte ich dir das dann alles erklären?“

Daley setzte die Puzzlesteine zusammen. „Aber dann habe ich seine Avancen abgeblockt und er hat deine Songs jemand anderem gegeben."

„Genau."

„Aber das erklärt nicht den geheimnisvollen dritten Mann. Du hast seine Existenz nie abgestritten, und dass Sam sich diese Platzwunde am Kopf selbst zugefügt hat, kann ich nicht glauben. Sie war riesig, ehrlich."

Ich schüttelte den Kopf. „Dieses Puzzleteil werde ich wohl nie finden. Ich glaube schon, dass es einen dritten Mann gab, aber das kann ich genauso wenig beweisen wie den ganzen Rest. Manchmal sehe ich in meinen Träumen einen Mann, der in eine Decke gewickelt durchs Feuer springt. Auf mich zu. Aber ich kann mich nicht bewegen. Und die Flammen schlagen schon bis zu meinem Hals. Ich kann nicht atmen und dann wache ich auf und ringe nach Luft, weil ich mich in die Decke gewickelt habe ..."

Bei Daley fielen einige Groschen. „Also gab es überhaupt keine Beute? Kein Geld, keinen Schmuck? Es ging die ganze Zeit nur um ... deine Songs?" Sie sah mich fragend an.

„Und um dich."

„Bis ich ihn abwies."

„Genau."

Die Wahrheit über die Vergangenheit trieb ihr die Tränen in die Augen.

„Ich erzähle dir den Rest", sagte ich. „In diesem Notizbuch waren siebzehn Songs. Und weil ich die Nashville-Notation inzwischen ziemlich gut draufhatte, brauchte Sam mich nicht einmal, um sie ihm vorzuspielen. Die ganze Arbeit war schon getan. Dann hast du ihn abblitzen lassen und er hat sich die Nächste gesucht. Meine Songs hat er auf vier verschiedene Sängerinnen verteilt, die daraus zwölf Nummer-eins-Hits und fünf Mal Platin machten."

„Und du konntest nicht beweisen, dass es eigentlich deine Songs waren."

„Ich konnte nicht spielen. Nicht singen. Nicht mal diskutieren." Ich überlegte. „Damals dachte ich, wenn ich mich leise aus dem Staub mache, würde Sam die Songs nehmen und daraus drei oder vier Singles für dich machen. Vielleicht fünf. Und damit den

Grundstein für die nächsten zehn, fünfzehn Jahre deiner Karriere legen, wenn er clever war. War er ja auch. Ich lag im Krankenhaus und wusste: Am besten war es, wenn ich nicht im Weg war. Also verschwand ich. Still und heimlich. Ein Jahr verging. Ein zweites. Und dann hörte ich auf einmal meine Songs im Radio, aber es war nicht deine Stimme, die sie sang. Doch da war es schon zu spät."

Daley starrte in Richtung Straße. Ich konnte sehen, wie es in ihr arbeitete. „Du hast siebzehn Nummer-eins-Hits für fünf verschiedene Künstler geschrieben?"

Ich sagte nichts.

„Aber du hast dich nie bei mir gemeldet."

„Hättest du mir denn geglaubt?"

„Zu dem Zeitpunkt wahrscheinlich nicht. Aber das erklärt nicht, warum du dich zwanzig Jahre nicht gemeldet hast. Zwanzig Jahre, Cooper. Das ist eine lange Zeit, in der du mich hast warten lassen."

Jetzt war der richtige Augenblick gekommen. „Dee, als Sam auf mich geschossen hat, ist die Kugel durch meine Leber gedrungen. Die gute Nachricht ist, dass die Leber sich selbst heilen kann. Die schlechte ist, dass die Kugel wie eine fliegende Rasierklinge hindurchgesäbelt ist. Als sie sie herausgeholt hatten, war es zu spät. Es entstand zu viel Narbengewebe. In solchen Fällen glaubt die Leber, sie wäre missbraucht worden und reagiert mit einer Zirrhose. Das konnte man schon auf den ersten Laborergebnissen im Krankenhaus sehen. Und bei jedem Test bis heute."

„Wie bei einem Alkoholiker?"

„Ja. Aber für eine Leberzirrhose braucht man gar keinen Alkohol. Nur Schäden. Und davon habe ich mehr als genug. Die Narben und Verhärtungen haben dazu geführt, dass sich in meiner Speiseröhre Krampfadern gebildet haben."

Daley stützte sich auf einen Ellbogen. „Und was heißt das?"

„Alle Organe schicken ihr Blut in Richtung Leber. Aber wenn die Leber beschädigt ist, kann das Blut nicht mehr vernünftig hindurchfließen. Der Druck nimmt zu, es gibt einen Stau und das Blut sucht sich andere Wege. Und die erste Alternative ist das untere Ende der Speiseröhre." Ich tippte auf mein Brustbein, wo die Speiseröhre in den Magen mündet. „Das Problem ist, dass die Venen in diesem Bereich sehr dünn sind und dem Druck nicht standhalten. Ohne Vorwarnung kann es zu einem Riss kommen."

„Und was bedeutet das?"

„Dass ich eine tickende Zeitbombe bin. Niemand kann sagen, wann sie hochgeht, weil sie nicht wissen, wie meine Leber reagiert. Anfangs dachten die Ärzte, sie würde wieder heilen und ich könnte ein relativ normales Leben führen, aber die letzten zwanzig Jahre haben das Gegenteil gezeigt."

Ihre Lippen wurden schmal. Unter ihrem rechten Auge schimmerte ein Äderchen hervor. „Und wie stehen deine Chancen?"

Ich schüttelte nur den Kopf. „Schlecht." Missmutig starrte ich auf den Fluss. „Bis sehr schlecht. Wenn ich auf die letzten Jahre zurückschaue und an den Geschmack denke, den ich ständig im Mund habe, hat sich meine Leber nicht gut entwickelt. Was bedeutet, dass die Krampfadern jeden Augenblick und ohne Vorwarnung platzen können, und dann huste ich Blut und habe nicht mehr genug Zeit oder Geistesgegenwart, um den Notruf zu wählen."

Daley sah mich ungläubig an. „Es muss doch etwas geben ..."

„Es gibt nichts. Wenn es passiert, dann passiert es. Aber ich werde es nicht mehr mitbekommen, denn dann werde ich tot sein, bevor ich auf den Boden aufschlage. Entweder ich lebe jetzt den Rest meines Lebens oder ich rolle mich zu einem Ball zusammen und warte."

„Aber wieso bist du hier? Wieso der Bach?"

„Der Arzt im Vanderbilt hat mir gesagt, es gebe da eine Studie, wenn man das überhaupt so sagen könne, eines Wissenschaftlers im nördlichen Polarkreis. Sein Kollege war an Leberzirrhose erkrankt. Die anderen Ärzte hatten ihn schon aufgegeben. Aber dieser Arzt konnte das Leben seines Kollegen verlängern, indem er ihn jeden Tag für eine gewisse Zeit in eiskaltes Wasser tauchen ließ. Erst nur für wenige Sekunden, später für Minuten. Der Kälteschock zog das Blut aus den Gliedmaßen zurück, verlangsamte seinen Puls und zwang die Leber dazu, sich zu regenerieren. Dachten sie zumindest. Außerdem konnten die Venen in der Speiseröhre sich erholen und kräftiger werden."

„Und das hast du geglaubt?"

„Ich habe die Studie gelesen. Ich habe sogar mit dem Wissenschaftler telefoniert."

„Und was ist aus dem Kollegen geworden?"

„Er starb an einer Lungenentzündung."

Langsam begann Daley, das Ausmaß zu begreifen. „Ich hatte befürchtet, dass du so etwas sagen würdest." Sie kaute auf ihrer Unterlippe. „Und wie viel Zeit bleibt dir noch?"

Ich zuckte mit den Achseln. „Bevor du aufgetaucht bist, hatte ich vielleicht noch zehn Sekunden."

Sie schmiegte sich an mich und drückte ihr errötetes Gesicht an meins. „Deswegen hast du dich nie gemeldet. Du wolltest mir die seelischen Schmerzen ersparen."

„Es kam mir so egoistisch vor, wenn du dich in einen Mann verliebst, der morgen vielleicht nicht mehr da ist, oder doch."

„Ist dir je in den Sinn gekommen, dass ich da auch noch ein Wörtchen mitzureden hatte?"

„Ich wollte dich eben um keinen Preis so verletzen wie ..."

Ihre Stimme wurde zu einem Flüstern. „Ich habe die Hoffnung nie aufgegeben."

„Der Gedanke tröstet mich."

Daley bewegte sich und dabei legte sich ihre lange Silberkette auf meinen Brustkorb. Ich störte mich nicht daran. Der glitzernde Anhänger lag genau auf meinem Herzen.

Aber es war gar kein Anhänger.

„Als ich wieder ins Krankenhaus kam, lag da auf einmal jemand anderes in deinem Bett", sagte sie traurig. „Ich ging zu Riggs, aber dein Zimmer war ausgeräumt. Du bist nie wieder aufgetaucht. Ein paar Tage später lag das hier in der Post." Es war der Verlobungsring, den ich ihr vor zwanzig Jahren geschenkt hatte. Daley verschränkte ihre Finger mit meinen und legte unsere Hände auf meine Brust. „Ich habe die Hoffnung nie aufgegeben", sagte sie ein zweites Mal und schüttelte den Kopf.

Sie wartete nicht auf meine Antwort, sondern schmiegte sich noch näher an mich. „Wir haben zwanzig Jahre verloren. Und jetzt möchte ich keine zwanzig Minuten mehr verlieren."

„Dee ... ich trinke Pepto-Bismol wie Wasser. Ich esse meine Magentabletten wie Kaubonbons. Mein Schlaftrunk besteht aus vier Tabletten Alka-Seltzer gefolgt von Vanilleplätzchen. Ich habe alle Magentropfen der Welt versucht. Aber dadurch zögere ich das Unausweichliche nur hinaus. Ich kann nichts dagegen tun. Wenn es passiert, dann passiert es."

„Wir finden einen Spezialisten."

„Ich war schon in Denver. Massachusetts. Rochester. Die Ärzte sagen alle dasselbe."

Tränen tropften auf meine Brust. „Aber ich habe mich nun mal entschieden."

„Weißt du, was du da sagst?"

„Cooper, ich habe mich für dich entschieden."

„Aber welchen Preis wirst du dafür bezahlen müssen?"

„Ich weiß, welchen Preis ich schon bezahlt habe." Sie legte eine Hand an meine Wange. „Warum lässt du mich dich nicht einfach lieben?"

Nichts auf der Welt wollte ich lieber. „Darum geht es nicht."

„Worum dann?"

„Daley, das hier kann nicht gut ausgehen. Wir gehen eines Tages in den Supermarkt und du drehst dich nur eine Sekunde weg, und wenn du wieder hinschaust, bleibt von mir nichts als eine hässliche Pfütze am Boden. Du könntest mir abends einen Gutenachtkuss geben und am nächsten Morgen wachst du neben einer Leiche auf. Oder irgendwann ..."

Daley lächelte tapfer. „Ich will dir seit zwanzig Jahren einen Gutenachtkuss geben."

„Ich bin ein Todeskandidat, Dee. Das muss dir klar sein. Denk darüber nach. Ich möchte nicht, dass du dich in mich verliebst, weil ..."

„Weil?"

„Weil ich nicht da sein werde, um dich zu trösten, wenn es passiert ist."

Daley drückte mir einen Finger auf die Lippen. „Wir alle müssen einmal sterben, Cooper, und ich liebe dich doch schon so lange. Mich fortzuschicken, wird daran nichts ändern." Sie küsste mich, bis ihre salzigen Tränen auch mein Gesicht benetzten. „Du hast mir einmal geschrieben, dass Musik uns von innen reinigt. Dass sie heilen kann, wo sonst nichts hilft. Hast du das nicht gesagt?"

„Ja."
„Und hast du es auch so gemeint?"
Ich nickte.
„Wirklich?"
„Ja."
Ihr Körper straffte sich. „Dann lass es uns herausfinden."
„Und wenn es schiefgeht? Wenn das Schlimmste eintritt?"
„Ich will nicht zulassen, dass mir die Angst vor der Zukunft meine Träume raubt." Sanft drückte sie ihre Stirn gegen meine und schüttelte langsam den Kopf. Ihr Körper war warm. Ihr Atem wie eine Decke. Ihre rechte Hand klopfte sanft auf mein Herz. „Die Angst vor der Zukunft raubt mir nicht meine Träume."
„Und wie willst du das anstellen?"
„Ich werde deinen Song singen. Für dich."
Ich schlang die Arme noch fester um Daley und wiegte sie hin und her. „Mein Vater hätte dich sehr gern gehabt", sagte ich leise.

Kapitel 34

Ich sah auf die Uhr. Daleys Konzert fing in weniger als einer Stunde an. Wenn ich mich aufsetzte, drehte sich alles. Ich wusste nicht, wie viel Blut ich im Bach verloren hatte, aber mein Gefühl sagte mir, dass es mehr gewesen war als sonst.

„Du solltest lieber los zu deinem Konzert."

„Vergiss das Konzert. Ich bringe dich jetzt ins Krankenhaus."

„Dee, ich war schon im Krankenhaus. Die können auch nichts für mich tun ..."

Daley schien allmählich zu begreifen. „Das heißt, du lebst einfach damit? Und wartest?"

„Ja."

„Dann werde ich eben mit dir zusammen warten."

„Das ist keine gute Idee."

Sie presste die Lippen aufeinander. „Du kannst mir keine Angst machen, Cooper O'Connor. Und ich gehe nirgendwohin."

Ich stand auf. Wacklig, aber aufrecht. Das Rauschen im Ohr sagte mir, dass der Sturm nicht vorbei war, sondern ich mich nur in dessen Auge befand. Die zweite Hälfte würde kommen und ich konnte ihr nicht entrinnen. Mein Gedanke war, etwas Abstand zwischen mich und Daley zu bringen, aber ich wusste nicht, wie.

„Seit damals bin ich nicht mehr in *The Falls* gewesen. Ich würde es gern noch einmal sehen." Bis hierher stimmte es. „Und es geht mir schon besser. Ich glaube, es ist erst einmal wieder gut." Der Teil stimmte überhaupt nicht.

Daley legte die Arme um mich, als würden wir tanzen. „Dann lass uns dir erst einmal trockene Sachen besorgen."

The Falls war voll bis auf den letzten Platz. Ausverkauft. Die meisten Konzertbesucher waren Pärchen im mittleren Alter. Liebespaare. Hand in Hand. Daleys Team war schon ganz panisch, weil sie erst jetzt auftauchte. Daley führte mich in die erste Reihe, wo Big-Big neben Mary und einigen anderen aus Riverview saß. Sie setzte mich direkt neben Mary. „Wenn es dir schlecht geht, dann gib mir einfach ein Handzeichen und ..."

„Nichts da."

Sie stemmte die Hände in die Hüften. „Wie soll das hier funktionieren, wenn du nie tust, was ich dir sage?"

Während sie so dastand und mit mir schimpfte, fiel mir auf, dass sie tatsächlich davon ausging, mit der richtigen Pflege würde es mir bald besser gehen und ich könnte wieder gesund werden. Dass noch Hoffnung bestand. Dass wir gemeinsam alt werden würden.

Ich wollte nichts lieber, als mein Leben mit ihr zu verbringen.

Ich rang mir ein Lächeln ab und Daley verschwand hinter der Bühne. Mary sah mich mit einem Stirnrunzeln an und legte mir eine leicht zuckende Hand an die Wange. „Cooper?"

Ich zitterte. „Ich glaube, ich habe mir etwas eingefangen."

Big-Big sah mich von der Seite an. In seinem Blick spiegelte sich Sorge. „Hältst du das durch?"

Ich nickte und zog meinen zweiten Fleecepullover noch enger um mich. „Alles gut."

Eine halbe Stunde verging. Nach und nach trudelte der Chor ein, aber von Daleys Band fehlte jede Spur. Ich sah, wie Daley mit einem Mann sprach, wahrscheinlich ihrem neuen Produzenten. Er sah nicht glücklich aus. Daley hörte zu, verschränkte die Arme und ging langsam nickend davon. Zehn Minuten später standen sie wieder beieinander und Daleys Miene hatte sich noch mehr verfinstert.

Ich stand auf, wankte, wartete, bis es vorüber war, und ging zu ihnen. „Was ist los?"

„Unwetter in Denver. Die ganze Front Range ist völlig eingenebelt. Meine Band sitzt im Bus fest und kommt nicht weiter."

„Du hast keine Band?"

Daley schüttelte den Kopf. „Die Show wird abgesagt."

Ich ließ den Blick über das Amphitheater schweifen. „Das wird den Leuten nicht gefallen."

Sie nickte und sah mich nur an. Ihre McPherson stand aufrecht im Ständer auf der Bühne.

„Wir könnten es auch auf die alte Art machen", sagte ich.

Daley reagierte nicht, sondern legte mir eine Hand auf die Stirn. „Du siehst blass aus."

„Wenn wir erst einmal angefangen haben, wird es mir besser gehen."

„Das halte ich für keine gute Idee."

Ich wandte mich an den Produzenten und zeigte auf die McPherson. „Können Sie die auch mit einem Funksystem ausstatten?"

Fragend sah er Daley an und wartete auf eine Erklärung. „Er bietet an, für die Band einzuspringen", erklärte sie.

„Für die ganze Band?" Der Produzent sah skeptisch aus. „Und wer bitte schön sind Sie?"

Daley antwortete für mich. „Das ist Cooper O'Connor. Er ist der Songwriter."

Der Mann sah wenig beeindruckt aus. „Von welchem Song?"

Daley sah mich an. „Von allen."

Er maß mich mit prüfendem Blick, sprach aber weiter mit Daley. „Er sieht nicht gut aus. Bist du sicher, dass er ..."

„Geben Sie mir fünf Minuten", sagte ich und wandte mich an Daley. „Und dich möchte ich um einen Gefallen bitten."

Sie lächelte. „Alles, was du willst."

Ich sagte ihr, was ich brauchte, hing mir die McPherson um und ging zur Toilette. Dass das etwas bringen würde, bezweifelte ich, aber ich kippte den Rest der Peptoflasche hinunter und stopfte mir eine ganze Rolle Magentabletten in den Mund.

Draußen hörte ich Applaus und Daleys Stimme über die Lautsprecher. „Leute, ich habe schlechte Nachrichten", sagte sie. „Meine

Band steckt irgendwo vor Denver in einem Schneesturm fest. Mein Produzent hat vorgeschlagen, die Show abzusagen."

Das Publikum buhte lautstark und sparte nicht mit unflätigen Bemerkungen.

Daley lachte. „Dass ihr so reagiert, habe ich meinem Produzenten gesagt."

Die Buhrufe ließen nach und ein paar Zuschauer fingen an zu klatschen und zu pfeifen.

„Also werden wir es heute Abend ein wenig anders machen."

Das Publikum spürte, dass noch nicht alles verloren war, und applaudierte lauter.

„Wenn es euch nichts ausmacht, werden wir das ganze Konzert nur mit einem Klavier, einer Gitarre und unseren Stimmen bestreiten. Wenn wir falsch singen, dann hört ihr wenigstens die ganzen Fehler."

Daley erntete Gelächter.

Big-Big kam in die Toilette und sah mich mit der leeren Peptoflasche in der einen und der Tablettenverpackung in der anderen Hand. Er zog eine Augenbraue hoch. „Weißt du auch, was du da tust?"

„Nein." Ich warf alles in den Müll und wusch mir das Blut von den Händen. „Du musst mir einen Gefallen tun."

„Du gehörst ins Bett."

Ich sah finster drein. „Und du meinst, das würde helfen, ja?"

„Nein, aber dann würde es mir besser gehen. Dann würde ich mich nicht so hilflos fühlen."

„Wenn du mir wirklich helfen willst ..."

Big-Bigs Augen wurden feucht, als ich ihm von dem Ordner beim Notar erzählte. Ich bat ihn, sich darum zu kümmern, dass Mary gut versorgt war, dass Frank erfuhr, wer sein Chef gewesen war, Jubal und seine Mutter zu besuchen, ihm eine von meinen Gitarren zu schenken und immer wieder mal nach Daley zu sehen.

Als Letztes sagte ich: „Und wenn das passiert, was ich denke, was kommt, dann ... lass Daley das nicht sehen." Ich zögerte. „Das wird nicht schön aussehen."

„Und die ganzen Leute da draußen?"

„Hol mich einfach von der Bühne runter."

Big-Big sah zu Boden und schüttelte den Kopf. „Cooper ..." Auf einmal war seine Stimme leise und sanft.

Ich drehte mich um. Sein Gesicht glühte rotbraun. „Ja?"

„Ist nicht mein erstes Mal hier."

Ich lächelte. Wie recht er hatte. „Wir hatten gute Zeiten, nicht wahr?"

„Oh ja. Wir drei zusammen." Er wischte sich mit einem Taschentuch übers Gesicht. „Aber das meine ich nicht. Ich muss dir etwas sagen. Hätte ich schon vor langer Zeit machen sollen." Er zog einen Umschlag aus seiner Hosentasche.

„Du warst drei, vielleicht vier Jahre fort. Es war still geworden hier. Dein Vater war gealtert. Er predigte gar nicht mehr. Eines Abends saßen wir da, hörten Radio und tranken Kaffee wie immer. Da kam auf einmal eine flüsternde Stimme über den Äther. ‚Bitte sing mein Lied für mich', sagte sie. Er wusste sofort, dass du das warst. Hat noch nicht mal seinen Kaffee ausgetrunken. Noch an demselben Abend fuhr er bis nach Nashville ..."

„Mein Vater war in Nashville?"

„Er nahm sich ein Motelzimmer und versuchte, dich zu finden. Ein paar Wochen war er weg. Hab nichts von ihm gehört. Und dann, auf einmal, war er wieder da und meinte, du wärst mit einem Mädchen namens Daley auf Tour. Er hatte sich ihr Album gekauft. Also saßen wir oft abends auf der Veranda und lauschten deiner Gitarre und ihrer Stimme. Dein Dad hat in diesem Jahr oft gelächelt. Dann hörten wir, dass du zurück bist. Und neue Aufnahmen machst. Er war so aufgeregt, dass er es kaum noch aushielt. ‚Dann fahr doch hin', sagte ich zu ihm. Und er ließ sich das nicht zweimal sagen. Also machte er sich auf den Weg. War ein paar Wochen weg.

Dann, eines Morgens, sehe ich mir die Nachrichten an und da ist plötzlich dieses hübsche Gesicht auf der Mattscheibe und spricht über dich und einen Brand und dass sie nicht wissen, ob du wieder gesund wirst ... Kurz darauf kam dein Dad angefahren. Er schaffte es kaum noch aus dem Wagen. Und ich brauchte ihn nur einmal anzusehen und wusste Bescheid. Er war halb tot. Humpelte. Hustete. Fiel fast durch die Tür. Ich tat, was ich konnte. Schlief auf einer Liege in seinem Zimmer. Brachte die Ärzte zu uns nach oben.

Sie taten, was sie konnten. Er versuchte zu kämpfen, aber es stand einfach zu schlecht um ihn ..."

Allmählich fügten sich die Puzzleteile für mich zusammen. „Big-Big?"

Er sagte nichts.

„Woran ist mein Vater gestorben?"

Big-Big wandte das Gesicht ab.

„Bitte."

„An Komplikationen."

„Ausgelöst wodurch?"

Big-Big sah mich direkt an. „Ein Feuer."

„Ein *Feuer?*" Kaum hatte das Wort meinen Mund verlassen, wurde mir seine Tragweite bewusst.

Big-Big schnalzte mit der Zunge und räusperte sich. „Er hat so hart gekämpft. Hat sich jeden Tag in den Bach gesetzt. So lange, bis er blau wurde. Und es ging ihm auch eine Zeit lang besser, bis sich die Infektion auf seine Lunge legte. Eines Morgens hörte ich ihn am Schreibtisch husten. In einem fort. Alles Mögliche hustete er heraus. Ich wusste sofort, dass es schlimmer geworden war und er dringend zu einem Arzt musste." Big-Big schluckte und presste die Lippen aufeinander.

„An jenem Tag saß er ganz normal am Schreibtisch wie sonst auch. Und schrieb. Aber dann fing er an zu husten. Er bekam fast keine Luft mehr. Da kam er zu mir und sagte, was er von mir wollte. Ich musste ihm mein Wort geben. Er gab mir einen Brief und verschwand in Richtung Bach. Ich habe ihn noch gefragt, ob ich mitkommen soll, aber er lächelte nur und schüttelte den Kopf. Also blieb ich da. Er meinte, er sei gleich wieder zurück."

Big-Big drehte den Umschlag in den Händen hin und her. Die Handschrift meines Vaters war unverkennbar.

„Ich hörte ihn auf dem Weg zum Bach noch husten. Dann wurde es still. Einfach so. Ich dachte mir, ich schaue besser nach ihm. Habe mich beeilt, aber der Anstieg ist ziemlich steil und ich bin nicht mehr der Jüngste, also musste ich zwischendurch stehen bleiben und kurz verschnaufen. Als ich oben ankam, war es zu spät. Er war fort. Hab den ganzen Tag nach ihm gesucht. Die ganze Nacht. Bin jeden Zentimeter dieses Baches abgelaufen. Erst zwei

Tage später habe ich ihn gefunden." Big-Big zeigte auf *The Falls*. „Die Strömung hat ihn erfasst. Hat ihn viel weiter getragen, als ich dachte. Als ich ihn fand, lag er auf dem Rücken, die Hände über dem Bauch gefaltet, mitten im Wasserbecken dort unten."

Ich versuchte, etwas zu sagen, aber ich bekam keinen Ton heraus.

Er nickte nur. Tränen standen ihm in den Augen. „Hab ihm versprochen, nichts zu sagen. Hab ihm mein Wort gegeben."

„Aber ... wieso? All die Tränen. All dieser sinnlose Schmerz. Warum?"

Er sah mich nicht an. „Ich habe ihm gesagt, dass man ein Recht auf die Wahrheit hat, wenn das Herz mit im Spiel ist. Wenn man jemanden liebt." Er trat von einem Bein aufs andere. „Seit zwanzig Jahren gärt das in mir. Frisst mich von innen auf." Big-Big lachte gequält. „Aber du weißt ja, wie er sein konnte."

„Warum jetzt?"

„Er meinte, ich solle dir das nur geben, wenn ..."

„Wenn was?"

Dicke Tränen liefen ihm über die Wangen. „Wenn es bei dir um alles geht. Wenn die Wahrheit entscheidet, ob du ein Leben mit Liebe führen kannst ... oder eines ohne."

Big-Bigs Lippen bebten. „Du bist nicht der Einzige, der seit zwanzig Jahren leidet. Jedes Mal, wenn ich dich sehe, sehe ich ihn. Und jedes Mal, wenn ich dich singen höre ..." Er schüttelte den Kopf und schneuzte in ein weißes Taschentuch. Dann faltete er es wieder zusammen und steckte es in die Tasche. „Hab nie wieder solche Vaterliebe gesehen ..."

Big-Big hielt mir den Brief hin und schien irgendetwas in dem Umschlag festzuhalten. „Drei Tage hat er gesucht. Von Sonnenaufgang bis Sonnenuntergang. Irgendwo zwischen ein paar Steinen hat er ihn schließlich gefunden, im letzten Sonnenlicht ..."

Mit zitternden Händen öffnete ich den Brief. Er hatte ihn am Tag seines Todes verfasst.

Mein lieber Sohn,
ich schreibe diesen Brief, weil es mir nicht gut geht. Irgendein Infekt in den Lungen, den ich einfach nicht loswerde. Drei Mal Antibiotika, und nichts hilft. Ich schreibe seit einer Woche an

diesem Brief, aber jedes Mal, wenn ich ihn lese, drückt er nicht das aus, was ich sagen will, also fange ich von vorne an. Aber ich habe nicht mehr viel Zeit. Bitte nimm von deinem alten Herrn ein paar letzte Ratschläge an.
Ich weiß nicht, ob Du es gemerkt hast, aber ich war in Nashville. Ich wollte Dir sagen, dass es mir leidtut. Wollte Dich lächeln sehen, Dich umarmen, Deine Stimme hören. Ich wollte allen sagen, dass Du mein Sohn bist. Eines Abends habe ich Dich gefunden, in einem Restaurant mit Daley. Ihr standet draußen und habt auf einen Tisch gewartet. So glücklich hatte ich Dich noch nie gesehen. So erwachsen. Dein Lächeln. Die Fröhlichkeit in Deiner Stimme. Eure zärtlichen Berührungen.
Und dann Daley. Wie sie Dich angeguckt hat, sich bei Dir untergehakt und angelehnt hat. Und wie sie immer wieder den Ring bewunderte, den Du ihr geschenkt hattest ... Das hat mich an Deine Mutter erinnert. Deine Mutter war eine sehr gefühlsbetonte Frau. Ihre Hände waren wie ein Echolot, wie Antennen. Sie wollte immer wissen, wie es uns gerade miteinander ging. Ich sei ihr Angelpunkt, meinte sie. Für Daley bist Du das und ich wette, Deine Mutter hätte Daley sofort ins Herz geschlossen. Ich konnte hören, wie ihr über Studioaufnahmen spracht, bei einem Produzenten namens Sam oder so. Ich dachte, ich lasse euch euer Abendessen genießen und komme lieber an einem anderen Abend dazu. Aber irgendetwas Gutes wollte ich euch tun, also habe ich das Essen bezahlt und den Kellner gebeten, ein paar Rosen und Champagner an euren Tisch zu bringen. Ich hoffe, er hat es auch gemacht.
Es war nicht schwer, Sams Haus zu finden. Ich wartete dort bis Freitagabend. Dann wolltet ihr alles im Kasten haben. Eigentlich wollte ich Dich allein erwischen. Damit wir in Ruhe reden konnten. Wenn Du noch immer wütend auf mich warst, würde ich mich leise zurückziehen können, ohne großes Aufsehen zu verursachen. Als Du in das hintere Gebäude gingst, sah ich meine Chance gekommen.
Da hörte ich die Explosion.
Als ich Dich fand, warst Du blutüberströmt, Deine Kleidung brannte und Du warst unter einem Dachbalken eingeklemmt.

Ich war mir nicht sicher, ob wir da lebendig herauskommen würden. Immer wieder hat Du „Dad, es tut mir leid ..." wiederholt und da wusste ich, dass ich viel früher nach Nashville hätte kommen müssen.
Mein Junge, es gibt nichts, was ich Dir vergeben müsste. Nichts. Ich hatte Dir schon in dem Augenblick vergeben, als Du davonfuhrst. Du kannst mich nicht so sehr verletzen, dass ich anfangen würde, Dich zu hassen. In Wahrheit bin ich es, dem die Sache leidtun sollte.
Ich weiß, dass ich manchmal herrisch und erdrückend sein kann. Und dass ich einen langen Schatten werfe. Wenn ich Dir das Gefühl gegeben haben sollte, dass Du unter meiner Fuchtel warst und ich Dich von Deinen Träumen abgehalten habe, dann tut es mir leid. Sehr. Bitte verzeih mir. Das war nicht meine Absicht. Vielleicht habe ich nicht das richtige Maß gefunden, Dich zu beschützen und zu unterstützen. Vielleicht hätte ich es besser machen können. Oder anders.
Wenn Big-Big Dir diesen Brief gegeben hat, dann ist etwas in Deinem Leben passiert, von dem er denkt, dass die Wahrheit Dir helfen kann, auch wenn sie wehtut. Du solltest wissen, dass ich ihn gebeten habe, meine Krankheit und die Ursache meines Todes geheim zu halten. Er musste mir sein Wort geben. Wenn Dich das wütend macht, gib mir die Schuld. Ich wollte Dich davor bewahren, Dich irgendwie für mich verantwortlich zu fühlen. Denn das bist Du nicht. Und bevor Du anfängst zu argumentieren: Keine Macht dieser Welt konnte mich davon abhalten, für Dich durchs Feuer zu gehen. Nicht damals und nicht heute.
Jetzt, wo Du die Wahrheit kennst, möchte ich Dir noch sagen, was ich euch beiden damals im Restaurant gesagt hätte. Ich wusste schon immer, dass Dein Talent etwas Besonderes ist. Glaub mir, es ist einzigartig. Meine schönsten Erinnerungen haben mit Dir zu tun, wie Du spielst und singst. Angefangen mit dem Abend, an dem das Unwetter kam. Dein Gesang gehört zu den schönsten Dingen, die ich je gehört habe. Mir scheint, ein Teil davon ist nicht von dieser Welt. Auch wenn die Musik Dich von Buena Vista fortführen sollte, The Falls *ist Dein musikali-*

sches Zuhause und wird es immer sein. Ich weiß, dass das nicht einfach ist, aber lass Dir das niemals wegnehmen, egal, womit Du zu kämpfen hast. Manchmal müssen wir auch trotz Narben singen. Manchmal ist ein Lied das Einzige, was uns von innen heraus heilen kann. Das Einzige, was die Ketten um unser Herz sprengt. Jimmy hat mir das nach dem Tod Deiner Mutter beigebracht. Pass gut auf ihn auf.
Und wenn Du je wieder in einem Sturm steckst, wo der Himmel schwarz ist und die Blitze die Welt um Dich in Flammen setzen, wenn Du Angst hast oder Dir die Hoffnung fehlt, dann denk an den furchtlosen kleinen Jungen auf der Klavierbank, der gegen den Sturm anspielte und es einfach rausließ. Lass Dir von der Angst vor der Zukunft nicht die Träume rauben.
Ich habe Dich lieb. Jede Sekunde, seit Du geboren bist. Und niemals bist Du zu weit weg, um nicht doch zurückzukommen.
Dein Vater

Unten war mit Klebestreifen mein Eichenring befestigt.

Kapitel 35

Ich konnte nicht fassen, dass mein Vater den Ring gefunden hatte. Wie lange hatte er danach gesucht? Hatte Big-Big davon gesprochen? Drei Tage? Und wo hatte er ihn gefunden? Als ich ihn von der Bühne geschleudert hatte, war ich ziemlich wütend gewesen und vor allem sicher, dass er auf Nimmerwiedersehen verloren war. Ich schob ihn auf den Finger und spürte nicht Schuld, Scham oder Schmerz, sondern Eigentum. Identität. Zugehörigkeit. Mit Dads Brief in der einen Hand und dem Ring an der anderen fühlte ich etwas, das mir seit langer Zeit abhandengekommen war.

Ich erinnerte mich an den Abend im Restaurant. An die Kerzen. Unsere Fröhlichkeit. Es war einer unserer glücklichsten Momente gewesen, aber ich war immer davon ausgegangen, dass Sam den Champagner und die Rosen geschickt hatte. Im Nachhinein fühlte ich mich schuldig, dass ich Sam die schöne Idee meines Vaters zugerechnet hatte.

Mittlerweile stand Daley auf der Bühne im Scheinwerferlicht. Sie hatte überhaupt keine Scheu vor Publikum, sondern stand einfach da in ihren ausgewaschenen Jeans und einem weißen Hemd. Sie fühlte sich wohl in ihrer Haut und war einfach sie selbst. *Ob ihr mich mögt oder nicht, ich bin hier und gebe mein Bestes.*

Sie würde eine Zeit lang leiden, aber sie würde das durchstehen. Daley war stark.

Sie trat ans Mikrofon. „Ich möchte euch den besten Singer-Songwriter vorstellen, den ich kenne. Er hat alle meine Songs geschrieben, die irgendetwas taugen. Vielleicht erinnert sich jemand an meinen ersten Auftritt im *Ryman* vor zwanzig Jahren, da war er auch dabei. Aber um ihn vorzustellen, möchte ich jemanden auf die Bühne bitten, der ihn noch besser kennt als ich. Mr Ivory ‚Big-Big' Johnson."

Big-Big stieg die Stufen zur Bühne hinauf und schon allein seine Anwesenheit ließ das Publikum verstummen. Fünftausend Menschen wurden mucksmäuschenstill, als der zwei Meter große, breitschultrige Riese mit dunkler Haut, schneeweißem Haar und durchdringendem Blick lächelnd ans Mikrofon trat.

Big-Big wischte sich mit seinem Taschentuch über die Stirn und räusperte sich. Kaum hatte er begonnen zu sprechen, tauchte links neben mir ein Kameramann auf und lieferte eine Großaufnahme von meinem Gesicht für die Videoleinwand. Ich schaute von weit hinten im Publikum in Richtung Big-Big und er sah mich von vorn an. Als er auch noch mit dem Finger auf mich zeigte, drehten sich alle Köpfe zu mir um.

„Ich weiß noch, als er ein kleiner Junge war. Drei Jahre vielleicht. Oder vier. Ein kleiner Flachskopf mit langen Haaren, die ihm in seine grünen Augen fielen. Ein stiller Junge. Neugierig. Vorsichtig. Aber vorsichtig heißt nicht schwach, denn eines Tages schubste ihn ein älterer Junge und nahm ihm sein Eis weg. Und sein Geld fürs Mittagessen. Das ließ er nicht auf sich sitzen. Er sprang auf, wischte sich die Tränen ab und holte sich sein Geld zurück. Ich weiß noch, dass ich lachen musste. Der Apfel fällt eben nicht weit vom Stamm. Für den kleinen Cooper gab es nur Schwarz oder Weiß. Kein Grau. Schon damals hatte er breite Schultern. Ein stämmiges Kerlchen mit breitem Kiefer. Er ging mir gerade bis zur Hüfte. Aber er hatte große Hände. Erinnerte mich immer an einen Welpen mit großen Pfoten.

Als ich aus dem Gefängnis kam, lud mich sein Vater, der das alles hier gebaut hat, zum Frühstück ein. Dann gab er mir Arbeit. Er war der Einzige, der mir eine Chance gab, auch wenn ich sie nicht verdiente – angesichts meiner Vergangenheit. Damals war die Zeit der Zeltmissionen. Die gute alte Zeit. Als die Glühwürmchen noch die Felder zum Leuchten brachten. Lange bevor viele von euch auf der Welt waren. Der Junge stand meist bei mir im großen Zelt, im Schatten neben der Bühne. Anfangs habe ich mich unwohl gefühlt. *Sieht der Junge denn nicht meine Hautfarbe? Weiß er, wo ich herkomme? Was ich getan habe?*

Wenn doch, dann hat er es jedenfalls nicht gezeigt. Er stand nur da, hielt sich mit einer Hand an meinem Hosenbein fest und starrte unentwegt auf die Bühne, wo sein Vater sprach, schweißgebadet, mit der Bibel in der Hand. Darüber, wie Gefangene frei werden. Wie alles neu wird. Wie Verlorenes gefunden wird. Manchmal, wenn die Stimme seines Daddys laut wurde und dröhnte, umklammerte der Junge meine Hand. Dann sah ich nach unten und dachte: *Gott muss doch gut sein*, denn was ich da hielt, war das Beste, was mir je passiert war.

Der Junge wurde größer. Und irgendwann saß ich am Klavier und sah in die Menge. Tausende waren gekommen und kampierten im Regen. Das Zelt war brechend voll und sogar draußen in der Dunkelheit standen noch Leute. Sie alle wollten seinen Vater hören. Der Mann hatte wirklich Talent. Ich sehe diesen Abend noch vor mir. Wir waren hier, genau hier an diesem Ort. Der Pastor sprach über den himmlischen Kampf um jede Seele. Da wurde es draußen um das Zelt herum auf einmal finster. Die Wolken verschluckten den Mond, sodass die, die draußen standen, die eigene Hand vor Augen nicht mehr sehen konnten. Und dann, ohne jede Vorwarnung, schlug der Blitz ein, mitten ins Zelt. Der Junge und ich machten vor Schreck einen Riesensatz. Er umklammerte mein Bein und zitterte wie Espenlaub. Und ich erst. Mir standen die Haare zu Berge. Rauch erfüllte das Zelt, weil der Blitz die Zeltwand getroffen hatte. Sie war mitten entzweigerissen. Alle schrien zu Gott. Die, die gerettet waren, und die, die gerettet werden wollten. Aber der Junge, er stand hinter mir und spähte aufs Klavier. Und als alles voller Rauch war und die Leute nur so schrien, da rannte er und versteckte sich unter der Klavierbank. Er rollte sich zu einer Kugel zusammen. Da kam sein Daddy angekrochen und holte ihn mit einem Arm heraus und setzte ihn oben auf die Klavierbank. Dann raunte er ihm etwas ins Ohr. Und der Junge streckte die Hände aus und berührte die Tasten. Mittendrin, während alles um ihn brannte und die Leute übereinander stolperten und miteinander kämpften. Er fuhr über die weißen Tasten, als würde er lesen, was sie ihm zu sagen hatten. Als würden sie ein Gespräch führen, das niemand anderes hören konnte.

Über ihm brannte das Zelt, aber der Junge ließ sich nicht beirren. Er sprach mit den Tasten. Um ihn herum tobte das Chaos. Vielleicht hat sein Vater recht, dachte ich, und wir erleben gerade das Ende der Welt. Aber der Junge blieb sitzen.

Ich sehe es vor mir, als wäre es gestern gewesen. Mit weit aufgerissenen Augen starrte der Junge seinen Daddy an. Und dieser lächelte ihn an. Und wartete. Die Welt um ihn herum versank im Chaos und er lächelte. Er klappte seine Bibel zu, wischte sich mit einem Taschentuch über die Stirn, steckte es wieder weg und raunte dem Jungen zu: ‚Na los. Lass es raus.'

Doch der rührte sich nicht. ‚Woher willst du wissen, dass da überhaupt etwas ist, was ich rauslassen kann?', rief er gegen den Lärm an.

Sein Vater zögerte keine Sekunde. ‚Weil ich gesehen habe, wie Er es hineingetan hat.'

Das war der Abend, an dem der Donner kam."

Ich ließ den Abend vor meinem geistigen Auge auferstehen. Kurz spürte ich den stechenden Regen im Nacken und roch den penetranten Erdgeruch. Meine Finger kribbelten, aber dann kribbelte es auch im Hals und ich musste ins Taschentuch husten. Das Blut war jetzt dunkler und mit etwas gemischt, das wie Kaffeesatz aussah.

Daley hatte dafür gesorgt, dass ich und ihre McPherson mit Funkmikrofonen ausgestattet waren. So konnte ich mich frei im Publikum bewegen. Während ich noch auf meinen Auftritt wartete, tauchte links neben mir jemand auf: breite Schultern, dunkle Jacke. Er setzte sich in die letzte Reihe. Schulterlanges, sonnengebleichtes, blondes Haar. Seine Körperhaltung kam mir irgendwie bekannt vor; die Art, wie er seine Schultern entspannt hängen ließ, seine Hände.

Er las ein Buch und ich umkreiste ihn langsam, versuchte, nicht ständig hinzusehen, aber er bemerkte es und sah auf. Seine Haut war braun gebrannt, das Gesicht kantig, aber freundlich, die Augen hell und smaragdgrün. Ungläubig sah ich ihn an. Seit zwei Jahrzehnten hatte ich ihn nicht mehr gesehen. Er war keinen Tag gealtert.

Ich tippte ihm auf die Schulter und machte einen Schritt zurück. „Hey."

Er sagte nichts und nickte nur.

„Hab dich vermisst."

„Auch du wurdest vermisst." Sofort erkannte ich seine Stimme.

„Ich habe dich in Nashville gesucht."

„Ich weiß."

Unauffällig beugte ich mich näher zu ihm rüber. Er roch nach Rosmarin und noch etwas, das ich nicht zuordnen konnte. Teebaumöl? „Wieso bist du zurückgekommen?"

Er stand auf. „Wie kommst du darauf, dass ich je weg war?"

„Also warst du die ganze Zeit da?"

„Nicht ganz."

Ich musste husten. Mehr Blut und Kaffeesatz. Auch er bemerkte es und zog eine Augenbraue hoch. Ich wischte mir den Mund ab, steckte das Taschentuch weg und sah zur Bühne. „Glaubst du, dass ich das durchstehe?"

„Nein."

Das Rauschen in den Ohren wurde lauter. Ich ließ den Blick über das Publikum schweifen, sah zu Daley, die allein auf der Bühne stand, zu Big-Big, zur Gitarre. „Ich würde gern zu Ende bringen, was in mir begonnen hat."

„Wieso?"

Darauf wusste ich nichts zu sagen. „Das letzte Mal, als ich hier war, habe ich einige unschöne Dinge gesagt." Mein Blick fiel auf meinen Ring. „Und einige unschöne Dinge getan ..."

„Ich erinnere mich."

Ich schluckte. „Das hat Narben hinterlassen. Narben, die immer wieder schmerzen."

Er sah wenig beeindruckt aus. „Und?"

„Manchmal denke ich, wenn ich noch mal zurückkönnte und von vorn anfangen ..."

„Keiner kriegt eine zweite Chance."

„Ich dachte nur …“
„Was?“
„Dass es nur einen Weg gibt, die Narben loszuwerden: Ich muss das opfern, was ich immer zurückgehalten habe.“
„Und das wäre?“
Ich zuckte mit den Achseln. „Meinen Song.“
„Hättest du das nicht vor zwanzig Jahren machen sollen?“
„Ja. Und jeder Tag seit meinem Verschwinden schmerzt mich.“
Er klappte das Buch zu und schob es zwischen Gürtel und Rücken. Dann streckte er einen Finger in Richtung meines Mundes aus. „Zeig mir deine Zunge.“
„Ich soll meine Zunge herausstrecken?“
Er legte den Kopf schief und wartete.
Als ich seiner Aufforderung nachkam, berührte er meine Zungenspitze. Das war unsere erste Berührung überhaupt. Es fühlte sich heiß an. Heiß wie Feuer. Er hatte Hornhaut auf den Fingerkuppen, wie ich. „Na los“, sagte er und deutete in Richtung des Ganges.
Ich zeigte auf seine Fingerkuppen. „Spielst du?“
„Ein wenig.“ Sein Gesicht blieb ausdruckslos.
„Wir sollten mal zusammen Musik machen.“
Er beugte sich vor, bis unsere Gesichter nur noch wenige Zentimeter voneinander getrennt waren. „Haben wir.“ Sein Atem war warm. „Ich habe jetzt zwanzig Jahre darauf gewartet, dass du das sagst.“
„Ehrlich?“ Ich kratzte mich am Kopf. „Wieso hast du nicht früher etwas gesagt?“
„Ich habe mir die Seele aus dem Leib geschrien.“
„Und wieso habe ich nichts davon mitbekommen?“
Er tippte mir auf die Brust. „Weil du nicht zugehört hast.“
„Auch wieder wahr.“
„Sage ich doch.“
„Darf ich dich noch etwas fragen?“
„Fragen, ja.“
„Falls das hier schiefgeht …“
„Falls?“
„Okay, wenn es schiefgeht, kannst du dich bitte zwischen Daley und mich stellen? Ich möchte nicht, dass sie sieht, wie ich …“

„Ein bisschen spät, meinst du nicht?“

„Wenn mein Dad hier wäre, würde er sagen, dass es nie zu spät ist. Egal, wo man landet, egal, welches Chaos man hinterlassen hat. Man kann immer umkehren und nach Hause kommen.“

„Also hast du doch zugehört?“

Ich zuckte mit den Achseln.

„Wieso ist dir das so wichtig?“, fragte er.

Ich sah zu Daley. „Sie leidet schon so lange. Und ich habe ihr so viel Leid zugefügt. Ich möchte ihr nicht noch mehr wehtun als ohnehin schon.“

Er sah Daley an, dann mich – und nickte.

Ich machte den ersten Schritt in Richtung Bühne, drehte mich dann aber noch einmal um. „Es tut mir leid wegen damals.“

„Mir auch.“

Es war noch nicht alles gesagt zwischen uns, aber als ich mich später umdrehte, war er verschwunden. Alle paar Minuten bekam ich Schüttelfrost. Ich taute also weiter auf. Das Konzert würde ich ziemlich sicher überstehen, die Nacht ziemlich sicher nicht. Ich brauchte einen vernünftigen Abgang ohne Daley.

Aber noch war ich nicht tot und es wartete ein Auftritt auf mich.

Big-Bigs Stimme war gerade an den steilen Felswänden verhallt. Ich dachte an das Unwetter und an Dad und im Gedenken an ihn fing ich an, einen Rhythmus auf dem Gitarrenkorpus zu klopfen.

Mein Klopfen und Zupfen brachten fünftausend Zuhörer in Bewegung. Ich ging langsam nach vorn, genau wie Dad damals. Er hatte sich Zeit genommen. Hatte sich durch die Reihen geschlängelt. Daley stand im Scheinwerferlicht auf der Bühne. Der andere Scheinwerfer war auf mich gerichtet. Als ich näher an die Bühne kam, fing der Chor an zu summen. Das Klavier setzte ein. Big-Bigs Timing und seine ganz eigene Art, die Töne anzuspielen, stimmten noch immer. Seine gewaltigen Finger legten eine melodische Spur um mich herum. Unser Klangteppich hüllte die Menge ein. Aber auch wenn er mitreißend war, fehlte ihm die Krönung, die Herrlichkeit, und diese stellte sich erst ein, als Daley loslegte und ihre Töne auf uns herabregnen ließ.

Ich stieg zur Bühne hinauf. Völlig gebannt. Eine Hälfte von mir spielte, während die andere beobachtete, wie sich Daley völlig dem

Publikum hingab. Ihr Lächeln drückte aus, welches Gefühl ihren ganzen Körper erfasst hatte. Jeder Muskel, jeder Impuls, jeder Herzschlag verfolgte nur ein Ziel – dem Song Raum zu schaffen, der aus ihr herausbrach. Meine Finger spielten die Akkorde, ab und zu zupfte ich und in mir brachen alle Dämme und ließen heraus, was sich zwanzig Jahre in mir aufgestaut hatte.

Kapitel 36

Nach einer Stunde hielt Daley kurz inne, um Atem zu schöpfen, und es entstand eine natürliche Pause im Set. „Son of a Preacherman“, rief jemand aus dem Publikum.

Daley sah mich an und zuckte mit den Achseln. „Von mir aus.“

Ich ließ den Blick über *The Falls* schweifen – den Ort, den mein Vater geschaffen hatte. „Ich glaube, das würde Dad gefallen“, sagte ich zu mir selbst.

„Wie bitte?“, fragte Daley.

„Ich habe gesagt: ‚Du bist wunderschön.‘“

Die Stimme aus dem Publikum kam mir im Nachhinein bekannt vor. Ich überflog die erste Reihe und blieb bei einem Mann im Kapuzenpullover hängen. Er nippte an seinem Getränk, hatte einen Hotdog in der Hand und die Füße auf die Bühne gelegt. Ich war so nah, dass ich den Hotdog riechen konnte. Der Geruch kam mir seltsam vertraut vor ... Salat und ein furchtbarer Käse.

Ich beugte mich vor. Blondie sah mich unter der Kapuze an. „Das warst du?“, sagte ich.

Keine Reaktion.

„Aber ich dachte, du hättest gesagt, du warst nicht in Nashville.“

Er biss ab und schmierte sich dabei Senf um den ganzen Mundwinkel. „Hab ich nie gesagt.“

„Oh doch." Ich zeigte auf die letzte Reihe. „Du hast vorhin gesagt ..."

„‚Wie kommst du darauf, dass ich je weg war?' Das habe ich gesagt."

„Eben."

„Cooper, ich meinte damit keinen Ort."

Ich kratzte mich am Kopf. „Und was dann?"

„Ich habe nicht über was oder wo geredet. Sondern über wen."

Ich war vollends verwirrt. „Ich verstehe kein Wort."

Er biss noch einmal ab und sprang dann auf die Bühne. Brüsk schob er sich an mir vorbei. „Denn ohne es zu wissen, haben manche auf diese Weise ...", raunte er. Dann hüpfte er auf das Klavier hinter mir, zog ein Taschenmesser heraus und fing an zu schnitzen. „Da wir nun so viele Zeugen des Glaubens um uns haben ..."

Ich zuckte mit den Achseln. „Kenne ich. Habe ich schon hundertmal gehört."

Er tippte mir mit der Spitze seines Messers ans Ohr. „Gehört ja, aber hast du auch zugehört?"

Wenige Augenblicke später sah Blondies Gesicht aus wie das des alten Mannes in Dietrichs Hotdog-Autowäsche, dann wie das des Polizisten, der mich auf der Straße geweckt hatte, nachdem ich überfallen worden war und Jimmy eingebüßt hatte, dann wie der Türsteher in der Printer's Alley, der mir den Stapel Noten gegeben hatte, und schließlich wie der kleine Junge mit seinem Vater in Leadville, der mein Autogramm wollte.

Er beugte sich vor, bis ich seinen Atem auf meinem Gesicht spürte. „Wie kommst du darauf, dass ich dich je verlassen habe?"

„Also warst du die ganze Zeit dabei?"

„Bild dir bloß nichts drauf ein. Du bist nicht wichtiger als alle anderen, aber dein Talent ... nun, das ist was anderes."

„Sprichst du mit allen Leuten so?"

„Wie?"

„So schnoddrig."

„Wie kommst du darauf, dass ich mit anderen Leuten spreche?"

„Aber du hast doch gerade gesagt, dass ich nichts Besonderes bin."

Er schüttelte den Kopf. „Hab ich nie gesagt."

„Doch, hast du."

„Nein. Ich habe gesagt, du bist nicht wichtiger als andere."

„Ist doch dasselbe."

„Nein, ist es nicht."

Jetzt ging ich näher an ihn heran. „Wieso bist du überhaupt hier?", zischte ich.

Er lächelte und zog seinen Kapuzenpullover aus. „Endlich stellst du die richtigen Fragen."

Ich wollte gerade etwas erwidern, als Daley mit ihrer kräftigen Reibeisenstimme einsetzte, die alle Männerherzen höherschlagen ließ. Als sie auch noch meinen Namen in der ersten Zeile einsetzte, hatte sie endgültig meine Aufmerksamkeit. Und sie hatte recht. Ich war der „Son of a Preacherman", der Sohn eines Predigers, und ich war der Einzige, der zu ihr durchdringen konnte. Kurz vor dem letzten Refrain beugte sie sich über die Gitarre und gab mir mitten im Scheinwerferlicht einen Kuss. Ich weiß nicht, wem das mehr gefiel, mir oder dem Publikum. Von da an spielten wir eine Mischung aus Coversongs und ihren eigenen Liedern. Oder sollte ich sagen, unseren eigenen Liedern? Wir saßen auf den Barhockern und nahmen Musikwünsche entgegen, während Blondie das Klavier besetzte und schnitzte.

Während einer kurzen Pause deutete ich auf den Haufen Späne zu seinen Füßen. „Schönes Chaos."

Er warf einen Blick nach unten. „Lange nicht so schlimm wie das, was du hinterlassen hast."

„Touché. Aber muss das sein? Hier und jetzt?"

Er zögerte. „Wenn ich dich nicht gerade babysitte, dann repariere ich Instrumente. In letzter Zeit hast du mich ziemlich in Beschlag genommen, deswegen bin ich ganz schön hinterher."

„Echt?"

Er nickte.

„Und woran arbeitest du da?"

Er hielt das Stück Holz hoch. „Wenn ich fertig bin, wird das ein Gitarrenkopf."

Offensichtlich hatte ich ein Thema angeschnitten, über das er gern sprach. Seine Arbeit.

„Ist eine Maßanfertigung. Das dauert natürlich. Ich nehme erst

Maß und dann arbeite ich trotzdem noch nach, damit das Instrument perfekt zu den Händen des Spielers passt." Er zeigte mir noch einmal sein Werkstück. „Die hier gehört deinem Dad."

„Du sprichst mit meinem Dad?"

„Andauernd."

„Kannst du ihm etwas von mir sagen?"

„Können ja, wollen nein."

„Hat dir schon mal jemand gesagt, dass du nicht gerade sehr entgegenkommend bist?"

Er sah keine Sekunde von seinem Schnitzwerk auf. „Es ist nicht meine Aufgabe, dir irgendeinen Gefallen zu tun."

„Du hast eine seltsame Art, deine Arbeit zu definieren."

Er warf mir einen mäßig interessierten Seitenblick zu.

Ich gab nicht auf. „Kannst du ihm bitte etwas von mir ausrichten?"

„Nein."

„Und wieso nicht?"

Er zeigte mit der Messerspitze in Richtung Publikum. „Sag es ihm doch selbst."

In diesem Augenblick änderte sich mein Sehvermögen. Es erinnerte mich an den Besuch beim Optiker, der einem verschiedene Linsen vors Auge schiebt und fragt, mit welcher man besser sieht, der ersten oder der zweiten. Und während man antwortet, wird das Bild immer schärfer und schärfer, bis man es kristallklar sieht.

Vor mir sah ich das Publikum, das ganz normal Konzertkarten gekauft hatte. Sie waren wie ich durch das Eingangstor gekommen. Einen Augenblick später hatte ich ein zweites Bild vor meinem geistigen Auge. Aus den fünftausend Besuchern waren mehr geworden, als ich zählen oder schätzen konnte. Und in der Nähe der Bühne, eine Gitarre ganz lässig über die Schulter gehängt, sah ich vor meinem inneren Auge meinen Vater stehen.

Daley und ich saßen auf unseren Barhockern nahe der Bühnenkante. Wir hatten uns zueinander gedreht. Sie lächelte und legte mir eine Hand aufs Knie, ein weiterer Beweis dafür, dass sie wie meine Mutter eine körperbetonte Person war. Ihr Blick passte zu ihrem verschmitzten Lächeln.

„Coop würde niemals damit prahlen, aber er hat achtzehn Nummer-eins-Hits geschrieben. Fünf davon habe ich gesungen.“ Mit hochgezogener Augenbraue sah sie mich an. „Hast du uns vielleicht etwas Neues mitgebracht?“

Ich dämpfte die Saiten ab. „Vor genau fünfundzwanzig Jahren stand ich mit meinem Dad auf dieser Bühne. Und ich war damals so dumm und verblendet, ihm ins Gesicht zu sagen, dass ich seine blöden Songs nicht mehr singen würde. Dass ich keine Lust mehr hatte, mit seinem Zirkus herumzuziehen und Zeltmission zu machen. Oder sonst irgendetwas für ihn zu tun. Und dann habe ich meinen Vater mit der Faust ins Gesicht geschlagen. So fest ich konnte. Seine Lippe platzte auf. Der Vater, der immer gut zu mir gewesen war und mich unendlich liebte.“

Das Publikum schwieg.

Ich stand auf und stellte mich dort hin, wo er damals gestanden hatte. „Und während er genau hier stand und sein Blut auf die Bühne tropfte, zog ich den Ring von der Hand, den er mir geschenkt hatte, und warf ihn so weit ich konnte in den Fluss, und mit ihm meine Identität.“

Wir hörten im Hintergrund das Wasser friedlich rauschen.

„Aber damit nicht genug: Ich stahl meinem Vater alles, was ihm wertvoll war. Seine eiserne Reserve, sein Auto und die Gitarre, die ihm meine Mom als Hochzeitsgeschenk gegeben hatte.“

Spätestens jetzt hatte ich die Aufmerksamkeit der Leute.

„Ich bin meinem Vater zu Lebzeiten nie wieder begegnet.“ Ich hatte Mühe, meine Stimme unter Kontrolle zu halten.

Alle Bewegungen im Publikum kamen zum Erliegen. Sogar die Leute auf dem Weg von oder zu den Toiletten und Imbissständen blieben stehen.

„Noch in derselben Nacht fuhr ich nach Nashville, wo ich zuerst lernte, dass ich nichts Besonderes war, und auch noch ziemlich schnell meinen gesamten Besitz einbüßte. Das Geld, den Wagen die Gitarre, einfach alles. Fünf Jahre später wurde ich niedergeschossen und in einem brennenden Gebäude mir selbst überlassen. Zwanzig Jahre lang habe ich nicht gewusst, wer mich damals aus den Flammen gezogen und herausgetragen hat. Bis vor ein paar Minuten.“

Ich hielt den Brief von meinem Vater hoch. „Es war mein Dad. Ich weiß nicht, wie er mich hat finden können, aber er hat es geschafft. Er hat mich gerettet, als ich nicht mehr konnte. Ich würde euch gern erzählen, dass die Geschichte ein Happy End hat, aber ... der Preis für meine Rettung aus den Flammen war hoch. Dad starb letztlich an seinen Verbrennungen und den Folgen einer Rauchgasvergiftung."

Was ich in den Gesichtern der Leute sah, war nicht mehr nur Mitleid. Sondern Mitgefühl. Verständnis. Einige wischten sich Tränen aus den Augenwinkeln. Alle hörten wie gebannt zu. Und zum ersten Mal konnte ich nicht nur sehen, welchen Effekt meine Geschichte auf andere hatte, sondern auch erahnen, wie sie sie an ihre eigene Geschichte erinnerte. Die Details waren natürlich bei jedem unterschiedlich, aber viele Leute im Publikum wussten genau, wovon ich sprach. Sie hatten selbst harte Zeiten durchgemacht, hatten Reue erlebt, Kummer, und jetzt, wo sie die Wahrheit über mich erfahren hatten, wussten sie, dass sie nicht allein waren. Auch sie hatten jemanden im Stich gelassen, der sie liebte und den sie eigentlich brauchten.

Ich sammelte mich. „Als ich von hier fortging, nahm ich Dad nicht nur sein Geld, sein Auto und seine Gitarre weg, sondern ich nahm ihm auch den Sohn. Und das war die egoistischste Tat. Damit habe ich ihm am meisten wehgetan."

Ich ging bis vor an die Bühnenkante und strich sanft über die Saiten. „Seit zwanzig Jahren rätsele ich, wie ich mich bei einem Toten entschuldigen kann. Manchmal steige ich auf die Hügel hinter uns, starre in die Luft und frage mich, wieso Gott mich immer noch am Leben lässt. Wieso macht er nicht einfach Schluss? Ein kurzer Blitz und das war's. Und dann höre ich ein Lied. Und was ich da höre, kommt nicht von mir, das weiß ich. Das geht auch gar nicht. Etwas so Schönes kann nicht aus jemandem kommen, der so verkorkst ist wie ich. So niederträchtig. Aber ich höre dieses Lied, und weil es so schön ist und ich es nicht verlieren möchte und weil ein Teil von mir es trotz allem weitergeben möchte, habe ich es aufgeschrieben." Ich wischte mir übers Gesicht. „Und nun bin ich hier, am Ende mit meinen Kräften, und frage mich, was soll ich mit der Musik in mir tun?"

Big-Big spielte leise Akkorde am Klavier. Der Chor summte dazu. Daley wiegte sich neben mir im Takt. Allmählich wurden die

Stimmen des Chors lauter. Ich drehte mich um und da war mir, als würde immer noch mein Vater dastehen. Ich zog das Notizbuch heraus, schlug eine Seite auf und gab es Daley. Langsam hob ich die Arme, so hoch wie ich konnte. Genau so hatte mein Vater immer dagestanden.

„Dieser Song ..." Mir versagte die Stimme. „Dieser Song handelt ... von dem, was ich hoffe vorzufinden, wenn ich endlich am Ziel bin." Ich spielte den ersten Akkord an. „Er heißt ‚Long Way Gone'."

Und dann spielte ich. Und zum ersten Mal, seit ich diese Bühne verlassen hatte, sang ich aus Leibeskräften dazu.

Irgendwann während der ersten Strophe stieg Daley mit ein. Bald darauf regneten ihre Töne auf mich herab.

Als das Lied zu Ende war, leitete ich zu einem Choral über, den der größte Teil des Publikums kannte. Schon bei der zweiten Zeile, „*Tune my heart to sing Thy grace*", sangen alle mit.

Wir ließen keine einzige Strophe aus und die letzte stimmten wir ganz ohne Instrumente an.

„Prone to wander, Lord, I feel it
Prone to leave the God I love
Here's my heart, Lord, take and seal it
Seal it for Thy courts above."

Am Ende des Liedes strömten die Leute nach vorn und belagerten die Bühne. Zehntausend Hände waren in der Luft. Der Song war gut. Daley würde damit weit kommen. Meinem Dad hätte er gefallen – und er hatte wie immer recht, die alten Choräle waren einfach etwas Besonderes.

Die Welt schien plötzlich auf lautlos gestellt. Ich hörte mein Herz pochen. Der bittere Geschmack war zurückgekehrt. Ich hatte es übertrieben. Ich spürte es, dass kein Fluss dieser Welt mehr helfen konnte. Ich hatte nur noch wenige Augenblicke.

Blondie stand zu meiner Linken, gleich neben Daley. Absprungbereit wie eine Katze. Wenn ich schon auf der Bühne sterben sollte, dann mit einer Gitarre in der Hand. Beim Spielen. Ich steckte den Kapodaster auf den fünften Bund und begann mit meiner Akkordfolge von G-D-Em-C. Mein Gesang war undeutlich und das Publikum merkte sofort, dass etwas nicht stimmte. Ich kämpfte mich durch die erste Strophe, aber der Text kam durcheinander und ich konnte die Melodie nicht halten. Die Welt verlor immer mehr an Farbe und alles bewegte sich in Zeitlupe.

Daley starrte mich an. Die Furche zwischen ihren Augenbrauen wuchs. Big-Big stand vom Klavier auf und kam auf mich zu. Ich weiß noch, dass ich, als mir das Blut aus dem Mund schoss, nach oben sah und dann nach hinten umfiel, und dann hörte ich nur noch unendlich viele singende Stimmen.

Ich sah mich selbst aus der Vogelperspektive. Es war still hier oben. Unten herrschte Chaos. Ich lag auf der Bühne, regungslos. Meine Augen waren trübe. Überall war Blut. Daley schrie herum. Ihre Gitarre war voller roter Spritzer, was mir sehr leidtat. Sie hielt mich im Arm. Auch ihr Hemd war rot.

Big-Big beugte sich über mich und kämpfte mit den Tränen. Immer wieder schüttelte er den Kopf. Irgendwann schrie er „Nein!" und sah sehr wütend aus. Und ich hatte den Eindruck, dass er auch mit jemandem sprach, der nicht da war. Er hob meinen Körper auf und trug mich von der Bühne in Richtung Wasserfall, weg von den Scheinwerfern in die Dunkelheit, wo er in den Fluss watete, bis ihm das Wasser bis zur Hüfte ging. Immer weiter flussaufwärts. Irgendwann hatte er den Wasserfall erreicht und blieb stehen. Die Wassermassen regneten auf uns herab. Ich konnte sehen, wie schwer er atmete. Wie er zum Himmel schrie. Seine Stimme klang sehr weit weg. „Ich habe dir gesagt, dass ich mich um dich kümmere, und ich bin noch nicht fertig!"

Mein Körper wurde blau und blass, meine Augen noch trüber und das dunkelrote Rinnsal aus meinem Mund versiegte. Big-Big hielt mich mehrere Minuten lang dort. Irgendwann watete er aus dem Wasser und legte meinen scheinbar leblosen Körper ins Gras.

Hinter mir hörte ich Sirenen und sah Blaulicht. Wenige Minuten später waren die Sanitäter da, gaben mir Sauerstoff, legten mir einen Zugang und stellten mir Fragen, die ich damals nicht beantworten konnte und heute genauso wenig. Von einem Augenblick auf den anderen spürte ich das Gras unter mir, die Kälte und schmeckte Salz. Langsam wurde mir wärmer und meine blaue Farbe wechselte allmählich zu Rosa.

Als ich hinten im Krankenwagen lag, Daleys Arme um mich, tauchte Blondie auf. Er saß neben dem Sanitäter, der den Infusionsbeutel drückte, damit die Flüssigkeit schneller in meinen Körper floss. Das war das erste Mal, dass Blondies Stimme einen sanften Unterton hatte. Er sagte: „Du sollst leben."

Vor dem Kamin in meiner Hütte wachte ich auf. Ich steckte im Schlafsack, Daley hielt mich eng umschlungen. Selbst wenn ich gewollt hätte, ich wäre nicht aus dem Schlafsack herausgekommen. Big-Big saß auf dem Sofa, die Beine übereinandergeschlagen. Er trank langsam seinen Kaffee und wartete auf mich. Als mein Blick bei ihm hängen blieb, stand er auf, fuhr seine Hosenträger mit den Fingern ab und wischte sich die Stirn mit einem Taschentuch ab, das er anschließend sorgfältig zusammenfaltete.

„Hör mal zu, du kleiner Hosenscheißer. Ich habe deinem Daddy gesagt, dass ich mich um dich kümmern werde." Er stellte seine Tasse ab und wandte sich in Richtung Tür. Mit der flachen Hand winkte er ab. „Jetzt reicht's. Das war's. Ich bin zu alt dafür. Es wird Zeit, dass wir das andersrum handhaben."

„Und wie genau?"

Er lachte. „Das will ich dir sagen. Ich steige in keinen Fluss mehr. Das machen nur Verrückte. Viel zu kalt ist das. Da holt man sich ja noch eine Lungenentzündung."

Er öffnete die Tür und warf Daley einen Blick zu. „Fünfzehn Uhr?"

Sie lächelte und deutete in Richtung Veranda. „Wir werden da sein."

Big-Big schloss hinter sich die Tür. Kurz darauf hörte ich den Motor seines Wagens. „Fünfzehn Uhr?"

Daley nickte. „Und keine Tausendstelsekunde später."

Sie kuschelte sich noch enger an mich, was ich vorher gar nicht für möglich gehalten hatte. „Was passiert denn um drei?“, fragte ich, obwohl ich ahnte, was die Antwort war.

Sie schloss die Augen, drückte ihr Ohr an meine Brust und tippte den Rhythmus mit ihrem Finger mit. „Aus du und ich wird endlich wir.“

Epilog

Es war Heiligabend. Der Schnee bedeckte die Straße, dämpfte die aufgeregten Stimmen und reflektierte die flackernden Straßenlaternen. Ich hatte Frank gebeten, die Autos einzuweisen. Er war gerade braun gebrannt aus dem Urlaub zurückgekehrt und hatte bereitwillig zugesagt.

In der Stadt war nicht viel los, abgesehen vom *Ptarmigan*, das bis auf den letzten Platz gefüllt war. Wir hatten noch ein paar Dutzend Stühle zusätzlich aufgestellt, aber auch die waren schnell besetzt. Wer keinen Platz mehr bekam, stand an den Seiten oder hinten. Mary saß ganz vorn. Sie war in eine Decke eingewickelt und trug eine neue Flanellbluse, die Daley ihr gekauft hatte. Ihre neue beste Freundin. Sie strahlte. Big-Big saß mit übereinandergeschlagenen Beinen neben ihr und sah zufrieden aus.

Daley und ich nahmen unser zweites Livealbum in einem Konzert mit freiem Eintritt auf. Eine Unplugged-Session mit alten und neuen Songs. Unser Produzent Andy, ein Soundgenie Mitte dreißig, hatte die besten Tonmeister aus Nashville und Los Angeles einfliegen lassen, um die „einzigartige Akustik" der alten Kirchenmauern einzufangen. Angesichts unseres ersten Albums, *Live at The Falls*, das durch die Decke gegangen war, waren die Erwartungen dementsprechend hoch. Um fünf vor sieben nahm das Orchester Platz und stimmte die Instrumente. Der Chor stand hinter der Bühne und wartete auf seinen Einsatz. Die violetten Roben der Sänger hätten meinem Vater ein Lächeln aufs Gesicht gezaubert. Andy wollte nicht nur beim Sound, sondern auch bei der Atmosphäre nichts dem Zufall überlassen. Schon Tage zuvor hatte er viel indirektes Licht installieren lassen, was dem Ganzen ein warmes, wie von Kaminfeuer erzeugtes Ambiente bescherte.

Daley saß vorn an der Bühnenkante und unterhielt sich leise mit einigen Fans. Wahrscheinlich beantwortete sie Fragen. Sie liebte das. Ich war auf der Suche nach jemandem, der nicht gefunden werden wollte. Aber ich hatte so eine Ahnung, wo er sich versteckt hielt.

Ich zog den Kragen höher und trat aus dem Notausgang in die kalte Gasse hinterm Theater. Meine Ahnung erwies sich als richtig. Der Gesuchte hatte sich ein Feuer in einer Tonne gemacht und wärmte sich. Das war im Lauf des letzten Jahres zu unserem Ritual geworden. Immer, wenn der Unterricht vorbei war, wärmten wir uns am Feuer. Hier tauschten wir uns offen und ehrlich aus.

Schneeflocken segelten durch die Dunkelheit. Er hörte mich, drehte sich aber nicht um. Ich stellte mich neben ihn und wärmte mir die Hände. „Hey, Großer. Wie läuft's?"

Jubal schüttelte kurz den Kopf und starrte ins Feuer.

Ich war einst genau in seiner Lage gewesen. Druck half jetzt nicht weiter. Drinnen würden sie sowieso auf uns warten. Als er mich schließlich ansah, fragte ich ihn: „Hast du Angst?"

Er nickte. Aus dem selbstbewussten und mundfertigen Jungen, den ich am Grab seines Großvaters getroffen und im Lauf des letzten Jahres besser kennengelernt hatte, war auf einmal ein stilles, ängstliches Kind geworden, das einen Weg suchte, sich zu drücken. Oder eine Klavierbank zum Drunterkrabbeln.

Eine Minute verging. „Was, wenn ich plötzlich erstarre?", flüsterte er schließlich. „Wenn ich ein Blackout habe?"

Ich zuckte mit den Achseln. „Dann fangen wir noch mal an."

„Und wenn es wieder passiert?"

„Dann fangen wir noch mal an."

„Und wenn ..."

Ich tippte ihm sanft an den Kopf. „Die Musik kommt nicht von hier. Sondern von hier." Ich klopfte ihm an die Brust und ging ein kleines Stück näher ans Feuer. „Dein Herz wird sich an das erinnern, was dein Kopf vergisst."

„Woher willst du das wissen?"

„Musik funktioniert nun mal so."

„Hast du auch manchmal Angst?"

„Nicht mehr."

„Aber hattest du mal Angst?"

„Einmal."

„Wo?" Er versuchte, Zeit zu gewinnen.

„Bei meinem ersten Konzert. In *The Falls*. Da hat mich mein Dad unter der Klavierbank hervorgezogen."

„Und dann?"

„Dann hat er mich auf die Bank gesetzt, mein Kinn gehoben und mir gesagt, dass er stolz auf mich ist, egal, was passiert. Dass ich überhaupt nichts falsch machen kann. Dass ich einfach den Mund aufmachen und das rauslassen soll, was die ganze Zeit schon in mir ist."

„Und?"

„Das habe ich dann gemacht."

Ein Mundwinkel wanderte nach oben.

„Soll ich dir ein Geheimnis verraten?", fragte ich.

Er nickte, blieb aber unverändert mit dem Rücken zur Tür stehen.

„Du musst heute Abend nicht auftreten."

Er sah zugleich erleichtert und verwirrt aus. „Willst du mich nicht auf der Bühne?"

„Doch, natürlich. Aber die Welt geht nicht unter, wenn du nicht spielst."

„Also kann ich auch hierbleiben?"

„Klar."

„Und du bist nicht böse auf mich?"

„Nein."

„Und Miss Daley?"

„Die auch nicht."

Seine Schultern entspannten sich. Als ich mich umdrehte, hielt er mich am Arm fest. „Das war's?"

Ich blieb stehen. „Soll ich dir noch ein Geheimnis verraten?"

Er wartete gespannt.

„Musik wird *gespielt*. Das hat nichts mit *Arbeit* zu tun."

Er zog die Nase kraus. „Verstehe ich nicht."

„Wenn man Musik macht, dann ist das keine Pflicht. Sondern ein Vergnügen. Man *muss* nicht Musik machen, sondern man *darf*."

„Also bist du nicht böse auf mich, wenn ich die Aufnahme versaue und der Mann mit den Kopfhörern hinten am Mischpult ausflippt?"

Ich runzelte die Stirn und sah ihn ernst an. „Jubal, wer hat dir beigebracht, dass du keine Fehler machen darfst? Von mir hast du das nicht."

„Ja, aber die Leute bei den Castingshows im Fernsehen werden immer gleich von den Juroren fertiggemacht, wenn sie sich versingen."

„Daher hast du das also? Aus dem Fernsehen? Ich werde mit deiner Mom reden, damit sie euren Kabelanschluss kündigt."

Er grinste.

„Eins will ich mal klarstellen. Du spielst nicht für irgendwelche Juroren. Wenn irgendjemandem im Publikum heute nicht gefällt, wie du spielst, dann soll derjenige mal kräftig in eine Zitrone beißen."

Das gefiel ihm.

„Und wenn auch nur *ein* negatives Wort über dich fällt, dann muss das erst an mir und Daley vorbei. Jubal, es wird Zeit, dass du das verstehst: Musik ist ein Geschenk. Wir machen Musik und schenken sie weiter. Die ganzen Leute da drin wissen es vielleicht nicht, aber sie brauchen das, was du hast, denn du bist der Einzige von sechs Milliarden Menschen, der so Musik macht wie du. Gott hat dich dafür auserwählt. Nicht deinen Großvater, nicht mich, nicht Daley oder sonst irgendjemanden. Natürlich kannst du das alles für dich behalten und hier am Feuer vor dich hin brüten, aber bevor du dich aus Angst vor Versagen nicht da hinein und auf die Bühne traust, will ich dir eins sagen: Da drin gibt es Leute, denen es nicht gut geht. Manche haben schwere Brandwunden. Manche hat man im Regen stehen gelassen. Manche kämpfen mit bösen Worten, die ein geliebter Mensch zu ihnen gesagt hat. Einige laufen in selbst geschaffenen Ketten herum. Andere sterben innerlich. Aus welchem Grund auch immer, wenn du dich vor sie setzt und sagst: ‚Ich habe euch ein Lied mitgebracht', dann gibst du ihnen etwas, das man mit keinem Geld der Welt kaufen kann."

„Und was ist das?"

„Hoffnung."

Der Junge sagte nichts.

„Denk doch mal drüber nach. Es ist Heiligabend und dort sitzen ein paar Hundert Leute in einem Gebäude, das einst eine Kirche war. Sie warten darauf, dass drei Menschen auf die Bühne kommen und Geräusche machen." Ich ging näher an ihn heran. „Weißt du, warum sie wirklich da drin sind?", raunte ich.

„Ja, weil du und Miss Daley so gut seid."

„Nein. Es gibt jede Menge Künstler, die so gut sind wie wir."

„Und warum dann?"

„Weil sie alle dieselbe Hoffnung haben, dass Gott vielleicht heute Abend, an diesem Ort durch unsere Stimmen ihre Schmerzen wegnimmt und das Kaputte und Abgestorbene in ihnen wieder zum Leben erweckt."

„Ist unser Auftritt wirklich so wichtig?"

„Unbedingt."

Jubal sah nach oben ins Schneetreiben. „Kann Gott das überhaupt?"

„Bei mir hat er es getan."

„Wirklich?"

„Ja."

„Und wie?"

„Bevor wir uns kennenlernten, habe ich ziemlich viel Mist gebaut. Aber er hat den Haufen Asche in etwas viel Besseres umgewandelt."

„Erzählst du mir irgendwann davon?"

„Klar."

Er nickte, als habe er verstanden. „Onkel Coop?"

„Ja?"

„Glaubst du, mein Großvater hat das verstanden?"

„Das kann ich nicht sagen. Aber eins weiß ich: Die Musik, die wir machen, ist dazu da, Ketten zu sprengen. Sie dringt tief in jeden ein, der sie hört, schlägt einen Pflock ein und bringt das in einem zum Schweigen, was unseren Untergang will. Und ich glaube, davon verstand dein Großvater eine ganze Menge. Deswegen hat er getan, was er getan hat, so habe ich ihn kennengelernt, und ich denke, deswegen hat er dir auch diese Gitarre geschenkt."

„Ich wünschte, er wäre heute hier."

„Ich auch."

Entschlossen ging Jubal auf den Hintereingang zu und machte die Tür auf. „Aber wenn ich das heute vermassle, bist du schuld."

Er verschwand im Theater und ich stand lachend da. Schneeflocken landeten auf meinen Schultern.

Auf der anderen Seite der Feuertonne stand Blondie mit einem Lolli im Mund. „Gar nicht mal so übel", sagte er und zeigte mit der Lollispitze auf mich.

„Ich hatte ja auch einen guten Lehrer."

Er nahm den Lutscher wieder in den Mund und nickte. „Wohl wahr." Dann kam er um die Tonne auf mich zu. „Wir wollen das doch nicht verpassen."

„Kann er dich sehen?"

Blondie legte ein schiefes Lächeln auf. „Noch nicht."

Ich musste lachen. „Das kann ja was werden."

Als ich auf die Bühne trat, streifte Daley meinen Arm. Wieder so ein Zwischensignal. Ich mochte es, wenn sie das tat. Wir nahmen gegenüber voneinander Platz und sie wandte sich dem Publikum zu.

Dann stand sie auf und trat neben Jubal. Sanft legte sie ihm eine Hand auf die Schulter. „Meine sehr verehrten Damen und Herren, liebes Publikum, ich möchte Ihnen Jubal Tyre vorstellen", sagte sie mit einem Lächeln. „Er ist das neuste Mitglied in unserer Band und mit zwölf Jahren auch das jüngste."

Höflicher Applaus brandete auf.

„Wir haben ihn gebeten, Teil dieser Aufnahme zu werden. Die Gründe dafür werden Sie bald verstehen." Sie kehrte auf ihren Hocker zurück und sah mich an. Ich schaltete mein Mikro ein. „Bist du bereit?", hallte meine Stimme von den Wänden wider.

Der Junge grinste. „Bereit, wenn du es bist, alter Mann."

Gelächter im Publikum. Ich legte mir Jimmy zurecht, legte meine Finger auf die Saiten und sah in Richtung Technik, wo Andy mit Kopfhörern vor einem blinkenden Pult saß. „Andy, bereit?"

Andy korrigierte einen Regler und gab mir ein „Daumen hoch". Ich ließ den Blick über das Publikum schweifen und schlug den ersten Akkord an. Jimmys reife und kräftige Stimme erklang aus seinem durchlöcherten Korpus und erfüllte den Raum bis zu den Dachsparren, wo Blondie saß und seine Beine herunterbaumeln ließ. Der Chor zog summend in einer langen Reihe auf die Bühne. Während die einzelnen Sänger Aufstellung nahmen, trat Big-Big ans Klavier hinter mir, setzte sich und richtete mit leisen Tönen das Gerüst auf, auf dem wir gleich stehen wollten. Jubal schmückte behutsam die Melodie aus und sortierte sich über dem Klavier ein. Bei Mary, die nur wenige Meter vor mir saß, hörten die Zuckungen auf.

„Fangen wir ganz von vorn an", sagte ich. „Das erste Rendezvous mit meiner Frau war ziemlich unerwartet. Sie erwischte mich im *Ryman* mit ihrer Gitarre. Da musste ich sie mit dieser hier locken ..."

Jubals Talent war so eindeutig, dass ich ihm mit als Erstes „Let It Out" beigebracht hatte. Er setzte mit dem geschlagenen Rhythmus ein, ich ahmte mit den Pfiffen den Wind nach und Daley sang. Es war ein guter Konzertauftakt.

Ungefähr nach der Hälfte hörte ich auf zu spielen, die Scheinwerfer wurden heruntergefahren und das Rampenlicht auf Jubal gerichtet, dem das Ganze nichts auszumachen schien. Es war schön, dabei zuzusehen, wie er sich selbst auf der Bühne kennenlernte, wie überrascht das Publikum auf sein Talent reagierte, wie stark der Applaus war und wie breit sein Grinsen am Ende wurde. Seine Angst hatte er wohl abgelegt.

Zwei Stunden lang spielten wir Daleys Tophits. Außerdem einige Kostproben von unserem neuen Album und ein paar Coversongs, die zu Publikumslieblingen geworden waren. Als Letztes spielten wir „Long Way Gone".

„Diesen Song zu schreiben, hat fünfundzwanzig Jahre gedauert", sagte ich. „Und das letzte Mal, als ich ihn vor Publikum spielen wollte, lief es nicht besonders gut ..."

Die Zuhörer erkannten das Lied, lachten und klatschten voller Vorfreude. Für einige schien das der Grund zu sein, warum sie dieses Konzert besuchten.

„Er erzählt die Geschichte meines Lebens. Von einem vielversprechenden Anfang bis zum absoluten Tiefpunkt und von dort ..."

Ich streckte beide Hände in die Höhe. Handflächen nach außen. So weit ich konnte. Als ich das tat, sprang Blondie auf den Dachbalken und zog die Decke beiseite. „... von dort bis nach Hause. Der Song heißt ‚Long Way Gone' und er klingt so."

Wir wurden mit stehenden Ovationen von der Bühne begleitet. Backstage formten wir einen Kreis. Genossen das Hochgefühl nach dem Auftritt. Sogar Big-Big war mit von der Partie. Wir hatten viel Spaß gehabt. Aber während Daley und ich uns fühlten, als hätten wir tief Luft geholt, war Jubal offensichtlich abgelenkt. Immer wieder schielte er um die Ecke.

„Alles in Ordnung?"

Er zeigte auf die Bühne. „Was ist das für ein Typ da?"

„Wer?"

Jubal deutete auf die Bühnenmitte, wo seine Gitarre stand. „Der da auf meiner Gitarre spielt."

Die Bühne war leer.

Ich lächelte. „Wie groß ist er denn?"

„Größer als Big-Big."

Das Publikum rief nach einer Zugabe. „Ist er gut?"

Jubal nickte und sah zugleich finster drein. „Besser als du." Einige Sekunden verstrichen. „Hörst du ihn nicht?"

Ich zog mein Notizbuch hervor, gab es ihm und ging in Richtung Bühne.

„Und was soll ich damit? Ihn fragen, ob er einen Cheeseburger will?"

Ich lächelte. „Du kriegst das schon raus."

Wir kehrten auf die Bühne zurück, wo Jubal argwöhnisch nach seiner Gitarre griff. Während ich ein paar Worte an das Publikum richtete, drehte sich sein Kopf immer wieder hin und her und blieb schließlich beim Chor stehen. Blondie saß derweil in der ersten Reihe, lehnte sich zurück und hatte die Füße übereinandergelegt. Er sah selbstgefällig und zufrieden aus.

Ich ließ meine Finger auf die Saiten los und spielte die ersten Takte eines Liedes, das ich nur für Daley geübt hatte. Dabei musste ich an die Mahnung meines Vaters denken, die wirklich großen Musiker seien groß, weil sie wüssten, welche Noten man weglassen müsse. Am Ende vom Intro beugte ich mich zum Mikro vor, überlegte es mir dann aber anders. Was für Töne galt, galt auch für Worte.

Daley und der Chor griffen die Melodie auf und fingen an, etwas dazu zu summen. Big-Big legte die Akkorde darunter. Jubal hatte den Song noch nie gehört und war etwas verloren. Im letzten Jahr hatte ich ihm glücklicherweise beigebracht, wie man transponierte und mit der Nashville-Notation arbeitete. Es war eine vergnügliche Übung, einen Song in einer Tonart zu beginnen, beim Spielen zu modulieren und in einer zweiten oder gar dritten Tonart zu beenden. Jubal war immer besser darin geworden. „E-Dur", raunte ich in seine Richtung. „Eins, sechs, fünf, vier."

Jubal setzte ein und folgte meinen Akkordwechseln.

Sein musikalisches Talent hatte mehrere Facetten. Eine davon war sein Rhythmusgefühl in der Schlaghand. Er machte unbewusst richtig, was andere jahrelang übten. Ich sah ihn an und beugte mich zum Mikro vor. „Leute, er hört den Song heute zum ersten Mal. Behaltet ihn im Auge, der Junge hat eine Karriere vor sich."

Ich hörte ihm unwahrscheinlich gern zu.

„Wenn ich über mein Leben nachdenke", sagte ich zum Publikum, „dann kommen mir unterschiedliche Bilder in den Kopf. Wer meine Geschichte kennt, weiß, dass ich letztes Jahr bei einem Konzert in *The Falls* einen kleinen Schwächeanfall hatte."

In der ersten Reihe prustete Mary los. „Aber nur einen ganz kleinen!"

„Das kommt davon, wenn einen jemand in eiskaltem Wasser ertränken will ..." Ich nickte Big-Big zu.

„Ich behaupte nicht zu verstehen, was letztes Jahr passiert ist. Aber eins weiß ich: Das hier ist nur das Vorspiel. Die Generalprobe. Das Intro. Eines Tages werden wir alle nach Hause gerufen und dürfen unsere Stimme zu einem Chor hinzufügen, dessen Lied wir zwar noch nie gehört haben, aber doch schon unser ganzes Leben lang kennen.

Mein Vater predigte früher oft darüber, dass wir für die Musik wie geschaffen sind. Jeder von uns ist ein Instrument auf zwei

Beinen. Ich habe ihn früher für seine verrückten Ideen und seine Übertreibungen ausgelacht, aber heute tue ich das nicht mehr. Dad hatte recht. Er hatte übrigens fast immer recht. Wenn er sang, dann immer aus voller Kehle. Was die anderen dachten, kümmerte ihn nicht. Manchmal liefen wir durch den Supermarkt und er stimmte plötzlich ‚Bruder Jakob' an, mit derselben Intensität wie eine Arie aus Händels *Messias*. Ich stand neben ihm und wollte mich am liebsten verstecken. Oder im Erdboden versinken. Aber Dad sang einfach weiter."

Ich stand auf und gab Jubal ein Zeichen, es mir gleichzutun. Dann schlug ich kräftiger in die Saiten. „Eines Tages werde ich mit meinem Vater wieder zusammen singen. Und seine schöne Stimme hören. Aber bis dahin dürfen wir selbst noch ein bisschen Musik machen. Hier kommt ein ganz neuer Song. Er ist ganz einfach. Nichts Kompliziertes, vier Akkorde und eine Bridge. Er hat noch nicht einmal einen richtigen Titel. Ich habe ihn einfach geschrieben, damit wir ihn alle zusammen singen können. Damit alle unsere Stimmen erklingen, nicht nur meine. Also seid so gut und steht auf. Und singt mit, so laut ihr wollt." Ich sah über die Schulter zur Leinwand, wo Andy den Text eingeblendet hatte. „Dies ist ein Dankeslied für meinen Vater ..."

ENDE

Es gibt immer ein Zurück

Ich stelle mir vor, dass er ziemlich gestunken haben muss. Die Klamotten zerfleddert. Verfilzte Haare. Nur ein Schuh. Die Fingernägel abgekaut. Das einst stolz nach vorn gereckte Kinn hängt tief. Der Blick ist auf den Boden geheftet. Er hat Angst, seinem Gegenüber in die Augen zu sehen – es könnte ja ein Schuldner sein. Ein Schneidezahn fehlt ihm. Ein anderer ist abgebrochen. Ein violetter Schatten umgibt sein rechtes Auge. Die Truhe voller Goldketten ist fort. Verkauft. Verspielt. Gestohlen. Und der Ring, den ihm sein Vater gab? Vor Wochen beim Pfandleiher gelandet.

Diesem stillen und lethargischen Schluss ging ein ungestümer und aggressiver Anfang voraus. Nichts Ungewöhnliches. Er klang in etwa so: „Ich will, was ich will, wann ich will, wo ich will, und zwar jetzt sofort." Seine Freunde gossen noch Öl ins Feuer und bald spuckte er Flammen. Wie geblendet von sich selbst ging er zu seinem Vater. Starrte ihn finster an. Verachtung im Blick. Schon immer hatte er seinen Vater für einen sehr kleinen Mann gehalten. „Gib mir meinen Anteil", fuhr er ihn an. „Sofort!" Kulturell gesehen war diese Forderung undenkbar. Es war dasselbe, als würde er sagen: „Für mich bist du tot. Ich will nichts mehr mit dir und deinem lächerlichen Leben zu tun haben. Ich nehme, was mir gehört. Du bist nicht mehr mein Vater und wehe, du richtest noch einmal das Wort an mich."

Erstaunlicherweise ging der Vater auf seine Forderung ein.

Mit vollen Taschen drehte er seinem Vater den Rücken zu und marschierte mit seiner Truppe aus Schönwetterfreunden davon. Lachend, hüpfend, mit Rückenklopfern tranken sie sich aus einer braunen Papiertüte Mut an. Am Horizont lockte das hemmungslose Leben.

Hinter ihm stand der Vater auf der Veranda, Tränenspuren auf den Wangen und einen stechenden Schmerz in der Brust.

Der Abstand wurde größer. Zeit ging ins Land. Der Junge ließ die Puppen tanzen. Trank alles Mögliche. Rauchte alles Mögliche. Kaufte alles Mögliche. Schlief mit allen Möglichen. Überall. Zu jeder Zeit. Er war ein Mann ohne Selbstdisziplin. Eine Stadt ohne Mauer. Mit Geld konnte er nicht umgehen, mit der Freiheit genauso wenig, und so war sein verschwenderisches Leben nur von kurzer Dauer. Der Höhenflug endete im Absturz.

Zu allem Übel trat auch noch eine Hungersnot ein. Als der Sugar Daddy ausgebrannt war, waren auch die Schönwetterfreunde fort.

Pleite, hungrig, einsam und mit Gewissensbissen – aber noch nicht genug gedemütigt – „verdingte" er sich, wo er konnte. Mit anderen Worten: Er verkaufte sich selbst als Sklave. Und Sie dürfen nicht vergessen: Hier bittet ein Jude einen Heiden, seine Schweine hüten zu dürfen. Das ist Glaubensabfall pur. Noch unreiner geht es gar nicht. Es gab klare Regeln hierfür und er hatte sie allesamt gebrochen.

Dort im Stall, umgeben von Mist, Maden und Fliegen, in der einen Hand den Eimer mit Küchenabfällen, fehlte nur noch eine Sprosse bis ganz unten.

Die Geschichte wird in Lukas 15 berichtet.

Er hat fast fünfzehn Kilo abgenommen und man kann seine Rippen leicht zählen. Er starrt in den Eimer, ihm läuft das Wasser im Mund zusammen, und er denkt: *Das ist besser als nichts. Ich kriege das runter.* In einer Bibelübersetzung ist von „Johannisbrotschoten" die Rede, also von bohnenartigen Samenhüllen, die so fest wie Schuhsohle sind. Der Johannisbrotbaum war eine der wenigen Pflanzen, die in dieser Hungersnot noch Früchte trugen. Es ist Futter für den äußersten Notfall – sogar für Schweine.

Können Sie ihn sich vorstellen, wie er da steht und sich am Kopf kratzt? Wie er sich umschaut, ob jemand ihn beobachtet? Jetzt steigt er endgültig von der Leiter herunter. Er berührt den Boden und ist ganz unten angekommen. Er hat nicht nur gesündigt, den rechten Weg verlassen, er hat das Ziel vollkommen verfehlt. Seine Gerechtigkeit ist wie ein „beflecktes Kleid", um aus Jesaja zu zitieren. Beflecktes Kleid steht hier für Menstruationskleidung. Führen wir uns das noch einmal klar vor Augen: Wenn wir uns selbst überlassen sind – wie der Verlorene Sohn –, ist das Beste, was wir ohne funktionierende Beziehung zu Gott zustande bringen, gerade mal so gut wie benutzte Frauenhygieneartikel. Das stößt Ihnen vielleicht sauer auf, aber genau das wird ausgesagt. Alles am Verlorenen Sohn kann einem sauer aufstoßen und er muss den Preis für sein Verhalten auch bezahlen.

Aber dann geschieht etwas. Mitten in Jauche und Schlamm, umgeben von saurem Gestank, schlechten Entscheidungen und meterhohen Sündenbergen, fängt sein Vernunftsfilter im Gehirn einen Gedanken ein und führt ihn zu einer der wenigen unverhärteten, noch nicht vernarbten Stellen in seinem Herzen. Dieser Gedanke hat nichts mit Verurteilung zu tun oder damit, mit dem Finger auf jemanden zu zeigen. Es ist die Erinnerung an seinen Vater. An die väterliche Liebe.

Ausgerechnet dort erreicht ihn die Liebe. (Wenn Sie mich sehen könnten, ich balle gerade eine Siegesfaust.)

Einst fragte mich jemand: „Wie weit ist zu weit weg?" Hier kommt meine Antwort in Kurzform: Es gibt keinen Ort auf dieser Erde, den die Liebe des Vaters, das Blut Jesu, nicht erreichen könnte. „Des Herrn Arm ist nicht zu kurz, dass er nicht helfen könnte." In diesem Leben ist niemand zu weit weg, ganz egal, wer man ist oder welche Fehlentscheidungen man getroffen hat.

„Aber ..." Sie erheben den Zeigefinger und schütteln energisch den Kopf. „Sie wissen ja nicht, was ich getan habe." Das stimmt. Das weiß ich nicht. Aber ich weiß, „dass Christus für uns starb, als wir noch Sünder waren." Das bedeutet, dass er an unserem absoluten Tiefpunkt, als wir die Konsequenzen unseres trotzigen Verhaltens und unserer Fehlentscheidungen ausbaden mussten und uns unendlich schämten, für uns bis in den Tod ging. Paulus sagte es den Menschen in Korinth so: „Denn Gott hat Christus, der ohne jede Sünde war, mit all unserer Schuld beladen und verurteilt, damit wir freigesprochen sind und vor ihm bestehen können." Wenn Gott je eine glasklare Aussage getroffen hat, dann diese.

Im biblischen Bericht ist es nicht erwähnt, aber ich glaube, der Verlorene Sohn hat die Schoten gegessen. Diese Vermutung ist nicht ganz unbegründet, wie ich finde, denn immerhin heißt es: „Da kam er zur Besinnung." Was konnte ihn besser zur Besinnung bringen als der bittere, widerliche Nachgeschmack der Schoten?

Was dann passiert, fasziniert mich immer wieder. Es ist nur eine Kleinigkeit, aber sie verändert alles. Er kehrt um. Er dreht seinem kaputten Lebenswandel den Rücken zu und richtet den Blick auf seinen Vater. Zuerst legt der gedemütigte Sohn einen zögerlichen Trott an den Tag. Dann einen Lauf mit nach vorn gerecktem Kinn. Die Lunge füllt sich mit Luft. Als er den Hügel kurz vor der Farm erreicht, ist er längst am Sprinten. Die Schweißtropfen fließen von seinen Armen, hinter ihm eine einzige Staubwolke. Wenn man genau hinhört, kann man die ersten Anfänge eines Geräuschs hören, das in ihm entspringt. Es kommt von ganz tief unten. Es ist der Schmerz, der aus seinem Körper rausmuss.

Und dann kommt mein Lieblingsbild. Der Vater. Er steht noch immer auf der Veranda und hat seinen Platz nicht verlassen. Mit einer Hand schirmt er die Sonne ab. Er späht suchend zum Horizont und wartet.

Irgendetwas auf dem Hügel weckt seine Aufmerksamkeit. Er kneift die Augen zusammen. Beugt sich vor. Runzelt ungläubig die Stirn. Dann plötzlich stürmt er wie von der Tarantel gestochen von der Veranda. Die Vorstellung ergreift mich jedes Mal. Der Sohn rennt auf den Vater zu. Der Vater auf den Sohn.

Bei seinem Vater angekommen, fällt der Sohn auf die Knie. Er kriecht geradezu vor ihm. Das Gesicht an den Füßen. Rotz mischt sich mit Tränen. Er traut sich nicht, ihm in die Augen zu sehen. „Vater, ich habe gesündigt ..."

Der Vater wehrt ab. In der Bibel heißt es, „er lief ihm entgegen, fiel ihm um den Hals und küsste ihn." Akkurater übersetzt wäre es wohl „bedeckte sein Gesicht mit Küssen". Kurze Pausetaste. Dieses Bild ist mir fast noch wichtiger als der Rest: der Vater, der seinen dreckigen, verschmutzten Sohn küsst, auch wenn dieser ihn mit voller Absicht ausgenutzt hat. Ihm den Stinkefinger gezeigt hat. Wie oft habe ich das getan?

Ich will gar nicht erst anfangen zu zählen.

Der Sohn protestiert, hält den Vater auf Armeslänge, hat ihm noch immer nicht in die Augen geschaut. „Aber, Vater, ich bin nicht würdig ..."

Der Vater winkt ab und ruft nach seinen Bediensteten. „Schnell, Kleidung für meinen Sohn! Und bringt mir einen Ring! Schlachtet ein Tier! Baut das Zelt auf!" Die Diener stieben auseinander. Der Sohn steht da und traut seinen Ohren nicht. „Aber, Papa ..." Alles, was er sich vorher überlegt hatte zu sagen, ist weg. „Du weißt doch gar nicht, was ich alles angestellt habe. Ich bin unrein. Bitte, vergib mir ..."

Der Vater hebt das Kinn seines Sohnes an. Endlich treffen sich ihre Blicke. Er streicht eine Träne fort. Legt beide Hände an sein Gesicht. „Du, mein Sohn ... bist mein Sohn. Einst warst du tot und nun lebst du wieder. Es ist alles vergeben."

Wenn Sie Vater oder Angehörige eines Verlorenen Sohnes sind, möchte ich Ihnen Hoffnung machen: Unser Vater hat seinen Ausguck auf der Veranda nicht verlassen. Sein Blick ist nach wie vor auf den Horizont gerichtet. Und keine Finsternis dieser Welt kann den Sohn verschlucken. Hiob drückt es so aus: „Denn er [der Vater] blickt über die ganze Welt, er durchschaut Himmel und Erde." Daran hat sich auch heute nichts geändert. Gott braucht nach wie vor keine Brille.

Obwohl das verlorene Kind vollends verdorben ist, hat der Vater kein Interesse daran, aus ihm oder ihr einen Sklaven bzw. eine Sklavin zu machen. Auch wenn er das Recht dazu hat. Dem Vater geht es um eine vollständige Rehabilitation, um die umfassende Wiederaufnahme der Sohnschaft. Er will seinen Sohn als Erben, mit allen Rechten und Pflichten.

Vielleicht sind Sie der Verlorene Sohn. Vielleicht sind Sie umgeben von Schweinen und starren sehnsüchtig auf die Schoten. Ich möchte Ihnen Folgendes sagen: Ganz gleich, was Sie getan haben, wohinein Sie geraten sind, wo Sie stecken oder zu wem Sie geworden sind, fest steht: Das reinigende, heiligende, erlösende und in letzter Sekunde aus den Fängen des Teufels rettende Blut Jesu reicht bis an das Ende der Welt.

Wer das nicht glauben will, macht Jesu Opfer zum Gespött.

Sie glauben mir nicht? Hören Sie Paulus, wie er zu den Römern spricht. Wie wir hatten sie sich weit von Gott entfernt. „Gottesverächter" nannte sie Paulus. Er konnte sich das erlauben, denn er kannte sich damit aus. Er hatte selbst die Jacken gehalten, während neben ihm Stephanus zu Tode gesteinigt wurde. Er hatte Christen aus ihren Häusern gezerrt und vor ihren Familien hinrichten lassen. Zu diesen Römern und Verlorenen Söhnen, wie er selbst einer gewesen war, sagte er: „Unser früheres Leben endete mit Christus am Kreuz. Unser von der Sünde beherrschtes Wesen ist damit vernichtet und wir müssen nicht länger der Sünde dienen." Haben Sie das kleine Wörtchen „vernichtet" gelesen? Das heißt so viel wie weggeschnitten. Abgetrennt. Ein Joch, das von Ihren Schultern gehoben wurde, und zwar dauerhaft.

Paulus war ein Mann der Wiederholungen. „Wenn Gott für uns ist, wer kann dann gegen uns sein? ... Wer könnte es wagen, die von Gott Auserwählten anzuklagen? Wer wollte es wagen, sie zu verurteilen? Keiner, denn Jesus Christus ist für sie gestorben, ja, mehr noch: Er ist vom Tod auferweckt worden und hat seinen Platz an Gottes rechter Seite eingenommen. Dort tritt er jetzt vor Gott für uns ein."

Die Frage ist nicht, ob wir fehlerhaft sind oder nicht. Das ist Tatsache. Wir sind es. Willkommen auf der Erde. Die Frage ist vielmehr, wer stellt sich zwischen uns und unsere Schuld. Paulus fuhr fort: „Was also könnte uns von Christus und seiner Liebe trennen? Leiden und Angst vielleicht? Verfolgung? Hunger? Armut? Gefahr oder gewaltsamer Tod? ... Aber dennoch: Mitten im Leid triumphieren wir über all dies durch Christus, der uns so geliebt hat." Hier machte Paulus eine Zäsur. Die folgenden Worte hallen bis in alle Ewigkeit wider. „Denn ich bin ganz sicher: Weder Tod noch Leben, weder Engel noch Dämonen, weder Gegenwärtiges noch Zukünftiges noch irgendwelche Gewalten, weder Hohes noch Tiefes oder sonst irgendetwas auf der Welt können uns von der Liebe Gottes trennen, die er uns in Jesus Christus, unserem Herrn, schenkt." (Römer 8,31ff.)

Diese Liste ist ein Rundumschlag. Es gibt keine Ausnahmen. Aber glauben Sie nicht, dass Sie oder ich damit schon aus dem

Schneider sind. Diese unverdiente Gnade hat ihren Preis. Es gibt einen Haken.

Die Bedingung ist folgende: Wir müssen umkehren. Wir müssen auf dem Absatz kehrtmachen und einen Fuß vor den anderen setzen.

Wenn Sie wirklich ganz unten sind, umgeben vom Chaos, das Sie selbst angerichtet haben, und sich fragen, wie das gehen soll, möchte ich es Ihnen gern erklären. Was das nämlich bedeutet, ist: Sie sind nicht Ihre Affäre. Nicht Ihre Abtreibung. Sie sind nicht der Grund für Ihre Haftstrafe. Nicht Ihre zerstochenen Arme. Nicht die leeren Flaschen neben Ihrem Bett. Nicht der jämmerliche Anblick morgens im Spiegel. Falls Sie sich angesprochen fühlen und den Eindruck haben, dass dieser Abschnitt für Sie geschrieben wurde, möchte ich Sie in der Menschheit willkommen heißen. Sie sind ganz offiziell einer von uns.

Ich möchte damit nicht sagen, dass Ihre Umkehr bedeutet, dass alle Konsequenzen sich in Luft auflösen. Oder der Schmerz. Vielleicht müssen Sie trotzdem ins Gefängnis. Vielleicht tragen Sie trotzdem Narben davon. Sie haben sich trotzdem mit HIV angesteckt und Ihre Frau nimmt die Kinder und verlässt Sie. Aber nichts von alledem kann Sie daran hindern, zum Vater zurückzukehren. Weder Ihre Sünden noch deren Konsequenzen, mit denen Sie konfrontiert sind, sind ausschlaggebend für Ihre Identität bei Gott oder seine Sehnsucht, Ihr zerbrochenes Herz zu heilen und Sie einfach in den Arm zu nehmen.

Falls Sie noch nicht überzeugt sind, möchte ich den Autor des Hebräerbriefs zu Wort kommen lassen: „Da wir nun so viele Zeugen des Glaubens um uns haben, lasst uns alles ablegen, was uns in dem Wettkampf behindert, den wir begonnen haben – auch die Sünde, die uns immer wieder fesseln will. Mit Ausdauer wollen wir auch noch das letzte Stück bis zum Ziel durchhalten. Dabei wollen wir nicht nach links oder rechts schauen, sondern allein auf Jesus.“ (Hebräer 12,1f.) Die Charles-Martin-Übersetzung würde so lauten: „Lass den Eimer fallen und lauf!“ Stellen Sie sich das vor: Es gibt eine ganze Armee von Engeln, die Sie anfeuert. Die Ihnen Dampf macht. Die Ihnen aus Leibeskräften zujubelt.

Ich kann die Einwände fast schon hören. „Schön und gut, aber

Sie wissen ja gar nicht ..." Halt! In der Bibel (Römer 10,13) steht, „jeder, der den Namen des Herrn anruft, wird gerettet werden." Wenn ich das lese, bleibt mein Blick beim Wörtchen *jeder* hängen. Und wenn Sie zu den Menschen gehören, die bezweifeln, dass die Bibel heute noch gültig sein kann, hat Jesus auch für Sie eine Antwort parat: „Himmel und Erde werden vergehen, doch meine Worte bleiben ewig." (Matthäus 24,35) Hier ist für mich ganz besonders das letzte Wort von Bedeutung: *ewig*.

„Also schön", höre ich Sie skeptisch sagen, „Sie wollen mir also weismachen, dass es immer ein Zurück gibt?" Ich habe gerade dreihundert Seiten und ein Jahr meines Lebens dafür aufgewendet, um Ihnen das zu sagen. Ja, ganz genau, das ist meine Meinung.

Es ist mir egal, was Ihnen die Stimmen im Kopf zuflüstern oder welche Lügen die Erinnerungen in Ihrem Kopf spinnen. Es ist mir egal, ob Sie dies in einer Gefängniszelle mit Ausblick auf weitere Jahrzehnte hinter Gittern lesen oder in einem weichen Flugzeugsessel mit Ausblick auf den schimmernden Pazifik. Wir alle haben unser Päckchen zu tragen. Wir humpeln alle vor uns hin. Aber hier kommt die gute Nachricht: Selbst im entferntesten Winkel der Erde, wenn das Leben verpfuscht, vermurkst, im Eimer ist, wenn Körper und Seele mit Narben und selbst zugefügten Wunden übersät sind, selbst dort erreicht Sie die Liebe des Vaters.

Er findet uns immer.

Diese unbegreifliche, unfassbare und unverdiente Tatsache ist der Auslöser für dieses Buch gewesen. Die verrückte Idee, dass wir immer umkehren können. Dass ich mit meinem verkorksten Leben und dem gesammelten Gepäck aus Fehlern und falschen Entscheidungen bei Gott trotzdem nicht disqualifiziert bin. Paulus sagt: „Nichts kann uns trennen." Charles Martin sagt: „Es gibt immer ein Zurück." Die Bedeutung ist dieselbe. Es gibt Hoffnung für unsere zerbrochenen Herzen, selbst wenn unsere eigenen Entscheidungen dazu geführt haben, dass sie zerbrachen. Unsere Hoffnung steht auf der Veranda. Sein suchender Blick durchdringt Raum und Zeit und ist auf Sie gerichtet. Auf mich.

Die Sache ist die: Nur Jesus kann Ihnen sagen, wer Sie wirklich sind. Punkt. Alle anderen Stimmen sind Lügen aus der Finsternis. Als Jesus sagte „Es ist vollbracht", meinte er das ernst. An diesem

Ort, in diesem Augenblick, haben Tod und Sünde alle Ansprüche auf Sie verloren. „Jetzt seid ihr keine Diener mehr." (Galater 4,7) „Die Sünde hat die Macht über euch verloren." (Römer 6,14) Falls Sie die Last Ihrer Fehler zu Boden drückt und Sie sich fragen: *Wie kann das sein?*, möchte ich Sie auf Kolosser 2,14 aufmerksam machen. „Jesus hat die Liste der Anklagen gegen uns gelöscht; er hat die Anklageschrift genommen und vernichtet, indem er sie ans Kreuz genagelt hat. Auf diese Weise hat Gott die Herrscher und Mächte dieser Welt entwaffnet. Er hat sie öffentlich bloßgestellt, indem er durch Christus am Kreuz über sie triumphiert hat." Johannes, der Bruder von Jesus, drückte es so aus: „Seht, wie viel Liebe unser himmlischer Vater für uns hat, denn er erlaubt, dass wir seine Kinder genannt werden – und das sind wir auch!" (1. Johannes 3,1) Paulus verkündete den Römern: „Als seine Kinder sind wir auch Miterben an seinem Reichtum." (Römer 8,17)

Vielleicht fühlen Sie sich im Augenblick ganz und gar nicht wie ein siegreiches Kind Gottes, aber die gute Nachricht, dass Christus Sieger über die Sünde ist, steht. Sein Gegenspieler möchte, dass Sie sich in der Reue suhlen, das Kinn auf die Brust heften und nur auf die Schoten starren. Und dann wird er Ihnen ins Ohr flüstern: „Die kriegst du schon runter." Oder noch schlimmer, er wird Ihnen das Video von Ihrem Abgang vorspielen – zum zehntausendsten Mal. Gottvertrauen lässt sich von dieser Stimme nicht beirren, befördert das Video im hohen Bogen aus dem Weg, wirft allen unnützen Ballast ab, konzentriert sich ganz auf die Person auf der Veranda und rennt wie der Wind.

Ein Unterschied wie Tag und Nacht.

Wenn Sie der Gedanke an die Begegnung mit dem Vater, dem Sie schließlich eine lange Nase gezeigt haben, zittern lässt, keine Angst. Er weiß sowieso schon alles. Wenn er Ihr Kinn anhebt – und das wird er, glauben Sie mir –, brauchen Sie kein Wort zu sagen.

Die Entscheidung liegt bei Ihnen. Klammern Sie sich an den Eimer und die Schoten? Oder laufen Sie nach Hause?

„Er war noch weit entfernt, als sein Vater ihn kommen sah. Voller Liebe und Mitleid lief er seinem Sohn entgegen, schloss ihn in die Arme und küsste ihn." (Lukas 15,20) Wie würde es wohl aussehen, wenn der Gott des Universums Ihr Gesicht mit Küssen bedeckt? Das ist das Schöne, Wundersame und irgendwie auch Unfassbare an der Liebe Christi.

Und nachdem der Vater ihn geküsst hat, berührt er liebevoll seine Wange und trotz Tränen, Schnodder und Lachen ruft er: „Schnell! Bringt die besten Kleider im Haus und zieht sie ihm an. Holt einen Ring für seinen Finger und Sandalen für seine Füße. Und schlachtet das Kalb, das wir im Stall gemästet haben, denn mein Sohn hier war tot und ist ins Leben zurückgekehrt. Er war verloren, aber nun ist er wiedergefunden."

Und was sagt uns das?

Es gibt immer ein Zurück.